EDGAR WALLACE

Der Hexer
Die toten Augen von London

EDGAR WALLACE

Der Hexer

THE RINGER

Die toten Augen
von London

THE DARK EYES OF LONDON

Zwei Kriminalromane

WILHELM GOLDMANN VERLAG
MÜNCHEN

Ungekürzte Sonderausgabe

1975 · Made in Germany · I · 115
Deutsch von Gregor Müller. Alle Rechte, auch die der fotomechanischen Wiedergabe, vorbehalten. Jeder Nachdruck bedarf der Genehmigung des Verlages. Umschlagentwurf: Ilsegard Reiner. Druck: Presse-Druck Augsburg. Bindearbeit: R. Oldenbourg, München. Verlagsnummer: S 298 · ze/parz
ISBN 3–442–30298–6

DER HEXER

I

Der Kommissar drückte auf den Klingelknopf und befahl der Ordonnanz, die wenig später eintrat:

»Bitten Sie Inspektor Wembury, zu mir zu kommen!«

Der Kommissar ordnete die Dokumente, in denen er gelesen hatte, und legte sie in eine Mappe.

Alan Wembury, ein Mann Anfang Dreißig und von sportlicher Erscheinung, trat ein. Er hatte nicht nur seine Laufbahn als Kriminalbeamter erfolgversprechend begonnen, sondern es während des Krieges auch zum Major gebracht.

»Guten Morgen, Wembury!«

»Guten Morgen, Sir.«

»Ich habe Sie zu mir gebeten, weil ich Ihnen eine angenehme Mitteilung zu machen habe«, begann der Kommissar, der eine aufrichtige Freundschaft für seinen Untergebenen empfand. Mit einladender Handbewegung wies er auf einen Stuhl. »Sie sind zum Bezirksinspektor befördert worden und übernehmen am Montag in acht Tagen den R-Bezirk.«

Alans Augen leuchteten auf.

»Das kommt sehr überraschend, Sir«, erwiderte er, »und ist eine Auszeichnung – aber ich glaube doch, daß andere vor mir...«

Oberst Walford schüttelte den Kopf.

»Nein, keineswegs – vielmehr freue ich mich für Sie. Es sind überhaupt bedeutende Veränderungen im Gange. Bliss, der bei der Gesandtschaft in Washington arbeitete, kehrt zurück. Sie kennen ihn doch?«

Alan hatte zwar von dem gefürchteten Bliss gehört, wußte aber nur, daß er ein fähiger Polizeibeamter war und beinahe von jedem Mann in Scotland Yard sehr ungern gesehen wurde.

»Der R-Bezirk ist nicht mehr so aufregend wie in früheren Jahren«, versicherte der Kommissar zwinkernd. »Aber Sie sollten sich darüber freuen!«

»War er wirklich so aufregend?« fragte Alan, der Deptford nur flüchtig kannte.

Oberst Walford nickte.

»Ich denke natürlich an den ›Hexer‹ – den Bericht über seinen Tod habe ich oft angezweifelt. Die australische Polizei behauptete, seine Leiche aus dem Hafen von Sydney gefischt zu haben.«

»Der Hexer!« sagte Alan Wembury langsam.

Wer hatte von ihm, dessen Taten einst ganz London erschreckten, nicht schon gehört?

»Obwohl der Hexer nicht mehr in Ihrem Bezirk haust«, setzte Oberst Walford hinzu, »möchte ich Sie doch vor einem Mann in Deptford warnen. Es ist . . .«

»Maurice Messer!« unterbrach ihn Alan.

Der Kommissar hob erstaunt die Augenbrauen.

»Kennen Sie ihn? Als Rechtsanwalt? Ich wußte nicht, daß er so bekannt ist.«

Alan Wembury zögerte ein wenig.

»Ich kenne ihn nur als Anwalt der Familie Lenley.«

»Lenley? Meinen Sie etwa den alten George Lenley in Hertford, der vor einigen Monaten gestorben ist?«

»Ja.«

»Ach! Wir waren oft zusammen auf der Jagd. Einer jener alten englischen Landherren – tüchtige Reiter und Trinker . . . Man hat mir erzählt, daß er vermögenslos starb. Hatte er Kinder?«

»Zwei, Sir.«

»Und Messer ist ihr Anwalt?« Der Kommissar lachte kurz auf. »Man hat sie schlecht beraten!« Er überlegte einen Moment und sagte unerwartet: »Messer kannte den Hexer.«

Wemburys Augen wurden groß vor Erstaunen.

»Den Hexer?« wiederholte er.

»Ich weiß nicht, wie gut er ihn kannte, doch glaube ich, zu gut, um, wenn er noch am Leben sein sollte, Ruhe finden zu können. Der Hexer hatte seine Schwester Gwenda Milton in Messers Obhut zurückgelassen. Vor sechs Monaten wurde ihr Leichnam aus der Themse gezogen.«

Alan erinnerte sich des unglücklichen Vorfalls.

»Sie war Messers Sekretärin«, berichtete Walford weiter.

»Wenn Sie dieser Tage einmal Zeit haben, gehen Sie ins Aktenzimmer hinauf – vieles wurde bei den gerichtlichen Verhandlungen nicht erwähnt.«

»Über Messer?«

Oberst Walford nickte.

»Wenn der Hexer tot ist, hat es nichts weiter zu bedeuten, aber wenn er noch lebt ...« Er zuckte mit den breiten Schultern und schaute Alan bedeutungsvoll an. »Wenn er lebt, dann weiß ich, daß es ihn nach Deptford und zu Messer zurückzieht. Doch – lesen Sie die Akten! Sie werden sehen ...« Mit einer Handbewegung gab der Kommissar zu verstehen, daß er über den Hexer nicht mehr sprechen wollte. »Am Montag in acht Tagen treten Sie Ihren neuen Dienst an. Haben Sie vielleicht Lust, sich schon vorher mit der Arbeit im neuen Bezirk vertraut zu machen?«

Alan zögerte.

»Wenn möglich, Sir, möchte ich eine Woche Urlaub nehmen.«

»Urlaub? Aber selbstverständlich. Wollen Sie die gute Botschaft Ihrem Mädchen verkünden?« Walford zwinkerte gutmütig.

»Nein, Sir.« Alan wurde verlegen und ein wenig rot. »Ich möchte einer Dame von meiner Beförderung erzählen. Es ist – Miss Mary Lenley.«

»Oh, Sie kennen also Miss Lenley so gut?«

»Nicht so, Sir«, wehrte Wembury ab, »sie ist mir nur immer eine gute Freundin gewesen. Mein Leben begann in einem Häuschen auf dem Gut der Lenleys. Mein Vater war Obergärtner bei Mr. Lenley, ich kenne die Familie, soweit ich zurückdenken kann.«

»Nehmen Sie Ihren Urlaub, mein Junge, und gehen Sie, wohin Sie wollen! Wenn Miss Mary so weise wie schön ist – ich habe sie als Kind in Erinnerung –, so wird sie vergessen, daß sie eine Lenley von Lenley Court und Sie ein Wembury aus dem Gärtnerhäuschen sind! In unserem demokratischen Zeitalter ist der Mann, was er selbst ist, nicht, was sein Vater war. Ich hoffe, Sie werden sich nie unterschätzen, Wembury!«

2

Als Alan vom Bahnhof her das Dorf erreichte, sah er hinter den hohen Pappeln das Herrenhaus von Lenley Court aufleuchten.

Der kahlköpfige Wirt des Gasthauses ›Zum Roten Löwen‹ kam ihm, ein Lachen auf dem roten Gesicht, entgegen.

»Ich freue mich, Sie wiederzusehen, Alan!« rief er. »Wir haben von Ihrer Beförderung gehört und sind stolz auf Sie. Nächstens werden Sie Polizeipräsident sein! Gehen Sie zum Herrenhaus hinauf, zu Miss Mary?« Der Wirt schüttelte den Kopf. »Dort steht es sehr schlecht. Man sagt, daß von dem ganzen Vermögen nichts übrigbleibt. Für Mr. Johnny mag es noch angehen, er ist ein Mann und müßte sich in der Welt zurechtfinden können – wenn er nur einen besseren Weg eingeschlagen hätte...«

»Wie meinen Sie das?« fragte Alan.

Der Wirt schien sich plötzlich zu erinnern, daß er mit einem Kriminalbeamten sprach, und wurde zurückhaltender.

»Nun, man erzählt, daß er zum Teufel geht. Sie wissen ja, wie die Leute reden. Aber etwas Wahres muß doch daran sein. Der junge Mann kann die Armut nicht ertragen.«

»Warum bleiben sie denn auf Lenley Court, wenn es so schlecht steht? Der Unterhalt muß ja eine Menge kosten. Warum verkauft Johnny nicht?«

»Verkaufen!« spottete der Wirt. »Es ist bis zum letzten Blättchen auf dem höchsten Baumwipfel mit Hypotheken belastet! Soviel ich gehört habe, bleiben die Lenleys hier, bis ihr Londoner Rechtsanwalt die Erbschaftsangelegenheit geregelt hat, und wollen nächste Woche nach London ziehen.«

Der Londoner Rechtsanwalt! Das mußte Maurice Messer sein. Alans Stirn legte sich in Falten. Es reizte ihn, den Mann kennenzulernen, über den so viele seltsame Gerüchte umliefen. Man flüsterte sich in Scotland Yard Dinge über Maurice Messer zu, die, wenn sie laut gesagt worden wären, Verleumdungs- oder Beleidigungsklagen hätten zur Folge haben können.

»Wollen Sie mir ein Zimmer reservieren, Mr. Griggs? Der Dienstmann wird mein Gepäck vom Bahnhof bringen. Ich will zuerst zum Herrenhaus hinauf.«

Als er den breiten, von Eichen beschatteten Fahrweg entlangging, stieß er überall auf Anzeichen der Armut und Verwahrlosung. Auf dem kiesbestreuten Weg wuchs Gras; die wunderschönen Eibenhecken des Tudorgartens waren von ungeübter Hand zurechtgestutzt worden; der Rasen vor dem Haus sah ungepflegt aus. Das Herrenhaus selbst bot einen Anblick allgemeiner Vernachlässigung, der ihn schmerzte. Die Fenster waren schmutzig, viele Scheiben zerbrochen.

Als er sich dem Haus näherte, sah er Mary durch den Säulengang gehen. Sie erkannte ihn und kam rasch auf ihn zu.

»Alan!«

Er faßte nach ihren Händen und blickte in Marys bleiches Gesicht. Zwölf Monate hatte er sie nicht gesehen! Ihre zarte Schönheit rührte ihn.

»Ich freue mich, Sie zu sehen, Alan!« rief sie, und ihre melancholischen Augen leuchteten auf. »Sie bringen Neuigkeiten! Wir haben es schon in der Morgenzeitung gelesen – Sie müssen jetzt alles ganz genau erzählen!«

»Es gibt nicht viel zu erzählen, und so welterschütternd ist meine Beförderung auch nicht. Zudem sind bessere Männer übergangen worden; ich weiß nicht, soll ich mich freuen oder nicht?«

»Unsinn!« widersprach sie. »Sie sind befördert worden, weil Sie es verdient haben.«

Sie ergriff seinen Arm, wie sie es in Kindertagen getan hatte, als er noch der schüchterne Knabe, der Sohn des Gärtners und ihr Spielgefährte gewesen war, der ihren Drachen steigen ließ und ihr den Ball zuwarf, wenn sie den viel zu großen Kricketschläger schwang.

Beunruhigt stellte sie fest, daß Alan mit prüfenden Blicken das Haus betrachtete.

»Armer alter Lenley Court!« sagte sie ernst. »Haben Sie es schon gehört, Alan? Nächste Woche verlassen wir unser Haus.« Sie seufzte. »Man darf nicht darüber nachdenken! Johnny will eine Wohnung in der Stadt nehmen, und Maurice hat mir Arbeit versprochen.«

»Arbeit?« fragte Alan erstaunt. »Sie wollen damit doch nicht sagen, daß Sie Ihren Lebensunterhalt verdienen müssen?«

Sie lachte.

»Aber selbstverständlich, mein lieber Alan! Ich bin dabei, in die Geheimnisse der Stenographie und des Maschinenschreibens einzudringen. Ich soll Sekretärin von Maurice werden.«

Messers Sekretärin! Das kam ihm bekannt vor. Walfords Worte klangen ihm noch in den Ohren. Er dachte an jene andere Sekretärin, deren Leichnam man an einem nebligen Morgen aus dem Wasser gezogen hatte.

»Warum sind Sie so ernst, Alan? Gefällt Ihnen der Gedanke nicht, daß ich meinen Lebensunterhalt verdienen werde?«

»Nein«, antwortete er kurz. »Es wird doch etwas aus dem Zusammenbruch gerettet werden können?«

Sie schüttelte den Kopf.

»Nichts – überhaupt nichts! Von meinem mütterlichen Erbe beziehe ich ein kleines Einkommen, das mich vor dem Verhungern schützt. Und dann ist Johnny auch ganz tüchtig. Er hat in der letzten Zeit viel Geld verdient. Das klingt doch seltsam. Niemand hätte gedacht, daß ein guter Kaufmann aus ihm wird. Und doch – er hofft, in wenigen Jahren Lenley Court zurückkaufen zu können.«

Es klang mutig, aber Alan ließ sich nicht täuschen.

3

Alan fiel auf, daß Mary über seine Schulter hinwegschaute, und als er sich umdrehte, sah er zwei Männer auf sie zukommen. Der ältere von beiden – Alan zweifelte nicht, Mr. Messer vor sich zu haben – war auf herkömmliche, von erfolgreichen Rechtsanwälten seit jeher bevorzugte Art gekleidet. Der langschößige Gehrock saß tadellos. In der schwarzen Krawatte steckte ein schimmernder Opal. Er trug einen Zylinder und gelbe, einwandfreie Handschuhe. Seine Gestalt war schlank, das Gesicht mager, mit beinahe gelblichem Teint. Er hatte etwas Aristokratisches in seinem Wesen. ›Er sieht aus wie ein Herzog, spricht wie ein spanischer Edelmann und denkt wie ein Teufel!‹ war nicht das Abträglichste, was je über Messer gesagt worden war.

Johnny Lenley begleitete ihn. Er war nicht viel älter als zwanzig Jahre. Auf den Besucher blickend, zog er die Augenbrauen zusammen.

»Hallo!« rief er unfreundlich und wandte sich an Messer. »Sie kennen doch Wembury, Maurice? Er ist Oberwachtmeister oder etwas Ähnliches bei der Polizei.«

»Bezirkskriminalinspektor«, verbesserte Messer lächelnd und streckte seine lange, schmale Hand aus. »Wie ich gehört habe, kommen Sie in meine Nachbarschaft – zum Schrecken meiner Klienten!«

Johnny Lenley hatte Alan schon als Knabe nicht leiden können, und jedesmal, wenn er ihn traf, flackerte sein Groll von neuem auf.

»Was führt Sie nach Lenley?« fragte er verdrießlich. »Haben Sie denn noch Verwandte hier?«

»Ich habe wenig Freunde hier«, antwortete Alan zurückhaltend.

»Selbstverständlich hat er«, warf Mary ein. »Und dann ist er auch gekommen, um mich zu besuchen, nicht wahr, Alan? Es tut mir leid, daß wir Sie nicht bitten können, bei uns zu wohnen, aber es sind so gut wie keine Möbel übriggeblieben.«

»Es ist nicht nötig, unsere Armut im ganzen Land zu verkünden!« rief Johnny Lenley schroff. »Ich glaube kaum, daß Wembury sich für unser Mißgeschick interessiert, und wenn . . .«

»Das Mißgeschick auf Lenley Court ist der Öffentlichkeit bekannt, mein lieber Johnny«, unterbrach ihn Messer besänftigend. »Seien Sie doch nicht unnötig empfindlich! Ich meinerseits freue mich, Gelegenheit zu haben, einen so ausgezeichneten Kriminalbeamten wie Alan Wembury kennenzulernen. Augenblicklich werden Sie Ihren Bezirk sehr ruhig finden, Mr. Wembury. Es gibt nicht mehr die Aufregungen wie zur Zeit, als ich von Lincoln's Inn Fields nach Deptford zog.«

»Sie meinen, daß der Hexer Sie nicht mehr belästigt?«

Alans Frage klang ganz harmlos, um so bemerkenswerter aber war die Veränderung, die in Messers Gesicht vor sich ging. Seine Augen blinzelten plötzlich, als wenn sie in grelles Licht geblickt hätten. Der Mund wurde zu einer geraden, harten Linie.

»Der Hexer! Eine alte Geschichte! Der arme Teufel ist tot! Tot – in Australien ertrunken!«

Mary schaute ihn verwundert an.

»Wer ist der Hexer?« fragte sie.

»Niemand, den Sie kennen – und auch niemand, den Sie kennen sollten«, erwiderte Messer brüsk. Schon wieder lächelnd setzte er hinzu: »Wir sollten in Gesellschaft einer jungen Dame nicht fachsimpeln. Ich meine, wir sollten uns wirklich nicht über das Verbrechertum unterhalten.«

»Ich wünschte, Sie fänden einen anderen Gesprächsstoff!« brummte Johnny Lenley. Er wollte sich schon umdrehen, als Messer den Inspektor fragte: »Sie sind doch jetzt im Westend-Bezirk, Wembury? Welches war Ihr letzter Fall? Ich kann mich nicht erinnern, Ihren Namen in der Zeitung gelesen zu haben.«

Alan verzog das Gesicht.

»Wir verkünden unsere Fehlschläge nicht! Meine letzten Nachforschungen galten der Perlenkette, die Lady Darnleigh in der Park Lane gestohlen wurde, als sie den großen Botschafterball gab.«

Während er sprach, schaute er Mary an. Er bemerkte deshalb nicht, wie Johnny Lenley einen unwillkürlichen Ausruf unterdrückte, noch sah er den schnellen, warnenden Blick, den Messer dem jungen Mann zuwarf. Es entstand eine kurze Pause.

»Lady Darnleigh?« fragte Messer gedehnt. »O ja, ich erinnere mich ... Waren Sie nicht auch auf jenem Ball, Johnny?« Er blickte Johnny an, der ärgerlich die Achseln zuckte.

»Selbstverständlich war ich dort – doch habe ich erst lange nachher von der Sache gehört. Habt ihr eigentlich keine anderen Gesprächsthemen als Verbrechen, Diebstähle und Morde?«

Er drehte sich um und ging langsam über den Rasen. Mary schaute ihm besorgt nach.

»Ich möchte wissen, was Johnny in den letzten Tagen so mürrisch macht. Wissen Sie es, Maurice?«

Maurice Messer betrachtete die glimmende Zigarette in seiner Bernsteinspitze.

»Johnny ist jung, und dann dürfen Sie nicht vergessen, meine Liebe, daß er in der letzten Zeit viel Aufregung hatte.«

»Ich auch«, erwiderte sie ruhig. »Oder glauben Sie, daß es für mich nichts zu bedeuten hat, Lenley Court zu verlassen?« Für einen Augenblick zitterte ihre Stimme, doch bezwang sie sich und lächelte. »Ich werde pathetisch. Wenn ich mich nicht zusammennehme, werde ich noch an Alans Schulter weinen. Kommen Sie, Alan, schauen Sie sich den alten Rosengarten an! Vielleicht sehen wir ihn zum letztenmal.«

4

Johnny Lenley schaute ihnen aus einiger Entfernung nach. Sein Gesicht war blaß.

»Was führt diesen Kerl hierher?« fragte er.

Maurice Messer, der ihm gefolgt war, sah ihn seltsam an.

»Mein lieber Johnny, Sie sind noch jung und sehr unreif. Sie haben die Erziehung eines Gentlemans genossen, Sie benehmen sich aber wie ein Bauer!«

»Was erwarten Sie denn von mir? Soll ich ihm herzlich die Hand drücken und ihn auf Lenley Court willkommen heißen? Der Kerl stammt aus der Gosse, sein Vater war unser Gärtner...«

»Sie sind sehr eingebildet, Johnny! Das schadet nichts – nur sollten Sie lernen, Ihre Gefühle zu verbergen.«

»Ich sage, was ich meine«, erklärte Johnny eigensinnig.

»Das tut auch der Hund, wenn man ihm auf den Schwanz tritt – Sie Esel!« fuhr ihn Maurice mit unerwarteter Heftigkeit an. »Sie Idiot! Bei der Erwähnung der Darnleigh-Perlen hätten Sie sich beinahe selbst verraten. Waren Sie sich im klaren darüber, mit wem Sie sprachen, wer Sie höchstwahrscheinlich beobachtete? Der hartgesottenste Beamte der Kriminalabteilung! Der Mann, der Hersey faßte, der Gostein an den Galgen brachte, der die Flackbande auflöste!«

»Er hat nichts gemerkt«, sagte Johnny verdrießlich und versuchte dem Gespräch eine andere Wendung zu geben. »Haben Sie wegen der Perlen Bericht erhalten? Sind sie verkauft?«

»Glauben Sie wirklich, daß man Perlen im Werte von fünfzehntausend Pfund in einer Woche verkaufen kann? Was stellen Sie sich eigentlich vor – etwa, daß man sie zur Versteigerung bei Christie gibt?«

»Jedenfalls«, meinte Johnny kleinlaut, »ist es seltsam, daß Wembury damit beauftragt wurde. Offenbar hat man die Hoffnung aufgegeben, den Dieb noch zu erwischen. Und was die alte Lady Darnleigh betrifft, so hat sie keinen Verdacht . . .«

»Seien Sie nicht allzu sicher!« warnte Messer. »Jeder Gast, der in jener Nacht in dem Hause war, ist verdächtig, Sie mehr als jeder andere, da jedermann weiß, daß Sie arm sind. Außerdem hat Sie ein Diener gesehen, als Sie kurz vor Ihrem Weggang die Haupttreppe hinaufgingen.«

»Ich sagte ihm doch, daß ich nur meinen Mantel holen wolle. Warum haben Sie vor Wembury erwähnt, daß ich dort war?«

»Weil er es wußte.« Maurice lachte. »Aber ich will Sie beruhigen. Die Person, die man augenblicklich verdächtigt, ist Lady Darnleighs Kellermeister. Glauben Sie aber ja nicht, daß alles vorbei ist – dies ist nicht der Fall. Die Polizei ist noch viel zu aktiv in der Sache, als daß wir daran denken könnten, die Perlen loszuwerden. Wir müssen eine günstige Gelegenheit abwarten, um sie in Antwerpen unterzubringen.«

Er zog ein goldenes Etui hervor, suchte geziert eine Zigarette aus und zündete sie an. Johnny beobachtete ihn gespannt.

»Wenn die Wahrheit über die Perlen herauskommen sollte . . . Ich meine – Sie sind sich doch im klaren, daß auch für Sie Zuchthaus in Aussicht steht?«

Messer stieß einen Rauchring in die Luft.

»Ich bin mir vollständig im klaren, daß für Sie, mein lieber Freund, Zuchthaus in Aussicht stünde. Mich mit in die Sache hineinzuziehen, dürfte dagegen ziemlich schwer sein. Wenn Sie den Räuberbaron spielen wollen – so ist dies Ihr Vergnügen, es wird auch Ihr Leichenbegängnis sein. Ich kannte Ihren Vater, ich kenne Sie von Kindheit an, deshalb nehme ich einiges in Kauf – möglich auch, daß ich Geschmack am Abenteuerlichen finde . . .«

»Blödsinn!« unterbrach ihn Johnny Lenley grob. »Sie kennen jeden Dieb in London und sind ein Hehler.«

»Gebrauchen Sie dieses Wort nicht!« wies ihn Messer schroff

zurecht. »Wie ich Ihnen schon gesagt habe, sind Sie noch sehr unreif. Habe ich den Diebstahl von Lady Darnleighs Perlen angestiftet? Habe ich Ihnen in den Kopf gesetzt, daß Diebstahl mehr abwirft als Arbeit, daß Ihre Erziehung und die Beziehungen zu den besten Familien Ihnen Gelegenheiten geben, die jedem anderen – Dieb versagt bleiben?«

Dieses Wort reizte Johnny Lenley genauso wie das Wort ›Hehler‹ den Anwalt.

»Wir sitzen im gleichen Boot«, lenkte er ein. »Sie könnten mich nicht verraten, ohne sich selbst zu ruinieren. Ich behaupte nicht, daß Sie irgend etwas angestiftet haben, doch haben Sie sich des Falles kräftig angenommen. Passen Sie auf, ich mache eines Tages noch einen reichen Mann aus Ihnen!«

Messer drehte sich langsam Johnny zu. Bei jeder anderen Gelegenheit hätte er über die gönnerhafte Sprache des jungen Mannes gelacht, jetzt aber ärgerte er sich.

»Mein lieber Freund«, erwiderte er steif, »Sie sind etwas zu zuversichtlich. Raub, ob nun mit oder ohne Gewalt, ist nicht so einfach, wie Sie es sich vorstellen. Sie glauben, daß Sie . . .«

»Ich bin etwas tüchtiger als Wembury«, unterbrach ihn Johnny selbstzufrieden.

Maurice Messer unterdrückte ein Lächeln.

5

Mary hatte ihren Gast nicht in den Rosengarten, sondern in den Park zu den sonderbaren, verwitterten Steinfiguren geführt. Dort gab es einen kleinen Tisch und eine Marmorbank. Mary setzte sich und bat auch Alan, Platz zu nehmen.

»Ich möchte Ihnen etwas sagen, Alan«, begann sie. »Ich spreche jetzt zu Alan Wembury, nicht zum Inspektor Wembury -«

»Aber selbstverständlich . . .« Er stockte. Beinahe hätte er sie mit dem Vornamen angesprochen. »Ich habe nicht den Mut, Sie Mary zu nennen, obschon ich mich alt genug dazu fühle!«

»Tun Sie es doch! ›Miss Mary‹ klingt so schrecklich unnatürlich, und wenn es von Ihnen kommt, wird es geradezu unfreundlich.«

»Was gibt es also?« fragte er und setzte sich neben sie. Sie zögerte einen Augenblick.

»Johnny spricht in mancher Beziehung so seltsam«, berichtete sie dann. »Es ist schwierig, Alan, so etwas zu sagen, aber manchmal scheint er den Unterschied zwischen mein und dein vergessen zu haben. Oft denke ich, daß er nur aus Eigensinn so redet, doch dann fühle ich wieder, daß er es wirklich ernst meint. Auch über unseren armen Vater spricht er sehr abfällig. Das kann ich nur schwer verzeihen. Vater war sehr leichtsinnig und verschwenderisch, aber er ist Johnny und mir ein guter Vater gewesen.« Ihre Stimme zitterte ein wenig.

»Was meinen Sie damit, wenn Sie sagen, daß er in mancher Beziehung seltsam spricht?«

Sie schüttelte den Kopf.

»Das ist nicht das einzige – er hat auch so eigenartige Bekannte. Vorige Woche war ein Mann hier, ich habe ihn nur gesehen, nicht gesprochen, Hackitt hieß er. Kennen Sie ihn?«

»Hackitt? Sam Hackitt?« fragte Wembury erstaunt. »Aber selbstverständlich, Sam und ich sind alte Bekannte!«

»Was ist er?«

»Einbrecher!« antwortete Alan ruhig. »Wahrscheinlich interessierte sich Johnny für ihn und ließ ihn kommen . . .«

»Nein, nein, das war es nicht.« Sie biß sich auf die Lippen. »Johnny hat mich angelogen. Er sagte, daß der Mann Handwerker sei und nach Australien fahren wolle. Sind Sie sicher, daß es der gleiche Hackitt ist?«

Alan gab eine knappe, eindrückliche Beschreibung des Mannes.

»Das ist er!« Sie nickte. »Alan, glauben Sie, daß Johnny – schlecht ist?«

»Natürlich nicht!«

»Aber seine eigenartigen Freunde?«

Diese Gelegenheit durfte er nicht ungenützt vorbeigehen lassen.

»Ich fürchte, Mary, daß sie bald eine ganze Menge Leute wie Hackitt und noch schlimmere treffen werden.«

18

»Warum?« fragte sie erstaunt.

»Sie beabsichtigen, Messers Sekretärin zu werden – Mary, ich wünschte, Sie würden nicht hingehen.«

»Warum, in aller Welt, Alan? Ich verstehe allerdings, was Sie meinen. Maurice hat eine große Zahl solcher Klienten, und ich werde sicher mit ihnen zusammenkommen, aber ich habe doch nur geschäftlich mit ihnen zu tun.«

»Wegen der Klienten bin ich nicht besorgt«, antwortete Alan ruhig. »Besorgt bin ich wegen – Maurice Messer.«

»Besorgt wegen Maurice?« Sie traute ihren Ohren nicht. »Aber Maurice ist doch ein so lieber Mann! Er ist die Freundlichkeit selbst zu Johnny und mir gewesen, und wir kennen ihn unser ganzes Leben lang.«

»Ich kenne Sie auch so lange, Mary ...«

»Aber«, unterbrach sie ihn, »sagen Sie mir, warum? Was könnten Sie gegen Maurice haben?«

Einer so direkten Frage gegenübergestellt, fühlte sich Alan unsicher. Freimütig erklärte er:

»Ich weiß nur, was Scotland Yard gegen ihn hat.«

Sie lachte heiter.

»Weil er es fertigbringt, diese armen, elenden Verbrecher vor dem Gefängnis zu bewahren! Das ist Berufsneid. O Alan«, neckte sie ihn, »das hätte ich nicht von Ihnen gedacht!«

Es wäre zwecklos gewesen, wenn er die Warnung wiederholt hätte. Eine Beruhigung hatte er: Wenn sie bei Messer arbeitete, würde sie auch in seinem Bezirk wohnen.

6

Maurice Messer blieb, von einer Eibenhecke halb verdeckt, stehen und beobachtete die beiden. Die Schönheit Mary Lenleys war ihm nie vorher aufgefallen. Es bedurfte offensichtlich der Bewunderung eines Polizeibeamten, um sein Interesse an dem Mädchen zu wecken, das er, einem später bereuten Impuls folgend, anzustellen versprochen hatte. Bewundernd verfolgte er ihre

Bewegungen, während sie mit Alan Wembury sprach. Er befeuchtete seine trockenen Lippen. Merkwürdig, daß er blind gewesen war gegen eine so reizvolle Erscheinung wie Mary Lenley. Er liebte blonde Frauen. Gwenda Milton war blond gewesen. Ein naives Mädchen, das langweilig wurde und in einer Tragödie endete. Ihn fröstelte bei dem Gedanken an den trüben Tag der gerichtlichen Vernehmung, als er vor dem Zeugentisch gestanden und gelogen hatte.

Als Mary den Kopf wandte, entdeckte sie ihn und winkte.

»Wo ist Johnny?« rief sie ihm zu.

»Johnny schmollt. Fragen Sie mich aber nicht, warum, denn ich weiß es nicht. Störe ich eine vertrauliche Unterredung?«

Er fragte sich, worüber sie gesprochen haben konnten. Hatte sie Alan Wembury mitgeteilt, daß sie nach Deptford zu kommen beabsichtigte? Früher oder später würde sie es ihm doch sagen, darum war es besser, dies gleich selbst zu tun.

»Wissen Sie schon, daß Miss Lenley mich beehren will, meine Sekretärin zu werden?«

»Ich hörte es.« Alan schaute dem Rechtsanwalt fest in die Augen. »Ich habe Miss Lenley soeben gesagt, daß sie in meinem Bezirk wohnen wird – unter meiner Obhut sozusagen . . .«

Warnung und Drohung klangen aus diesen Worten. Messer war zu klug, um es zu überhören. Alan Wembury spielte sich als Beschützer des Mädchens auf! Vor einer Stunde noch hätte ihn die Bemerkung belustigt. Doch jetzt . . .

Er schaute Mary an. Wie blaß schimmerte ihre zarte Haut! Wie reizvoll waren die dunkelgrauen Augen mit den langen Wimpern!

»Das ist sehr interessant!« Seine Stimme klang heiser, er räusperte sich. »Sehr interessant. Ist es eine der Pflichten Ihres Amtes?«

Messers Spott wirkte verkrampft.

»Die Pflichten des Polizeibeamten«, entgegnete Alan, »werden durch die Inschrift über dem Old Bailey, unserem ehrwürdigen Gerichtsgebäude, ziemlich genau beschrieben.«

»Und was besagt sie?« fragte Messer. »Ich habe mir nie die Mühe genommen, sie zu lesen.«

»Beschützt die Kinder der Armen und bestraft die Übeltäter!« zitierte Wembury ernst.

»Ein edles Wort!« stimmte Maurice zu. »Entschuldigen Sie, das muß für mich sein . . .« Schnell ging er einem Telegrafenboten entgegen, der durch den Garten kam.

»Ist Maurice auf Sie böse?« fragte Mary.

Alan lachte.

»Jeder wird früher oder später auf mich böse.«

Halb belustigt, halb ernst sagte sie: »Ich glaube, ich werde nie mit Ihnen böse sein, Alan! Sie sind der netteste Mann, den ich kenne.«

Sie sahen Maurice mit dem ungeöffneten Telegramm in der Hand zurückkommen.

»Für Sie!« rief er heiter. »Wie interessant, eine so wichtige Persönlichkeit zu sein, daß man das Amt nicht für fünf Minuten verlassen kann, ohne telegrafisch zurückgerufen zu werden!«

»Für mich?« Alan runzelte die Stirn und nahm das Telegramm in Empfang.

Freunde hatte er wenig, und daß das Amt seinen Urlaub kürzte, war nicht anzunehmen.

Er öffnete das Telegramm und las:

›Sehr eilig. Kommen Sie sofort zurück, melden Sie sich bei Scotland Yard. Halten Sie sich bereit, Ihren Bezirk morgen früh zu übernehmen. Australische Polizei meldet: Hexer verließ vor vier Monaten Sydney. Es wird angenommen, daß er jetzt in London ist.‹

Walford hatte das Telegramm aufgegeben.

»Ist etwas nicht in Ordnung?« Mary betrachtete Alan mit besorgtem Gesicht.

Er schüttelte langsam den Kopf.

Der Hexer war in England. Arthur Milton, der schonungslose Mörder seiner Feinde, schlau, verwegen, furchtlos.

In Gedanken war Wembury bereits in Scotland Yard, im Büro des Kommissars.

Gwenda Milton – tot, ertrunken, eine Selbstmörderin! Trug Maurice Messer die Verantwortung dafür? Wehe Maurice Messer, wenn dem so war, wenn sie auf seinem Gewissen lastete!

7

›Hexer‹ – das Volk hatte ihm diesen Namen gegeben. Er änderte seine Verkleidungen und Masken so oft, daß die Polizei noch nie in der Lage war, eine Beschreibung seiner Person in Umlauf zu setzen. Er war ein Meister der Verkleidung.

Es konnte nur einen Grund für ihn geben, nach London zurückzukehren: Rache an Maurice Messer zu nehmen, dem er seine Schwester anvertraut hatte.

In welchem Winkel der Riesenstadt würde er untertauchen? Für Wembury gab es nur eine Antwort: Deptford – der Stadtteil, den der Hexer kannte wie seine eigene Tasche, in dem der Mann wohnte, den er suchte.

Deptford: Wembury erschrak. Mary Lenley begann ihre Tätigkeit in Messers Büro – und Gefahr für den Anwalt bedeutete auch Gefahr für Mary.

»Sie haben mein Telegramm erhalten?« fragte Walford, als Alan bei ihm eintrat. »Es tut mir leid, daß ich Ihren Urlaub unterbrechen mußte, aber ich möchte, daß Sie Ihr Amt in Deptford sofort übernehmen, damit Sie möglichst schnell mit Ihrem neuen Bezirk vertraut werden.«

»Der Hexer ist also zurück, Sir?«

»Warum er zurückkam, und wo er steckt, weiß ich nicht. Ein direkter Bericht über ihn liegt eigentlich nicht vor, wir nehmen nur an, daß er zurückgekehrt ist.«

Walford nahm ein Telegramm aus dem Korb auf seinem Tisch.

»Der Hexer hat eine Frau. Nur wenige wissen es. Er hat sie vor ein oder zwei Jahren in Kanada geheiratet. Nach seinem Verschwinden verließ auch sie das Land, man folgte ihr bis nach Australien. Dies konnte nur eines bedeuten: Der Hexer war dort! Jetzt hat sie Australien verlassen und kommt morgen früh in England an.«

»Ich verstehe. Das bedeutet also, daß der Hexer entweder schon in England oder jedenfalls auf dem Weg hierher ist?«

»Sie haben doch mit niemand darüber gesprochen?« fragte der Kommissar rasch. »Sagten Sie nicht, daß Messer in Lenley Court war? Sie haben ihm gegenüber nichts erwähnt?«

»Nein, Sir!« antwortete Alan. »Eigentlich bedauere ich es. Ich hätte gern die Wirkung auf ihn beobachtet!«

»Der Hexer ist das Lieblingsgespenst Londons«, stellte Oberst Walford mit Besorgnis fest. »Auch nur bei der leisesten Andeutung, daß er nach London zurückgekehrt sein könnte, würden sich sämtliche Zeitungsmenschen der Fleet Street auf mich stürzen. Er brachte uns mehr Fehlschläge als jeder andere Verbrecher auf unseren Listen! Die Nachricht, daß er sich frei in London bewegt, wird einen Sturm entfachen, der nicht mehr aufzuhalten ist!«

»Glauben Sie, daß der Fall über meine Kräfte geht?« fragte Alan.

»Nein«, versicherte Walford entschieden. »Ich setze große Hoffnungen auf Sie – auf Sie und Dr. Lomond. Haben Sie übrigens Dr. Lomond kennengelernt?«

»Nein, wer ist das?«

Oberst Walford griff nach einem Buch, das auf dem Tisch lag.

»Er hat, vor vierzehn Jahren, das einzige Buch über Verbrecher geschrieben, das sich zu lesen lohnt. Er war jahrelang in Indien und Tibet. Der Unterstaatssekretär kann froh sein, daß Lomond das Amt annahm.«

»Welches Amt, Sir?«

»Das Amt des Polizeiarztes des R-Bezirks – also Ihres Bezirkes.«

»Eigentlich merkwürdig, daß der Mann einen so untergeordneten Posten annimmt«, meinte er schließlich.

Walford lachte leise.

»Er hat sein Leben lang nichts anderes getan. Wollen Sie seine Bekanntschaft machen? Er ist im Hause.« Er drückte auf den Klingelknopf und gab dem eintretenden Beamten Anweisung.

»Wird er uns helfen, den Hexer zu fassen?« fragte Alan lächelnd.

Die Antwort erstaunte ihn.

»Ich habe das Gefühl«, stimmte der Kommissar zu.

Die Tür öffnete sich, eine große, gebeugte Gestalt trat ein. Alan schätzte den Mann auf etwas über Fünfzig. Das Haar war ergraut, über dem Mund hing ein kleiner Schnurrbart, der Anzug saß schlecht. Flinke, blaue Augen schauten Alan freundlich an.

»Darf ich Sie mit Inspektor Wembury bekannt machen, der Ihrem Bezirk vorstehen wird!« stellte Walford vor.

Wemburys Hand wurde kräftig gedrückt.

»Haben Sie einige interessante Exemplare in Deptford, Inspektor?« fragte Dr. Lomond im reinsten schottischen Dialekt.

»Ich möchte gern einige Köpfe vermessen.«

Alan lachte. »Deptford ist mir noch so fremd wie Ihnen. Ich bin seit dem Krieg nicht mehr dort gewesen.«

Der Arzt kratzte sich das Kinn, den Blick fest auf Wembury gerichtet.

»Ich glaube nicht, daß sie so interessant wie die Lelos sein werden. Das ist eine wunderbare Rasse, mit einer seltsamen Kopfform und eigenartiger Entwicklung des Scheitelbeines . . .« Er sprach schnell, mit Begeisterung, es schien sein Lieblingsthema zu sein.

Während der Arzt seine Theorie über die Abstammung eines seltsamen tibetanischen Stammes erklärte, verschwand Alan geräuschlos aus dem Zimmer. Eine Stunde später traf er Walford, der gerade aus seinem Büro trat.

»Ja – ich bin den Doktor losgeworden!« Der Oberst lachte. »Er ist zu gescheit, als daß man ihn einen langweiligen Menschen nennen könnte. Dennoch hat er mir Kopfschmerzen gemacht!« Unvermittelt fuhr er fort: »Übertragen Sie Burton die Perlensache – ich meine die Darnleigh-Perlen. Einen neuen Anhaltspunkt haben Sie nicht gefunden?«

»Nein, Sir.«

Der Kommissar runzelte die Stirn.

»Da Sie eben erst von Lenley Court kamen, fiel mir ein, daß der junge Lenley am Abend des Diebstahls auf dem Ball der Lady Darnleigh war.« Als er den Ausdruck in Alans Gesicht bemerkte, fügte Walford schnell hinzu: »Ich will damit selbstverständlich nicht sagen, daß er etwas mit der Sache zu tun hat, aber es ist doch ein eigenartiger Zufall. Ich möchte gern, daß wir diesen Fall bald erledigen, denn Lady Darnleigh hat mehr Freunde in Whitehall, als mir lieb ist. Jeden zweiten Tag erhalte ich einen Brief des Innenministers, worin er sich nach dem Stand der Ermittlungen erkundigt.«

Alan Wembury verließ den Kommissar mit unguten Gefühlen. Er hatte gewußt, daß Johnny an jenem Abend auf dem Ball bei Lady Darnleigh gewesen war, doch der Gedanke, ihn mit dem rätselhaften Perlendiebstahl in Verbindung zu bringen, wäre ihm nie gekommen. Er rief sich nochmals die allzu kurze Unterhaltung mit Mary ins Gedächtnis zurück.

Warum in aller Welt sollte Johnny ... Und doch – die Lenleys waren ruiniert, und Mary war sichtlich nervös gewesen.

Unsinn! dachte Alan, als sich ihm ein häßlicher Gedanke aufdrängte. Unsinn! – Am nächsten Morgen übergab er die Akten in der Perlensache Inspektor Burton und verließ Scotland Yard mit sozusagen erleichtertem Gefühl.

Sein neuer Bezirk nahm ihn in der folgenden Woche sehr in Anspruch. Mary schrieb ihm nicht, wie er erwartet hatte. Er wußte nicht, daß sie bereits in London war, bis sie ihm eines Tages aus einem vorbeifahrenden Taxi zuwinkte. Er beauftragte einen Untergebenen, festzustellen, wo sie und Johnny wohnten, und erfuhr, daß sie sich in der Nähe der Malpas Road in einem modernen Häuserblock niedergelassen hatten, der hauptsächlich von Handwerkern bewohnt wurde.

8

»Heute morgen habe ich deinen ›Polypen‹ gesehen«, verkündete Johnny schnoddrig, als er zum Lunch erschien.

»Meinen was?« Mary schaute ihn mit großen Augen an.

»Wembury«, erklärte Johnny. »Wir nennen diese Leute so.«

»Wir?« wiederholte sie. »Du meinst doch, ›man‹ nennt sie so, Johnny?«

Dies schien ihn zu amüsieren. Er setzte sich an den Tisch.

»Mach dich nicht lächerlich, Mary! ›Wir‹ oder ›man‹ macht doch keinen Unterschied. Im Grunde sind alle Diebe, der Kaufmann im Rolls-Royce und der Arbeiter in der Straßenbahn – jeder will den andern übers Ohr hauen.«

»Wo hast du Alan gesehen?«

»Warum, zum Kuckuck, nennst du ihn beim Vornamen?« fuhr er sie an. »Der Mann ist Polizist, du aber tust, als ob er auf der gleichen gesellschaftlichen Stufe mit dir stünde.«

Mary schnitt das Brot. Lächelnd erwiderte sie:

»Unser Nachbar hier auf dem Stock ist Schlosser, und über uns wohnt ein Bahnarbeiter mit seiner Familie.«

Gereizt schob Johnny den Stuhl zurück.

»Diese Wohnung ist für uns nur ein vorübergehender Notbehelf. Du glaubst doch nicht etwa, daß ich mein Leben in diesem finstern Loch zubringen will? Einmal werde ich Lenley Court zurückkaufen.«

»Womit, Johnny?« fragte sie ruhig.

»Mit dem Geld, das ich verdiene – übrigens, Wembury ist nicht der Mann, mit dem du verkehren solltest. Ich habe heute morgen mit Maurice über ihn gesprochen, er ist auch der Meinung, daß wir diese Bekanntschaft aufgeben sollten.«

»Wirklich?« Marys Stimme klang kalt. »Maurice ist auch dieser Meinung – das ist sehr eigenartig.«

Er schaute sie mißtrauisch an.

»Wieso eigenartig? Jedenfalls wünsche ich den Verkehr mit ihm nicht, und . . .«

Sie war aufgestanden, stützte sich mit beiden Händen auf den Tisch.

»Und ich«, unterbrach sie ihn, »lasse mir darüber keine Vorschriften machen. Es tut mir leid, wenn du und Maurice dies nicht billigen, aber ich habe Alan gern.«

»Ich hatte meinen Kammerdiener auch gern«, spöttelte er, »trotzdem habe ich ihn entlassen.«

»Alan Wembury ist nicht dein Diener, Johnny! Du magst meinen Geschmack nicht billigen, aber Alan ist ein Gentleman. Hast du das nicht schon längst bemerkt? Solche Menschen findet man heutzutage nicht zu oft.«

Johnny hielt es für richtiger, darauf nur mit einem Achselzucken zu reagieren.

9

Am nächsten Morgen begann Mary ihr neues Leben. Der Gedanke an die Zusammenarbeit mit Maurice Messer beunruhigte sie jetzt doch ein wenig. Ein unbestimmtes Gefühl, über das sie sich nicht klar wurde, bedrückte sie.

Mr. Messers Haus unterschied sich angenehm von den überaus häßlichen und schmutzigen der Nachbarschaft. Es stand etwas von der Straße abgerückt. Die hohe Mauer, die es umgab, wurde nur durch die Einfahrt unterbrochen. In dem kleinen Herrenhaus im viktorianischen Stil waren Wohnung und Rechtsanwaltsbüro untergebracht.

Eine alte Frau führte Mary die abgenutzte Treppe hinauf, öffnete die schwere, verzierte Türe und ließ sie eintreten. Der Raum sah vernachlässigt aus, wirkte jedoch ziemlich freundlich. In den Bildern an den Wänden erkannte sie Werke bekannter alter Meister. Am meisten interessierte sie aber ein großer Flügel, der in einem Alkoven stand. Sie betrachtete ihn erstaunt und fragte die Frau:

»Spielt Mr. Messer Klavier?«

»Er? Und ob!« Die Frau lachte.

Neben diesem Zimmer befand sich ein kleiner Vorraum ohne Türen, der, wie es schien, als Büro benützt wurde. Regale zogen sich an den Wänden entlang, und auf einem kleinen Tischchen stand eine verdeckte Schreibmaschine.

Mary hatte kaum Zeit, sich richtig umzuschauen, als überraschend Maurice Messer eintrat. Er kam schnell auf sie zu und nahm ihre beiden Hände in die seinen.

»Meine liebe Mary«, rief er überschwenglich, »das ist wunderbar!«

»Ich mache keinen Anstandsbesuch Maurice!« erwiderte sie irritiert. »Ich bin gekommen, um zu arbeiten!«

Sie entzog ihm ihre Hände, denn sie erinnerte sich nicht, je auf so vertrautem Fuß mit ihm gestanden zu haben.

»Meine liebe Mary, es gibt genug Arbeit - Urkunden, Zeugenaussagen ...« Er sah sich suchend um. »Können Sie Schreibmaschine schreiben?«

Er erwartete eigentlich, daß sie verneinen würde, um so er-
staunter war er, als sie antwortete:

»Aber natürlich! Mein Vater schenkte mir schon eine Schreibmaschine, als ich zwölf Jahre alt war.«

Messer hatte weder gewünscht noch erwartet, daß Mary sein
Angebot ernst nehmen würde – bis zu dem Tag in Lenley Court,
als er sie plötzlich mit anderen Augen sah und bemerkte, daß das
unbeholfene Kind sich zu einem begehrenswerten Geschöpf ent-
wickelt hatte.

»Warten Sie, ich will Ihnen eine eidliche Aussage zum Ab-
schreiben geben.« Er suchte fieberhaft unter den Papieren auf
seinem Schreibtisch. Es dauerte lange, bis er auf ein Dokument
stieß, das ihm harmlos genug für sie schien. Seine Klienten
waren meistens sehr ungewöhnlicher Art, und es bereitete ihm
einiges Kopfzerbrechen, was von seiner zweifelhaften Korre-
spondenz er ihr anvertrauen sollte. Erst als er das Schriftstück
ganz durchgelesen hatte, übergab er es ihr.

»Nun, Mary, werden Sie sich hier wohl fühlen?«

»Ich denke es. Es ist sehr nett, für jemand zu arbeiten, den
man schon so lange kennt – und Johnny ist ja auch in der Nähe.«

Messers Augenlider senkten sich für einen Augenblick.

»Oh!« stieß er leise aus und sah an ihr vorbei. »Er wird Sie
doch nicht etwa während der Bürostunden besuchen?«

Sie spürte den Sarkasmus in seinem Ton nicht.

Er ließ die Augen nicht mehr von ihr. Er fand sie noch schöner als vor ein paar Tagen. Sie war der zierliche Typ, den er
liebte, dunkler als Gwenda Milton, und feiner. Aus ihren Augen
sprachen Seele, Geist, unerweckte Leidenschaft, ein verborgenes
Feuer, das angefacht werden mußte.

Sie wurde unter seinem Blick verlegen.

»Ich will Ihnen jetzt das Haus zeigen«, erklärte er lebhaft.

Vor einer Tür im obersten Stock zögerte er, zog aber nach kurzer Überlegung einen Schlüssel hervor und öffnete.

Mary sah an ihm vorbei und erblickte ein Zimmer, wie sie es
in diesem alten Haus nicht erwartet hätte. Zwar bedeckten dicke
Staubschichten alle Gegenstände, aber es war ein wunderschöner
Raum, Wohn- und Schlafzimmer in einem, mit einem Luxus aus-

gestattet, der in Erstaunen setzte. Die französischen Stilmöbel, der dicke Teppich, die silbernen Wandleuchter und geschmackvolle Bilder offenbaren einen verschwenderischen Aufwand.

»Ist das ein hübsches Zimmer!« rief Mary, als sie ihre Verblüffung etwas überwunden hatte.

»Ja – sehr hübsch.« Messer starrte düster in das Nest, das Gwenda Milton bis zu ihrem tragischen Ende bewohnt hatte. »Ist es nicht besser als Malpas Mansions, wie?« Seine gerunzelte Stirn glättete sich. »Es muß nur etwas gereinigt und Staub gewischt werden, und schon ist es für eine Prinzessin bereit! – Ich werde Ihnen das Zimmer zur Verfügung stellen, meine Liebe . . .«

»Mir – zur Verfügung stellen?« Sie starrte ihn an. »Das ist unmöglich, Maurice, ich lebe mit Johnny zusammen, könnte also gar nicht hier wohnen.«

Er zuckte die Achseln.

»Johnny? Ja. Aber eines Abends könnte es hier einmal spät werden – oder Johnny könnte fort sein. Ich wage nicht, daran zu denken, daß Sie dann allein in jener elenden Wohnung hausen müßten.« Er verschloß die Tür wieder. »Natürlich ist dies eine Angelegenheit, die Sie allein entscheiden müssen«, meinte er leichthin. »Das Zimmer ist da - wenn Sie es einmal brauchen sollten.«

Sie antwortete nicht. Dieser Raum war schon bewohnt gewesen, das stand fest, und zwar von einer Frau. Für einen Mann paßte die Einrichtung kaum. Mary fühlte sich etwas unbehaglich; denn über Maurice Messers Privatleben wußte sie nichts. Sie erinnerte sich undeutlich, daß Johnny eine gewisse Episode aus Messers Leben erwähnt hatte, auf die sie jedoch nicht neugierig gewesen war.

Gwenda Milton!

Plötzlich fiel ihr dieser Name ein. Sie erschrak. Gwenda Milton, die Schwester eines Verbrechers! Sie erschauerte, als ihre Gedanken zu dem prächtigen Zimmer zurückkehrten, das vom Geist einer toten Liebe bewohnt wurde. Mary saß an ihrem Arbeitstisch, und es war ihr, als starrte ein todblasses, angstverzerrtes Gesicht sie an.

Am Nachmittag des gleichen Tages landete die ›Olympic‹ im Hafen von Southampton. Die beiden Männer von Scotland Yard, die sich seit Cherbourg auf dem Schiff befanden und jeden Passagier genau beobachtet hatten, verließen es als erste. Sie stellten sich am Ende der Landungsbrücke auf. Es dauerte lange, bis die Prüfung der Pässe in Gang kam, doch endlich entstand Bewegung, und die Passagiere stiegen einzeln zum Kai hinunter.

Einem der Detektive fiel ein Gesicht auf, das er auf dem Schiff nicht gesehen hatte. Am Schiffsgeländer erschien ein Mann mittlerer Größe, ziemlich schlank, mit kleinem Spitzbart und schwarzem Schnurrbart. Langsam kam er näher.

Die Detektive warfen sich einen Blick zu. Als der Passagier den Kai erreichte, trat der eine Beamte an ihn heran.

»Bitte, verzeihen Sie, ich habe Sie auf dem Schiff nicht gesehen.«

Der Mann mit dem Spitzbart musterte ihn kühl.

»Machen Sie mich etwa für Ihre Blindheit verantwortlich?« fragte er.

»Kann ich Ihren Paß sehen?«

Der Passagier zögerte erst, dann griff er in die innere Rocktasche und zog ein Lederetui heraus, dem er eine Karte entnahm. Der Detektiv las:

Hauptinspektor Bliss
Kriminalabteilung Scotland Yard
Gesandtschaftsattaché in Washington

»Ich bitte um Verzeihung.« Der Beamte gab die Karte zurück. »Ich habe Sie nicht erkannt, Mr. Bliss. Sie hatten keinen Bart, als Sie Scotland Yard verließen.«

Bliss nahm die Karte zurück, steckte sie wieder in das Etui und wandte sich mit einem Kopfnicken ab.

Er trug sein Gepäck nicht ins Zollamt hinein, sondern stellte es kurz davor auf den Boden. Mit dem Rücken zum Gebäude blieb er stehen und beobachtete die eintreffenden Passagiere. Endlich sah er die Frau, die er suchte.

Sie war schlank, gut gekleidet, vielleicht etwas zu gut; an der weißen Hand funkelten Brillanten, und zwei Steine glitzerten an den kleinen Ohren. Modern, lebenslustig, gescheit, furchtlos, erfahren und vielgereist – dies war der erste Eindruck, den Inspektor Bliss von ihr gewonnen hatte. Und er mußte dieses Urteil nie korrigieren. Diese Frau ließ sich durch nichts verblüffen.

Sie war in Cherbourg an Bord gekommen – ein Zufall, daß sie auf dem gleichen Schiff wie er nach England reiste. Er folgte ihr ins Zollamt und beobachtete, wie sie sich einen Weg durch das angehäufte Gepäck bahnte, bis sie zum Buchstaben ›M‹ gelangte. Seine eigenen Zollformalitäten waren schnell beendet. Er übergab seine Handtasche einem Gepäckträger, den er beauftragte, einen Platz im wartenden Zug zu belegen. Darauf drängte er sich durch die Menge der Passagiere weiter, bis zu der Stelle, wo die Frau gerade einem Zollbeamten ihr Gepäck zeigte.

Als ob sie seinen Blick spürte, schaute sie zweimal über die Schulter zurück. Beim zweitenmal trafen sich ihre Augen. In den ihren glaubte er Verwunderung – oder war es Besorgnis? – zu erkennen.

»Mrs. Milton, wenn ich mich nicht irre?« fragte Bliss.

Wieder dieser Blick. Ohne Zweifel war es Furcht, die er ausdrückte.

»Dies ist mein Name.« Sie sprach langgezogen und hatte einen südlich-sanften, gebildeten Akzent. »Aber ich weiß nicht, mit wem ich spreche!«

»Mein Name ist Bliss. Hauptinspektor Bliss von Scotland Yard.«

Anscheinend sagte ihr der Name nichts, doch als er seinen Beruf nannte, wich die Farbe aus ihren Wangen, kehrte aber sofort zurück.

»Das ist sehr interessant! Und was kann ich für Sie tun – Hauptinspektor Bliss von Scotland Yard?«

»Ich möchte, bitte, Ihren Paß sehen.«

Wortlos holte sie das Dokument aus ihrer kleinen Handtasche und händigte es ihm aus. Er blätterte schweigend darin und sah sich die Stempel der Einschiffungshäfen an.

»Sie sind erst kürzlich in England gewesen?«

»Allerdings! Ich war vorige Woche hier, mußte aber eilig nach

Paris fahren. Den Rückweg nahm ich über Cherbourg . . .« Sie blickte ihn plötzlich scharf an. »Bliss?« fragte sie gedankenvoll. »Ich erinnere mich nicht, und doch ist mir, als hätte ich Sie schon irgendwo getroffen.«

Er schaute sich immer noch die Stempel an.

»Sydney, Genua, Domodossola - Sie reisen viel, Mrs. Milton, aber nicht so schnell wie Ihr Mann . . .«

Die Andeutung eines Lächelns flog über ihr Gesicht.

»Nein«, sprach Bliss weiter, »ich will nichts von Ihnen, aber ich hoffe in den nächsten Tagen Ihren Mann zu treffen.«

Ihre Augen schlossen sich ein wenig.

»Hoffen Sie, auch in den Himmel zu kommen?« fragte sie spöttisch. »Ich dachte, Sie wüßten, daß Arthur tot ist!«

Er verzog die Lippen.

»Der Himmel ist nicht der Ort, an dem ich ihn treffen könnte!« Er gab ihr den Paß zurück, drehte sich um und ging weiter.

Sie blickte ihm nach, bis er verschwunden war, dann wandte sie sich mit einem Seufzer dem Zollbeamten zu.

Bliss! Die Häfen wurden also beobachtet.

Hatte der Hexer England erreicht? Cora Ann Milton liebte ihren verwegenen Mann, der nur tötete, weil er sich rächen oder weil er strafen wollte. Er war jetzt Ismael, ein Wanderer auf der Erde, gegen den sich die Hände aller Männer erhoben, dessen Fährte Hunderte von Polizisten folgten.

Langsam ging sie den Bahnsteig entlang, unauffällig durch die Wagenfenster spähend. Endlich entdeckte sie Bliss. Er saß auf einem Eckplatz und schien in die Morgenzeitung vertieft.

Wo hatte sie ihn schon gesehen? Warum erfüllte sein Anblick sie mit Furcht? Die sorgenvollen Gedanken verließen sie bis London nicht.

Als Johnny Lenley am selben Nachmittag bei Messer vorsprach, war ihm der Anblick seiner Schwester an der Schreibmaschine sehr peinlich. Es machte ihm die Armut, in die die Lenleys gesunken waren, erst richtig bewußt. Sie lächelte ihm unsicher zu.

Sie wies auf das kleine Zimmer, in dem Messer die vertraulichen Besprechungen mit seinen ungewöhnlichen Klienten abzuhalten pflegte.

Johnny blickte sie einen Augenblick schweigend an. Nur schwer konnte er ertragen, sie so, als Angestellte, zu sehen. Er preßte die Lippen zusammen und klopfte an die Tür zu Messers Privatbüro.

»Wer ist da?« rief es von innen.

Johnny drückte auf die Klinke, die Tür war verschlossen. Er hörte, wie der Geldschrank geschlossen, der Türriegel zurückgeschoben wurde. Die Tür sprang auf.

»Um was für ein Geheimnis geht's hier?« murrte Johnny, als er eintrat.

»Ich habe«, erwiderte Messer, »gerade einige interessante Perlen untersucht. Und daß man nicht gleich die allgemeine Aufmerksamkeit auf Diebesgut lenken will, ist doch selbstverständlich!«

»Wie ist es denn – haben Sie ein Angebot dafür erhalten?« fragte Johnny.

»Ich will die Perlen heute abend noch nach Antwerpen schicken«, sagte er.

Er schloß den Geldschrank auf, der in einer Ecke des Zimmers stand, entnahm ihm eine flache Schachtel und öffnete den Deckel. Eine wunderbare Perlenkette kam zum Vorschein.

»Die hat einen Wert von mindestens zwanzigtausend Pfund!« protzte Johnny, und seine Augen leuchteten auf.

»Das sind mindestens fünf Jahre Zuchthaus!« setzte Messer ungerührt hinzu. »Offen gestanden, Johnny, die Geschichte gefällt mir nicht.«

»Warum? Niemand würde vermuten, daß Mr. Messer, der berühmte Rechtsanwalt, bei den Perlen der Lady Darnleigh den

Hehler macht.« Er mußte lachen. »Zum Teufel! Maurice, Sie würden eine seltsame Gestalt auf der Anklagebank des Old Bailey abgeben. Können Sie sich vorstellen, mit welchem Genuß die Zeitungen die Sensation der Verhaftung und Verurteilung von Mr. Messer, früher in Lincoln's Inn Fields, jetzt Flanders Lane in Deptford, berichten würden?«

Messers Gesicht blieb unbewegt, nur die Augen funkelten böse.

»Sehr interessant. Ich hätte Ihnen soviel Einbildungskraft nie zugetraut.« Er hob die Perlen ans Licht und betrachtete sie nochmals, dann schob er den Deckel auf die Schachtel. »Haben Sie mit Mary gesprochen?« fragte er leichthin.

»Es ist scheußlich, sie arbeiten zu sehen, aber es läßt sich vorerst nicht ändern. – Maurice, ich . . .«

»Ja?«

»Ich habe mir manches überlegt. Sie hatten früher in Ihrem Büro ein Mädchen namens Gwenda Milton?«

»Und?«

»Sie hat sich doch ertränkt? Wissen Sie vielleicht, warum?«

Maurice Messer sah ihm voll ins Gesicht. Auch nicht das Zukken eines Augenlides verriet die Wut, die in ihm aufstieg.

»Das Gericht sagte . . .«, begann er.

»Ich weiß, was das Gericht sagte«, unterbrach ihn Johnny grob, »doch habe ich darüber meine eigene Ansicht.« Mit Nachdruck fuhr er fort: »Mary Lenley ist nicht Gwenda Milton! Sie ist nicht die Schwester eines flüchtigen Mörders, und ich erwarte für sie eine bessere Behandlung, als Gwenda Milton sie von Ihnen erfahren hat.«

»Ich verstehe Sie nicht«, erwiderte Messer.

»Ich glaube, Sie verstehen mich gut. Man sagt, daß Sie in dauernder Furcht vor dem Hexer leben – Sie würden mehr Grund haben, mich zu fürchten, wenn Mary etwas zustoßen sollte!«

Nur einen Augenblick senkte Messer die Augen.

»Sie sind hysterisch, Johnny, und außerdem heute morgen nicht besonders höflich. Vor allem aber sind Sie noch sehr unreif – ich habe es Ihnen vor einer Woche schon gesagt. Wer sollte Mary etwas zuleide tun? Und was den Hexer und seine Schwester betrifft, so sind sie tot!«

Er nahm die Schachtel vom Tisch, öffnete sie und vertiefte sich von neuem in die Betrachtung der Perlen.

»Als Juwelendieb . . .«

Er kam nicht weiter, es klopfte leise an der Tür.

»Wer ist da?« fragte er schnell.

»Bezirksinspektor Wembury!«

12

Maurice Messer warf die Schachtel mit den Perlen hastig in den Geldschrank. Obwohl er eiserne Nerven besaß, hatte sich sein gelbliches Gesicht weiß verfärbt, und tiefe Falten kamen zum Vorschein. Auch sein junger Klient verriet Zeichen von Aufregung, als Alan eintrat. Messer gewann zuerst die Fassung zurück.

»Hallo, Wembury!« rief er mit gezwungenem Lachen. »Überall stößt man auf Sie!«

»Ich hörte, daß Lenley hier ist, und da ich ihn sprechen wollte . . .«

»Sie wollten mich sprechen?« Johnnys Gesicht zuckte. »In welcher Angelegenheit?«

Wembury wußte, daß Messer ihn beobachtete und sich keine Bewegung, keinen Blick entgehen ließ. Was fürchtete er? Alan schmerzte es, als er an den beiden vorbei zu Mary hinaussah, die ahnungslos vor der Schreibmaschine saß.

»Sie kennen«, sagte Alan, »die Affäre der Darnleigh-Perlen, und Sie wissen auch, daß man mir die Untersuchung übertragen hatte. Ich habe den Fall jetzt Inspektor Burton übergeben. Heute morgen nun bat er mich, einen Punkt aufzuklären, der ihm rätselhaft erscheint.«

Mary war von der Schreibmaschine aufgestanden und näher gekommen.

»Ein Punkt, der ihm rätselhaft erscheint?« wiederholte Johnny Lenley mechanisch. »Und was ist das?«

»Er wollte wissen, was Sie veranlaßte, in Lady Darnleighs Zimmer zu gehen.«

»Ich glaube, daß ich diesen Punkt genügend aufgeklärt habe!«
brauste Johnny auf.

»Sie gaben an, Sie hätten geglaubt, Ihren Mantel und Hut im
ersten Stock gelassen zu haben. Der Inspektor hat aber erfahren,
daß ein Diener, als Sie hinaufgehen wollten, Ihnen sagte, daß
sich die Mäntel und Hüte im Erdgeschoß befänden.«

»Daran kann ich mich nicht erinnern«, erwiderte Johnny. »Ich
fühlte mich nicht wohl an jenem Abend. Ich kam auch sofort
wieder herunter, als ich meinen Irrtum erkannte. Wird etwa angenommen, daß ich etwas über den Diebstahl weiß?« Seine
Stimme zitterte ein wenig.

»Eine solche Vermutung ist von niemandem ausgesprochen
worden.« Wembury lächelte leicht. »Wir müssen lediglich versuchen, alle möglichen Informationen zu sammeln.«

»Ich wußte nichts von dem Diebstahl, bis ich es in den Zeitungen las.«

»Aber Johnny«, rief Mary, »du sagtest mir doch, als du nach
Hause kamst, daß ein . . .«

Ihr Bruder starrte sie schweigend an.

»Wenn du dich richtig erinnern willst, meine Liebe, war es
zwei Tage danach«, wies er sie ruhig, aber eindringlich zurecht.
»Ich brachte dir die Zeitung, die von dem Diebstahl berichtete.
Ich hätte es dir am gleichen Abend gar nicht mitteilen können,
weil ich dich nicht gesehen habe.«

Aus Marys Gesicht war jede Farbe gewichen. Verwirrung
stand in ihren Augen. Alan wagte sie nicht anzuschauen.

»Selbstverständlich erinnere ich mich, Johnny . . . Ja, ich erinnere mich – ich bin ganz dumm!«

Ein peinliches Schweigen folgte. Alan stand da, die Hände in
den Rocktaschen, und starrte auf den abgenutzten Teppich.

»Gut!« rief er endlich. »Hoffentlich wird es Burton genügen.
Es tut mir leid, daß ich Sie gestört habe.« Er sah an Mary vorbei
auf Johnny. »Warum reisen Sie nicht ins Ausland, Lenley? Sie
sehen schlecht aus.« Es klang gezwungen.

»England ist gut genug für mich«, antwortete Johnny verdrießlich. »Sind Sie eigentlich unser Hausarzt, Wembury?«

»Ja, so ungefähr komme ich mir vor.« Er nickte kurz und ging.

Mary kehrte zu ihrer Schreibmaschine zurück, konnte jedoch nicht arbeiten. Hinter ihr schloß Messer die Tür seines Büros.

»Ich nehme an, Sie wissen, was Wembury sagen wollte?«

»Da ich kein Gedankenleser bin, weiß ich es nicht«, antwortete Johnny. »Der Kerl besitzt eine Frechheit! Wenn man bedenkt, daß er der Sohn eines Gärtners ist ...«

»Genau das sollten Sie endlich vergessen!« fuhr ihn Messer wütend an. »Denken Sie lieber daran, daß Sie sich verraten haben! Von heute an wird man Sie beobachten. Das schadet zwar weiter nichts, aber – auch mich wird man beobachten, was sehr unangenehm ist. Ich bin nicht ganz sicher, ob Wembury seine Pflicht tut und Scotland Yard Mitteilung macht. Wenn er es tut, können Sie sich auf große Unannehmlichkeiten gefaßt machen.«

»Sie auch!« höhnte Johnny. »In dieser Sache stehen und fallen wir zusammen. Wo wird man die Perlen finden? In Ihrem Geldschrank! Haben Sie sich das überlegt?«

»Ich glaube, daß wir die Ihnen drohende Gefahr übertreiben«, meinte Messer leichthin. »Vielleicht haben Sie recht – die wirkliche Gefahr droht mir!« Er schaute auf den Geldschrank. »Ich wünschte, diese elenden Dinger wären eine Meile von hier! Es wäre sogar möglich, daß Wembury eine Haussuchung veranlaßt.«

»Man sollte sie mit der Post nach Antwerpen senden.«

Messer lächelte verächtlich.

»Wenn ich beobachtet werde, ist doch wohl anzunehmen, daß auch meine Postsendungen nicht unbeachtet bleiben! Nein, nur eines kann uns retten – wir müssen diese verfluchten Perlen für ein oder zwei Tage anderswo unterbringen.«

Johnny biß sich verwirrt auf die Fingernägel.

»Ich werde sie zu mir in die Wohnung nehmen«, erklärte er plötzlich. »Dort gibt es einige Möglichkeiten, sie zu verstecken.«

»Keine schlechte Idee!« stimmte Maurice langsam, wie überlegend, zu. »Wembury würde es sich nie einfallen lassen, Ihre Wohnung zu durchsuchen – dazu hat er Mary zu gern.«

Er wartete nicht erst ab, bis Johnny sich vielleicht anders besinnen würde, sondern schloß den Geldschrank auf und übergab ihm die Perlen. Lenley betrachtete die Schachtel skeptisch, steckte sie dann aber in seine innere Rocktasche.

»Ich werde sie im Koffer unter meinem Bett verstecken – Ende der Woche bringe ich sie Ihnen zurück.«

Er verließ rasch das Zimmer und hielt sich auch bei Mary nicht auf. Die Perlen, für die er soviel gewagt hatte, wieder in Händen zu haben, gab ihm eine gewisse Befriedigung und verscheuchte den Verdacht, der in ihm aufgekommen war, seit Messer sie bei sich verwahrt hatte.

Als er durch die belebte Flanders Lane ging, trat ein Mann aus einem engen Durchgang und folgte ihm. Der Polizist, der an der Ecke Posten stand, beachtete ihn kaum und ließ es sich jedenfalls nicht träumen, daß in seiner nächsten Nähe der Mann vorbeiging, den die Polizei dreier Kontinente suchte: Henry Arthur Milton – der Hexer!

Noch lange, nachdem Lenley ihn verlassen hatte, ging Messer in seinem Büro auf und ab und überlegte. Lenleys Ton gefiel ihm nicht. Früher einmal hatte ihn Johnny amüsiert, später war er ihm nützlich gewesen – jetzt wurde er ihm gefährlich.

Messer öffnete leise die Tür ein wenig und spähte durch den Spalt. Mary saß, in ihre Arbeit vertieft, an der Schreibmaschine. Er strich sich übers Kinn. Eine neue Leidenschaft hatte ihn befallen und neuen Anreiz in sein Leben gebracht.

Seine Gedanken kehrten zu Johnny zurück. Es gab ein sicheres Mittel, um den prahlerischen, bedrohlichen Lenley loszuwerden. Ihn aus dem Weg zu räumen, würde zugleich bedeuten, manche andere Schwierigkeiten zu beseitigen.

Und Marys Widerstand konnte auch nicht härter sein als der Gwendas in der ersten Zeit.

Er legte die Stirn in Falten. Inspektor Wembury! Der war gefährlicher als Lenley!

Fürs erste mußte er mit Johnny Lenley fertigwerden, ihn dorthin bringen, wo er kein Unheil mehr stiften konnte.

Maurice war ein kluger Mann. Nach der Unterredung mit dem Bruder ließ er einige Zeit verstreichen, bevor er Mary ansprach. Das Frühstück, das ihr gebracht wurde, rührte sie nicht an. Statt dessen stand sie am Fenster und starrte auf die Flanders Lane hinaus. Als sie seine Stimme hörte, erschrak sie.

»Was haben Sie, meine Liebe?« Er gab sich väterlich.

Mary schüttelte abgespannt den Kopf.

»Ich weiß es nicht, Maurice – ich bin so besorgt wegen Johnny und der Perlen . . .«

»Der Perlen?« wiederholte er mit gespieltem Erstaunen. »Meinen Sie Lady Darnleighs Perlen?«

»Ja. Warum hat Johnny gelogen? Als er damals nach Hause kam, war das erste, was er sagte: ›In Park Lane ist ein Diebstahl verübt worden! Lady Darnleighs Schmuck ist verschwunden!‹«

»Johnny ist nicht ganz normal«, beruhigte er sie. »Ich würde nicht zuviel auf seine Reden achten. Sein Gedächtnis scheint in letzter Zeit gelitten zu haben.«

»Das ist nicht der Fall. Er wußte genau, Maurice, daß er es mir gesagt hatte. Es ist ausgeschlossen, daß er es vergessen haben könnte.« Geängstigt forschte sie in seinem Gesicht. »Sie glauben doch nicht . . .« Der Satz blieb unvollendet.

»Daß Johnny etwas von diesem Diebstahl gewußt hat? Das ist Unsinn, meine Liebe! Der Junge hat Kummer, und das ist ganz natürlich. Es ist nicht angenehm, sich ohne einen Penny in die Welt geworfen zu sehen, wie es Johnny erlebt hat. Er hat weder Ihren Charakter noch Ihren Mut, meine Liebe!«

Sie seufzte und kehrte an ihren Arbeitstisch zurück, auf dem ein großer Stoß Briefe lag, die sie genau geordnet hatte. Sie blätterte darin und zog ein Formular hervor.

»Maurice, wer ist der Hexer?«

Als er das Wort hörte, zuckte er zusammen und starrte sie an. »Der Hexer?«

»Hier ist ein Telegramm – ich habe es ungeöffnet zwischen alten Briefen gefunden!«

Er riß ihr das Papier aus der Hand. Das Telegramm war vor drei Monaten in Sydney aufgegeben worden, es stammte von einem Anwalt, dem Agenten Messers in Australien. Es enthielt nur wenige Worte:

›Mann aus dem Hafen von Sydney identifiziert – nicht Hexer. Es wird angenommen, daß er Australien verlassen hat.‹

Mary starrte den Rechtsanwalt an, sein Blick war verstört, jede Farbe aus seinem Gesicht verschwunden.

»Der Hexer!« murmelte er. »Am Leben!« Das Papier in seiner

Hand zitterte. Er mußte eine Erklärung für seine Aufregung finden. »Ein alter Klient von mir, für den ich mich sehr eingesetzt hatte – aber er ist ein Schuft, sogar mehr als das!«

Während er sprach, zerriß er das Telegramm in kleine Stücke und warf sie in den Papierkorb. Dann legte er plötzlich einen Arm um Marys Schulter.

»Mary, an Ihrer Stelle würde ich mir keine Gedanken über Johnny machen. Er ist in einem schwierigen Alter und hat wunderliche Ideen. Augenblicklich bin auch ich nicht zufrieden mit ihm.«

»Nicht zufrieden mit ihm, Maurice?« fragte sie erstaunt. »Warum nicht?«

Er zuckte die Achseln.

»Er verkehrt mit einer Menge unangenehmer Leute. Vor allen Dingen möchte ich nicht, daß Sie mit ihnen in Berührung kommen.«

Sein Arm lag noch immer auf ihrer Schulter. Sie machte eine Bewegung, um sich zu befreien, nicht weil die Berührung sie erschreckt hätte, sondern einfach, weil sie sich unbehaglich fühlte. Er ließ den Arm hinuntergleiten und tat, als hätte er nichts bemerkt.

»Können Sie nichts tun? Auf Sie wird er hören!« bat sie.

Aber ihn beschäftigte jetzt nicht Johnny, sein Sinnen und Trachten war nur auf Mary gerichtet. Sie faßte seinen Arm und schaute ihm ins Gesicht. Er spürte, wie sein Herz schneller zu schlagen begann. Wenn Johnny den Vorschlag Wemburys befolgte und mit den Perlen nach dem Kontinent fuhr – dann war Mary . . . Johnny würde keine Schwierigkeiten haben, die Perlenkette loszuwerden, und dafür einen Betrag erhalten, von dem er jahrelang leben konnte. Dies waren Messers Gedanken, als er sanft über Marys Wange strich.

»Ich will sehen, was ich für Johnny tun kann«, versprach er. »Zerbrechen Sie sich darüber nicht mehr Ihren hübschen Kopf!«

Etwas später hörte Mary, wie er auf der kleinen Reiseschreibmaschine, die er in seinem Privatbüro verwahrt hielt, mühsam etwas tippte.

Als an diesem Abend Inspektor Wembury auf die Polizeiwache in der Flanders Lane kam, fand er einen Brief vor. Er war mit Schreibmaschine geschrieben und trug keine Unterschrift. Ein Bote der Hauptstation hatte ihn abgeliefert. Der kurze Inhalt lautete:

›Die Perlenkette der Lady Darnleigh wurde von Johnny Lenley, 37 Malpas Mansions, gestohlen. Sie befindet sich in einer Schachtel im Koffer unter seinem Bett.‹

Alan Wembury las die Mitteilung. Sie bedrückte ihn tief, denn jetzt gab es nur einen Weg für ihn – den Weg der Pflicht.

13

Wembury wußte, daß anonyme Briefe zum Alltag der Polizei gehörten. In den meisten Fällen konnte man sie unbeachtet lassen. Wenn jedoch eine Information eintraf, die einen bestimmten Verdacht bestärkte, dann mußten Nachforschungen angestellt werden.

Er stand in seinem Zimmer und dachte über das Problem nach. Er konnte natürlich irgendeinen Beamten mit der Nachforschung beauftragen oder den Brief auch an eine andere Stelle weiterleiten. Aber all dies wäre moralische Feigheit gewesen, und es widerstrebte ihm, die Verantwortung abzuwälzen.

In der Tür seines Büros gab es ein kleines Schiebefenster, das einen Ausblick ins Beamtenzimmer freiließ. Mechanisch hinausstarrend, wie er es manchmal tat, fiel ihm die gebeugte Gestalt auf, die gerade draußen vorbeiging. In einer raschen Eingebung riß er die Tür auf und winkte Dr. Lomond herein. Warum er ausgerechnet diesen alten Mann, der hier noch fremd war, ins Vertrauen ziehen wollte, konnte er sich nicht erklären. Allerdings hatte sich zwischen ihnen, in der kurzen Zeit ihrer Bekanntschaft, ein seltsames Einvernehmen herausgebildet.

»Sie haben Verdruß, Mr. Wembury?« fragte der Arzt.

»Sie haben es erraten!« Alan lachte und erzählte in wenigen Worten den Fall, der ihn beschäftigte. Lomond hörte aufmerksam zu.

»Das ist peinlich!« Er schüttelte den Kopf. »Und es klingt beinah wie ein Drama. Meiner Meinung nach gibt es nur eines, Mr. Wembury – Sie müssen John Lenley behandeln, als ob er John Smith oder Thomas Brown wäre. Vergessen Sie, daß er der Bruder von Miss Lenley ist, denn ich glaube«, schloß er verschmitzt, »dies quält Sie am meisten! Behandeln Sie den Fall so, als ob er jemand beträfe, von dem Sie noch nie etwas gehört haben.«

»Das ist leider auch der Rat, den ich mir selbst gegeben habe!« stimmte Alan bei.

Dr. Lomond holte eine silberne Tabakdose aus der Tasche und drehte sich bedächtig eine Zigarette.

»Johnny Lenley«, meinte er gedankenvoll, »ein Freund von Messer!«

Alan stutzte, denn der Arzt nannte den Namen des Rechtsanwalts mit besonderem Nachdruck. »Kennen Sie ihn?«

Lomond schüttelte den Kopf.

»Ich habe nur die Gewohnheit, wenn ich an einen neuen Ort komme, mich mit den örtlichen Sagen bekannt zu machen. Messer ist eine solche Sage. Für mich ist er der interessanteste Mensch in Deptford, und ich freue mich schon darauf, seine Bekanntschaft zu machen.«

»Aber was sollte Johnny Lenleys Freundschaft mit Messer . . .« Alan beendete den Satz nicht. Er kannte die unheilvolle Bedeutung dieser Freundschaft nur zu gut.

Maurice Messer war etwas mehr als nur eine Sage. Er kannte das Strafrecht wie kaum ein anderer. Nicht einmal, sondern Dutzend Male hatte er seine Klienten von schwerwiegenden Anklagen freibekommen. Es gab genug Leute, die sich wunderten, wie die armen Diebe, die ihn als Rechtsanwalt nahmen, das Geld aufbringen konnten, um seine großen Honorare zu bezahlen. Und die argwöhnischen Vermutungen verstummten nicht, daß Messer sich an den Erträgen aus dem Diebesgut schadlos halte. Mancher Juwelendieb hatte vor seiner Flucht dem Haus in der Flanders Lane einen kurzen Besuch abgestattet und die Beweisstücke, die ihn belastet hätten, dort zurückgelassen. Für die ›Großen‹ war Messer der Bankier, von den Kleinen erpreßte er sich die Abgaben.

»Zeigen Sie mir den anonymen Brief!« bat Lomond. Er nahm das Schreiben ans Licht und untersuchte es eingehend. »Das ist nicht von einer geübten Hand geschrieben worden. Die Abstände zwischen den Wörtern sind zum Teil vergessen worden. Was aber noch bemerkenswerter ist, die Abstände zwischen den Zeilen sind ungleichmäßig.« Er spitzte die Lippen, als ob er pfeifen wollte. »Hm! Schließen Sie die Möglichkeit aus, daß der Brief von Messer geschrieben sein könnte?«

»Von Messer?« Auf diese Idee war Alan Wembury noch nicht gekommen. »Aber warum? Er ist Johnnys Anwalt. Angenommen, Messer ist in den Diebstahl verwickelt, glauben Sie wirklich, daß er Johnny Lenley die Perlen anvertrauen und gleich noch die Polizei darauf aufmerksam machen würde?«

»Gibt es vielleicht einen Grund, weshalb Messer Johnny Lenley aus dem Weg haben möchte?«

Dr. Lomond beschäftigte sich immer noch mit dem Blatt Papier. Er hielt es gegen das Licht, um das Wasserzeichen zu prüfen. »Vielleicht haben Sie eines Tages Gelegenheit, Inspektor, ein Stückchen von Mr. Messers Schreibmaschinenpapier und ein Muster seiner Schreibmaschinenschrift zu erhalten.«

»Aber warum, in aller Welt, sollte er Johnny Lenley aus dem Weg schaffen wollen?« zweifelte Alan.

»Er wünscht es, Inspektor!« beharrte Lomond. »Er will Johnny Lenley aus dem Weg räumen. Das ist meine Ansicht. Wenn ich auch etwas überspannt sein mag, trotzdem bin ich ein einigermaßen klar denkender Mann!«

Als der Arzt ihn verlassen hatte, hing Alan noch eine Zeitlang seinen Gedanken nach, bis das Telefon ihn aufschreckte. Er nahm den Hörer und vernahm Oberst Walfords Stimme.

»Sind Sie es, Wembury? Können Sie gleich zu mir kommen? Ich habe Informationen über den Herrn erhalten, über den wir uns letzte Woche unterhielten . . .«

14

Johnny Lenley hatte seiner Wohnung einen kurzen Besuch abgestattet und hinter verschlossenen Türen die kleine Pappschachtel versteckt. Dann ging er in die Stadt, um Freunde der Familie aufzusuchen.

Als Mary heimkehrte, war er noch nicht zu Hause. Sie hatte Kopfschmerzen. Es fiel ihr schwer, etwas zu essen, dennoch zwang sie sich dazu. Sie schenkte sich die zweite Tasse Tee ein, als sie hörte, wie die Wohnungstür aufgeschlossen wurde. Johnny trat ein.

»Ich war bei Hamptons zum Tee«, berichtete er, als er sich mit verächtlichem Blick an den mager gedeckten Tisch setzte. »Man hat mich wie einen Aussätzigen behandelt, obschon diese Bande doch unzählige Male auf Lenley Court zu Besuch war.«

Mary erschrak, denn die Hamptons waren immer die besten Freunde des Vaters gewesen.

»Vielleicht, Johnny, waren sie so schrecklich, weil wir unser . . . Nun, ich meine, weil wir kein Geld mehr haben.«

»Möglich«, murmelte er, »aber ich denke, es hat noch einen andern Grund.«

»Du meinst wegen der Darnleigh-Perlen?« stotterte sie.

»Wie kommst du darauf? – Ja, es hat auch etwas mit dem Schmuck der alten Schraube zu tun! Sie sagten es nicht gerade, aber ließen es durchblicken.«

Sie biß sich auf die Unterlippe.

»Johnny, dahinter steckt doch nichts?« Es klang seltsam, nicht wie ihre eigene Stimme.

»Ich weiß nicht, was du meinst«, antwortete er barsch, ohne sie anzusehen.

Sie mußte sich am Tisch festhalten, das Zimmer schien sich um sie zu drehen.

»Mein Gott, denkst du etwa, daß ich ein Dieb bin?« hörte sie ihn fragen.

Mary Lenley richtete sich auf.

»Schau mich an, Johnny!« Ihre Blicke trafen sich. »Du weißt nichts über die Perlen?«

44

Seine Blicke irrten durchs Zimmer.

»Ich weiß nur, daß sie fort sind! Was denkst du dir eigentlich?« Er schrie in einem plötzlichen Wutanfall. »Wie kannst du dir erlauben – mich wie einen Dieb zu verhören! Das kommt davon, wenn man mit Leuten wie diesem Wembury umgeht!«

»Hast du Lady Darnleighs Perlen gestohlen?«

Ihr Gesicht war so weiß wie das Tischtuch. Er machte einen vergeblichen Versuch, ihr in die Augen zu schauen.

»Ich?« stotterte er.

In diesem Augenblick läutete es. Sie blickten sich an.

»Wer ist das?« fragte Johnny heiser.

»Ich weiß es nicht. Ich will nachsehen.«

Ihre Füße waren wie Blei, als sie sich zur Tür schleppte. Alan Wembury stand vor der Tür, mit einem Ausdruck in den Augen, den sie an ihm noch nie gesehen hatte.

»Wollen Sie mich besuchen?« fragte sie atemlos.

»Nein, ich will mit Johnny sprechen.«

Beide hatten so leise gesprochen, daß man sie kaum verstehen konnte. Er ging an ihr vorbei ins Eßzimmer. Dort stand Johnny unbeweglich, so wie Mary ihn verlassen hatte, an dem kleinen runden Tisch mit den Resten des Abendessens. Das Reden machte ihm Mühe.

»Was wünschen Sie, Wembury?«

»Ich komme direkt von Scotland Yard«, begann Alan mit unnatürlicher Stimme. »Ich sprach mit Oberst Walford über eine Mitteilung, die mir heute nachmittag zuging. Ich habe versucht, ihm das Verhältnis zu erklären, in dem ich zu Ihrer Familie stehe, und das mich zögern ließ, meine Pflicht zu erfüllen.« Wembury sprach langsam, die passenden Worte suchend. »Morgen werde ich wiederkommen – mit dem Befehl, diese Wohnung nach den Darnleigh-Perlen zu durchsuchen.«

Er hörte das unterdrückte Schluchzen Marys, wandte sich aber nicht um.

Johnny Lenley stand da, steif, blaß. Er kannte die polizeilichen Vorschriften nicht, sonst wäre ihm die Bedeutung von Alans Worten klargeworden, nämlich, daß ein Durchsuchungsbefehl noch gar nicht vorlag.

Wembury bemerkte seine Ahnungslosigkeit und wurde noch deutlicher.

»Ich habe keinen Durchsuchungsbefehl und auch kein Recht, die Wohnung jetzt zu untersuchen. Morgen früh aber wird der Befehl ausgestellt werden.«

Wenn Johnny Lenley nur eine Spur von Verstand hatte, und wenn die Perlen sich in der Wohnung befanden, dann konnte er sich ihrer noch entledigen. Aber er nahm die Gelegenheit, die Alan anbot, nicht an.

»Sie sind im Koffer unter dem Bett«, sagte er. »Sie wußten es, sonst wären Sie nicht gekommen. Ich will keine Gunst von Ihnen . . .«

Er drehte sich um, ging in sein Zimmer und kam nach wenigen Augenblicken mit einer Schachtel zurück, die er auf den Tisch legte. Alan Wembury wagte nicht, Mary anzusehen, die starr neben dem Tisch stand, blaß, die entsetzten Augen auf den Bruder gerichtet.

»Johnny, wie konntest du?« war das erste, was sie schließlich hervorstoßen konnte.

»Es hat keinen Zweck, jetzt großen Lärm darum zu machen«, meinte er stumpfsinnig. »Ich muß verrückt gewesen sein.« Plötzlich drehte er sich um, schloß sie in seine Arme, seine ganze Gestalt zitterte, als er ihre bleichen Lippen küßte.

»Gehen wir also . . .«, murmelte er ergeben.

15

Sie sprachen kein Wort, bis sie sich der Polizeiwache in der Flanders Lane näherten. Dort fragte Johnny, ohne den Kopf zu wenden:

»Wer hat mich verraten?«

»Eine anonyme Anzeige ist eingegangen«, antwortete Alan kurz.

Lenley lachte auf.

»Sie haben mich wohl seit dem Diebstahl beobachtet? Das

wird Ihnen eine Beförderung einbringen, ich wünsche Ihnen viel Glück dazu!«

Kurz bevor er in die Zelle abgeführt wurde, fragte er: »Was werde ich dafür bekommen, Wembury?«

Alan schüttelte nur den Kopf, weil er wußte, daß es, obgleich Lenley nicht vorbestraft war, kaum ohne Zuchthaus abgehen würde.

Es war schon elf Uhr nachts, als Alan schnell die verlassene Flanders Lane entlangging und sich Messers Haus näherte. Von der gegenüberliegenden Straßenseite aus konnte er über der Mauer die obersten Fenster des Hauses sehen. Eines davon war erleuchtet.

Als er die Straße überquerte, löste sich eine Gestalt von der dunklen Mauer, die das Haus des Rechtsanwalts umgab. Wembury rief den Mann scharf an, der jedoch nicht flüchtete, wie er erwartet hatte. Im Gegenteil, der Mann kam gemächlich auf ihn zu, und im nächsten Augenblick stand er im Lichtstrahl von Wemburys Taschenlampe.

»Hallo! Wer sind Sie, und was machen Sie hier?« fragte Alan.

»Die gleiche Frage könnte ich Ihnen stellen!« antwortete der andere kühl und ohne zu zögern.

»Ich bin Kriminalbeamter«, sagte Alan gereizt. Er vernahm ein leises Gelächter.

»Dann trifft uns dasselbe Mißgeschick – denn ich bin auch einer! Ich nehme an, daß Sie Inspektor Wembury sind?«

»Stimmt!« Alan wartete.

»Ich kann Ihnen meine Karte nicht geben, aber mein Name ist Bliss – Hauptkriminalinspektor Bliss von Scotland Yard.«

Bliss? Alan erinnerte sich jetzt, daß dieser unbeliebte Beamte zurückerwartet wurde, das heißt, gestern oder heute eingetroffen sein mußte. Eines stand auf alle Fälle fest: Bliss war sein Vorgesetzter.

»Suchen Sie etwas?« fragte er.

»Nicht direkt – aber Deptford ist einer meiner früheren Bezirke, ich wollte alte Bekanntschaften wieder auffrischen. Wollen Sie Messer sprechen?«

Alan wunderte sich, daß er Messers Haus kannte, denn Bliss

war schon in Amerika, als der Anwalt hierher zog. Bliss schien seine Überlegungen zu erraten und fuhr fort:

»Man hat mir erzählt, daß Messer jetzt in Deptford lebt. Er soll ziemlich heruntergekommen sein. Ich kenne ihn von früher, er hatte eine großartige Praxis in Lincoln's Inn.«

Unvermittelt, mit einem kurzen Nicken, ging er seiner Wege. Alan stand vor der Tür zu Messers Haus und drückte auf den Klingelknopf. Er mußte lange warten und hatte Zeit zum Nachdenken, doch waren seine Gedanken nicht besonders angenehm. Vor allem wagte er nicht an Mary zu denken, die sich jetzt allein und verzweifelt in der einsamen Wohnung zurechtfinden mußte. Auch an den jungen Mann dachte er nicht gern, der jetzt auf einer Pritsche saß, den Kopf in die Hände gestützt, und den Ruin vor sich sah.

Da hörte er Schritte auf dem Hof. Messers Stimme fragte:

»Wer ist da?«

»Wembury.«

Ketten klirrten und Riegel knarrten, bevor sich die Tür öffnete. Messer trug einen Schlafrock, doch Alan bemerkte, daß er darunter vollständig angekleidet war. Nicht einmal die Gamaschen hatte er abgelegt.

»Was ist los, Wembury?«

Alan wußte nicht, wieviel Leute im Haus wohnten, noch ob sie belauscht werden konnten. Sie stiegen die Treppe hinauf und kamen in das große Zimmer. Der Flügel stand offen, Noten lagen auf dem Boden umher, offenbar hatte Messer Klavier gespielt.

»Betrifft es Johnny?« fragte er jetzt und schloß die Tür.

»Ja – ich habe ihn vor einer Stunde wegen des Diebstahls der Darnleigh-Perlen festgenommen. Er hat mich gebeten, Ihnen davon Mitteilung zu machen.«

Messer antwortete nicht, er starrte auf den Boden und war anscheinend ganz in seine Gedanken vertieft.

»Woher hatten Sie die Anzeige, auf die hin Sie ihn festgenommen haben?« fragte er dann.

Alan sah ihn scharf an; unter diesem Blick wurde er verlegen und trat von einem Bein aufs andere.

»Ich kann es Ihnen nicht sagen – falls Sie es nicht selbst wissen sollten!« erwiderte Alan. »Aber ich habe Lenley versprochen, Sie zu benachrichtigen, und ich entledige mich hiermit meiner Verpflichtung.«

»Ist es nicht seltsam?« Messer schüttelte betrübt den Kopf. »Aber ich hatte immer so eine Ahnung, daß Johnny in diese Darnleigh-Sache verwickelt sei. So ein Esel! Gott sei Dank, daß sein Vater tot ist!«

»Halten wir uns nicht mit frommen Wünschen auf!« unterbrach ihn Alan schroff. »Tatsache ist, daß Lenley wegen eines Juwelendiebstahls in Haft ist.«

»Haben Sie die Perlen?«

»Sie befanden sich in einer Schachtel. Das Armband hingegen, das außerdem gestohlen wurde, war nicht dabei. Nur ein altes Etui habe ich noch vorgefunden; ich denke, daß ich den ursprünglichen Besitzer ermitteln werde.«

Unerwartet sagte Messer:

»Kann ich Ihnen dabei behilflich sein? Es ist möglich, daß das Etui von mir stammt, Johnny hat mich vor einer Woche um so etwas gebeten. Selbstverständlich hatte ich keine Ahnung, wozu er es brauchte.«

Fürs erste war Alan überrascht. Er hegte eine schwache Hoffnung, Messer in den Diebstahl verwickeln zu können. Das schadhafte und nur halb leserliche Etikett auf dem Etui wies nämlich tatsächlich auf die Adresse Messers hin. Hier war einer der Fehler begangen worden, den auch der geschickteste Verbrecher einmal macht.

»Sie scheinen ziemlich sicher zu sein, daß er schuldig ist!«

»Was soll ich anderes annehmen?« Messer zuckte die Achseln. »Sicher haben Sie ihn nicht ohne die zuverlässigsten Beweise festgenommen. Es ist schrecklich! Der arme Junge!«

Angewidert von dem kläglichen Gerede wurden Alan mit einemmal die dunklen Beweggründe dieses unverständlichen Verrats klar. Mary!

Er kannte den Ruf dieses Mannes, er wußte um seine Affäre mit Gwenda Milton und um andere unschöne Einzelheiten aus seinem Leben. War Mary der unschuldige Grund der bösen Tat?

War, um Macht über sie zu gewinnen, der Bruder aus dem Weg geräumt worden?

Alans Stimme klang kalt und entschlossen, als er die Warnung, die er schon einmal angedeutet hatte, wiederholte:

»Glücklicherweise lebt Miß Lenley in meinem Bezirk, und da ich ihr Vertrauen habe, wird sie sich an mich wenden, wenn sie etwas bedrücken sollte.«

»Denken Sie an diese Möglichkeit, Inspektor Wembury?« fragte Messer und unterdrückte ein halbes Lächeln. »Sie hatten die unangenehme Pflicht, ihren Bruder festnehmen zu müssen. Glauben Sie, daß Miss Lenley Ihnen danach noch ihr Herz ausschütten wird? Die Lenleys sind eine alte Familie, sie haben ihren Stolz. Ich bezweifle sehr, daß Mary Ihnen die Verhaftung des Bruders je verzeihen wird – was natürlich ungerecht ist, aber Frauen sind ja unlogisch. Ich will alles, was in meiner Macht steht, für Miss Lenley tun, genauso wie ich es für Johnny tun werde. Kann ich übrigens Johnny noch in dieser Nacht sehen?«

»Ja, er läßt Sie bitten, ihn sofort aufzusuchen. Ich fürchte zwar, daß Sie ihm nur wenig helfen können. Es ist ausgeschlossen, daß er gegen Kaution entlassen wird, da Fluchtverdacht besteht.«

»Ich komme gleich mit Ihnen, warten Sie, es dauert nicht lange.« Während Messer zur Tür eilte, zog er den Morgenrock aus.

Alan blieb allein im Zimmer. Er ging auf dem abgenutzten Teppich auf und ab. Der Raum wirkte abstoßend, überladen, vielleicht durch den Flügel. Die Täfelung war verblichen, düster. Es gab zuviel Türen, Alan zählte vier, außer dem Vorhang, der den Alkoven verbarg. Wohin führten sie, wozu dienten sie? Besonders eine Tür mit eisernen Beschlägen und Riegeln zog ihn an. Während er sie genauer betrachtete, leuchtete plötzlich über dem Türpfosten ein rotes Licht auf. Es mußte irgendein Signal sein – aber von wem? Das Licht verlöschte wieder. Messer kam zurück.

»Was bedeutet dieses Licht, Mr. Messer?«

Der Rechtsanwalt drehte sich schnell um.

»Licht? Welches Licht?« fragte er hastig und blickte in die angegebene Richtung. »Ein Licht?« wiederholte er ungläubig. »Meinen Sie jene rote Lampe? Wie kommen Sie darauf?«

»Vor einigen Augenblicken leuchtete sie auf und verlösche dann wieder.«

Messers Gesicht hatte eine gelbliche Farbe angenommen.

»Sind Sie sicher?« fragte er schnell. »Es ist das Signal der Klingel. Wenn der Klingelknopf der Außentür gedrückt wird, leuchtet die Lampe auf. Das Klingeln stört mich.«

Er log und war sichtlich erschrocken. Die rote Lampe hatte eine Bedeutung. Aber welche? In diesen wenigen Augenblicken war Messer äußerst nervös geworden. Die Hand, die andauernd nach dem Mund griff, zitterte. In einem Moment, als er sich unbeobachtet glaubte, zog er verstohlen eine kleine goldene Dose aus der Tasche, nahm eine Prise und schnupfte. Kokain! dachte Wembury. Er wurde in seiner Annahme bestärkt, als Messer in wenigen Augenblicken sein normales, aufgeräumtes Wesen zurückgewann.

»Sie müssen sich getäuscht haben – wahrscheinlich war es ein Reflex der Tischlampe«, versuchte er abzulenken.

»Aber warum sollte nicht jemand an der Außentür sein?« fragte Alan ruhig.

»Das kann möglich sein. Darf ich Sie bitten, Inspektor, zur Vordertür zu gehen und nachzusehen? Hier ist der Schlüssel!«

Alan nahm den Schlüssel, ging hinunter, überquerte den Hof und öffnete die äußere Tür. Niemand war da. Er zweifelte nicht daran, daß Messer ihn nur um diesen Dienst gebeten hatte, damit er unterdessen der Ursache des Signals nachgehen konnte.

Als er ins Zimmer zurückkam, gab sich der Hausherr unbekümmert. Er zog gerade seine Handschuhe an.

»Niemand da?« fragte er. »Sie müssen sich geirrt haben, Inspektor, oder irgendein schrecklicher Bewohner der Flanders Lane hat uns einen Streich spielen wollen.«

»Hat die Lampe nicht aufgeleuchtet, seit ich das Zimmer verlassen habe?« Und als Messer den Kopf schüttelte, fragte Alan nochmals: »Sind Sie ganz sicher?«

»Ganz sicher!« Messer merkte zu spät, daß er in eine Falle gegangen war.

»Das ist seltsam.« Wembury schaute ihn scharf an. »Ich habe nämlich auf den Klingelknopf an der Außentür gedrückt – da

hätte die Lampe doch, nach Ihrer Erklärung wenigstens, aufleuchten müssen!«

Messer murmelte etwas über die Leitung, die nicht ganz
in Ordnung sein müsse, und schob Alan aus dem Zimmer.

Bei der Unterredung auf der Polizeiwache war Wembury
nicht zugegen. Er überließ diese Pflicht dem wachhabenden Po-
lizeisergeanten und machte sich schweren Herzens auf den Weg
zu seiner Wohnung in der Blackheath Road.

16

Nach der Verhaftung Johnnys saß Mary lange wie gelähmt da.
Sie wünschte weinen zu können, aber die Tränen blieben aus.
Sie empfand nur eine Leere.

Johnny – ein Dieb! War es möglich? Träumte sie? Und Alan
– was für eine grausame Fügung! Sie vergegenwärtigte sich jedes
Wort, das er gesprochen hatte. Sie erkannte genau, daß Alan alles aufs Spiel gesetzt und dem Bruder einen Ausweg angeboten
hatte, um ihn zu retten. Johnny hätte sich nur ruhig verhalten
und in der Nacht versuchen müssen, die Perlen beiseite zu bringen, dann wäre er jetzt noch bei ihr. Aber sein Dünkel ließ es
nicht zu. Mary empfand keine Bitterkeit gegen Alan Wembury,
sie war nur traurig, und die Erinnerung an sein schmerzlich ver-
zogenes Gesicht tat ihr ebenso weh wie der Gedanke an den Bruder.

Leise schlug die Türklingel an. Mary erhob sich mühsam und
öffnete. Vor ihr stand eine Frau in einem langen, schwarzen Regenmantel. Der ebenfalls schwarze Hut unterstrich noch das
blonde Haar und die blasse Gesichtsfarbe.

»Sie haben sich wohl geirrt?« fragte Mary.

»Sie sind doch Mary Lenley? Kann ich Sie sprechen?«

Mary trat zur Seite. Der Aussprache nach mußte es sich um
eine Amerikanerin handeln. Die Fremde kam rasch herein. Im
Wohnzimmer setzte sie sich, ohne auf eine Aufforderung zu
warten, an den Tisch, dessen Schublade halb offenstand.

»Sie haben Sorgen?« fragte sie.

»Ja, sicher, ich bin in großer Sorge«, antwortete Mary und wunderte sich, woher die Frau es wußte, und was sie zu dieser späten Stunde herführte.

»Ich dachte es. Ich hörte, daß Inspektor Wembury Ihren Bruder verhaftete. Wegen des Juwelendiebstahls, nicht wahr?«

»Ja, die Perlen waren . . . Ich hatte keine Ahnung davon.«

»Mein Name ist Milton – Cora Ann Milton«, sagte die Frau, aber dieser Name machte keinen Eindruck auf Mary Lenley. »Haben Sie nie von mir gehört?«

Mary schüttelte nur den Kopf. Sie war körperlich und geistig zu abgespannt, sie wünschte nur, daß der Besuch sie verlassen möchte.

»Haben Sie auch noch nie vom Hexer gehört?«

Mary sah schnell auf.

»Vom Hexer? Meinen Sie den Verbrecher, der von der Polizei gesucht wird?«

»Der von jedermann gesucht wird, Miss Lenley!« Trotz des unbekümmerten Tones zitterte Cora Anns Stimme ein wenig. »Und ich suche ihn mehr als irgendwer sonst – denn ich bin seine Frau!«

Mary sprang überrascht auf. Das war unglaublich – die Frau eines Mannes, dem ständig der Galgen drohte!

»Ich bin seine Frau«, wiederholte Cora Ann. »Sie denken wahrscheinlich, daß man damit nicht prahlen sollte! Sie haben aber unrecht.« Ohne Übergang fragte sie: »Sie arbeiten für Messer?«

»Ich arbeite für Mr. Messer – aber, Mrs. . . .«

»Mrs. Milton!« sprang Cora bei.

»Ja. Aber, Mrs. Milton, ich kann Ihren Besuch zu so später Nachtzeit nicht verstehen.«

Cora Ann Milton sah sich ruhig im Zimmer um.

»Sie haben keine besonders schöne Wohnung, aber sie ist besser als das prächtige kleine Zimmer bei Messer!« Sie sah, wie das Gesicht des Mädchens rot wurde, und schloß für einen Moment die Augen. »Hat er es Ihnen also gezeigt? Teufel, der Mann arbeitet schnell!«

»Ich weiß nicht, wovon Sie reden.« Mary fühlte, wie ihr anfängliches Befremden sich in Ärger verwandelte.

»Wenn Sie es nicht wissen, will ich auch nicht mehr darüber sprechen«, erwiderte Mrs. Milton kühl. »Weiß Messer, daß ich zurück bin?« Sie entnahm der Handtasche, die auf ihrem Schoß lag, ein Taschentuch. Jede ihrer Bewegungen war überlegt und selbstbewußt.

»Ich glaube kaum, Mrs. Milton, daß er sich für Ihren Aufenthaltsort sehr interessiert«, sagte Mary müde. »Nehmen Sie es mir bitte nicht übel, wenn ich Sie bitte, sich nicht länger aufzuhalten. Ich habe heute genug Aufregung gehabt und bin darum nicht in der Stimmung, mich über Mr. Messer, Ihren Mann oder sonst jemanden zu unterhalten.«

So leicht war Cora Ann Milton jedoch nicht abzuweisen.

»Ich nehme an, daß Sie manchmal bis spätabends in Messers Haus arbeiten werden«, begann sie von neuem. »Vielleicht wäre es Ihnen angenehm, meine Adresse zu haben?«

»Wozu nur?«

»Wozu!« wiederholte Cora. »Ich möchte, daß Sie sich mit mir in Verbindung setzen – wenn etwas geschehen sollte. Es gab ein anderes Mädchen ... Aber ich nehme an, daß Sie keine abschreckenden Beispiele hören wollen. Ich möchte Sie nur noch bitten, dem lieben Maurice nicht zu sagen, daß die Frau des Hexers in London ist.«

Mary achtete kaum mehr auf den Schluß der Rede, sie ging zur Tür und öffnete sie unmißverständlich.

»Das bedeutet, daß ich gehen soll!« Cora Ann lächelte gutmütig. »Ich nehme es Ihnen nicht übel, Kind. Ich glaube, ich verhielte mich genauso, wenn irgendeine Frau mich in ähnlicher Weise belästigen würde.«

»Ich brauche keine Bevormundung. Ich habe ein paar Freunde ...«

Sie brach ab. Freunde? In ganz London, im ganzen Land hatte sie niemand, an den sie sich wenden konnte mit Ausnahme von – Alan Wembury. Und Maurice? Ihre Beziehungen hatten sich in den letzten Tagen verändert. Er war nicht mehr der Berater, zu dem sie gehen würde, wenn ...

Cora Ann beobachtete sie von der Türe aus. Es fiel ihr nicht allzu schwer, zu erraten, was in dem Mädchen vorging.

»Wembury ist ein anständiger Kerl«, sagte sie. »Ich hoffe, daß Sie ihm nicht böse sind, weil er Ihren Bruder verhaftet hat.«

Mary machte eine verzweifelte Handbewegung, sie war am Ende ihrer Geduld angelangt.

Sie saß noch lange, nachdem Cora Ann Milton gegangen war, am Tisch und versuchte, sich über den Grund dieses Besuches klarzuwerden. Wenn sie der Frau des Hexers gefolgt wäre, hätte sie es vielleicht erfahren.

Cora ging die dunkle, verlassene Straße entlang. Nach wenigen Schritten erschien, wie aus dem Nichts aufgetaucht, ein Mann neben ihr. Es geschah so unerwartet und geräuschlos, daß sie erschrak und einen Schritt zurückwich.

»Ach! Hast du mich erschreckt!« rief sie atemlos.

»Hast du das Mädchen gesprochen?«

»Ja, Arthur.« Ihre Stimme war aufgeregt, beklommen. »Warum bleibst du hier? Weißt du nicht, welche Gefahr . . .«

Sie hörte sein leises, spöttisches Lachen.

»Cora Ann, du sprichst zuviel! Übrigens habe ich dich heute nachmittag gesehen.«

»Du hast mich gesehen?« wiederholte sie hastig. »Wo warst du? Arthur, wie soll ich dich erkennen, wenn ich dich sehe? Ich werde das unheimliche Gefühl nicht los, daß du dauernd um mich bist. Ununterbrochen starre ich in die Augen der Vorübergehenden – man wird mich einmal festnehmen, weil ich zudringlich erscheine.«

Er lachte wieder.

»Meine eigene Frau wird mich doch erkennen? Die Augen der Liebe schauen durch jede Verkleidung hindurch.«

Er hörte, wie ihre Zähne vor Ärger aufeinanderschlugen. Arthur Milton liebte es, seine schöne Frau zu reizen.

»Ich will wissen, wie du jetzt aussiehst!«

Ein heller Lichtstrahl traf sein Gesicht.

»Du bist verrückt!« fuhr er sie an und schlug ihr die Taschenlampe aus der Hand. »Wenn du mich sehen kannst, können es andere auch.«

»Sie werden ihre Freude daran haben!« flüsterte sie, denn sie hatte in ein Gesicht geblickt, das von der Stirn bis zum Kinn mit einer schwarzseidenen Maske bedeckt war.

»Hast du meinen Brief erhalten?« fragte er.

»Ja – du meinst doch den Kode? Ich glaubte, daß die Zeitungen keine Mitteilungen in Geheimschrift veröffentlichen?«

Er antwortete nicht. Sie griff mechanisch in die Handtasche. Der Umschlag, den sie darin gehabt hatte, war verschwunden.

»Was hast du?«

Sie erklärte es ihm.

»Cora, Närrin! Du mußt den Brief in der Wohnung der Lenleys verloren haben. Geh sofort hin und hole ihn!«

Cora eilte zurück, sie lief die Treppe hinauf und klopfte an die Tür. Mary öffnete gleich.

»Ich bin zurückgekommen, weil ich hier einen Brief verloren habe. Soeben vermißte ich ihn.«

Mary ging mit ihr ins Zimmer. Sie suchten gemeinsam, aber der Brief kam nicht zum Vorschein. Cora Ann war so aufgeregt, daß sie Mary leid tat.

»Sie müssen ihn doch wohl anderswo verloren haben. Enthielt er Geld?«

»Geld? Nein. Ich wünschte, es wäre nur Geld gewesen.« Sie blickte sich verwirrt im Zimmer um. »Ich weiß, daß ich ihn bei mir hatte, als ich herkam.«

»Vielleicht haben Sie ihn doch zu Hause gelassen.«

Cora Ann schüttelte den Kopf, doch nach einer weiteren gründlichen Durchsuchung begann sie selbst zu zweifeln, ob sie den Brief überhaupt bei sich gehabt hatte.

Mary Lenley schloß die Tür hinter ihr, ging an den Tisch zurück und setzte sich. Der Tee war kalt geworden und schmeckte bitter. Sie öffnete die Tischschublade, in der das Eßbesteck lag. Erstaunt sah sie hinein. Der Brief, den sie gesucht hatten, lag darin. Auf dem Umschlag stand nur ›Cora Ann‹, keine Adresse. Nach kurzem Zögern zog sie eine viereckige, weiße Karte heraus, die mit Gruppen mikroskopisch winziger Buchstaben und Zahlen bedeckt war. Es bedurfte keines besonderen Scharfsinns, um zu erkennen, daß es sich um einen chiffrierten Text handelte.

Der Vorfall an sich war leicht zu erklären. Als Cora das Taschentuch aus der Handtasche genommen hatte, mußte der Brief in die etwas offenstehende Tischschublade gefallen sein, und später hatte sie die Schublade zugestoßen, ohne es zu merken. Vielleicht würde sie noch einmal zurückkommen.

Mary steckte die Karte in den Umschlag zurück und nahm den Brief mit ins Schlafzimmer. Dort verschloß sie ihn in ihrem Frisiertisch, wo sie auch Schmuckstücke aufbewahrte. Später vergaß sie ihn völlig.

17

Einen Monat später saß Mary Lenley im Marmorsaal des Hauptgerichtshofes und wartete mit gefalteten Händen auf das Urteil der Geschworenen. Sie war zur Gerichtsverhandlung gekommen und hatte die ersten Zeugenaussagen angehört. Aber sie konnte den Anblick ihres Bruders auf der Anklagebank nicht ertragen, sie verließ den Saal und wartete draußen auf die Entscheidung.

Alan Wembury kam auf den Korridor hinaus. Langsam ging er auf sie zu.

»Ist es vorbei?« fragte sie.

»Ich glaube, es ist bald soweit«, antwortete er leise. Er machte einen übermüdeten, verstörten Eindruck. »Sie können sich nicht vorstellen, wie mir zumute ist, Mary. Das schlimmste an der Sache ist, daß man mir auch noch das Verdienst an dieser Verhaftung zuschieben will – gestern mußte ich sogar die Glückwünsche des Kommissars über mich ergehen lassen!«

Sie lächelte kaum merklich. Er setzte sich zu ihr und redete ihr zu.

Bald kam Maurice Messer dazu, wie immer tadellos gekleidet. Sein Zylinder glänzte, und die Gamaschen waren weiß wie Schnee.

»Der Richter liest eben die Begründung vor«, sagte er. »Wollen Sie sie nicht hören, Wembury?« Und als er der breitschultrigen Gestalt Wemburys, der durch die Drehtür verschwand, nachschaute, meinte Messer: »Da geht einer der tüchtigsten jungen Männer! Gewissenlos, aber alle Polizeibeamten sind gewissenlos – ein Streber, aber alle Polizeibeamten sind ehrgeizig!«

»Ich habe nie gefunden, daß Alan gewissenlos ist«, widersprach Mary.

»Ich habe vielleicht einen zu kräftigen Ausdruck gebraucht.« Maurice Messer lächelte. »Er mußte allerdings seine Pflicht tun, doch hat er den armen Johnny sehr geschickt in die Falle gelockt.«

»Geschickt? Falle?« wiederholte sie und runzelte die Stirn.

»Dies hat man natürlich bei der Zeugenaussage nicht erwähnen lassen«, fuhr Maurice mit vielsagendem Lächeln fort. »Nichts, meine Liebe, was für den Polizeiapparat nachteilig ist, wird durch Zeugenaussagen an die Öffentlichkeit gebracht. Aber ich kenne die Hintergründe dieser Geschichte und weiß, daß Wembury seit dem Diebstahl auf Johnnys Fährte ist. Deshalb ist er auch nach Lenley Court gekommen.«

Sie starrte ihn an.

»Sind Sie sicher? Ich dachte . . .«

»Sie dachten, daß er Sie aufsuchen wollte? Das ist ein verzeihlicher Irrtum. Meine Liebe, wenn Sie sich die Sache genau überlegen, werden Sie dahinterkommen, daß ein Detektiv immer behaupten muß, eine ganz andere Sache zu tun als die, die er wirklich tut. Wenn Sie Wembury deshalb zur Rede stellen wollen, würde er selbstverständlich alles abstreiten.«

Sie dachte einen Augenblick nach.

»Das glaube ich nicht. Alan sagte mir, daß er Johnny nie mit dem Diebstahl in Verbindung brachte, bevor er den anonymen Brief erhielt.«

»So!«

Alan kam aus dem Gerichtssaal zurück.

»Es wird wohl noch zehn Minuten dauern«, berichtete er, und ehe Messer etwas sagen konnte, fragte Mary:

»Alan, ist es wahr, daß Sie Johnny schon lange in Verdacht hatten?«

»Nein, ich war ahnungslos. Erst der anonyme Brief hat mich darauf aufmerksam gemacht.« Er schaute Maurice Messer an.

»Aber als Sie nach Lenley Court kamen . . .«

»Meine Liebe«, unterbrach sie Maurice hastig, »warum all diese Fragen, die Mr. Wembury nur in Verlegenheit bringen!«

»Warum in Verlegenheit?« fragte Alan kurz. »Ich kam nach Lenley Court, um Miss Lenley zu besuchen und ihr meine Beförderung mitzuteilen. Sie wollen doch nicht etwa behaupten, daß mein Besuch mit dem Diebstahl in Verbindung stand?«

Messer zuckte die Achseln.

»Als Anwalt bin ich mit den Praktiken jener ›geheimnisvollen‹ Briefe vertraut, mit denen Spitzel und Denunzianten die Polizei bedienen.«

»Dann ist Ihnen also die Bedeutung des Wortes ›Denunziant‹ bekannt, Mr. Messer?« fragte Alan. »Und was den Brief betrifft, der Lenley verriet, so ist daran nur der Schreiber ›geheimnisvoll‹. Der Brief ist übrigens auf Schreibmaschinenpapier Swinley Bond Nr. 14 geschrieben.« Er bemerkte, wie Messer leicht zusammenfuhr. »Ich habe bei den Schreibwarenhandlungen in Deptford Nachforschungen angestellt und erfahren, daß es dieses Papier dort nicht zu kaufen gibt. Man kann es nur bei einem Schreibwarenhändler in der Chancery Lane erhalten, der den Alleinvertrieb hat und an Anwaltsbüros liefert. Ich sage Ihnen das nur, falls Sie selbst weitere Nachforschungen anstellen wollen.«

Mit einem Kopfnicken ging er davon.

»Was meint er?« fragte Mary unruhig.

»Wer kann wissen, was ein Polizeibeamter meint«, antwortete Maurice mit gezwungenem Lachen.

Sie wurde nachdenklich und saß lange, ohne ein Wort zu sagen, da.

»Er meinte, Johnny sei von – irgendwem verraten worden . . .«

»Von jemand, der anscheinend nicht in Deptford lebt«, unterbrach er sie schnell. »An Ihrer Stelle, meine Liebe, würde ich diesem Märchen nicht allzuviel Glauben schenken. Auch wäre es gut, wenn Sie in Zukunft nicht so oft mit Wembury zusammenkämen. Selbstverständlich«, fügte er hinzu, als er Marys Blick sah, »will ich Ihnen keine Vorschriften über Ihre Freunde machen. Ich möchte Ihnen nur behilflich sein, Mary . . . Es gibt ein oder zwei

Sachen, über die ich mit Ihnen sprechen möchte, sobald diese Angelegenheit vorüber ist. Sie können dann nicht länger allein in Malpas Mansions wohnen.«

»Steht es denn wirklich fest, daß Johnny verurteilt wird?«

»Johnny wird ins Zuchthaus kommen«, erwiderte Messer. Es war nicht der Augenblick, etwas zu beschönigen und Rücksicht zu nehmen. »Und zwar für Jahre! Damit müssen Sie sich abfinden. Und wie ich schon sagte, können Sie nicht allein dort wohnen . . .«

»Ich werde nirgendwo anders wohnen als in Malpas Mansions«, entgegnete sie mit einer Entschlossenheit, die nicht mißverstanden werden konnte. »Ich weiß, daß Sie es gut mit mir meinen, Maurice, aber es gibt Dinge, die ich nicht tun kann. Wenn Sie mich beschäftigen wollen, freue ich mich, für Sie zu arbeiten. Ich weiß, daß meine Erfahrungen nicht ausreichen, um anderswo arbeiten zu könnnen, und ich bin auch sicher, daß mir kein anderer Arbeitgeber das Gehalt zahlen würde, das Sie mir angeboten haben. Aber ich bleibe in Malpas Mansions, bis Johnny zurückkommt.«

Das Gespräch wurde unterbrochen. In der Drehtür erschien Alan Wembury. Er blieb einen Augenblick stehen, dann kam er auf sie zu.

»Nun?« fragte Mary atemlos.

»Drei Jahre Zuchthaus!« antwortete Alan. »Der Richter fragte, ob sonst etwas über ihn bekannt sei. Ich bin nochmals als Zeuge verhört worden und habe alles gesagt, was ich wußte.«

»Und was wußten Sie?« fragte Messer.

»Ich weiß, daß er ein anständiger Mensch gewesen ist, aber durch den Umgang mit Verbrechern verdorben wurde.« Wembury stieß jedes einzelne Wort mit Nachdruck hervor. »Eines Tages werde ich den Mann erwischen, der Johnny Lenley zugrunde richtete, und ihn vor das gleiche Gericht stellen.« Er deutete auf die Drehtür. »Für diesen Angeklagten werde ich, wenn ich meine Zeugenaussage mache, keine Fürsprache einlegen. Aber ich werde dem Richter eine Geschichte erzählen, die diesen Mann, der Johnny Lenley verraten hat, in ein Gefängnis bringt, aus dem er nicht so bald zurückkommt!«

18

Für Maurice Messer war der Hexer tot. Alle Behauptungen, daß Henry Arthur Milton in England sei, hielt er für alberne Gerüchte, wie sie häufig in der Unterwelt herumgeboten werden.

Scotland Yard jedenfalls, das nur auf Grund ganz zuverlässiger Nachrichten handelte, hatte ihn nicht gewarnt. Dieser Punkt beruhigte ihn an der ganzen Geschichte am meisten.

Mary verrichtete regelmäßig ihre Arbeit und entwickelte sich rasch zu einer tüchtigen Stenotypistin. Oft dachte sie darüber nach, ob es Maurice gegenüber nicht richtiger gewesen wäre, wenn sie ihm vom Besuch Cora Miltons erzählt hätte. Aber da vom Hexer nie mehr die Rede war, hielt sie es für besser, zu schweigen. Alan Wembury hatte sie nicht mehr gesehen. Eines Tages entdeckte sie ihn in der High Street und sprach ihn an.

»Alan, Sie sind nicht liebenswürdig!« neckte sie ihn. »Man könnte meinen, daß Sie mich nicht mehr kennen wollen.«

Er wurde rot, dann blaß, so daß ihr ihre Worte sofort leid taten. »Ich habe dies selbstverständlich nicht angenommen«, lenkte sie ein, »aber Sie sind doch sehr unliebenswürdig geworden! Warum gehen Sie mir aus dem Weg?«

»Ich glaubte - ich dachte . . .«, stotterte er verlegen und fragte dann schnell: »Haben Sie etwas von Johnny gehört?«

»Ja. Er scheint ganz munter zu sein und schmiedet schon Pläne für die Zukunft.« Und dann schloß sie vergnügt: »Wollen Sie mich nicht am Mittwoch zum Tee einladen? An diesem Tag höre ich zeitig im Büro auf.«

Alan kehrte danach als ein sehr glücklicher Mann in die Polizeiwache zurück. Er war so heiter, daß Dr. Lomond, der am Pult des Sergeanten einen Bericht über einen betrunkenen Motorradfahrer schrieb, belustigt über seine Brillengläser schaute.

»Was ist los mit Ihnen? Haben Sie eine Erbschaft gemacht?«

»Etwas viel Besseres - ich bin eine große Sorge losgeworden!«

»Mit anderen Worten, Sie hatten sich mit einem Mädchen gezankt, und jetzt hat sie sich wieder mit Ihnen versöhnt.« Er verzog spöttisch das Gesicht. »Ich will nicht behaupten, daß die Ehe nicht gut wäre, aber für einen Polizeibeamten ist sie nicht ratsam.«

Alan lachte.

»Ich denke gar nicht daran, mich zu verheiraten.«

»Dann sollten Sie sich schämen.« Dr. Lomond ging zum Kamin und schnippte die Asche seiner Zigarette ins Feuer.

Während er sich umdrehte, kam ein untersetzter, ärmlich gekleideter Mann ins Büro. Er grinste über das ganze Gesicht, als er auf den Sergeanten zuging und mit einem freundlichen Kopfnicken seine Papiere vor ihn hinlegte.

»Hackitt!« rief Wembury. »Ach! Ich hatte schon gehört, daß Sie die Gegend wieder unsicher machen.« Er gab ihm die Hand.

Sam Hackitts Grinsen wurde noch breiter.

»Ja, ich bin entlassen worden – jetzt will mir der alte Messer eine Anstellung geben.«

»Was, Sam, wollen Sie sich denn der Rechtspraxis zuwenden?« Hackitt lachte heiser.

»Nein, ich soll seine Stiefel putzen! Es ist allerdings eine sehr niedrige Arbeit für einen Mann von meiner Begabung. Aber, Mr. Wembury, was soll man machen, wenn einem die Polizei immerfort nachstellt?«

»Geben Sie ihr keine Veranlassung dazu!« entgegnete Alan lachend. »Sie werden also Messers Leibdiener! Ich wünsche Ihnen viel Glück.«

Sam Hackitt rieb sich nachdenklich das unrasierte Kinn.

»Ich hörte, daß Johnny Lenley verschüttgegangen ist, Mr. Wembury. Das ist Pech.«

»Kennen Sie ihn?« fragte Alan.

»Ich hatte ihn einmal aufgesucht, als er noch auf dem Lande war. Ich wußte damals schon, daß er unserer Zunft angehört, denn jemand hatte für ihn und mich eine Sache angezettelt. Aber ich habe die Finger davon gelassen. Es war etwas zu gefährlich für mich, ich arbeite nicht gern mit Anfängern. Außerdem wollte der Herr, der die Geschichte finanzierte, daß wir eine Knarre dabei haben sollten. Dafür bedankte ich mich!«

Alan wußte sehr gut, daß gewerbsmäßige Einbrecher Waffen verabscheuen.

»Wer ist denn dieser große Boß, Sam?« fragte er, obwohl er keine wahrheitsgetreue Antwort erwartete.

»Er? Oh, das ist ein Mann, der in Sheffield lebt«, wich Hackitt
aus. »Mir gefiel die Sache nicht, darum habe ich sie nicht angenommen. Er ist ein netter Kerl – ich meine den jungen Lenley ...«
Dann wechselte er plötzlich das Thema. »Mr. Wembury, was ist
eigentlich an dem Gerede dran, daß der Hexer in London sei? Ich
hörte so etwas.«

Alan war erstaunt. Der Hexer gehörte einer anderen Klasse
an, wenn auch die kleinen Gauner durch die Taten dieses Super-
verbrechers in Mitleidenschaft gezogen wurden.

Wieder rieb sich Sam Hackitt das Kinn.

»Ich bin einer der wenigen, die ihn ohne Verkleidung gesehen
haben. Der Hexer, eh! Das war ein tüchtiger Kerl. Ich habe noch
keinen gefunden, der sich so verstellen konnte!«

Der Sergeant hatte sich die nötigen Einzelheiten aus Sam Hak-
kitts Papieren notiert und gab sie ihm zurück.

»Wenn der Hexer auftauchen sollte, könnte es sein, daß wir
Sie herbestellen, Hackitt!« kündigte Wembury an.

»Der wird nie mehr auftauchen.« Sam schüttelte den Kopf.
»Er ist ertrunken – ich glaube den Zeitungen.«

Dr. Lomond beobachtete seine kräftige Gestalt, bis er vor der
Türe verschwand.

»Dieser Kopf! Haben Sie bemerkt, Wembury, wie flach der
Schädel ist? Den möchte ich mal vermessen!«

19

Die Tage bis zum Mittwoch schlichen langsam hin; jeder schien
viel mehr als vierundzwanzig Stunden zu haben. Am Mittwoch-
morgen erhielt Alan einen Brief von Mary. Sie bat ihn, er
möchte sie in einer kleinen Konditorei im Westend treffen. Alan
fand sich schon eine Viertelstunde vor der festgesetzten Zeit ein.
Endlich kam sie. Sie trug ein braunes Kostüm und sah entzük-
kend aus.

Die Konditorei war um diese Stunde wenig besucht. Er fand
einen ruhigen Eckplatz, wo sie sich ungestört unterhalten konn-

ten. Sie hatte den Kopf voll von Zukunftsplänen. Maurice (er konnte es nicht leiden, wenn sie Messer beim Vornamen nannte) wollte Johnny auf einer Geflügelfarm neu anfangen lassen. Sie hatte Johnnys Gefängniszeit bis auf den Tag ausgerechnet.

»Drei Monate werden ihm jedes Jahr nachgelassen, wenn er sich gut hält«, frohlockte sie. »Johnny scheint auch sehr vernünftig zu sein. In dem Brief, den ich vor einigen Tagen erhielt, schreibt er, daß er sich nichts mehr zuschulden kommen lassen will.«

Alan zögerte, die Frage zu stellen, die ihm auf der Zunge lag, doch dann fragte er doch.

»Ja – er hat auch Sie erwähnt«, erwiderte sie froh. »Er empfindet keinen Groll gegen Sie. Ich glaube, wenn er herauskommt, wird er mehr auf Sie hören!«

Sie erzählte, daß sie viel zu tun habe, die Zeit vergehe ihr viel schneller, als sie gedacht hätte. Maurice sei sehr gut zu ihr (wie oft sie das schon wiederholt hatte!). Das Leben in Malpas Mansions verliefe ruhig, sie habe sogar eine Hausangestellte.

»Es ist ein seltsames kleines Geschöpf, das darauf besteht, mir alle Schreckensgeschichten von Deptford zu erzählen. Als ob ich nicht selbst genug Schrecken hätte! Ihr Lieblingsheld ist der Hexer – wissen Sie etwas über ihn?«

»Er ist der Held vieler Leute in Deptford. Der Gedanke, daß jemand die Polizei überlisten konnte, gefällt ihnen.«

»Er ist doch nicht etwa in England?« fragte sie. »Ich muß Ihnen etwas erzählen – ich habe seine Frau kennengelernt!«

Mit großen Augen starrte er sie ungläubig an.

»Cora Ann Milton?«

Mary mußte über den Eindruck, den ihre Worte auf ihn machten, lachen. Sie schilderte Cora Anns Besuch, erwähnte aber aus einem ihr selbst unklaren Grund nur einen Teil jenes Gesprächs. Sie deutete nicht einmal an, daß Cora Ann sie vor Messer gewarnt hatte. Als sie von dem Brief mit dem Geheimkode sprach, wurde er sehr lebhaft und bedrängte sie mit Fragen.

»Eben erst ist es mir wieder eingefallen!« entschuldigte sie sich reuevoll. »Er liegt bei mir in der Schublade, und ich hätte ihn ihr zurückschicken sollen . . .«

»Ein Geheimkode – das ist sehr wichtig! Können Sie mir den Brief morgen bringen?«

Sie versprach es.

»Aber warum kam sie zu Ihnen? Sagten Sie nicht, daß es in der gleichen Nacht war, als Johnny festgenommen wurde?« forschte Alan. »Haben Sie Mrs. Milton seither wiedergesehen?«

»Nein.«

Sie gingen zusammen durch den Green-Park und aßen in einem kleinen Restaurant in Soho. Es war ein großer Tag in Alan Wemburys Leben. Er begleitete sie zur Straßenbahn, doch als er sie wegfahren sah, verschwand mit ihr auch ein Teil seiner Lebensfreude.

Messer hatte Mary gebeten, nach dem Essen nochmals bei ihm vorbeizukommen. Da sie es sich aber zum festen Prinzip gemacht, hatte, neun Uhr als die Zeitgrenze festzusetzen, bis zu der sie abends bei ihm arbeiten wollte, und es jetzt, als sie New Cross erreichte, schon später war, ging sie sofort nach Malpas Mansions.

Während sie noch die Tür aufschloß, klingelte das Telefon. Maurice hatte darauf bestanden, daß sie sich ein Telefon anschaffte. Sie knipste schnell das Licht an und eilte zu dem kleinen Tisch, auf dem der Apparat stand. Es war Messer, wie sie erwartet hatte.

»Mein liebes Kind, wo sind Sie gewesen?« fragte er mürrisch. »Ich habe seit acht Uhr auf Sie gewartet.«

Sie schaute auf die Armbanduhr. Es war gerade ein Viertel vor zehn.

»Es tut mir leid, Maurice – aber ich hatte Ihnen nicht versprochen, daß ich kommen würde.«

»Sind Sie im Theater oder sonstwo gewesen?« fragte er argwöhnisch. »Sie haben nichts darüber gesagt.«

»Nein, ich habe jemand besucht.«

»Einen Mann?«

Mary Lenley war ein geduldiges Wesen, aber seine eindringlichen Fragen erbitterten sie. Er mußte es erraten haben, denn bevor sie antworten konnte, fuhr er fort:

»Verzeihen Sie meine Neugier, liebe Mary, aber ich nehme

doch sozusagen Vaterstelle bei Ihnen ein, solange der arme Johnny fort ist, und ich möchte wissen . . .«

»Ich war zum Essen eingeladen«, unterbrach sie ihn entschlossen. »Es tut mir leid, wenn ich Ihnen Unbequemlichkeiten bereitet habe, aber ich hatte Ihnen nichts versprochen.«

Es folgte eine Pause.

»Können Sie jetzt zu mir kommen?«

Ihr ›Nein‹ klang sehr bestimmt.

»Es ist viel zu spät, Maurice. Was sollte ich denn noch für Sie arbeiten?«

Wenn er sofort geantwortet hätte, wäre sie vielleicht unsicher geworden. Aber die Pause dauerte etwas zu lang.

»Beeidigte Aussagen!« spottete sie. »Das klingt sehr unsinnig um diese Nachtzeit. Ich werde morgen zeitiger kommen.«

»Der Jemand ist doch nicht etwa Alan Wembury?« hörte sie Messer fragen. Mary legte den Hörer auf.

Sie stellte Wasser für den Tee auf und ging in ihr kleines Schlafzimmer, um abzulegen. Ein Luftzug entstand, hinter ihr schlug die Tür zu. Sie machte Licht und schloß beunruhigt das Fenster. Vor dem Verlassen der Wohnung hatte sie alle Fenster geschlossen, da es nach Regen aussah. Wer hatte das Schlafzimmerfenster geöffnet? Sie sah sich im Zimmer um, und es überrieselte sie kalt. Jemand war im Zimmer gewesen, eine Schublade vom Frisiertisch war aufgebrochen. Soweit sie sehen konnte, fehlte nichts. Dann fiel ihr der Kode ein. Sie fand ihn nicht – verschwunden! Der Kleiderschrank stand offen, ihre Kleider hingen nicht wie sonst. Auch die lange, untere Lade war durchsucht worden. Von wem? Sicher nicht von einem gewöhnlichen Einbrecher, nichts war gestohlen worden, nichts fehlte – außer dem Brief.

Sie ging zum Fenster zurück, öffnete es und schaute hinunter. Rechts lag der kleine Küchenbalkon mit dem Aufzug, über den die Bewohner die Waren von den Lieferanten in Empfang nehmen konnten. Der Aufzug befand sich zur Zeit unten, und sie konnte sehen, wie sich das lange Drahtseil im Wind bewegte. Ein geschickter Mann konnte mit einiger Anstrengung daran schon zum Balkon hinaufklettern. Aber wer würde Gefahr laufen, seinen Hals zu brechen, nur um ihre Habseligkeiten zu durchsuchen und Cora Anns Brief zu holen?

Mary holte in der Küche eine Taschenlampe, mit der sie die Wohnung genauer untersuchte. Jetzt erst fand sie die noch feuchten Fußabdrücke auf dem Teppich. An zwei Stellen waren die Schmutzspuren so deutlich zu sehen, daß sie sich wunderte, sie nicht gleich bemerkt zu haben.

Sie machte noch einige andere Entdeckungen. Der Frisiertisch war vollständig in Unordnung gebracht worden. Eine ihrer Kleiderbürsten fand sie auf dem Bettrand, offensichtlich war sie benutzt worden, denn sie fühlte sich feucht und sandig an. Der kaltblütige Eindringling hatte sich nicht nur mit einer oberflächlichen Toilette begnügt, sondern auch die Haarbürste benützt; in den weißen Borsten hing ein grobes, schwarzes Haar.

Es klingelte an der Wohnungstür. Als sie öffnete, stand der Hausmeister draußen.

»Es tut mir leid, wenn ich Sie störe, Miss. Ist etwas mit der Wohnung nicht in Ordnung?«

»Kommen Sie, Jenkins! Darüber habe ich mich eben gewundert.« Sie führte ihn ins Zimmer.

»Ein Mann hat sich nämlich den ganzen Abend in der Gegend herumgetrieben«, erzählte der Hausmeister. »Ein Mann mit einem kleinen, schwarzen Bart. Ein Bewohner hat ihn kurz vor Dunkelwerden im Hof gesehen, wie er sich den Aufzug anschaute. Und die Frau nebenan sagte mir, daß er ungefähr zehn Minuten lang an Ihre Tür geklopft habe. Das war gegen acht Uhr, also bevor er im Hof gesehen wurde. Vermissen Sie etwas, Miss?«

Ein Mann mit einem Bart? Ein schwarzer Spitzbart – das kam ihr bekannt vor. Mary erinnerte sich plötzlich an die Unterhaltung mit Alan, er hatte ihr von Inspektor Bliss erzählt. Eine phantastische Idee!

Sie ging zum Telefon und verlangte die Flanders-Lane-Polizeiwache. Eine mürrische Stimme meldete sich. Nein, Mr. Wembury sei noch nicht zurück, man erwarte ihn aber jeden Augenblick. Sie nannte ihren Namen und die Telefonnummer und bat um Wemburys Anruf. Eine Stunde später läutete das

Telefon, sie erkannte Alans Stimme. In wenigen Worten erzählte sie alles und vernahm seinen erstaunten Ausruf.

»Ich glaube nicht, daß es der war, an den Sie denken«, zweifelte er. »Ist es schon zu spät für mich, vorbeizukommen?«

»Nein, nein, bitte!« rief sie, ohne zu zögern.

Er traf unerwartet schnell ein.

»Ein Taxi!« erklärte er. »Es ist ja selten genug in Deptford, daß man eines erwischt, aber ich hatte Glück.«

Zum erstenmal seit Johnnys Festnahme betrat er die Wohnung. Mary führte ihn sofort in ihr Zimmer, um ihm die Spuren des mysteriösen Besuches zu zeigen.

»Bliss?« fragte er mit gerunzelter Stirn. »Warum sollte Bliss hier eindringen?«

»Das möchte ich auch wissen. Wenn es sich um den Brief handelte, hätte er kommen und danach fragen können.« Sie konnte wieder lächeln. Alan Wemburys Anwesenheit wirkte wunderbar beruhigend auf sie.

»Haben Sie etwas hier, das Messer gehört – irgendwelche Papiere?« fragte er.

Sie schüttelte den Kopf.

»Schlüssel?« fragte er weiter.

»Ja, natürlich. Ich habe die Schlüssel zum Haus. Seine alte Köchin ist ziemlich taub, und Maurice ist nur selten auf, wenn ich komme, darum hat er mir die Schlüssel zur äußeren Tür und zur Haustür gegeben.« Sie öffnete die Handtasche. »Ich trage sie immer bei mir. Halten Sie es denn für möglich, daß Bliss daran interessiert ist? Er kann ja zu jeder gewünschten Zeit bei Mr. Messer vorsprechen.«

In Gedanken überflog Alan die Situation. Wußte Bliss von Cora Miltons Besuch bei Mary? Zwar war Wembury nicht benachrichtigt worden, daß die Hauptstelle auf eigene Faust arbeitete – doch angenommen, Bliss hätte es sich in den Kopf gesetzt, den Hexer zu finden, warum sollte er diesen schwierigen Weg wählen? Und wenn er hinter dem Brief her war, woher überhaupt wußte er von ihm?

»Nur ein einziger Mann kann an diesem Brief wirklich Interesse haben – der Hexer selbst!« stellte er überzeugt fest.

Durch die offenstehende Wohnungstür, die Alan beim Eintritt nicht geschlossen hatte, kam der Hausmeister herein. Er war ganz außer Atem. »Miss!« rief er aufgeregt. »Der Kerl ist wieder draußen – soll ich die Polizei holen?«

»Welcher Kerl?« fragte Wembury schnell. »Meinen Sie den Mann mit dem Bart?«

»Jawohl, Sir. Glauben Sie nicht, daß wir einen Polizisten holen sollten?« Der Hausmeister wußte nicht, daß Wembury Polizeibeamter war. »Am Ende der Straße steht einer auf Posten.«

Wembury stürzte an ihm vorbei und eilte die Treppe hinunter. Auf der gegenüberliegenden Straßenseite sah er im Dunkeln einen Mann stehen, der keinen Versuch machte, zu verschwinden, sondern im Gegenteil ins volle Licht der Straßenlampe trat. Marys Annahme stimmte. Es war Bliss.

»Guten Abend, Inspektor Wembury!« grüßte Bliss trocken.

»In Miss Lenleys Wohnung ist eingebrochen worden«, überfiel ihn Wembury ohne irgendeine Einleitung. »Ich habe guten Grund, anzunehmen, daß Sie es waren, Mr. Bliss!«

»In Miss Lenleys Wohnung eingebrochen?« Der Hauptinspektor schien sich darüber zu amüsieren. »Sehe ich wie ein Einbrecher aus?«

»Ich weiß nicht, wie Sie aussehen – jedenfalls hat man Sie kurz vor dem Dunkelwerden im Hof beobachtet, wie Sie sich den Aufzug ansahen. Es ist keine Frage, daß sich der Mann, der in Miss Lenleys Wohnung eindrang, auf diese Weise Einlaß verschaffte.«

»In diesem Fall«, meinte Bliss, »müßten Sie mich eigentlich auf Ihre kleine Polizeiwache mitnehmen und dort Ihre Anklage vorbringen. Bevor Sie dies tun, will ich Ihnen aber gestehen, daß ich dieses verfluchte Drahtseil hochgeklettert bin, das Fenster gewaltsam geöffnet und die Wohnung durchsucht habe. Was ich zu finden hoffte, habe ich nicht gefunden. Der Mann, der vor mir da gewesen war, hatte es bereits abgeholt.«

»Ist das die Erklärung?« fragte Wembury. »Jemand war schon vor Ihnen in der Wohnung?«

»Jawohl – und eine wahrheitsgemäße Erklärung dazu. Ich bin das Seil hochgeklettert, als ich feststellen mußte, daß schon ein anderer diesen Weg genommen hatte. Ihre Informatoren werden Ihnen zweifellos bestätigen können, daß ich zuvor die Treppe benützte und an Miss Lenleys Tür klopfte. Erst als dies zu nichts führte, entschloß ich mich, mir auf dem gleichen Weg Zugang zu verschaffen wie der Eindringling vor mir. Befriedigt Sie das, Mr. Wembury? Oder glauben Sie, daß ich als Polizeibeamter meine Befugnisse überschritten habe, indem ich einen Einbrecher verfolgte?«

Wenn die Geschichte stimmte, die Bliss erzählte, hatte sein Vorgehen eine gewisse Berechtigung. Aber ob sie stimmte?

»Haben Sie die Schubladen durchwühlt?«

»Nein, man ist mir hierin zuvorgekommen. Ich öffnete eine Schublade, und aus dem Durcheinander schloß ich, daß mein Vorgänger die Durchsuchung schon vorgenommen hatte. Haben Sie noch weitere Fragen?«

»Nein, danke«, sagte Alan kurz.

»Und Sie wollen mich nicht Ihren Vorgesetzten vorstellen? Gut. Dann ist meine Anwesenheit vorläufig überflüssig.«

Mit einem Achselzucken drehte er sich um und ging langsam den Gehsteig entlang.

Alan kehrte zu Mary zurück und erzählte ihr von seiner Unterredung mit Bliss.

»Wenn es stimmt, was er gesagt hat, muß er über den Vorfall Bericht erstatten. Wenn er lügt, werden wir nichts mehr darüber hören.«

Als Wembury auf die Polizeiwache zurückkehrte, war er erstaunt zu hören, daß Bliss tatsächlich den Einbruch gemeldet und genaue Zeitangaben gemacht hatte. Und außerdem hatte Bliss erwähnt, daß Wembury den Fall übernommen habe.

Wenn also Bliss wahrheitsgemäß Bericht erstattet hatte, wer war der erste Mann gewesen, der am Seil hinaufkletterte? Und welchen anderen Grund könnte er gehabt haben, in Mary Lenleys Wohnung einzudringen, als nach der Geheimschrift zu suchen? Es mußte der Hexer gewesen sein!

20

Zwei Fragen tauchten am nächsten Morgen vor Mary Lenley auf. Sollte sie Maurice sagen – erstens, daß sie mit Alan Wembury ausgegangen, und zweitens, daß bei ihr eingebrochen worden war?

Messer war noch nicht aus seinem Zimmer heruntergekommen, als sie eintraf. Samuel Hackitt, der nun zum Messerschen Haushalt gehörte, putzte gemächlich die Fenster. Vor einigen Tagen hatte er seinen Dienst angetreten, und Mary mochte den Mann ganz gern.

»Guten Morgen, Miss!« Er hob die Hand zu der Stelle, wo sich sonst der Schirm seiner Mütze befand. »Der alte Herr ist noch im Bett. Der Herr segne seinen Schlaf!«

Als Mary darauf nicht einging, klopfte Hackitt mit dem Handknöchel an die Täfelung.

»Hohl«, stellte er fest. »Das ist eher ein Karnickelstall als ein Haus.«

Mr. Messers Haus war in den Tagen erbaut worden, als Peter der Große sich in Deptford aufhielt. Mary teilte Sam diese historische Tatsache mit, die jedoch absolut keinen Eindruck auf ihn machte.

»Ich habe Peter nicht gekannt. War er König? Das klingt wie eine Lüge von Messer.«

»Das ist Geschichte, Sam!« sagte sie streng, während sie die Schreibmaschine abstaubte.

»Morgen gehe ich zu Scotland Yard, Miss«, schwatzte Hackitt weiter. »Ich war noch nie dort, nehme aber an, daß es genauso wie auf jedem anderen Polizeirevier ist – ein Stuhl, ein Tisch, ein Paar Handschellen und ein Haufen meineidige Lügner!«

In diesem Augenblick trat Messer ein und unterbrach Hackitts Betrachtungen. In mürrischem Ton schickte er seinen Diener hinaus. Als er mit Mary allein war, beklagte er sich, daß er schlecht geschlafen habe.

»Wo waren Sie gestern?« setzte er ihr gleich darauf zu.

Sie benützte die Gelegenheit, um ihn abzulenken, und erzählte ihm von dem Einbruch, verschwieg aber den gestohlenen

Brief. Er hörte erstaunt zu. Als sie die Unterredung zwischen Wembury und Inspektor Bliss erwähnte, rief er aus:

»Bliss? Das ist seltsam!« Er stand auf, seine Augen schlossen sich ein wenig, als blicke er in grelles Licht. »Bliss ... Ich habe ihn jahrelang nicht gesehen. Er war in Amerika. Ein tüchtiger Mensch ... Bliss – hm!«

»Aber – finden Sie es nicht auch sehr merkwürdig, daß er, und vor ihm schon jemand anders, in meine Wohnung hinaufkletterte? Was glaubten sie zu finden?«

»Ich weiß es nicht. Bliss suchte etwas in Ihrem Zimmer. Die Geschichte von dem andern Mann klingt faul.«

»Trotzdem – was konnte er suchen?« fragte sie eindringlich.

Messer schwieg.

Bliss! Er hatte in Deptford nichts zu suchen, falls nicht ...

Er stand vor einem Rätsel und war besorgt. Das Erscheinen dieses Mannes in Deptford konnte nur auf ein außerordentliches Ereignis hindeuten. In den letzten drei Monaten war im Bezirk nichts Besonderes vorgefallen, und Messer, der seine Finger in mehr Sachen hatte, als seine ärgsten Feinde es ihm zutrauten, wußte, daß kein Diebstahl begangen worden war, der Scotland Yard veranlassen konnte, einen der besten Beamten mit einer unabhängigen Untersuchung zu beauftragen.

Messer nahm sein einfaches Frühstück gewöhnlich im Privatbüro ein. Wie sonst bestand es auch an diesem Morgen aus einer Tasse Kaffee, einigen Früchten und Keksen. Er öffnete die Zeitungen, die neben ihm lagen, und blätterte sie gemächlich durch. Ein Titel am Kopf einer Spalte fesselte seine Aufmerksamkeit: ›Aufstand im Gefängnis - Sträfling rettet dem stellvertretenden Direktor das Leben‹. Er überflog den Artikel in aller Eile, da er auf einen bekannten Namen zu stoßen hoffte, doch der betreffende Gefangene wurde, wie in solchen Fällen üblich, nicht genannt. In einem Gefängnis in der Provinz war ein Aufstand ausgebrochen. Die Anführer hatten einen Wärter niedergeschlagen und ihm die Schlüssel abgenommen. Sie hätten den dazukommenden Stellvertreter des Direktors getötet, wenn ihn nicht ein Sträfling mit einem Besenstiel verteidigt hätte, bis bewaffnete Wärter erschienen. Maurice spitzte die Lippen und lächelte. Er überlegte, welche Belohnung der tapfere Sträfling erhalten würde. Wahrscheinlich eine höhere, als er verdiente.

Hackitt kam herein, um das Frühstücksgeschirr abzuräumen. Er las über Messers Schulter hinweg den Bericht.

»Der stellvertretende Direktor ist ein netter Kerl!« sagte er. »Ich möchte wissen, was die Jungen gegen ihn hatten. Die Wärter allerdings taugen alle nichts.«

Messer schaute ihn kalt an.

»Hackitt, wenn Sie Ihre Stelle behalten wollen, dürfen Sie nicht sprechen, ohne gefragt zu werden.«

»Verzeihung!« brummte Hackitt gutmütig. »Ich bin von Natur aus so veranlagt.«

»Dann lassen Sie Ihre Geschwätzigkeit an jemand anderem aus!« fuhr ihn Messer an.

Sam verließ mit dem Tablett das Zimmer, kehrte jedoch nach wenigen Minuten mit einem länglichen, gelben Kuvert zurück. Messer riß ihm den Brief aus der Hand und überflog die Aufschriften. Der Umschlag trug den Vermerk: ›Sehr eilig und vertraulich!‹ und den Stempel von Scotland Yard.

»Wer hat dies gebracht?« fragte er.

»Ein Polyp«, antwortete Sam unbefangen.

Messer wies auf die Tür.

»Sie können gehen.«

Er wartete, bis sich die Tür hinter Hackitt geschlossen hatte. Dann öffnete er den Brief. Seine Hand zitterte.

›Sir,

ich habe die Ehre, Sie zu benachrichtigen, daß der Kommissar, Oberst Walford, C. B., Sie morgen vormittags um halb zwölf in seinem Büro in Scotland Yard zu sprechen wünscht. Die Angelegenheit ist sehr wichtig, und der Kommissar besteht darauf, daß Sie der Vorladung unbedingt Folge leisten. Sollte es Ihnen nicht möglich sein, zur angegebenen Zeit zu erscheinen, bitte ich um telefonische Nachricht. In dieser Erwartung . . .‹

Eine Vorladung von Scotland Yard! Die erste, die Messer je erhalten hatte. Was bedeutete sie?

Er öffnete einen kleinen Wandschrank, nahm eine Weinbrand-flasche heraus und goß ein Glas voll. Er ärgerte sich, weil seine Hand zitterte. Was wußte Scotland Yard? Was wollten sie wissen? Seine Zukunft, sogar seine Freiheit hingen von der Beant-wortung dieser Frage ab. Aber diese Frage war gar nicht so leicht zu beantworten.

21

Am nächsten Morgen kam Mary, wie Messer es gewünscht hatte, zeitiger ins Büro. Sie war erstaunt, daß Maurice schon aufge-standen war. Als sie eintrat, ging er, die Hände auf dem Rücken, im Zimmer auf und ab.

»Ich muß nach Scotland Yard«, berichtete er, »und dachte ...«
Er zwang sich zu lächeln. »Vielleicht wollen Sie mich begleiten?
Nicht in den Yard«, setzte er hastig hinzu, als er die Abneigung in ihrem Gesicht bemerkte. »Sie können in einer Konditorei oder sonstwo auf mich warten.«

»Aber warum nur, Maurice?« Seine Aufforderung kam ihr merkwürdig vor.

»Wenn Sie nicht mitzugehen wünschen, ist es nicht nötig, meine Liebe«, erwiderte er kurz. Fragen zu beantworten, war nicht seine Stärke. Doch änderte er sofort den Ton. »Ich möchte mit Ihnen über einige Dinge sprechen – Geschäftsangelegenhei-ten, bei denen ich Ihre Hilfe brauche.« Er trat an den Schreib-tisch und nahm ein Schriftstück auf. »Hier sind die Namen und Adressen einer Anzahl von Leuten. Ich möchte, daß Sie diese Li-ste in Ihrer Handtasche aufheben. Die aufgeführten Herren sind zu benachrichtigen – ich meine, wenn es nötig sein sollte.«

Er konnte ihr nicht gestehen, daß er eine ruhelose Nacht ver-bracht hatte, und er konnte sie auch nicht wissen lassen, daß es sich bei den Namen, die er nach reiflicher Überlegung aufge-schrieben hatte, um wichtige Persönlichkeiten handelte, die für ihn unter gewissen Umständen bürgen konnten.

»Ich weiß nicht, was man von mir in Scotland Yard will«, bemerkte er und versuchte, unbekümmert zu erscheinen. »Vermutlich ist es eine geringfügige Angelegenheit, die sicher mit einem Klienten zusammenhängt.«

»Läßt man Sie oft kommen?« fragte sie arglos.

»Nein, es ist noch nie vorgekommen. Überhaupt ist es ganz ungewöhnlich, daß ein Rechtsanwalt vorgeladen wird.«

Messer besaß kein eigenes Auto. Keine Garage in der Nähe konnte ihm einen Wagen stellen, der seinem Geschmack genügte. Ein Rolls-Royce, den ihm schließlich ein Unternehmen im Westend schickte, war das Neueste und Vornehmste, was aufzutreiben war. Als sie damit losfuhren, standen die Bewohner der Flanders Lane voll Bewunderung und Neid vor den Haustüren. Messers Nervosität nahm zu, je weiter sie sich von Deptford entfernten. Er schwieg. Mary fragte ihn, ob er den Gefängnisbericht in der Zeitung gelesen hätte.

»Aufstand im Gefängnis?« fragte er zerstreut. »Nein – ja. Warum?«

»Es ist die Anstalt, in der Johnny ist. Es macht mir Sorge – Johnny ist so hitzköpfig. Wahrscheinlich hat er sich in etwas Dummes eingelassen. Kann man es nicht ausfindig machen?«

Messer zeigte plötzlich Interesse.

»Ist Johnny dort? Daran hatte ich nicht gedacht. Ja, meine Liebe, das können wir ausfindig machen.«

Diese Frage schien ihn die ganze Zeit beschäftigt zu haben, denn als sie über die Westminsterbrücke fuhren, kam er darauf zurück.

»Ich hoffe nicht, daß Johnny darin verwickelt ist – damit hätte er sich die vorzeitige Entlassung verscherzt.«

Bevor sie noch die verhängnisvolle Bedeutung dieser Bemerkung richtig verstanden hatte, hielt der Wagen schon vor dem Eingang von Scotland Yard.

»Vielleicht wollen Sie im Wagen warten?«

»Wie lange wird es dauern?«

Mr. Messer hätte viel darum gegeben, wenn er diese Frage, wenigstens ungefähr, hätte beantworten können.

»Ich weiß es nicht. Die Beamten sind bequeme Leute. Sie können tun, was sie wollen.«

Während er noch mit Mary sprach, sah er einen Mann von der Straßenbahn abspringen; er kam gemächlich über die Straße und ging auf das große, gewölbte Eingangstor von Scotland Yard zu.

»Hackitt?« rief Messer erstaunt aus. »Er hat mir nicht gesagt, daß er auch kommt. Vorhin brachte er mir noch das Frühstück!«

Sein Gesicht zuckte. Mary war verblüfft, daß eine so geringfügige Sache einen so starken Eindruck auf ihn machen konnte. Er nickte und entfernte sich, ohne sie nochmals anzusehen.

Vor dem Eingang blieb er einen Augenblick stehen. Was wußte Hackitt über ihn? Was konnte er aussagen? Als er den Mann bei sich anstellte, geschah es nicht etwa aus Mitleid, sondern weil er eine billige Arbeitskraft bekam. Vielleicht aber stand Hackitt im Sold der Polizei – ein Spitzel, der in sein Haus geschickt worden war, um seine Geheimnisse auszuspionieren, in seinen Papieren zu wühlen, die verschlossenen Keller- und Dachräume zu durchsuchen?

Mary entschloß sich, die Wartezeit im Wagen zu verbringen. Sie überlegte, ob Alan Wembury wohl auch im Yard zu tun habe. Während sie noch diesem Gedanken nachhing, ging er tatsächlich mit großen Schritten am Wagen vorbei. Er drehte sich rasch um, als er ihre Stimme hörte.

»Mary!« Sein Gesicht strahlte. »Was machen Sie hier? Sind Sie mit Messer gekommen?«

»Wußten Sie denn, daß er vorgeladen wurde?«

»Ja.« Er lachte. »Haben Sie zufällig Mr. Hackitt mitgebracht?«

»Nein, Maurice wußte gar nicht, daß man Hackitt auch vorgeladen hat – ich glaube, es beunruhigte ihn. Was steckt eigentlich dahinter, Alan?«

Er lachte wieder, ohne zu antworten.

Gleich vor ihnen hielt geräuschlos ein hübscher kleiner Wagen. Ein Chauffeur sprang heraus und öffnete die Wagentür. Eine Frau stieg aus. Sie warf einen Blick auf das Gebäude und ging dann auf das Tor zu. Obwohl es noch früh am Morgen, und die Straße voller Leute war, hielt sie eine brennende Zigarette in der behandschuhten Hand.

»Eine etwas auffällige Dame, nicht wahr? Und eine alte Bekannte von Ihnen!«

»Mrs. Milton!« rief Mary erstaunt.

»Jawohl, Mrs. Milton! Ich muß jetzt hinein.« Er nahm für einen Augenblick ihre Hand in die seine und schaute ihr in die Augen. »Sie wissen doch, wo ich zu finden bin?« fragte er leise. Bevor sie etwas erwidern konnte, war er verschwunden.

Auf Anordnung eines Polizisten mußte der Chauffeur mit dem Wagen etwas weiter vom Eingang entfernt warten.

Auf einmal fühlte Mary, daß sie beobachtet wurde. Sie drehte den Kopf und blickte in ein Paar freundliche Augen, die unter buschigen Augenbrauen hervorsahen. Neben dem Wagen stand eine große, gebeugte Gestalt. Der Mann, der einen unge- wöhnlichen, braunen Filzhut auf dem weißen Haarschopf trug, wollte anscheinend mit ihr sprechen. Sie öffnete die Wagentür und stieg aus.

»Sie sind Miss Lenley, wenn ich mich nicht irre? Mein Name ist Lomond.«

»Oh, Dr. Lomond!« sagte sie erfreut. »Das habe ich mir ge- dacht.«

»Aber, liebes Fräulein, Sie haben mich noch nie gesehen!«

»Alan – Mr. Wembury hat Sie mir beschrieben . . .«

Er lachte belustigt.

»Neugierig sind Sie offenbar nicht? Sonst würden Sie mich fra- gen, woher ich Sie kenne!« Er schaute zum Gebäude von Scotland Yard hinüber. »Ein trauriger, trüber Platz, mein Fräulein! Sind Sie etwa geschäftlich herbestellt worden?«

Während er sprach, suchte er etwas in seinen Taschen. Endlich zog er eine silberne Tabaksdose heraus und begann sich eine Zi- garette zu drehen.

»Ich würde Sie gern öfters treffen, Miss Lenley. Vielleicht werde ich Sie einmal besuchen, dann wollen wir etwas plaudern. Was meinen Sie?«

»Ich würde mich freuen, Doktor!« antwortete sie aufrichtig.

Der alte Mann gefiel ihr. Es ging eine jugendliche Heiterkeit von ihm aus, die erwärmte.

22

Hauptinspektor Bliss verschwand rasch im Steinportal von Scotland Yard. Den Gruß des wachhabenden Beamten beachtete er kaum. Eilig ging er durch den gewölbten Gang zum Zimmer des Chefs. Dieser schmächtige Mann mit den nervösen Bewegungen forderte den Respekt seiner Untergebenen, ohne auf ihre Zuneigung Wert zu legen.

»Das ist Mr. Bliss!« sagte ein Polizeibeamter zu einem jüngeren Kollegen. »Gehen Sie ihm aus dem Weg! Bevor er nach Amerika ging, war er schon schlimm – aber jetzt ist er unausstehlich!«

Messer, der in einem der vielen Wartezimmer saß, legte seine Stirn in Falten, als er Bliss vorbeigehen sah. Der Gang dieses Mannes kam ihm sehr bekannt vor. Und auch Sam Hackitt, der entlassene Strafgefangene, der in Begleitung eines Polizeibeamten im Korridor auf und ab ging, kratzte nachdenklich an seiner Nase und wunderte sich, wo er dieses Gesicht schon gesehen hatte.

Mr. Bliss öffnete die Tür zum Zimmer des Chefs und trat ein. Wembury, der vor dem großen Doppelfenster wartete, wandte sich um und nickte. Bei jeder neuen Begegnung gefiel ihm der Hauptinspektor weniger.

Bliss trat zum Pult in der Mitte des Zimmers, nahm irgendein Papier auf und las es durch. Er warf es wieder auf den Tisch und wandte den Kopf zu Wembury.

»Warum hält eigentlich der Kommissar dieses Verhör ab?« fragte er ungeduldig. »Seit ich wegging, hat sich hier manches geändert.«

»Der Chef hat die Sache in Bearbeitung. Da er aber krank ist, führt Oberst Walford das Verhör durch.«

»Warum gerade Walford?« brummte Bliss.

Wembury hatte gewußt, daß er an diesem Morgen Bliss treffen würde, und beabsichtigt, ihn über den geheimnisvollen Besuch in Malpas Mansions zu befragen. Doch Bliss schien wenig Lust zu einer Unterhaltung zu haben.

»Die Sache ist sehr wichtig. Wenn der Hexer zurückgekehrt ist – und die Hauptstelle ist ziemlich sicher, daß er . . .«

Bliss lachte verächtlich.

»Der Hexer!« Er überlegte einen Moment und fragte: »Wer ist der Mann, der ihn zu kennen behauptet?«

»Hackitt.«

»Hackitt! Glauben Sie, daß Hackitt etwas über ihn weiß? Man ist bei Scotland Yard sehr leichtgläubig geworden!«

»Er behauptete, er würde ihn erkennen.«

»Blödsinn!« antwortete Bliss. Sein ganzes Benehmen war beleidigend.

»Dr. Lomond meint ...«, begann Wembury, wurde aber sogleich durch den aufbrausenden Hauptinspektor unterbrochen.

»Ich will nicht wissen, was ein Polizeiarzt meint! Der Mann besitzt eine kolossale Frechheit! Er wollte mir vorschreiben, was ich zu tun hätte.«

Wembury hatte nicht gewußt, daß der ruhige Lomond mit dem streitsüchtigen Bliss zusammengestoßen war.

»Er ist ein gescheiter Mann«, stellte er ruhig fest.

Bliss hob ein Buch vom Tisch hoch.

»Das will er uns auch in seinem Buch weismachen – was Ihnen wohl imponiert! Ich bin zwei Jahre in Amerika, dem eigentlichen Sitz dieses anthropologischen Blödsinns, gewesen. Ich habe Verrückte getroffen, die mehr wußten als Lomond.« Er schlug mit dem Buch auf den Tisch. »Angenommen, Hackitt bleibt bei seiner Behauptung, den Hexer zu kennen – wer wird ihn außerdem noch identifizieren?«

»Sie. Soviel ich weiß, haben Sie versucht, ihn nach der Attaman-Sache festzunehmen.«

Bliss schaute Alan scharf an.

»Ich? Ich habe den Kerl nie gesehen. Als ich ihn greifen wollte, drehte er mir den Rücken zu. Ich legte gerade meine Hände an ihn – da stak auch schon ein Dolch vier Zoll tief in mir. Wer hat ihn gesehen?«

»Messer?« mutmaßte Wembury, doch der Hauptinspektor runzelte die Stirn.

»Ich möchte wetten, daß Messer ihn nie so, wie er wirklich aussieht, gesehen hat. Dazu schnupft er zuviel Koks! Der Hexer ist gewandt, das muß ich zugeben. Ich wünschte, ich hätte Washington nie verlassen – dort hatte ich einen ruhigen Posten.«

»Sie scheinen sich hier nicht recht glücklich zu fühlen?« fragte Wembury spöttisch.

»Sie hätte man dort behalten!« brauste Bliss auf. »Mich braucht man in Scotland Yard!«

Obschon er sich ärgerte, lachte Alan doch.

»Gegen Ihre Manieren läßt sich nichts sagen – doch Ihre Bescheidenheit geht zu weit!«

Bliss ließ sich nicht reizen. Er las das Titelblatt des Buches, das er in der Hand hielt, und wollte gerade eine Bemerkung über Dr. Lomond und seine anthropologischen Studien machen, da trat Oberst Walford ein.

»Meine Herren, es tut mir leid, daß Sie warten mußten«, entschuldigte er sich heiter. »Guten Morgen, Bliss!«

»Guten Morgen, Sir!«

»Hackitt wartet draußen«, meldete Wembury.

»Sie glauben doch nicht etwa, daß er den Hexer kennt?« warf Bliss verächtlich dazwischen.

»Offen gesagt, nein«, stimmte Walford bei. »Aber da er aus Deptford stammt, besteht eine geringe Möglichkeit, daß er die Wahrheit spricht. Lassen Sie ihn hereinkommen, Wembury! Ich will nur schnell zum Oberkommissar gehen und ihm sagen, daß ich die Vernehmung abhalte.«

Als der Oberst das Zimmer verlassen hatte, sagte Bliss:

»Hackitt! Ich kenne ihn. Vor fünf oder sechs Jahren verschaffte ich ihm achtzehn Monate für einen Einbruch – das ist ein unverbesserlicher Lügner!«

Zwei Minuten später wurde Sam hereingeführt. Mr. Samuel Cuthbert Hackitt war ein unverwüstlicher Londoner.

Alan nickte ihm grinsend zu.

»Sie kennen doch Mr. Bliss?«

Sam musterte bedächtig den Hauptinspektor.

»Bliss?« Seine Stirn legte sich in Falten. »Haben Sie sich nicht etwas verändert? Woher haben Sie Ihren Bart?«

»Halten Sie den Mund!« fuhr ihn Bliss an.

Sam verzog das Gesicht.

»Daran erkenne ich Sie wieder, Sir.«

»Vergessen Sie nicht, wo Sie sind, Hackitt!« sagte Alan.

Der Kommissar kam zurück.

»Guten Morgen, Sir!« begrüßte ihn Sam leutselig. »Sie haben hier eine feine Gesellschaft, lauter Diebe und Mörder.«

Oberst Walford unterdrückte ein Lächeln. Er öffnete eine Mappe.

»Hackitt, Sie sagten einmal aus, daß Sie den Hexer, wenn auch nur für eine Sekunde, gesehen hätten und wüßten, wo er wohnte. Stimmt das?«

»Jawohl, Sir! Ich wohnte im gleichen Haus mit ihm.«

»Oh, dann wissen Sie also, wie er aussieht?«

»Wie er aussah –«, verbesserte Sam. »Er ist ja tot – in Australien ertrunken.«

Oberst Walford schüttelte den Kopf. Hackitt starrte ihn mit offenem Munde an. Alan bemerkte, wie sich seine Gesichtsfarbe veränderte.

»Nicht tot? Der Hexer lebt? Guten Morgen – ich danke bestens!« Er wandte sich um und wollte gehen.

»Was wissen Sie über ihn?«

»Gar nichts!« antwortete Hackitt mit Nachdruck. »Ich will Ihnen die Wahrheit sagen, ohne alle Flausen. Einen toten Mann zu verpfeifen ist etwas ganz anderes als einen lebendigen Hexer – darauf können Sie sich verlassen! Ich weiß etwas über den Hexer, nicht viel, nur ein bißchen. Aber das bißchen werde ich nicht sagen. Warum? Ich komme aus dem Knast, Messer hat mir eine Beschäftigung gegeben, ich möchte jetzt ein friedliches Leben führen, ohne von irgendwem belästigt zu werden.«

»Sie sind verrückt, Hackitt!« rief der Kommissar. »Wenn Sie uns helfen, können wir auch Ihnen helfen.«

»Können Sie mich lebendig machen, wenn ich tot bin?« fragte Sam hämisch. »Ich verpfeife den Hexer nicht!«

»Weil Sie überhaupt nichts wissen«, stichelte Bliss.

»Was Sie glauben, interessiert mich nicht«, knurrte Sam.

»Heraus damit – wenn Sie etwas wissen, sagen Sie es dem Kommissar! Was fürchten Sie denn?«

»Das gleiche wie Sie! Sie hat er einmal beinah erwischt. Ah! Da lachen Sie nicht. Es tut mir leid, aber ich bin nur infolge eines Mißverständnisses hier. Guten Tag allerseits!« Er wollte gehen.

»Warten Sie!« befahl Bliss.

»Lassen Sie ihn nur gehen!« Der Kommissar winkte, Hackitt sollte verschwinden.

»Er hat den Hexer nie gesehen!« behauptete Bliss, als Sam draußen war.

»Ich kann Ihnen nicht zustimmen«, widersprach Walford. »Sein ganzes Benehmen läßt eher das Gegenteil vermuten. – Ist Messer hier?«

»Ja, Sir, er ist im Wartezimmer«, erwiderte Alan.

23

Wenige Sekunden später kam Maurice Messer herein. Als er das Zimmer betrat, sah er erst in auffälliger Weise auf die Uhr, dann von einem zum andern. Zuletzt blickte er fragend auf Walford.

»Ich glaube, hier liegt ein Irrtum vor. Ich dachte, der Chef wollte mich sprechen?«

»Ja, doch leider ist er krank – ich vertrete ihn.«

»Ich bin für halb zwölf Uhr geladen worden, es ist jetzt . . .« Er sah wieder auf die Uhr. »Zwölf Uhr neunundvierzig! Ich muß vor dem Greenwich-Polizeigericht einen armen Teufel verteidigen.«

»Es tut mir leid, daß Sie warten mußten«, entschuldigte sich Oberst Walford kühl. »Nehmen Sie Platz!«

Messer legte Stock und Hut auf den Tisch und setzte sich. Bliss anblickend, sagte er:

»Ihr Gesicht kommt mir bekannt vor.«

»Mein Name ist Bliss.«

Also das war Bliss! Messer hielt den herausfordernden Blick des Hauptinspektors nicht aus und wandte sich ab.

»Bedaure – ich glaubte, Sie zu kennen.« Messer zog seine Handschuhe aus. »Ist es nicht ungewöhnlich, einen Anwalt nach Scotland Yard kommen zu lassen?« fragte er.

Der Kommissar lehnte sich im Stuhl zurück. Er hatte schon mit gerisseneren Leuten zu tun gehabt als mit Maurice Messer.

»Mr. Messer, ich habe Sie vorgeladen, weil ich mit Ihnen ganz offen sprechen wollte . . .«

Zwischen Messers Augenbrauen erschien eine Falte.

»›Vorgeladen‹ ist ein Wort, das ich nicht schätze, Mr. . . .«

»Walford.«

»Oberst Walford!« verbesserte Alan.

Der Oberst nahm einen Notizblock und überflog einige Notizen.

»Mr. Messer«, begann er, »Sie sind Anwalt und besitzen in Deptford eine große Praxis?«

Messer nickte.

»Im ganzen Süden von London gibt es keinen Dieb, der nicht Mr. Messer aus der Flanders Lane kennt. Sie sind sowohl als Verteidiger von aussichtslosen Sachen als auch – hm, als Wohltäter bekannt.«

Messer nickte erneut, als wollte er sich für das Kompliment bedanken.

»Ein Mann begeht einen Einbruch und entwischt. Später wird er festgenommen, die gestohlenen Sachen werden nicht gefunden – anscheinend ist er mittellos. Und doch vertreten Sie ihn nicht nur vor dem Polizeigericht und nehmen zur Verhandlung im Old Bailey die hervorragendsten Verteidiger, sondern unterstützen auch, während der Mann im Gefängnis sitzt, seine Familie.«

»Aus Menschenfreundlichkeit! Stehe ich – stehe ich denn unter Verdacht, weil ich diesen – diesen unglücklichen Leuten helfe? Ich will nicht, daß die Frauen und Kinder für die Fehler ihrer Männer und Väter büßen müssen«, beteuerte Messer mit tugendhaftem Pathos.

Bliss hatte inzwischen das Zimmer verlassen.

»Mr. Messer, ich habe Sie nicht vorgeladen, um zu erfahren, wieviel Geld Sie jede Woche verteilen, oder woher es stammt. Ich wollte auch nicht andeuten, daß jemand, der mit Gefangenen beruflich verkehrt, wisse, wo die gestohlenen Sachen versteckt sind . . .«

»Das freut mich, Oberst!« Allmählich gewann Messer seine Fassung und sein Selbstbewußtsein zurück. Gefahr war im Anzug. Er mußte einen kühlen Kopf behalten. »Wenn Sie etwas Derartiges glaubten, täte es mir außerordentlich . . .«

»Ich sagte Ihnen, daß dies nicht der Fall ist. Ich bin nicht neugierig. Manchmal unterstützen Sie Ihre Klienten nicht nur mit Geld, sondern stellen sie bei sich an?«

»Ich helfe ihnen auf diese oder jene Weise«, gab Messer bescheiden zu. Der Oberst sah ihn aufmerksam an.

»Und wenn zum Beispiel ein Sträfling eine hübsche Schwester hat, stellen Sie sie bei sich an. Sie haben doch jetzt eine Sekretärin, eine Miss Lenley?«

»Ja.«

»Ihr Bruder hat drei Jahre erhalten, auf eine Information hin, die Sie der Polizei zugehen ließen!«

Messer zuckte die Achseln.

»Es war meine Pflicht. Ich mag Fehler haben, aber meiner Bürgerpflicht komme ich nach.«

»Vor zwei Jahren«, fuhr Walford langsam fort, »hatte sie eine Vorgängerin, ein Mädchen, das später ertrunken aufgefunden wurde.« Er wartete und fragte, als keine Antwort kam: »Haben Sie mich verstanden?«

»Ja, durchaus. Eine traurige Geschichte - nie in meinem Leben habe ich etwas so sehr bedauert. Ich möchte gar nicht mehr daran denken.«

»Das Mädchen hieß Gwenda Milton und war die Schwester von Henry Arthur Milton, auch bekannt als – der Hexer!«

In Walfords Ton lag etwas Bedrohliches. Auf Messers Gesicht erschienen zwei rote Flecken. Er sah den Oberst fragend an.

»Er ist der unheimlichste und gefährlichste Verbrecher, mit dem wir je zu tun hatten.«

»Und niemand hat ihn fassen können, Oberst – niemand!« schrie Messer hysterisch. »Als er durch Paris fuhr, wußte es die Polizei auf die Minute genau – und ließ ihn durch die Finger schlüpfen. Sämtliche Polizisten in England und Australien konnten ihn nicht verhaften.« Er hielt inne, hatte sich sogleich wieder in der Gewalt und sprach höflich wie immer. »Ich will nichts gegen die Polizei sagen. Als Steuerzahler bin ich stolz auf sie - dennoch steht fest, daß sie hier versagt hat.«

»Man hätte ihn eigentlich fassen müssen«, räumte der Oberst ein. »Doch darauf kommt es hier nicht an. Ob der Hexer Ihnen sein Geld anvertraut hat, weiß ich nicht - jedenfalls vertraute er Ihnen seine Schwester an.«

»Ich habe sie gut behandelt«, beteuerte Messer. »Ist es meine Schuld, daß sie starb? Habe ich sie in den Fluß geworfen? Seien Sie doch vernünftig, Oberst!«

»Warum hat sie ihrem Leben ein Ende gemacht?« fragte Walford eindringlich.

»Wie soll ich das wissen? Ich konnte nicht ahnen, daß sie Sorgen hatte. Gott soll mein Richter sein.«

Der Oberst winkte ab.

»Und doch hatten Sie alle Vorbereitungen für sie in einer Klinik getroffen!«

Messer wurde blaß.

»Das ist eine Lüge!«

»Bei der Gerichtsverhandlung wurde allerdings nicht darüber gesprochen. Doch Scotland Yard weiß Bescheid, und vielleicht auch – Henry Milton!«

Messer verzog abschätzig das Gesicht.

»Wie kann er es wissen, wenn er tot ist? Er ist in Australien umgekommen.«

Eine Pause entstand. Dann sagte Oberst Walford:

»Der Hexer lebt – er ist hier!«

Messer sprang auf, selbst seine Lippen waren weiß.

»Der Hexer ist hier? Ist das Ihr Ernst?«

Der Kommissar nickte nur.

»Das kann unmöglich wahr sein. Er würde es nicht wagen, hierherzukommen. Sie scherzen, Oberst!«

»Er ist hier – ich habe Sie hergebeten, um Sie zu warnen.«

»Warum mich warnen?« fragte Messer. »Ich habe ihn nie in meinem Leben gesehen, ich weiß nicht einmal, wie er aussieht. Ich kannte das Mädchen, das mit ihm befreundet war, eine Amerikanerin. Wo ist sie? Wo sie ist, ist auch er.«

»Sie ist in London, und im Augenblick in diesem Gebäude.«

Messer riß die Augen weit auf.

»Hier? Der Hexer würde es nicht wagen!« Mit großer Heftigkeit stieß er hervor: »Wenn Sie wissen, daß er in London ist, warum fassen Sie ihn nicht? Der Mann ist wahnsinnig. Wozu sind Sie denn da? Um die Leute zu beschützen – um auch mich zu beschützen! Können Sie ihn etwa nicht ausfindig machen? Können Sie ihn nicht wissen lassen, daß ich nichts über seine Schwester weiß, daß ich wie ein Vater zu ihr gewesen bin? Wembury, Sie wissen, daß ich nichts mit dem Tod dieses Mädchens zu tun hatte!«

Alan, an den er sich gewandt hatte, antwortete kalt:

»Davon weiß ich nichts. Ich weiß nur, daß, wenn Mary Lenley etwas zustoßen sollte, ich . . .«

»Wollen Sie mir drohen?« rief Messer. »Der Hexer! Pah! Man hat Sie zum Narren gehalten. Davon müßte auch ich etwas gehört haben. In Deptford fällt kein Vogel vom Dach, ohne daß ich es erfahre. Wer hat ihn gesehen?«

»Messer, ich habe Sie gewarnt!« Walford drückte auf einen Klingelknopf. »Lassen Sie an Ihren Fenstern Eisengitter anbringen, öffnen Sie nach Dunkelwerden niemandem mehr, und verlassen Sie nachts das Haus nur in Begleitung von Polizeibeamten!« In diesem Augenblick trat Inspektor Bliss wieder ein.

»Bliss – ich glaube, Mr. Messer braucht ein wenig Schutz. Ich gebe ihn in Ihre Obhut. Wachen Sie über ihn wie ein Vater!«

Die dunklen Augen des Hauptinspektors folgten dem Rechtsanwalt, als er sich erhob und sich zum Gehen anschickte.

»An dem Tag, an dem Sie ihn festnehmen, stifte ich tausend Pfund für die Waisen der Polizei«, versicherte Messer.

»So nötig brauchen wir das Geld nicht. Ich glaube, das ist alles! Ich habe keine Urteile zu fällen. Immerhin, Sie spielen ein gefährliches Spiel, und Ihr Beruf bringt es mit sich, daß Sie mehr Möglichkeiten und Vorteile haben als gewöhnliche Hehler.«

»Hehler! Ich glaube, Sie wissen nicht, was Sie sagen!«

»Ich weiß es recht gut. Guten Morgen!«

»Sie werden die Worte bedauern, Oberst!« Messer ging zur Tür.

Er hatte seinen Stock liegengelassen. Bliss nahm ihn in die Hand. Der Griff war locker, mit einer kurzen Drehung zog der Hauptinspektor eine lange Stahlklinge heraus.

»Ihr Stockdegen, Mr. Messer!« rief er spöttisch. »Sie haben sich aufs beste vorgesehen!«

Messer sah ihn verächtlich an. Er ging wie im Traum durch die Korridore und trat ins Freie. Es war unmöglich! Henry Arthur Milton war in London! Dieser, jener Mann könnte es sein ... Er ertappte sich dabei, wie er auf dem Weg zu seinem Wagen in alle Gesichter sah, die ihm begegneten.

»Ist etwas nicht in Ordnung, Maurice?« fragte Mary ängstlich, als er auf den Wagen zukam.

»Nicht in Ordnung?« Seine Stimme klang heiser und unnatürlich, seine Augen hatten einen eigenartigen, gläsernen Ausdruck. »Nicht in Ordnung? Nein, alles ist in Ordnung. Warum? Was sollte nicht in Ordnung sein?«

Während er sprach, drehte er dauernd den Kopf nach allen Seiten. Wer war der Mann dort, der ihm entgegenkam und so unbesorgt den Spazierstock schwang? Könnte es nicht der Hexer sein? Und der Hausierer, der einen Kasten mit Streichhölzern und Kragenknöpfen vor sich her trug, dieser schmutzige, verkommene alte Mann - war das nicht eine Verkleidung, wie der Hexer sie bevorzugte?

»Was ist bloß geschehen, Maurice?«

Er schaute sie mit einem leeren Blick an.

»O Mary!« rief er. »Wir wollen nach Hause fahren.«

Er stieg vor ihr in den Wagen und ließ sich mit einem Seufzer in die Polster fallen. Sie gab dem Chauffeur Anweisung und stieg ebenfalls in den Wagen.

»Was haben Sie nur, Maurice?«

»Nichts, nichts, meine Liebe.« Er richtete sich plötzlich auf, lachte gedrückt. »Man wollte mich erschrecken – mich ... Dieser Bliss war auch dabei, der Kerl, von dem Sie mir erzählt haben. Noch nie habe ich einen Detektiv mit einem Bart erlebt! Ja, früher trug man Bärte ... Bliss! Er kommt aus Amerika. Haben Sie Hackitt gesehen?«

»Er kam zehn Minuten vor Ihnen heraus und stieg in eine Straßenbahn.«

»Ich möchte wissen, worüber sie ihn befragt haben.«

Er suchte in seiner Tasche nach dem kleinen, goldenen Döschen. Mary tat, als bemerke sie es nicht. Er nahm eine Prise von dem weißen Pulver und stäubte sich hinterher das Gesicht mit dem Taschentuch ab. In wenigen Sekunden war er ein ganz anderer Mensch – lachte über sich selbst.

»Wembury hat mir gedroht!« Sein Ton war wieder selbstgefällig und überheblich.

»Maurice, Alan hat Ihnen sicher nicht gedroht.«

Er nickte und wollte ihr schon den Grund sagen, besann sich aber. Auch in dieser gehobenen Stimmung vermied er das Thema Gwenda Milton lieber.

»Ich habe selbstverständlich nicht darauf geachtet. Man gewöhnt sich allmählich daran, mit solchen Menschen umzugehen. Übrigens, Mary, ich habe herausbekommen, daß Johnny an dem Aufstand im Gefängnis nicht beteiligt war.«

Sie zweifelte keinen Augenblick an der Richtigkeit dieser Nachricht und fühlte sich sehr erleichtert.

»Nein, er ist darin nicht verwickelt, in keiner Weise. Der Anführer war ein Mann namens ... Ich habe den Namen vergessen, aber darauf kommt es nicht an. Und dann, meine Liebe, habe ich auch über den Einbruch in Ihre Wohnung nachgedacht. Sie können wirklich nicht länger in Malpas Mansions bleiben, ich kann es nicht zulassen. Johnny würde es mir nicht verzeihen, wenn Ihnen etwas zustieße.«

»Wohin soll ich denn ziehen?«

»Ziehen Sie in mein Haus! Ich werde das Zimmer und die Beleuchtung wieder in Ordnung bringen lassen. Sie können auch eine Angestellte halten, die nach allem sieht.«

»Das ist unmöglich, ich habe es Ihnen schon gesagt«, erklärte sie ruhig. »Der Einbruch ängstigt mich überhaupt nicht mehr, ich bin ganz sicher, daß niemand mir etwas anhaben will. Ich bleibe in Malpas Mansions und ...«

»Meine liebe Mary!« unterbrach er tadelnd.

»Ich bin fest entschlossen, Maurice ...« Sie hatte die Stimme erhoben, und er schien sich zu fügen.

»Wie Sie wünschen! Selbstverständlich will ich Ihnen keinen Junggesellenhaushalt zumuten, ich würde ihn ganz umstellen. Aber wenn Sie mein bescheidenes Haus nicht beehren wollen ...«

24

Dr. Lomond hatte viele angenehme Eigenschaften. Er besaß den trockenen Humor seines Volkes und das Selbstvertrauen eines Mannes, der es sich leisten kann, über sich selbst zu spotten. Dem Kommissar gegenüber benahm er sich respektvoll, doch nur so weit, wie es dem älteren Mann zukam, im übrigen betrachtete er ihn als Gleichgestellten.

Er blieb an der Tür stehen.

»Störe ich?«

»Kommen Sie nur herein!« rief der Kommissar lachend. »Ich wollte Sie ohnehin sprechen.«

»Wegen einer Frau?«

»Wie, zum Teufel, haben Sie das erraten?« fragte Walford verblüfft.

»Ich habe es nicht erraten, ich wußte es. Sie sind wie ein Radio – übrigens wie die meisten Menschen, und ich bin sehr empfänglich. Das ist Telepathie, eine tierische Eigenschaft, die noch in mir steckt.«

Bliss, der anwesend war, hörte dem Gespräch zu. Seine Lippen zuckten spöttisch.

»Tierisch?« brummte er. »Ich glaubte immer, daß Telepathie ein geistiges Phänomen sei. Dies wenigstens ist die Ansicht in Amerika.«

»In Amerika hat man viele Ansichten, die man hier nicht ernst nimmt. Telepathie ist nichts weiter als ein tierischer Instinkt, der vom Verstand unterdrückt worden ist. – Doch, was soll ich mit der Dame machen, Oberst?«

»Sie sollten etwas über ihren Mann zu erfahren suchen«, sagte Walford.

Dr. Lomond blinzelte.

»Weiß sie denn etwas von ihm? Wissen Frauen überhaupt etwas über ihre Männer?«

»Ich bin nicht ganz sicher, ob er tatsächlich ihr Mann ist«, warf Bliss ein.

»Um wen handelt es sich?« fragte der Polizeiarzt.

»Wie ist ihr richtiger Name?« fragte Walford Wembury.

»Cora Ann Milton – sie ist eine geborene Cora Ann Barford.«
Nun bekam Dr. Lomond die Polizeigeschichte des Hexers zu
hören. Der Kommissar öffnete eine Akte.

»Die Geschichte dieses Mannes ist sehr merkwürdig und wird
Sie interessieren. Fassen konnten wir ihn noch nie. Er ist ein
Mörder. Aber bei keinem der Morde, die auf sein Konto gehen
dürften, hat er sich auch nur um einen Penny bereichert. Wir
wissen ziemlich sicher, daß er während des Krieges Offizier im
Fliegerkorps war – ein sehr zurückhaltender Mensch, der nur
einen Freund hatte. Dieser Freund, ein junger Mann, wurde auf
Grund einer falsch begründeten Anklage seines Obersten, Chafferis-Wismann, wegen Feigheit erschossen. Drei Monate nach
Kriegsende wurde Chafferis-Wismann ermordet. Wir haben den
Verdacht, nein, wir wissen sogar sicher, daß der Hexer der Mörder war. Er verschwand, als der Waffenstillstand unterzeichnet
wurde. Nicht einmal sein Entlassungsgeld nahm er in Empfang,
und die Annahme einer Auszeichnung, die man ihm anbot, ver-
weigerte er. Auf keiner Fotografie seines Truppenteils ist er zu
finden. Wir haben nur eine Handzeichnung, die ein Steward auf
einem Dampfer, der zwischen Seattle und Vancouver verkehrt,
von ihm gemacht hat. Auf diesem Schiff wurde Milton getraut.«

»Getraut?«

»An Bord«, berichtete Walford weiter, »befand sich ein Mädchen, das aus den Vereinigten Staaten floh, weil sie in irgend-
einem verrufenen Tanzlokal einen Mann, von dem sie beleidigt
worden war, erschossen hatte. Sie muß Milton anvertraut haben,
daß sie in Vancouver verhaftet würde, denn er überredete einen
mitreisenden Geistlichen, sie zu trauen. Dadurch wurde sie britische Staatsangehörige und entging den Auslieferungsgesetzen.
Es ist eine phantastische Geschichte. Wenn das Publikum erfährt,
daß dieser Mann in England ist, haben wir große Unannehmlichkeiten.« Der Oberst zuckte die Achseln. »Er hat den alten
Oberzohn ermordet, der eine südafrikanische Agentur sehr
zweifelhaften Charakters unterhielt. Auch Attaman, der be-
rüchtigte Halsabschneider, ist sein Opfer. Übrigens war Messer
im Haus, als der Mord geschah. Bei jedem Verbrechen war eine
bestimmte Methode festzustellen. Als der Hexer nach der Atta-

man-Sache fliehen mußte, ließ er seine Schwester in Messers Obhut zurück. Er wußte nicht, daß Messer uns Nachrichten über seine Bewegungen zugehen ließ . . .«

Dr. Lomond rückte seinen Stuhl näher zum Schreibtisch.

»Das ist sehr interessant – erzählen Sie weiter!«

»Wir wissen, daß er vor acht Monaten in Australien war. Nach unseren Informationen soll er jetzt in England sein. Wenn dies zutrifft, ist er nur aus einem Grund zurückgekehrt: Um auf seine Art mit Messer abzurechnen! Messer, der eine Zeitlang immer gemeinsam mit Gwenda Milton auftrat, war sein Anwalt . . .«

»Sie sagten, Sie hätten ein Bild von ihm?«

Der Kommissar reichte Dr. Lomond die Bleistiftzeichnung.

»Ach – den Mann müßte ich doch kennen! Warten Sie – dieser kleine, komische Bart, das abgemagerte Gesicht, diese – Augen . . .«

»Was?« rief Walford ungläubig. »Sie kennen ihn? Das ist kaum möglich!«

»Ich will nicht sagen, daß ich ihn kenne, aber ich bin ihm begegnet.«

»Wo? In London?«

»Nein. Ich habe diesen Mann vor acht Monaten in Port Said getroffen, als ich dort auf der Rückreise von Bombay Station machte. Im Hotel, in dem ich abgestiegen war, hörte ich, daß in einer der schmutzigen Karawansereien im Eingeborenenviertel ein Europäer krank läge. Ich ging hin und fand einen sehr kranken Mann. Ich gab ihm keine Chance mehr. Es war dieser Mann!« Er zeigte auf das Bild.

»Sind Sie sicher?«

»Es gibt keine Sicherheit. Er war von einem australischen Schiff an Land gekommen.«

»Das ist er!« rief Wembury. »Wurde er gesund?«

»Ich weiß es nicht«, erwiderte Dr. Lomond. »Ich habe ihn zweimal besucht – er lag im Delirium, in seinem Fieberlallen kam immer wieder der Name ›Cora Ann‹ vor. Als ich das dritte Mal hinkam, sagte mir die Frau, der die Karawanserei gehörte, daß er in der Nacht verschwunden sei. Gott weiß, was aus ihm geworden ist. Vielleicht ist er in den Suezkanal gefallen und ertrunken. Könnte das der Hexer gewesen sein? Nein, es ist unmöglich!«

Der Kommissar schaute auf die Zeichnung.

»Es sieht fast so aus. Ich glaube nicht, daß er tot ist. Sie können uns hier helfen, Doktor! Wenn es eine Person gibt, die weiß, wo er sich aufhält, dann ist es Mrs. Milton – ich möchte, daß Sie mit dieser Frau sprechen, Doktor. Holen Sie sie herauf, Inspektor!«

Während Wembury hinausging, zog Walford noch ein Papier aus dem Aktenstück.

»Hier sind die Städte, die sie auf ihren Reisen berührt hat, verzeichnet, wenigstens soweit wir dies feststellen konnten. Sie ist vor drei Monaten angekommen und im Marlton-Hotel abgestiegen.«

Lomond setzte seine Brille auf und las.

»Sie kam auf dem Landweg von Genua. Sagten Sie nicht, daß Sie einen britischen Paß besitzt? Ist sie wirklich verheiratet?«

»Darüber besteht kein Zweifel. Sie haben sich auf dem Schiff trauen lassen, waren aber nur eine Woche zusammen.«

»Eine Woche? Das heißt also, daß sie immer noch in ihn verliebt sein könnte«, meinte Lomond zynisch. »Wenn mein Patient in Ägypten der Hexer war, dann weiß ich einiges über diese Frau. Er stammelte ständig etwas im Delirium. Lassen Sie mich nachdenken, es fällt mir wieder ein – Cora Ann . . . Orchideen . . . Ja, ich hab's!«

25

In diesem Augenblick wurde Cora Ann hereingeführt. Sie war sehr elegant gekleidet. Eine Sekunde lang blieb sie stehen und schaute von einem zum andern.

Der Kommissar erhob sich.

»Guten Morgen, Mrs. Milton! Ich habe Sie hierhergebeten . . . Mein Freund hier möchte sich mit Ihnen unterhalten. Ich hoffe, Sie haben dafür Verständnis.«

92

Cora blickte den unscheinbaren Doktor kaum an. Ihre Aufmerksamkeit konzentrierte sich auf den Kommissar mit dem soldatischen Aussehen.

»Sehr freundlich!« sagte sie gedehnt. »Ich bin ganz versessen darauf, mich mit jemandem zu unterhalten!« Sie lächelte Wembury an. »Welches ist eigentlich zur Zeit das beste Theaterstück in London? Die meisten habe ich bereits in New York gesehen, aber es ist schon so lange her ...«

»Das beste Stück in London«, schaltete sich Lomond ein, »ist Scotland Yard, Mrs. Milton – ein Melodrama ohne Musik, mit Ihnen als Hauptdarstellerin!«

Sie betrachtete ihn zum erstenmal.

»Nicht schlecht! Was stelle ich dar?«

»Wir wollen sehen, was Sie mir vormimen! Sie haben in letzter Zeit nicht viel von London gesehen, Mrs. Milton – so ist doch Ihr Name? Waren Sie im Ausland?«

»Ja – überall!« antwortete sie langsam.

»Und wie ging es Ihrem Mann, als Sie ihn verließen?« fragte Lomond scharf.

Sie wurde ernst und wandte sich Alan zu.

»Sagen Sie, Inspektor Wembury, wer ist dieser Herr?«

»Doktor Lomond, Polizeiarzt des R-Bezirks.«

Die Antwort schien sie zu beruhigen.

»Wissen Sie, Doktor, ich hatte meinen Mann jahrelang nicht gesehen, ich werde ihn auch nie wiedersehen. Ich dachte, jedermann hätte es in der Zeitung gelesen – der arme Arthur ist im Hafen von Sydney ertrunken.«

Dr. Lomonds Gesicht zuckte ein wenig, als er zu der hellgekleideten Frau aufblickte.

»Tatsächlich? Ich hätte es aus Ihrer Trauerkleidung schließen können.«

Die Bemerkung überraschte und verwirrte sie.

»Ihr Mann hat das Land vor drei Jahren verlassen. – Oder waren es vier Jahre, Wembury? – Wann haben Sie ihn zum letztenmal gesehen?«

Mrs. Milton beantwortete die Frage nicht.

Lomond schaute auf das Papier, das vor ihm lag.

»Er war drei Monate in Sydney, als Sie ebenfalls dort ankamen. Sie nannten sich Mrs. Jackson und stiegen im ›Harbour Hotel‹ ab, wo Sie Zimmer 36 bewohnten. Während dieser Zeit standen Sie mit Ihrem Mann in Verbindung.«

»Nicht schlecht!« räumte sie sarkastisch ein. »Zimmer 36 und das übrige! Doch sagte ich Ihnen schon, daß ich ihn nicht gesehen habe.«

»Sie haben ihn nicht gesehen, ich glaube es Ihnen. Er hat mit Ihnen telefoniert. Sie sagten ihm, daß Sie ihn treffen wollten – oder war es nicht so?«

Cora Ann gab keine Antwort.

»Sie wollen mir nicht antworten? Er fürchtete, daß Sie beobachtet würden, die Polizei also auf seine Spur gekommen wäre, wenn er Sie getroffen hätte.«

»Fürchtete!« sagte sie verächtlich. »Arthur Milton fürchtete sich nie – jetzt ist er tot!«

»Wollen Sie ihn nicht wieder zum Leben erwecken?« Er schnalzte mit den Fingern. »Erscheine, Henry Arthur Milton! Nicht? Verließ er nicht Melbourne mit dem Dampfer ›Themistokles‹ an seinem Hochzeitstag – in Begleitung einer anderen Frau?«

Cora Ann, die bis jetzt kühl geblieben war, zuckte, als sie den Namen des Schiffes hörte, erregt zusammen, und bei den letzten Worten sprang sie zornig auf.

»Das ist eine Lüge! Er hatte nie eine andere Frau.« Sie lachte auf. »Das ist ein schlechter Scherz, hören Sie! Ich bin dumm, daß ich mich hinreißen lasse. Was wollen Sie überhaupt von mir? Ich brauche keine einzige Frage zu beantworten – ich kenne das Gesetz. Vergessen Sie nicht, daß ein derartiges Verhör in England nicht erlaubt ist! Ich gehe.«

Sie ging zur Tür. Dort wartete, die Klinke in der Hand, Wembury, um sie hinauszulassen.

»Bitte, öffnen Sie die Tür für Mrs. Milton!« sagte Lomond. Maliziös setzte er hinzu: »Sie sind doch Mrs. Milton?«

Sie drehte sich schnell um. »Was wollen Sie damit sagen?«

»Ach, ich dachte, es wäre nur eine jener Konventionen, wie sie in vornehmen Kreisen manchmal vorkommen.«

94

Sie kam langsam auf ihn zu.

»Sie mögen ein guter Arzt sein, aber . . .«

»Also wirklich – verheiratet? Mit allem, was dazu gehört?«

»Erst auf dem Schiff – und dann, um ganz sicher zu gehen, nochmals in der St.-Pauls-Kirche in Deptford. Genügt das?«

Lomond zwinkerte skeptisch.

»Lügner und verheiratete Männer haben ein kurzes Gedächtnis – er hat vergessen, Ihnen Ihre Lieblingsorchideen zu schikken!«

Ein wütender Blick traf ihn.

»Wovon reden Sie?« fragte sie stockend.

»Er schickte Ihnen an jedem Jahrestag Ihrer Hochzeit Orchideen.« Lomond sprach bedächtig und fixierte sie ständig. »Sogar, als er sich in Australien verborgen halten mußte – er in der einen, Sie in einer anderen Stadt, damit Sie nicht entdeckt und verfolgt werden könnten –, hat er Ihnen Blumen geschickt. Nur dieses Jahr nicht – er muß es vergessen haben. Oder vielleicht hat er für die Orchideen eine andere Verwendung gefunden?«

. Sie kam noch näher.

»Das denken Sie!« stieß sie hervor. »Das sind Gedanken, auf die ein Mann wie Sie kommt! Eine andere Frau? Arthur dachte an niemand als an mich – das einzige, was ihn grämte, war, daß er nicht mit mir zusammen sein konnte. Er hat alles aufs Spiel gesetzt, um mich zu sehen. Er begegnete mir in der Collins Street, aber ich erkannte ihn nicht – er hat es gewagt, nur um zu sehen, wie ich vorbeiging.«

»Sehr lobenswert – aber Orchideen hat er Ihnen nicht geschickt!«

»Orchideen! Was soll ich mit Orchideen? Ich wußte, wenn sie nicht kamen . . .« Sie hielt plötzlich inne.

»Daß er Australien verlassen hatte«, ergänzte Lomond. »Deshalb sind Sie in solcher Eile abgereist. Ich möchte beinah glauben, daß Sie in ihn verliebt sind!«

»Bin ich das?« Sie lachte und nahm ihre Handtasche auf. »Das ist wohl alles. Oder wollen Sie mich etwa festnehmen?«

»Es steht Ihnen frei, zu gehen, wenn Sie es wünschen, Mrs. Milton«, antwortete Walford höflich.

Cora Ann machte eine leichte Verbeugung.

»Dann also – guten Morgen!«

»Liebe ist blind . . .«

Die Stimme ihres Inquisitors hielt sie fest.

»Sie haben ihn getroffen und nicht erkannt! Sie wollen uns doch nicht weismachen, er wäre so gut verkleidet gewesen, daß er sich am hellen Tag in die Collins Street wagen konnte – nein, Cora Ann, das glauben wir nicht!«

Sie war am Ende ihrer Selbstbeherrschung und zitterte vor Wut, als sie sich wieder ihrem Peiniger zuwandte.

»In der Collins Street? Er würde in der Regent Street spazierengehen – am hellen Tag oder bei Mondschein. Er würde es wagen! Wenn er wollte, käme er nach Scotland Yard, in die Löwenhöhle – und kein Haar würde ihm gekrümmt. Sie könnten alle Eingänge bewachen, und doch würde er ein und aus gehen. Sie lachen – lachen Sie nur, lachen Sie, aber er würde es tun . . .«

Zufällig fiel ihr Blick auf Bliss – dann blickte sie schnell wieder zurück zu Lomond. Ihr Gesicht wurde weiß. Alan Wembury sah sie schwanken und fing sie auf.

26

Keine Frau ist so unschuldig, daß sie nicht allmählich begriffe, mit welchen Lastern Männer und Frauen täglich in Berührung kommen – oder denen sie selbst frönen. Mary Lenley hatte in dieser Beziehung bei Maurice Messer einiges dazugelernt. Anfänglich schenkte sie ihm Vertrauen, weil sie es so seit ihrer Kindheit gewöhnt war. Später erkannte sie den richtigen Charakter dieses Mannes. Als sie die wirkliche Bedeutung von Gwenda Miltons Schicksal erfuhr, erschrak sie nicht mehr.

Merkwürdigerweise aber kam ihr nie der Gedanke, ihr selbst drohe irgendeine Gefahr von Maurice Messer. Sie waren immer gute Freunde, ihre Beziehungen so vertraut gewesen, daß nie der leiseste Verdacht in ihr aufstieg, sein Puls könnte bei ihrem Anblick schneller schlagen. Sein Anerbieten, das Zimmer im oberen

Stock zu beziehen, hatte sie lediglich als Freundschaftsbeweis aufgefaßt. Ihre Weigerung, das Anerbieten anzunehmen, entsprang vor allem ihrer Unabhängigkeitsliebe und ihrer Abneigung, eine Gastfreundschaft anzunehmen, die vielleicht lästig werden konnte. Dahinter lag die instinktive Abwehr einer Frau, sich einem Mann zu sehr zu verpflichten.

Als sie zwei Tage nach der Vernehmung in Scotland Yard am Morgen zur Arbeit kam, waren Arbeiter im Haus, die am großen Fenster einen neuen Fensterrahmen montierten.

»Wir wollen Gitter anbringen, Miss«, erklärte ihr einer. »Hoffentlich stören wir Sie nicht?«

»Wenn es gar zu schlimm wird, arbeite ich eben in einem anderen Zimmer.«

Warum aber Gitter vor den Fenstern? Weit und breit konnte sie keine wertvollen Gegenstände feststellen, höchstens Mr. Messers Tafelsilber, das prächtig war. Hackitt wurde nicht müde, über das Silber zu reden. Es fesselte ihn.

»Jedesmal, wenn ich die Milchkanne putze, fürchte ich mich vor dem Gefängnis«, scherzte er an diesem Morgen.

Diese Anspielung brachte sie auf den Gedanken an die geheimnisvolle Konferenz in Scotland Yard. Sie fragte Hackitt über seinen kürzlichen Besuch dort aus.

»Ja, Miss«, meinte er, »ich habe mit dem Oberkommissar gesprochen – es ist doch komisch, daß die Polypen nichts herausfinden können, ohne sich an unsereinen zu wenden!«

»Worüber wollte er Sie sprechen, Hackitt?«

Sam zögerte.

»Über einen Herrn, den ich früher kannte.«

Mehr wollte er nicht sagen. Sie wußte nicht, was sie davon halten sollte. Bei der ersten Gelegenheit fragte sie Messer, was Sam wohl gemeint habe, aber auch er wich der Frage aus.

»Sie würden gut daran tun, mit Hackitt nicht soviel zu reden«, empfahl er ihr. »Der Mann ist ein Lügner. Er würde Dinge behaupten, nur um jemandem Schrecken einzujagen. Haben Sie etwas von Johnny gehört?«

An diesem Morgen wäre ein Brief fällig gewesen. Da er aber nicht eingetroffen war, fühlte sie sich enttäuscht.

»Warum lassen Sie das Gitter anbringen, Maurice?«

»Um schlechte Menschen fernzuhalten«, sagte er leichthin. »Ich sehe es lieber, wenn sie durch die Tür kommen. Es ist abends hier sehr einsam, Mary, Sie können sich nicht vorstellen, wie einsam ...«

»Warum gehen Sie nicht mehr aus?«

»Das ist es gerade, was ich – augenblicklich nicht tun möchte. Ich wäre dankbar, wenn mir jemand abends etwas Gesellschaft leistete. Um es geradeheraus zu sagen, liebe Mary – ich würde mich freuen, wenn Sie einige Abende bei mir verbrächten.«

»Es tut mir leid, Maurice, ich kann nicht – ich weiß, nach allem, was Sie für mich getan haben, klingt das sehr undankbar. Aber sehen Sie denn nicht ein, daß es nicht geht?«

Er sah sie mit halbgeschlossenen Augen an.

»Wollen Sie nicht wenigstens an einem Abend zum Essen kommen? Ich spiele Ihnen eine wunderbare Sonate vor - es ist langweilig, immer nur sich selbst vorzuspielen. Meinen Sie nicht, daß Sie es übers Herz bringen, einmal abends herzukommen?«

Eigentlich war kein Grund vorhanden, warum sie es nicht tun könnte, und doch zögerte sie.

»Ich will es mir überlegen.«

An diesem Nachmittag wurde Mr. Messer ein schwieriger Fall übertragen. Es ging um einen betrunkenen Motorradfahrer, den man festgenommen hatte. Mary wollte gerade nach Hause gehen, als Mr. Messer in großer Eile zurückkam.

»Gehen Sie noch nicht, Mary! Ich muß dringend an Dr. Lomond wegen dieses Verhafteten schreiben. In seinem Bericht hat Lomond gesagt, der Mann sei betrunken gewesen. Ich will sofort verlangen, daß er seinen eigenen Arzt hinzuziehen kann.«

Er diktierte den Brief, den sie schrieb und ihm zur Unterschrift brachte.

»Das Schreiben sollte Dr. Lomond zugestellt werden.« Er blickte sie fragend an. »Hätten Sie etwas dagegen, ihm den Brief zu bringen? Es ist kein Umweg für Sie, er wohnt in Shardeloes Road.«

»Das mache ich sehr gerne«, sagte Mary freudig. »Ich würde den Doktor gerne wiedersehen.«

»Wieder? Wo haben Sie ihn denn schon gesehen?«

Sie erzählte von der kurzen Unterhaltung vor Scotland Yard.

Messer biß sich auf die Lippen.

»Ein gerissener alter Teufel! Ich würde mich nicht wundern, wenn er mehr Gehirn hätte als ganz Scotland Yard zusammen. Lächeln Sie ihn freundlich an, Mary, ich möchte meinen Klienten gern von der Anklage freibekommen.«

Mary fragte sich, als sie das Haus verließ, ob ihr Lächeln irgendeinen Einfluß auf die Diagnose des Polizeiarztes haben könnte. Sie nahm ganz richtig an, daß er nicht der Mann war, der sich so leicht beeinflussen ließ.

Dr. Lomond wohnte in einer unfreundlichen kleinen Straße, und sein kleines Zimmer sah genauso finster aus. Die Wirtin, die auf das Klopfen erschien, führte Mary in ein im viktorianischen Stil möbliertes Zimmer. Der Doktor saß in einem unbequemen Lehnstuhl, ein offenes Buch vor sich auf den Knien. Auf seiner Nase saß eine stahlumrandete Brille.

»Ah, meine Liebe!« Er schlug das Buch zu und erhob sich. »Was führt Sie zu mir?«

Sie übergab ihm den Brief, den er öffnete und las. Die Bemerkungen, die er selbstvergessen vor sich hin murmelte, waren offensichtlich nicht für sie bestimmt.

»Ach – von Messer! Der Schuft . . . Wegen des Betrunkenen, dachte ich es doch! Er war betrunken und bleibt betrunken, und alle Ärzte aus der Harley Street können ihn nicht nüchtern machen – sehr gut, sehr gut!«

Sie wartete. Er faltete den Brief zusammen und steckte ihn in die Tasche. Dann schaute er Mary über die Brille hinweg freundlich an.

»Hat er Sie zum Boten gemacht? Wollen Sie sich nicht setzen, Miss Lenley?«

»Danke schön, Doktor, aber ich muß schleunigst nach Hause.«

Trotz dieser Versicherung erzählte sie im gleichen Atemzug – sie wußte selbst nicht, was sie dazu bewog – die Geschichte von dem Einbruch.

»Inspektor Bliss? Er war der Mann . . . Ja, ich habe davon gehört. Alan Wembury hat es mir erzählt. Ein netter Junge, Miss

Lenley!« Er blinzelte sie verschmitzt an. »Sie wundern sich, warum Bliss in Ihre Wohnung eingedrungen ist? Ich weiß es nicht und will mit Bestimmtheit auch nichts behaupten. Aber ich bin Psychologe und kann Ihnen eines sagen, Miss Lenley – Bliss stieg in Ihre Wohnung ein, weil er annahm, daß Sie etwas besitzen, das er gerne haben wollte. Und wenn ein Polizeibeamter irgend etwas unbedingt braucht, wagt er alles mögliche. Sie haben nichts vermißt?«

»Nichts als einen Brief, der nicht einmal mir gehörte. Mrs. Milton hatte ihn bei mir verloren, ich fand ihn und versorgte ihn in einer Schublade.«

Lomond rieb sich das Doppelkinn.

»Konnte Inspektor Bliss denn wissen, daß der Brief bei Ihnen war? Und warum nahm er an, daß sich das Risiko lohnte, vielleicht den Hals deswegen zu brechen? Nun ja ...«

Lomond begleitete Mary bis zum Ausgang und blieb oben an der Treppe stehen, um ihr zuzuwinken. In seinem Mundwinkel über dem weißen Schnurrbart hing die unvermeidliche Zigarette.

27

Seit dem Besuch in Scotland Yard war eine unangenehme Veränderung mit Maurice Messer vor sich gegangen. Er trank unmäßig. Die Weinbrandflasche stand immer in der Nähe. Am Morgen sah er alt und krank aus. Manchmal kam er nach dem Frühstück ins große Zimmer, setzte sich ans Klavier und fing zu Marys Leidwesen an, stundenlang zu spielen. Er spielte zwar wunderbar, hatte den Anschlag eines Meisters und das Gefühl eines Begeisterten. Oft fand sie, daß er um so besser spielte, je mehr er getrunken hatte. Er saß am Klavier, die Augen starrten ins Leere, er schien nichts zu sehen und zu hören. Mary mußte lange warten, bis sie eine vernünftige Antwort auf Fragen bekam.

Er fürchtete sich vor allem möglichen, sprang beim leisesten

Geräusch auf und wurde durch unerwartetes Klopfen an der Tür in panischen Schrecken versetzt. Hackitt, der im Hause schlief, wußte allerhand Düsteres anzudeuten. Einmal fand er Messers Tisch voll Weinbrandflaschen, alle, bis auf eine, leer.

Zwei Tage, nachdem die Arbeiter Messers Haus verlassen hatten, läutete früh am Morgen in Wemburys Dienstzimmer das Telefon. Der diensthabende Sergeant nahm ab.

»Für Sie, Mr. Wembury«, rief er, und Alan nahm ihm den Hörer aus der Hand.

Es war Hackitt. Seine Stimme klang aufgeregt.

»Ich weiß nicht, was mit ihm los ist. Seit heute morgen drei Uhr vollführt er einen Teufelsspektakel. Können Sie nicht einen Arzt herbringen, Mr. Wembury?«

»Was ist geschehen?«

»Ich weiß es nicht – er hat sich in sein Schlafzimmer eingeschlossen und schreit wie ein Verrückter.«

»Ich komme gleich.«

Als Alan auflegte, tauchte gerade Dr. Lomond auf. Er kam aus dem Zellenhaus.

»Ich werde Sie begleiten«, sagte Dr. Lomond und zog langsam die Handschuhe an. »Es kann das Trinken sein, vielleicht aber auch Rauschgift.«

Eine Viertelstunde später standen sie vor dem Tor. Alan drückte auf den Klingelknopf. Hackitt öffnete, nur mit Hemd und Hose bekleidet. Er sah ehrlich besorgt aus.

»Was soll das bedeuten, Sam?« fragte Wembury. »Warum haben Sie nicht Messers eigenen Arzt benachrichtigt?«

»Ich weiß nicht, wer sein Arzt ist. Er hat so verteufelt geschrien, ich wußte nicht, was anfangen.«

»Ich will mit ihm sprechen«, schlug Dr. Lomond vor. »Wo ist sein Zimmer?«

Sam führte ihn hinauf und kam wieder zurück.

»Sie hatten Angst, man würde Sie verdächtigen, wenn er stürbe?« fragte Wembury. »Ja, mein Lieber, so geht es eben, wenn man einen schlechten Ruf hat!«

Alan bewunderte ein silbernes Tablett auf dem Tisch und nahm es in die Hand.

»Mächtig schwer, nicht?« fragte Sam mit beruflichem Interesse. »Würde sich gut verkaufen lassen – was bekäme ich dafür?«

»Ungefähr drei Jahre«, erwiderte Alan trocken.

Hackitt schloß die Augen.

»Hören Sie, Mr. Wembury«, fragte er plötzlich, »was macht Bliss in Ihrem Bezirk?«

»Bliss?«

»Seit ich im Hause bin, treibt er sich hier herum. Gestern habe ich ihn oben versteckt gefunden.«

»Bliss? Was Sie nicht sagen!«

»Ihr hängt alle wie die Kletten zusammen!« entgegnete Sam entrüstet.

Auf der Treppe hörte man Lomonds Schritte.

»Ist er wieder ruhig?« fragte Wembury, als der Doktor eintrat.

»Messer? Himmel, ja! Ein tüchtiger Kerl. Messer – das ist eine alte englische Familie. Sie kam beinah mit dem Eroberer herüber – aber der Eroberer verlor den Krieg.«

Lomond roch an der Flasche, die auf dem Tisch stand, und Wembury nickte.

»Das ist das Gift, das ihn tötet.«

Lomond roch nochmals.

»Das ist schottischer Whisky! Das beste Gift, das ich kenne. Das und Kokain, Wembury, wird Messers Ende sein. – Ein seltsames Büro!« Er schaute sich im Zimmer um.

»Ja – was für seltsame Sachen mögen in diesem Zimmer passiert sein? – Hat man Gitter vor den Fenstern angebracht?« fragte Alan, sich an Sam wendend.

»Ja, Sir! Wozu sollen die gut sein?«

»Um den Hexer fernzuhalten!«

Sam Hackitts Gesicht wurde zu Stein.

»Den Hexer!« stammelte er fassungslos. »Dazu sind sie also da? Ich gebe meine Stellung auf. Ich wunderte mich schon, warum er die Gitter anbringen ließ, und warum er verlangte, daß ich hier im Haus schlafe.«

»Oh, Sie fürchten also den Hexer?« fragte Lomond interessiert, mit kaum merklichem Spott. Wembury kam Sam zu Hilfe.

»Seien Sie nicht albern, Hackitt! Alle fürchten den Hexer.«

»Nicht für hunderttausend Pfund möchte ich nachts in diesem Hause bleiben«, erklärte Sam inbrünstig. Der Doktor lachte.

»Eine ganze Menge Geld für einen zweifelhaften Dienst!« spottete er. »Doch, nun lassen Sie uns einen Augenblick allein, Mr. Hackitt!« Er wartete, bis der verstörte Sam draußen war.

»Kommen Sie hinauf, Wembury, schauen Sie sich Messer an!«

»Er lebt noch«, sagte Lomond, als sie in der Tür standen.

Messer lag auf dem zerwühlten Bett, er atmete schwer, sein Gesicht hatte eine purpurne Farbe, die Hände hielten krampfhaft die seidene Steppdecke fest.

Auf der Treppe hörten sie Hackitts leise Schritte.

Als Alan bald darauf das Zimmer verließ und wieder hinunterging, traf er Sam in grüner Schürze an; er hatte einen Eimer vor sich und ein Waschleder in der Hand und putzte fleißig ein Fenster, wobei er aber durch das Gitter behindert wurde.

»Wie geht es ihm, Sir?« fragte er.

Alan antwortete darauf nicht. Auch Dr. Lomond kam jetzt herunter und trat hinzu. Er betrachtete nochmals eingehend das Zimmer, das in Messers Haushalt als Büro und Salon in einem diente.

Sam ließ die beiden nicht aus den Augen.

»Miss Lenley wird gleich kommen«, sagte er familiär, da ihm im Moment nichts anderes einfiel.

Wembury ging hinaus, in der Hoffnung, Mary einen Augenblick allein sprechen zu können.

»Wer ist Miss Lenley?« fragte der Doktor.

»Oh, das ist unser Schreibmaschinenfräulein«, berichtete Sam, und Lomond hob interessiert die Augenbrauen.

»Ist sie nicht die Schwester eines Mannes, der im Gefängnis sitzt?«

»Jawohl, Sir – von Johnny Lenley. Er bekam drei Jahre, weil er eine Perlenkette geklaut hatte.«

»Also ein Dieb?«

»Ein Gentlemandieb!« korrigierte Sam.

Lomond ging zum Klavier hinüber, hob den Deckel und schlug leise eine Taste an.

»Spielt sie Klavier?«

»Nein, Sir – er.«

»Messer? O ja, ich habe davon gehört.«

»Er spielt gut«, sagte Sam wegwerfend. »Ich habe Musik sehr gern, aber die Sachen, die er spielt . . .« Er summte ein paar Töne von Chopins Nocturne. »Das kann einen wahrhaftig verrückt machen!«

Die Haustürglocke läutete, und Hackitt verließ das Zimmer.

Dr. Lomond setzte sich, die Hände in den Taschen, auf den Klaviersessel und betrachtete die Einrichtung des Zimmers. Während er so den Blick umherschweifen ließ, geschah etwas Seltsames. Über der Tür, im Schnitzwerk versteckt, leuchtete plötzlich ein rotes Licht auf. Ein Signal! Von wem? Dann verlöschte das Licht wieder. Lomond schlich auf den Fußspitzen an die Tür und horchte, doch konnte er nichts hören.

Hackitt kam mit einer Handvoll Briefen zurück.

»Die Post . . .«, begann er und stockte.

»Hackitt«, fragte Lomond sanft, »wer ist außer Ihnen und Messer noch im Haus?«

Sam sah den Doktor mißtrauisch an.

»Niemand. Die alte Köchin ist krank.«

»Wer macht Messers Frühstück?«

»Ich.«

Lomond deutete zur Zimmerdecke hinauf.

»Was ist über diesem Zimmer?«

»Die Rumpelkammer.« Hackitts Verlegenheit nahm zu. »Was ist los, Doktor?«

»Ich dachte nur – nichts weiter. Ja, gibt es einen Schlüssel dazu?«

Sam zögerte. Wie jeder Dieb hatte er den Wunsch, sich so dumm wie möglich zu stellen.

»Ja, ein Schlüssel ist da«, sagte er endlich. »Er hängt über dem Kaminsims. Ich weiß es zufällig, weil . . .«

»Weil Sie ihn ausprobiert haben«, vollendete Lomond.

»Wollen Sie die Rumpelkammer sehen, Doktor?«

Kaum waren sie die Treppe hinaufgestiegen, als Wembury mit Mary Lenley ins große Zimmer zurückkam.

Krampfhaft überlegte Alan, wie er Mary warnen sollte.

»Fühlen Sie sich hier wohl?« fragte er verlegen.

»Wie meinen Sie das?«

»Ich meine – nun, Messer ... Weiß Ihr Bruder, daß Sie noch hier arbeiten?«

»Nein, ich wollte ihm nicht noch mehr Sorgen machen. Johnny schreibt manchmal so seltsame Briefe.«

Alan seufzte.

»Mary, Sie wissen doch, wo Sie mich finden können?«

»Ja, Alan, Sie haben mir das schon einmal gesagt!« erwiderte sie erstaunt.

»Ja. Doch – nun, Sie wissen nicht, was für Schwierigkeiten eintreten könnten. Ich möchte – ich ... Nun, wenn unangenehme Dinge geschehen sollten ... Ich möchte, daß Sie das Gefühl haben ...« Er sprach ganz unzusammenhängend.

»Unangenehme Dinge?«

»Ja – wenn Sie in Not sein sollten«, fuhr er verzweifelt fort. »Sie wissen doch, was ich meine? Wenn Sie belästigt werden – wenn jemand, wenn er ... Wie soll ich mich ausdrücken? Dann sollten Sie zu mir kommen – versprechen Sie es mir?«

»Alan, Sie werden sentimental!«

»Ich bedaure.«

Er griff schon nach der Türklinke, als er seinen Namen hörte.

»Sie sind aber doch ein lieber Mensch!« rief sie sanft.

»Nein, ich glaube, ich bin ein verdammter Esel!« Wütend schlug er die Tür hinter sich zu.

28

Zu Messers Haus führte ein Weg, den nur drei Menschen kannten. Einer davon war tot. Der zweite saß zweifellos im Gefängnis – Johnny. Und der dritte? Messer schob den Gedanken beiseite.

Das Grundstück hatte sich einst viel weiter, bis hinunter zum Ufer eines schmutzigen Bachs, ausgedehnt. Dort stand auch jetzt noch ein kleiner, baufälliger Schuppen auf einem verlassenen, unkrautbewachsenen Platz. Schuppen und Platz gehörten Messer, obgleich sie vom Haus in der Flanders Lane durch einige fremde Gebäude und winklige Gassen getrennt waren.

An diesem Morgen kam ein junger Mann das Kanalufer entlang. Vorsichtig schaute er sich um, ob er beobachtet würde. Mit einem Schlüssel öffnete er das verwitterte Tor der Umzäunung und betrat den verwahrlosten Platz. Mit dem gleichen Schlüssel, mit dem er das äußere Tor geöffnet hatte, schloß er auch die Tür des Schuppens auf. Von innen sperrte er wieder zu und stieg eine Wendeltreppe hinab, die erst vor wenigen Jahren erbaut worden war. Am Ende der Treppe begann ein mit Ziegelsteinen ausgelegter niedriger Gang. Es gab kein Licht, aber nach wenigen Schritten fand der Ankömmling eine kleine Nische, in der Messer einige Taschenlampen aufbewahrte. Er ließ eine davon aufleuchten und tappte vorwärts. Nach wenigen Minuten wandte sich der Weg scharf nach links und endete in einem Keller. Von da führte eine mit Teppichen ausgelegte Treppe aufwärts. Der Mann stieg vorsichtig und leise die Stufen hinauf. Auf halber Höhe spürte er, wie eine Stufe unter seinem Fuß leicht nachgab. Er lächelte, denn er wußte, daß es die Vorrichtung war, durch die die Warnlampe in Messers Zimmer aufleuchtete.

Er gelangte an die getäfelte Wand und horchte. Er hörte Stimmen – die Messers, dazwischen die Mary Lenleys! Er runzelte die Stirn. Mary hier? Er hatte geglaubt, Mary habe die Arbeit aufgegeben. Er legte das Ohr an die Täfelung und lauschte.

»Ach, meine Liebe«, hörte er Messer sagen, »Sie sind – wunderbar!«

»Und Sie sind albern, Maurice!« antwortete Mary ärgerlich. Offenbar hatte sich Messer ans Klavier gesetzt, es erklangen einige leise Töne, dann wieder Marys Stimme – und Geräusche eines kleinen Kampfes.

Messer hatte Mary bei den Schultern gepackt. Er wollte sie an sich ziehen, als er, über ihre Schulter hin, sah, wie sich eine Hand durch einen Spalt in der Wand streckte. Im gleichen Augenblick stürzte er mit einem Schreckensschrei aus dem Zimmer. Mary blieb vor Furcht wie angewurzelt stehen. Immer weiter kam die

Hand zum Vorschein. Dann öffnete sich die Täfelung, und ein junger Mann trat ins Zimmer.

»Johnny!«

In der nächsten Sekunde lag Mary schluchzend in den Armen des Bruders.

»Johnny – warum hast du mir nicht mitgeteilt, daß du zurückkommst? Das ist eine großartige Überraschung! Ich habe dir heute morgen noch geschrieben!«

Er hielt sie in seinen ausgestreckten Armen und sah ihr ins Gesicht.

»Was machst du in Messers Büro?« fragte er so ruhig, daß ihr unheimlich wurde.

»Ich arbeite für ihn. Du wußtest es doch, bevor du weggingst, Johnny ... Es ist wunderbar, dich wiederzusehen! Hast du eine sehr schlimme Zeit durchgemacht?«

»Nicht allzu schlimm – doch warum hast du hier weitergearbeitet? Ich hatte doch Maurice Geld gegeben und ihm gesagt, ich wolle nicht, daß du hier arbeitest. Das war das letzte, das ich ihm im Old Bailey sagen konnte.«

»Davon weiß ich nichts, Johnny«, erwiderte sie bestürzt.

»Eben.« Er nickte. »Jetzt verstehe ich ...«

»Du bist mir doch nicht böse, Johnny?« Sie blickte ihn an. In ihren Augen waren Tränen. »Ich kann es kaum glauben, daß du hier bist, ich glaubte, daß es noch schrecklich lange ginge ...«

»Die Strafe ist mir erlassen worden«, erzählte er. »Ein halb wahnsinniger Sträfling griff den stellvertretenden Direktor an, und ich warf mich dazwischen. Daß die Behörden mehr für mich tun würden, als einige Tage Haft zu streichen, nahm ich nicht an. Doch gestern, um die Mittagszeit, ließ mich der Direktor rufen und teilte mir mit, daß ich für den Rest der Strafe Bewährungsfrist erhalten hätte.«

»Du hast doch jetzt mit diesem schrecklichen Leben Schluß gemacht?« fragte Mary leise. »Wir wollen irgendwohin außerhalb Londons ziehen. Ich habe mit Maurice darüber gesprochen. Er hat seine Hilfe zugesagt, dir auf die rechte Bahn zu helfen.«

Johnny Lenley biß sich auf die Lippen.

»So, hat er das? Mary, liebst du Maurice?«

»Er ist gut zu mir gewesen.«

»Gut, gut – wie gut ist er gewesen?« Er faßte sie an den Schultern und schüttelte sie sanft. In seine tiefliegenden, grauen Augen kam ein weicher, besorgter Ausdruck, den sie immer bei ihm geliebt hatte. »Eines steht fest, du wirst hier nicht mehr arbeiten!«

Durch die halboffene Tür sah er Hackitt und rief ihn an.

»Hallo, Sam – was geht hier eigentlich vor?«

Hackitt zuckte die Achseln.

»Ich bin erst seit einigen Tagen hier. Sie sehen selbst – Sie sind ja kein kleiner Junge mehr . . . Haben Sie je erlebt, daß ein Tiger mit einem Kaninchen liebenswürdig umgeht? Mehr weiß ich auch nicht.«

Mary hatte sich an ihren Schreibtisch gesetzt. Johnny beobachtete sie grübelnd.

Sein erster Weg nach der Entlassung war hierher gewesen, um mit Messer abzurechnen. Dann sollten ihn London und die Flanders Lane nicht mehr sehen. Er würde schon etwas zu finden wissen, wo er in Ruhe leben und arbeiten könnte.

Er nahm Sam beiseite. Sie standen neben der offenen Tür, von ihr halb verdeckt, und sprachen leise.

Maurice Messer kam zurück, er sah nur das Mädchen an der Schreibmaschine, ihre Finger flogen über die Tasten. Er trat hinter sie und legte die Hand auf ihre Schulter.

»Meine Liebe, verzeihen Sie mir! Ich bin furchtbar nervös und bilde mir allerhand merkwürdige Dinge ein . . .«

»Maurice!«

Messer fuhr herum, sein Gesicht wurde blaß.

»Sie!« rief er heiser. »Aus dem Gefängnis entlassen?«

Lenley lachte verächtlich.

»Zwei Jahre zu früh, was? Es tut mir leid, Sie zu enttäuschen, aber es geschehen noch Wunder, sogar im Gefängnis.«

Messer riß sich mit großer Anstrengung zusammen.

»Mein lieber Junge . . .« Er streckte ihm seine zitternde Hand entgegen, doch Johnny übersah sie. »Wollen Sie sich nicht setzen? Das ist ein erstaunliches Ereignis! Sie waren also hinter der Wand . . . Hackitt, geben Sie Mr. Lenley etwas zu trinken – ja, im Wandschrank . . . Es wird Ihnen guttun.«

Hackitt kam mit einem Trunk, aber Johnny lehnte ab.

»Ich habe mit Ihnen zu sprechen, Maurice!« Er gab Mary ein Zeichen, und sie verließ das Zimmer.

»Wie sind Sie zu der Entlassung gekommen?« fragte Messer stirnrunzelnd und goß sich aus der bereitstehenden Flasche ein.

»Der Rest ist mir erlassen worden«, berichtete Lenley kurz.

»Ich dachte, Sie hätten darüber in der Zeitung gelesen.«

»Oh, Sie waren der Kerl, der das Leben des Direktors rettete? Ja, ich erinnere mich, ich hab' es gelesen – gratuliere!«

Er versuchte, Herr der Lage zu werden. Schon andere hatten sein Büro gezähmt verlassen.

»Warum haben Sie Mary weiter für Sie arbeiten lassen?«

»Weil ich es mir nicht leisten kann, wohltätig zu sein, mein Lieber!«

»Ich hatte Ihnen beinahe vierhundert Pfund gegeben! Den Erlös aus meinen ersten – Diebstählen.«

»Sie sind doch gut verteidigt worden?«

»Ich kenne das Honorar. Warum haben Sie Mary das Geld nicht ausbezahlt?«

Messer zündete sich eine Zigarre an. Er ließ das Streichholz bis zu den Fingerspitzen abbrennen, bevor er sprach.

»Ich will es Ihnen sagen. Ich habe mich um Sie gesorgt, Johnny – ich mag Sie und habe mich immer für Sie und Ihre Familie interessiert. Ich war der Meinung, daß ein Mädchen, das allein lebt und keine Arbeit hat, sich unglücklich fühlen muß. Ich tat Ihnen und ihr einen Gefallen, wenn ich ihr Arbeit gab, ihren Geist beschäftigte – das sehen Sie doch ein? Ich empfinde ein väterliches Interesse . . .«

Er sah Johnnys herausfordernden Blick und senkte die Augen.

»Wollen Sie Ihre väterlichen Phrasen bei sich behalten, wenn Sie mit mir sprechen, Maurice?«

»Mein lieber Junge!«

»Hören Sie zu! Ich kenne Sie ziemlich genau. Ich kenne schon lange Ihren Ruf, und ich kenne Sie persönlich. Ich weiß genau, was hinter diesem väterlichen Interesse steckt. Wenn irgend etwas vorgefallen ist wie bei Gwenda Milton, dann sehen Sie sich vor! Ich scheue den Weg um neun Uhr morgens nicht!«

Messer warf den Kopf zurück.

»Was?« krächzte er heiser.

»Von der Zelle an den Galgen!« fuhr Lenley fort. »Und ich werde mich leichten Herzens auf die Falltür stellen – Sie verstehen mich doch?«

Messer stand auf.

»Sie wollen den Weg um neun Uhr morgens auf sich nehmen?« fragte er höhnisch. »Das ist sehr hübsch ausgedrückt. Aber nicht meinetwegen werden Sie ihn antreten – ich werde den Bericht darüber im Bett lesen.«

Er setzte sich ans Klavier, die Finger glitten über die Tasten, die herzerweichenden Töne des sentimentalen Liedes ›Tod eines Kosaken‹ erklangen.

»Ich habe diese Berichte immer im Bett gelesen«, rief er, weiterspielend, über die Schulter, »sie wirken beruhigend. Sie wissen doch, wie es heißt? Etwa so: ›Der Verurteilte verbrachte eine schlaflose Nacht und rührte das Frühstück nicht an. Festen Schrittes und schweigend bestieg er das Schafott. Ein Leben, das vielversprechend begonnen hatte, fand ein elendes Ende.‹«

»Ich habe Sie gewarnt, Maurice – wenn etwas vorfällt, erwische ich Sie noch vor dem Hexer!« Johnnys Stimme zitterte vor unterdrückter Erregung.

»Hexer!« Messer lachte verkrampft. »Glauben Sie auch an dieses Märchen?« Er ergriff das Glas Whisky, das er aufs Klavier gestellt hatte, und leerte es in einem Zug.

Johnny Lenley zog ein kleines Paket aus der Tasche und öffnete es. Darin lag, sorgfältig in Watte verpackt, ein mit Steinen besetztes Armband.

»Ich weiß nicht, was ich von Ihnen noch zu erwarten habe, jedenfalls – dafür bekomme ich noch etwas!«

»Oh, das Armband!« Messer ging damit ans Licht. »Und ich wunderte mich schon, was Sie damit angefangen hätten.«

»Ich holte es auf dem Weg hierher ab – bei einem Freund. Es ist das einzige, was mir geblieben ist. Drei Diebstähle – und dies das Resultat!«

Messer zupfte nachdenklich an seiner Oberlippe. In seinem Gehirn reifte ein Plan.

»Spielen Sie auf Ihre zweite Heldentat an? Ich meine – die kleine Sache in Camden Crescent?«

Lenley winkte ungeduldig ab.

»Die Camden-Crescent-Sache ist für mich erledigt. Der Kerl, den Sie mir mitgaben, ist mit dem Zeug durchgebrannt – so jedenfalls lautete Ihre Version . . .«

»Ich habe Sie –«, begann Messer langsam und vertraulich, »damals belogen. Der Mann ist damit nicht durchgebrannt.«

»Was?«

»Er versteckte es im Nebenhaus und gab mir Bericht. Ich verhalf ihm dann zur Reise nach Südafrika. Doch wollte ich nichts mehr damit zu tun haben, nachdem die Darnleigh-Sache dazwischen gekommen war, und deshalb habe ich es Ihnen nicht gesagt. Es war mir einfach zu riskant, und ich habe die Sachen auch nie abholen lassen.«

»Lassen Sie sie, wo sie sind!« sagte Lenley, aber es klang unentschlossen und nicht sehr überzeugend.

Messer lachte. Es war heute sein erstes natürliches Lachen.

»Sie sind ein Narr! Sie haben Ihre Zeit abgesessen, und was haben Sie davon? Das!« Er hob das Armband hoch. »Wenn ich Ihnen dafür zwanzig Pfund gebe, mache ich Ihnen noch ein Geschenk. Dort auf dem Dach hinter dem Wasserbehälter aber liegt Zeug, das achttausend Pfund wert ist – es gehört Ihnen, wenn Sie es holen – Sie haben dafür bezahlt!« Messer überlegte sekundenschnell. »Drehen Sie es heute abend!« schlug er vor.

Lenley zögerte.

»Ich will es mir überlegen. Wenn Sie versuchen sollten, mich zu verzinken . . .«

»Mein lieber Junge, ich versuche, Ihnen und damit Ihrer Schwester einen Gefallen . . .«

»Wie ist die Hausnummer?«

»Siebenundfünfzig. Ich will Ihnen die zwanzig Pfund für das Armband gleich geben.« Er öffnete ein Schreibtischfach und nahm eine Kassette heraus. »Für den Anfang wird es reichen.«

Lenley war immer noch unentschlossen, Maurice spürte es genau.

»Wenn ich die Sachen hole, will ich den vollen Wert – oder

ich suche mir einen andern Hehler.« Er gebrauchte absichtlich dieses Wort, das Messer wütend machte.

»Sie wollen sich einen andern Hehler suchen?« Seine Stimme zitterte. »Da sind die Zwanzig!« Er warf das Geld auf den Tisch.

Lenley zählte und steckte es in die Tasche.

»Ich werde aufs Land ziehen – mit meiner Schwester! Es lohnt sich nicht, Ihretwegen gehenkt zu werden.« Er stand auf. »Der Hexer wird mir diesen Gang ersparen.«

Messer drehte sich rasch um. Die Zimmertür hatte sich geöffnet.

Es war Dr. Lomond, den Hackitt am frühen Morgen in die Rumpelkammer geführt und dann völlig vergessen hatte. Der Doktor blieb auf der Schwelle stehen, als er die beiden erblickte.

»Hallo – entschuldigen Sie! Störe ich eine Besprechung?«

»Kommen Sie herein, Doktor – kommen Sie! Das ist ein Freund von mir – Mr. Lenley.«

Zu Messers Verwunderung antwortete der Polizeiarzt: »Ja. Und ich habe mich eben ein wenig mit Ihrer Schwester unterhalten. Sie sind unerwartet – vom Lande zurückgekehrt, Mr. Lenley?«

»Ich bin soeben aus dem Gefängnis zurückgekehrt, wenn Sie das meinen«, erwiderte Johnny und wollte gehen.

Seine Hand lag schon auf der Türklinke, als die Tür aufgerissen wurde und Hackitt mit weißem Gesicht hereinstürzte. Er ging auf Messer zu und senkte die Stimme.

»Jemand möchte Sie sprechen.«

»Mich? Wer ist es?«

»Der Name ist mir nicht gesagt worden«, keuchte Sam. »Ich soll Ihnen ausrichten, daß er ein Bote des Hexers sei.«

Messer fuhr zurück.

»Der Hexer!« rief Lomond energisch. »Führen Sie ihn sofort herein!«

»Doktor!«

»Ich weiß, was ich tue.«

»Doktor! Sind Sie verrückt? Angenommen, angenommen . . .«

»Schon gut!« antwortete Lomond kurz.

29

Kurz darauf stand eine gutgekleidete, schlanke Dame in der Tür. Aus ihren Augen blitzte ein boshaftes Lächeln.

»Cora Ann!« stotterte Messer.

»Habe ich euch alle erschreckt?« Sie nickte hämisch nach allen Seiten. »Hallo, Doktor! Auch erschrocken? – Messer, ich möchte mit Ihnen reden.«

Sein Gesicht war immer noch blaß, aber er hatte die erste Panik niedergekämpft.

»Jawohl, meine Liebe ... Johnny!« Er sah Lenley scharf an. »Wenn Sie etwas brauchen, mein Junge, dann wissen Sie, wohin Sie zu gehen haben!«

Johnny verstand. Er warf noch einen neugierigen Blick auf die hübsche Besucherin und verließ das Zimmer.

»Hinaus!« brüllte Messer Hackitt an. Doch Sam blieb stehen.

»Den Ton können Sie sich ersparen, Messer! Ich höre sowieso hier auf.«

»Gehen Sie zum Teufel!« schrie Messer.

»Das nächste Mal nehme ich einen andern Anwalt«, sagte Sam.

»Das nächste Mal bekommen Sie sieben Jahre.«

»Eben – darum will ich ja einen andern Anwalt.«

Lomond und Cora Ann hörten dem Disput interessiert zu.

»Das hat man davon, wenn man dem Abschaum hilft!« regte sich Messer auf, als sein Diener verschwunden war.

Auch Dr. Lomond verließ das Zimmer, kündigte jedoch an, daß er noch einmal zurückkommen werde. Maurice wartete, bis sich die Tür hinter ihm schloß.

»Nun, liebe Cora Ann, Sie werden immer hübscher. Und wo ist Ihr Mann?«

Sie blickte sich im Zimmer um.

»Also das ist Ihr Liebesnest?« fragte sie verächtlich. »Ich habe Gwenda nicht gekannt – ich wünschte aber, es wäre der Fall gewesen. Ich erfuhr vom Selbstmord des armen Kindes, als ich nach Australien unterwegs war.« Sie ging zur Tür, öffnete sie ein wenig und lauschte. Dann näherte sie sich wieder Messer, der sich hingesetzt und eine Zigarette angezündet hatte.

»Hören Sie zu – dieser schottische Doktor wird gleich zurückkommen.« Flüsternd begann sie auf ihn einzureden: »Warum
gehen Sie nicht fort? Verlassen Sie das Land – gehen Sie irgendwohin, wo niemand Sie finden kann, nehmen Sie einen andern
Namen an! Sie sind ein reicher Mann – Sie können es sich leisten!«

»Sie haben wohl Auftrag, mich aus England herauszulocken?«

»Er wird Sie erwischen, Messer! Das ist es gerade, was ich befürchte. Daran denke ich Tag und Nacht, es ist schrecklich . . .«

»Mein liebes Kind . . .« Er versuchte, über ihren Arm zu streichen, aber sie wich zurück. »Sorgen Sie sich nicht um mich!«

»Um Sie? Wenn ich Sie mit dem kleinen Finger vor der Hölle
retten könnte, würde ich es nicht tun! Verlassen Sie England!
Arthur möchte ich retten – nicht Sie! Gehen Sie fort – geben Sie
ihm keine Gelegenheit, Sie zu töten!«

»Ach! Wie geistreich!« Er lachte zynisch. »Er selbst wagt sich
nicht zurück, darum hat er Sie geschickt . . .«

Coras Augen schlossen sich halb.

»Wenn Sie getötet werden, wird es hier sein! Hier in diesem
Zimmer, wo Sie . . . Sie armseliger Schuft! Sie Dummkopf!«

»Aber kein so großer Dummkopf, daß ich in die Falle ginge!
Angenommen, Ihr Mann wäre noch am Leben: In London bin
ich sicher – in Argentinien würde er auf mich warten, in Austra-
lien, überall würde er mich erwarten, und wenn ich in Cape
Town an Land ginge . . . Nein, nein, meine Liebe, mich können
Sie nicht fangen!«

Sie wollte noch etwas sagen, aber die Tür ging auf, und Dr.
Lomond kam herein.

»Hallo, kleine Frau, sind Sie mit Ihrer Unterhaltung fertig?«

Messer, verärgert und irritiert von der vorangegangenen Unterhaltung, benützte die Gelegenheit, sich in sein kleines Büro
zurückzuziehen, wo er nicht gesehen werden, aber alles hören
konnte. Er hatte das unangenehme Gefühl, in seinem eigenen
Hause zu stören.

Cora Ann schaute ihm nach, dann warf sie einen raschen Blick
auf den Doktor und sagte ernst:

»Hören Sie, Dr. Lomond, wenn Sie es wissen wollen – mein

Hexer ist in Gefahr . . . Aber nicht die Polizei fürchte ich. Soll ich Ihnen etwas sagen?«

»Ist es für meine Ohren geeignet?«

»Das soll meine Sorge sein! Ich will es Ihnen ganz offen sagen, Doktor. Ich habe das Gefühl, daß es auf der ganzen Welt nur einen Mann gibt, der Arthur Milton fangen wird, und dieser Mann sind – Sie!«

»Sie sind verrückt!«

»Warum?«

»Sich an einen Schatten hängen! Ein hübsches Mädchen wie Sie . . . Sie vergeuden Ihr Leben.«

»Was Sie nicht sagen!«

»Sie wissen ganz genau, daß es so ist. Ein Hundeleben! Wie schlafen Sie?«

»Schlafen!« Sie hob verzweifelt die Arme. »Schlafen!«

»Ja, schlafen. In einem Jahr haben Sie einen Nervenzusammenbruch. Hat das einen Sinn?«

»Was wollen Sie eigentlich?« fragte sie atemlos.

»Soll ich es Ihnen sagen? Ich möchte nur wissen, ob Sie es aushalten werden! – Wäre es nicht besser, wenn Sie fortgingen, den Hexer vergessen würden? Verstoßen Sie ihn aus Ihren Gedanken, suchen Sie sich ein anderes – Interesse!« Er lachte.

Sie sprang auf.

»Hören Sie, was wollen Sie eigentlich von mir?« wiederholte sie erregt.

»Ich denke nur an Sie – ich schwöre Ihnen . . .«

»Sie sind ein Mann – ich weiß jetzt, was für ein Mann Sie sind. Ich habe mich in die Hölle gesetzt, und dort will ich bleiben!«

Sie nahm ihre Handtasche vom Tisch.

»Ich habe Sie gewarnt«, sagte Lomond traurig.

»Sie mich gewarnt, Doktor! Wenn Arthur Milton sagt: ›Ich bin deiner überdrüssig‹ – dann gehe ich. Sie haben mich . . . Ich nehme Ihre Warnung nicht an!«

Bevor er antworten konnte, war sie aus dem Zimmer.

Messer, der die Szene beobachtet hatte, kam jetzt langsam auf den Polizeiarzt zu.

»Sie haben Cora Ann sehr zugesetzt?«

»Ja.« Abwesend griff Lomond nach seinem Hut.

»Frauen sind eigenartig«, meinte Messer. »Man könnte beinahe glauben, daß die Frau Sie liebt, Doktor!«

»Nehmen Sie das an?« Lomond wirkte zerstreut. »Ich will sehen, daß ich wegkomme – habe mich lange genug hier aufgehalten.«

30

Messer hatte wieder einen klaren Kopf. Johnny bedeutete eine Gefahr. Seine Drohungen – er wäre imstande, sie wahr zu machen. Würde er verrückt genug sein, diese Nacht nach Camden Crescent zu gehen? Messers Gedanken liefen weiter zu Mary. Alle Widerstände und der drohende Verlust machten sie nur begehrenswerter. Seine Leidenschaft war emporgeschossen wie ein tropisches Gewächs.

Er setzte sich ans Klavier. Bei den ersten Tönen kam Mary herein. Anfangs bemerkte er sie nicht, erst ihre Stimme schreckte ihn auf.

»Maurice . . .«

Er blickte sie an, ohne sie zu sehen.

»Maurice!«

Das Klavierspiel hörte auf.

»Maurice, Sie müssen einsehen, daß ich nicht mehr bei Ihnen arbeiten kann – jetzt, wo Johnny zurück ist!«

»Das ist Unsinn, meine Liebe!« Er sagte es in seinem väterlichen, oft erprobten Ton.

»Er ist mißtrauisch«, entgegnete sie, aber er lachte.

»Mißtrauisch! Ich wünschte, er hätte Grund, mißtrauisch zu sein!«

»Sie wissen selbst, daß ich nicht bleiben kann.«

Er stand auf, trat zu ihr und legte die Hände auf ihre Schultern.

»Sie sind töricht! Man könnte denken, ich wäre ein Aussätziger oder weiß der Himmel was! Welch ein Unsinn!«

»Johnny würde mir nie verzeihen!« wehrte sie sich verzweifelt.

»Johnny, Johnny!« fuhr er auf. »Wollen Sie Ihr Leben von Johnny regieren lassen? Von ihm, der vielleicht sein halbes Leben im Gefängnis verbringen wird?«

Sie blickte ihn fragend an.

»Ja – betrachten wir die Sache so, wie sie ist«, fuhr er gewichtig fort. »Es hat keinen Zweck, sich selbst zu täuschen. Johnny ist ein heruntergekommener Mensch. Sie wissen es nicht, meine Liebe, und ich habe stets versucht, es vor Ihnen zu verbergen ...«

»Vor mir zu verbergen – was?« Sie war blaß geworden.

»Nun ...« Er heuchelte Zögern vor. »Was glauben Sie, was der Junge, kurz bevor er festgenommen wurde, getan hat? Ich bin sein bester Freund gewesen, wie Sie ja selbst wissen, und trotzdem, nun – er hat unter einen Scheck über vierhundert Pfund meinen Namen gesetzt.«

Sie schaute ihn entsetzt an.

»Urkundenfälschung?«

»Was für einen Sinn hat es, das Kind beim Namen zu nennen? Jedenfalls ...« Er holte einen Scheck aus seiner Brieftasche. »Ich habe ihn hier.«

Sie versuchte, den Namen auf dem länglichen Papier zu erkennen, aber es gelang ihr nicht. In Wirklichkeit war es ein Scheck, den er erst mit der Morgenpost erhalten hatte, und die Geschichte mit der Fälschung war ihm soeben eingefallen. Im entscheidenden Moment fiel Messer immer eine Lüge ein.

»Können Sie ihn nicht vernichten?« fragte Mary zitternd.

»Ja, das könnte ich. Aber Johnny ist rachsüchtig. Aus Selbstschutz muß ich das Ding aufbewahren.« Er steckte den Scheck wieder ein. »Ich werde selbstverständlich keinen Gebrauch davon machen!« warf er gönnerhaft hin. Mit seiner sanftesten Stimme schloß er: »Ich möchte mit Ihnen über Johnny und alles andere sprechen. Jetzt geht es nicht, wir werden ja ständig gestört. Kommen Sie zum Abendessen, wie ich es Ihnen schon einmal vorgeschlagen habe!«

»Sie wissen, daß ich es nicht tun will, Maurice! Ist es denn unbedingt nötig, daß die Leute über mich reden wie über Gwenda Milton?«

Sein Gesicht verzerrte sich vor Wut.

»Großer Gott! Soll mir das dauernd am Hals hängenbleiben? Gwenda Milton, eine Halbverrückte, die nicht genug Verstand hatte, um leben zu können! – Gut – wenn Sie nicht kommen wollen, dann lassen Sie es! Warum soll ich mir Johnnys wegen den Kopf zerbrechen? Warum auch?«

Sie erschrak über seine plötzliche Heftigkeit.

»Oh, Maurice, Sie sind ungerecht! Wenn Sie absolut wollen, daß ich ...«

»Es ist mir egal. Wenn Sie glauben, ohne mich auskommen zu können, versuchen Sie es! Ich falle vor Ihnen sowenig wie vor irgendeiner anderen Frau auf die Knie. Gehen Sie nur aufs Land – ich sage Ihnen im voraus, daß Johnny nicht mitkommt.«

Sie faßte ihn am Arm, furchtbar erschrocken über die versteckten Drohungen.

»Maurice – natürlich ... Entschuldigen Sie ... Selbstverständlich will ich tun, was Sie wünschen, das wissen Sie doch!«

Er blickte sie eigenartig an.

»Kommen Sie um elf Uhr!« sagte er. »Wenn Sie eine Anstandsdame brauchen, dann bringen Sie einfach den Hexer mit!«

Er hatte kaum ausgesprochen, als dreimal vorsichtig geklopft wurde. Maurice schrak zusammen, seine zitternde Hand griff nach dem Mund. »Wer ist da?« rief er verstört.

Eine tiefe männliche Stimme antwortete.

»Ich möchte Sie sprechen, Messer!«

Maurice ging zur Tür und riß sie auf. Das finstere Gesicht von Inspektor Bliss starrte ihm entgegen.

»Was – was machen Sie hier?« keuchte Messer.

Bliss verzog das Gesicht, seine weißen Zähne glänzten auf.

»Ich beschütze Sie vor dem Hexer – wache über Sie wie ein Vater!« erklärte er mit rauher Stimme. Langsam wandte er sich Mary zu. »Sie brauchen, glaube ich, auch etwas Bewachung?«

»Ich fürchte den Hexer nicht«, erwiderte sie. »Er würde mir nichts zuleide tun.«

Bliss lachte anzüglich.

»Ich denke auch nicht an den Hexer«, bemerkte er, und sein Blick kehrte zu Maurice Messer zurück.

31

Die Rückkehr Johnny Lenleys brachte Maurice Messer in die größte Verlegenheit. Wenn ihm früher Johnnys Benehmen nicht gepaßt hatte, haßte er es jetzt. Die ewige Drohung Gwenda Miltons wegen machte ihn verrückt. Gerade jetzt, wo er sich nahe am Ziel seiner Wünsche glaubte, tauchte Lenley wieder auf.

Das Gefängnis hatte Johnny ernster und älter gemacht. Er war fortgegangen als verwöhnter Schwächling – nun kam er als ernster, gefährlicher Mann zurück, der vor nichts zurückschrekken würde, wenn er etwas erführe. Noch gab es keinen Grund; und Messer fühlte sich Marys keineswegs sicher, wohl aber versetzten ihn unerwartetes Klopfen, eine langsam sich öffnende Tür in hysterische Panik.

Am Nachmittag, als er mit Mary allein war, trat er hinter sie und legte die Hände auf ihre Schultern. Er fühlte, wie sie zusammenzuckte.

»Vergessen Sie nicht, was wir heute morgen verabredet haben!« erinnerte er sie.

Sie entwand sich seinem Griff und drehte sich ihm zu.

»Maurice, stimmt die Geschichte mit dem Scheck? Sie haben nicht gelogen?«

Er nickte nur.

»Wir sind allein. Können wir nicht jetzt darüber sprechen? Ist es denn nötig, daß ich heute abend komme?«

»Gewiß ist es nötig«, antwortete er kühl. »Was Johnny betrifft – betrachten Sie die Situation nüchtern, so wie sie ist, nicht wie Sie sie sehen möchten. Und Sie müssen einsehen, daß ich mich gegen Johnny schützen muß. Solche ...« Beinah hätte er ›Esel‹ gesagt, brach aber noch rechtzeitig ab. »Ich meine, diese jungen Leute sind unberechenbar.«

Er spürte ihre Angst und Ratlosigkeit und freute sich darüber. Wie einfältig Frauen sein konnten, sogar gescheite Frauen! Er hatte längst aufgehört, über ihre Vertrauensseligkeit erstaunt zu sein. Leichtgläubigkeit war eine Schwäche, die er nicht verstehen konnte.

»Aber, Maurice, ist nicht jetzt eine gute Gelegenheit? Nie-

mand wird Sie unterbrechen – Sie sind doch hier auch stundenlang allein mit Ihren Klienten! Erzählen Sie mir von dem
Scheck, und wie er dazu kam, ihn zu fälschen. Ich möchte es ganz
genau wissen.«

Er breitete theatralisch die Arme aus, als wollte er um Hilfe
rufen.

»Sie sind ein richtiges Kind, Mary! Wie können Sie annehmen, daß ich jetzt in Stimmung dazu bin! Halten Sie sich an unsere Abmachung, meine Liebe!«

Sie blickte ihn an. »Maurice, ich will offen sein . . .«

Was kommt jetzt? dachte er. Aus ihrer Stimme klangen Mut
und Entschlossenheit, die er an ihr nicht kannte. Sie wirkte auf
einmal nicht mehr ängstlich und erschrocken wie heute morgen
oder noch vorhin, und dies setzte ihn für eine Sekunde in Erstaunen.

»Soll ich heute abend kommen – wirklich nur, um über den
Scheck, den Johnny gefälscht hat, zu sprechen?«

Die Bestimmtheit der Frage verblüffte ihn so, daß er eine
ganze Weile nicht antworten konnte.

»Selbstverständlich! Ja . . . Das heißt, nicht nur über die Fälschung, auch über viele andere Dinge muß ich mit Ihnen sprechen, Mary. Wenn Sie wirklich aufs Land wollen, müssen wir alles vorbereiten, Mittel und Wege finden. Sie können nicht ohne
weiteres nach Devonshire oder sonstwohin fliegen. Ich will mir
von einem Agenten, den ich vertrete, Prospekte besorgen. Wir
können sie dann zusammen durchsehen.«

»Maurice, stimmt das wirklich alles? Ich will es wissen.«

»Mary«, begann er, »ich mag Sie sehr gern . . .«

»Bedeutet das – daß Sie mich lieben?«

Diese kaltblütige Frage brachte ihn aus der Fassung.

»Bedeutet es, daß Sie mich lieben, daß Sie mich heiraten wollen?« fragte sie.

»Aber selbstverständlich!« stammelte er. »Ich habe Sie sehr
gern. Nur – Heirat ist eine der Verrücktheiten, die ich bis jetzt
vermieden habe. Bedeutet die Ehe etwas, meine Liebe? Einige
Worte, die von einem bezahlten Diener in der Kirche gemurmelt
werden . . .«

»Dann wollen Sie mich also nicht heiraten?« fragte sie ruhig.

»Selbstverständlich, wenn Sie wünschen ...«

Sie schüttelte den Kopf.

»Ich liebe Sie nicht – und will Sie nicht heiraten! Was wollen Sie eigentlich von mir?«

Sie stand nahe bei ihm. Im nächsten Augenblick lag sie, sich wehrend, in seinen Armen.

»Ich will Sie – Sie!« keuchte er außer Atem.

Sie raffte alle ihre Kräfte zusammen und riß sich von ihm los.

»Ich verstehe!« Sie brachte die Worte kaum heraus. »Ich dachte mir das – ich werde heute nacht nicht kommen!«

Messer konnte nicht sprechen. Er sah sie nur an, seine Augen brannten. Einmal hob er die Hand, um seine zitternden Lippen zu verbergen. Dann flüsterte er kaum vernehmbar:

»Ich will, daß Sie heute hierherkommen. Sie sind gegen mich offen gewesen, auch ich will gegen Sie offen sein. Ich will Sie – und ich will die Furcht und Ungewißheit, die auf Ihrem Leben liegt, von Ihnen nehmen; ich will Sie aus Ihrer kläglichen Umgebung herausholen. Sie wissen doch, wie es um Ihren Bruder steht? Er ist mit Bewährungsfrist entlassen worden. Er hat noch zwei Jahre und fünf Monate abzusitzen. Wenn ich eine Klage wegen Fälschung gegen ihn vorbringe, wird er sieben Jahre bekommen – und die Zeit, die er noch nicht abgesessen hat, dazu. Neuneinhalb Jahre ... Sie wissen doch, was das bedeutet? Wenn Sie ihn wiedersehen, sind Sie über dreißig Jahre alt!«

Sie wankte. Er faßte ihren Arm, aber sie stieß ihn zurück.

»Eine andere Möglichkeit gibt es nicht?« fragte sie leise.

»Einen Dienst, den ich Ihnen erweisen könnte? Ich will Ihre Wirtschaft führen, als Ihre Dienstmagd arbeiten ...«

»Sie werden theatralisch, meine Liebe – das ist Blödsinn! Warum über ein kleines Abendessen, eine kleine – hm – freundliche Unterhaltung soviel Aufhebens machen?« Sie sah ihn ruhig an.

»Wenn ich es Johnny sage ...«, begann sie langsam.

»Wenn Sie es Johnny sagen, kommt er hierher und wird noch theatralischer sein, und ich werde die Polizei anrufen. Das wäre das Ende Johnnys. Sie verstehen mich doch?«

Sie antwortete nicht.

32

Um fünf Uhr sagte ihr Messer, daß sie nach Hause gehen könne. Der Abendbesuch wurde nicht mehr erwähnt, und sie eilte aus dem Haus. Es dämmerte, über Deptford lag ein leichter Nebel.

Wenn sie zu Alan ginge? Sie verwarf diesen Gedanken sofort wieder. Sie mußte sich selbst helfen. Wenn Johnny zu Hause gewesen wäre, hätte sie ihm wahrscheinlich alles erzählt, oder er würde ihrem vergrämten Gesicht angesehen haben, daß etwas Ungewöhnliches vorgefallen war.

Aber Johnny war nicht zu Hause. Ein Zettel von ihm lag auf dem Tisch, darauf teilte er mit, daß er einen Bekannten in der Stadt aufsuchen wolle. Sie ging in ihr Zimmer.

Die kleine Hausangestellte kam und meldete, daß ein Herr Mary zu sprechen wünsche.

»Ich will niemand sehen. Wer ist es?«

»Ich weiß es nicht, Miss. Er hat einen Bart.«

Sie ging schnell durch das Eßzimmer in die kleine Diele. Was wollte dieser Mann von Scotland Yard? Hatte Maurice ihn geschickt?

»Bitte, kommen Sie herein!« forderte sie ihn auf.

Er trat ein. Nur langsam nahm er den Hut ab, als ob es ihm widerstrebte, ihr diese Höflichkeit zu erweisen.

»Ich hörte, daß Ihr Bruder gestern aus dem Gefängnis entlassen worden ist. Oder war es heute?«

»Gestern«, sagte sie. »Er ist heute morgen nach Hause gekommen.«

Zu ihrem Erstaunen sprach er nicht weiter über Johnny, sondern holte eine Morgenzeitung aus der Tasche und faltete sie so, daß eine Anzeigenspalte zu sehen war. Sie las die Annonce, auf die er mit dem Finger zeigte:

$$X2 \ Z^{1/2} \ L \ Ba \ T. \ QQ \ 57 \ g.$$
$$LL \ 418 \ TS. \ A \ 79 \ Bf.$$

»Was bedeutet das?« fragte sie.

»Das möchte ich gerade wissen«, erwiderte Bliss, indem er sie prüfend ansah. »Entweder ist es eine Botschaft des Hexers an seine Frau oder umgekehrt. Der Kode dazu wurde vor einiger Zeit in Ihrer Wohnung verloren. Ich möchte, daß Sie mir diesen Kode zeigen.«

»Es tut mir leid, Mr. Bliss – aber der Kode ist mir ja doch gestohlen worden, ich dachte von . . .«

»Sie dachten von mir?« Er lachte grimmig. »Sie haben also die Geschichte nicht geglaubt, die ich erzählt habe – daß ein Mann in Ihre Wohnung hinaufkletterte und daß ich ihm folgte? Miss Lenley, ich habe Veranlassung, zu glauben, daß der Kode nicht aus Ihrer Wohnung gestohlen wurde, sondern noch hier ist, und daß Sie wissen, wo er sich befindet.«

Obgleich sie diese Vermutung beleidigend fand, hatte sie doch das Gefühl, daß er sie nur auf die Probe stellen wollte.

»Der Kode ist nicht hier!« antwortete sie bestimmt. »Ich vermisse ihn seit dem Abend, an dem der Einbruch geschah.«

Sie wurde nicht klug daraus, ob sein seltsamer Blick Erleichterung oder Zweifel bedeutete.

»Ich muß es Ihnen glauben, wenn Sie es sagen.« Er faltete die Zeitung zusammen. »Stimmt Ihre Aussage, dann kann den Kode niemand anders als der Hexer oder seine Frau haben.«

Mary war verwirrt. Bliss ließ sie nicht aus den Augen.

»Selbstverständlich, falls nicht . . .«

»Meine Annahme ist«, unterbrach sie Bliss, »daß es der Hexer selbst war. – Fürchten Sie den Hexer, Miss Lenley?«

»Natürlich nicht.« Trotz ihrer Sorgen mußte sie lächeln. »Warum sollte ich ihn auch fürchten? Ich habe ihm nichts zuleide getan.«

»Und Messer – wie gefällt Ihnen Messer?«

Jedermann stellte ihr diese Frage, es begann, ihr auf die Nerven zu gehen. Er schien es zu bemerken, denn ohne auf Antwort zu warten, sprach er weiter: »Miss Lenley, Sie müssen auf Ihren Bruder aufpassen! Er ist ein ziemlich törichter junger Mann.«

»Das denkt auch Maurice Messer.« Die Bemerkung war ihr entschlüpft, eine kleine Bosheit, die sie ein wenig erleichterte.

»Denkt er das wirklich?« Es schien Bliss zu erheitern. »Gut, das ist alles. Es tut mir leid, daß ich Sie gestört habe.«

An der Tür drehte er sich nochmals um.

»Aber Wembury ist ein netter Kerl, nicht wahr?«

Er zog selbst die Zimmertür hinter sich zu. Als sie sie wieder öffnete, sah sie gerade noch, wie er durch die Wohnungstür verschwand.

Mary mußte nochmals ausgehen, die Läden schlossen um sieben Uhr, und sie hatte nur abends Zeit, ihre Einkäufe zu machen. Mit einem Körbchen am Arm ging sie in die High Road und kaufte ein. Als sie nach Malpas Mansions zurückeilte, sah sie einen Mann vor sich her gehen. Er trug einen grauen Überzieher; am schlürfenden Gang und an der vorgebeugten Haltung erkannte sie den Spaziergänger sogleich. Sie wollte vorbeigehen, ohne zu sprechen, doch Lomond redete sie an.

»Es ist hübsch, ein Mädchen mit einem Körbchen zu sehen – nur die Eier, die Sie gekauft haben, lassen zu wünschen übrig.«

»Ich wußte nicht, daß ich unter Polizeiaufsicht stehe!«

Sie mußte lachen.

»Es ist eigenartig, aber nur wenige Leute wissen das«, bemerkte er trocken. »Ich habe Sie im Eierladen beobachtet, mein Kind. Sie haben einen vertrauensvollen Charakter. Diese angeblich frischgelegten Eier stammen aus Methusalems Zeiten.« Im Lichtschein eines Schaufensters sah er ihr betroffenes Gesicht und mußte nun seinerseits lachen. »Ich möchte Ihnen sagen, Miss Lenley, ich bin ein sehr guter Beobachter. Ich beobachte Eier, Schädel, Kinnbacken, Nasen, Augen und Detektive! War Mr. Bliss unangenehm? Oder war es nur ein Anstandsbesuch?«

»Wieso wissen Sie, daß mich Mr. Bliss aufgesucht hat?« fragte sie verblüfft.

»Er interessiert mich! Er ist geheimnisvoll, und geheimnisvolle Dinge haben für einen einfachen alten Mann wie mich große Anziehungskraft.«

Sie verabschiedete sich. Zu Hause traf sie gleichzeitig mit Johnny ein. Er war guter Laune, scherzte über ihre Eier und sprach trübe Vorahnungen über deren Wirkungen auf seine Verdauung aus. Dann sagte er etwas, das sie zutiefst erfreute.

»Dieser Wembury ist gar kein übler Kerl! Das erinnert mich übrigens, daß ich nach Flanders Lane gehen müßte, um mich dort zu melden.«

»Du hast doch Bewährungsfrist, Johnny – und, wenn nun etwas geschehen sollte ... Ich meine, müßtest du dann den Rest der Strafe absitzen?«

»Wenn etwas geschehen sollte?« fragte er scharf. »Was meinst du?« Gleichgültig fuhr er fort: »Du bist töricht, Mary, ich will von nun an ein anderes Leben führen.«

»Aber wenn es der Fall wäre ...«

»Selbstverständlich müßte ich mit der neuen Strafe auch den Rest der alten absitzen. Aber da nichts, wie du sagtest, geschehen wird, können wir dies außer acht lassen. Ich hoffe, daß dich Messer nicht mehr lange braucht, und du in ein oder zwei Wochen mit ihm fertig sein wirst. Ich sehe es nicht gern, daß du dort arbeitest, Mary!«

»Ich weiß, Johnny, aber ...«

»Ja, ja, ich verstehe. Du hast noch nie abends gearbeitet?«

Sie konnte es wahrheitsgemäß verneinen.

»Du tust gut daran, Maurice nur während der Bürostunden zu sehen!« Er steckte sich eine Zigarette an. Eine Rauchwolke in die Luft blasend, überlegte er sich die Lüge, die er ihr jetzt sagen mußte. »Ich werde heute abend vielleicht spät nach Hause kommen. Ein Herr, den ich kennengelert habe, hat mich gebeten, mit ihm im Westend zu speisen. Es macht dir doch nichts aus?«

»Nein. Wann wirst du etwa zurück sein?«

Er dachte einige Sekunden nach.

»Nicht vor Mitternacht – vielleicht auch etwas später.«

»Ich – ich werde vielleicht auch spät nach Hause kommen, Johnny«, sagte sie mit Herzklopfen und bezwang ihre aufgeregte Stimme. »Ich bin eingeladen. Es ist eine Familie, deren Bekanntschaft ich gemacht habe.«

Würde er sich täuschen lassen? Es sah so aus, denn er nahm die sagenhafte Familie hin, ohne zu fragen.

»Amüsiere dich, Kleines, soviel du kannst!« rief er auf dem Weg in sein Zimmer, indem er bereits seinen Rock auszog. »Ich glaube nur, deine Gesellschaft wird nicht so schön sein wie in den alten Tagen auf Lenley Court. Doch warte – wenn wir aufs Land kommen, wollen wir auf die Jagd gehen, reiten ...«

Johnny verließ das Haus um acht Uhr, und sie setzte sich hin, grübelnd, wartend. Wie würde dieser Tag enden? Alan kam ihr in den Sinn. Was würde er … Sie verscheuchte die Gedanken an ihn und beobachtete den Minutenzeiger der kleinen amerikanischen Uhr, der sich viel zu schnell vorwärtsschob.

33

Der Nebel, der über Deptford lag, dehnte sich weit ins Land hinaus. Eine Stunde nach der Unterhaltung zwischen Mary und Johnny fuhr ein starkmotoriger Zweisitzer auf der Landstraße durch den Nebel stadtauswärts. Zwischen Hatfield und Welwyn bog er in eine Straße ein, die nur noch von Lastfuhrwerken benutzt wurde. Während des Krieges war hier ein Flugplatz unterhalten worden, doch inzwischen hatte das Grundstück so oft den Besitzer gewechselt, daß niemand mit Sicherheit den Namen des jeweiligen Eigentümers hätte nennen können.

Der Fahrer des Sportwagens schaltete die Lichter aus und ging schnell auf einen Schuppen zu. Er hörte einen Hund bellen und den Anruf eines Mannes.

»Sind Sie es, Oberst Dane?«

»Ja.«

»Ich habe die Maschine in Ordnung gebracht, aber Sie werden heute nacht nicht nach Paris fliegen können. Der Nebel ist zu dicht. Ich habe mit dem Flugplatz in Cambridge gesprochen. Man sagte mir dort, daß der Nebel bis in eine Höhe von 660 Meter reicht und sich bis über den Kanal erstreckt.«

»Famos! Fliegen im Nebel ist meine Spezialität.«

Der Aufseher des Schuppens brummte, daß eben jeder seinen eigenen Geschmack habe. Er ging mit einer schwach leuchtenden Laterne voraus. Unter Aufwand aller Kräfte schob er die breite Tür zurück. Beim Schein seiner Laterne wurden die Propeller und der Rumpf eines Flugzeuges sichtbar.

»Eine schöne Kiste, Oberst!« sagte der Aufseher anerkennend. »Wann glauben Sie, kommen Sie zurück?«

»In einer Woche«, antwortete Oberst Dane. Sein Mantelkragen war hochgeschlagen, die Lederhaube reichte bis tief in die Stirn. Außer den scharfblickenden Augen war von seinem Gesicht nichts zu sehen.

»Ja, ein schöner Kasten«, wiederholte der Aufseher. »Ich habe mich den ganzen Nachmittag damit beschäftigt.«

Der Aufseher war früher Mechaniker bei einer Fliegerabteilung gewesen und hatte später diesen Schuppen und das kleine Haus in der Nähe, in dem er jetzt wohnte, gepachtet. Im Moment war er jedenfalls der bestbezahlte Flugzeugmechaniker in ganz England.

»Die Polizei war heute hier, Sir«, berichtete er. »Sie haben herumgeschnüffelt und wollten wissen, wer der Eigentümer sei. Ich sagte, daß es ein ehemaliger Fliegeroffizier sei, der eine Fliegerschule gründen wolle. Ich mache mir manchmal Gedanken, Sir, wer Sie wirklich sein könnten.«

Der Oberst lachte.

»An Ihrer Stelle würde ich nicht zuviel nachdenken, Green! Sie werden bezahlt, um an nichts anderes als an die Maschine und den nötigen Betriebsstoff zu denken!«

»Ich hatte mir nämlich allerhand Möglichkeiten ausgedacht«, äußerte der beharrliche Green. »Ich dachte, daß Sie vielleicht Rauschmittel nach dem Kontinent schmuggeln. Wenn Sie dies tun, geht es mich natürlich nichts an.« Dann fragte er ganz unzusammenhängend: »Haben Sie schon vom Hexer gehört, Sir? Da steht heute abend etwas in der Zeitung.«

»Der Hexer? Wer, zum Teufel, ist das?«

»Ein Kerl, der sich verkleidet. Die Polizei ist schon seit Jahren hinter ihm her.« Green las alle Polizeiberichte und konnte über alle Hinrichtungen der letzten zwanzig Jahre Auskunft geben.

»Er war bei den Fliegern, wie man sagt . . .«

»Ich habe nie von ihm gehört«, unterbrach der Oberst. »Bleiben Sie mal draußen, Green!«

Er ging in den Schuppen und kontrollierte das Flugzeug.

»Ja, es ist alles in Ordnung!« rief er, als er von der Maschine heruntersprang. »Ich weiß noch nicht, um wieviel Uhr ich starte, aber wahrscheinlich noch in der Nacht. Stellen Sie das Flugzeug hinter den Schuppen, dem langen Feld zugekehrt – Sie haben doch den Boden in Ordnung gebracht für den Start?«

»Der Boden ist völlig glatt«, meldete Green.

»Gut.«

Oberst Dane nahm ein flaches Bündel Banknoten aus der Tasche und zählte ein Dutzend Scheine ab, die er seinem Mechaniker übergab.

»Da Sie so verflucht neugierig sind, lieber Freund, will ich es Ihnen sagen. Ich beabsichtige, mit einer Dame durchzubrennen – romantisch, nicht wahr?«

»Die Frau eines anderen?« fragte Green, den Skandale ebenso interessierten wie Hinrichtungen.

»Ja, so ist es. Wenn ich Glück habe, bin ich entweder heute nacht um zwei oder morgen nacht um zwei hier. Je dichter der Nebel, um so besser. Gepäck wird keines dabei sein – stellen Sie also soviel Treibstoff wie möglich bereit.«

»Wohin soll es gehen, Oberst?«

»Vielleicht Frankreich – oder Belgien, Norwegen, die Nordküste von Afrika, die Südküste von Irland – wer kann es wissen? Ich kann Ihnen nicht sagen, wann ich zurückkomme, aber ich lasse Ihnen genug Geld da, daß Sie ein Jahr bequem davon leben können. Wenn ich in zehn Tagen nicht zurück bin, würde ich Ihnen raten, den Schuppen zu vermieten und den Mund zu halten. Mit etwas Glück werden wir uns wiedersehen.«

Rasch ging er zu seinem Wagen zurück. Der neugierige Green begleitete ihn und versuchte vergeblich, sein Gesicht zu erblicken. Nicht ein einziges Mal hatte er seinen seltsamen Arbeitgeber gesehen, der ihn bei Nacht angestellt und immer nur bei Nacht besucht hatte - jedesmal bei einem Wetter, das einen langen Regenmantel oder einen dicken Ulster verlangte.

Green wurde den Eindruck nicht los, daß sein Arbeitgeber einen Bart trug, und auch bei den späteren Zeugenaussagen vertrat er diese Meinung. Ob er aber tatsächlich einen Bart trug oder glatt rasiert war, hatte er wegen des hochgeschlagenen Mantelkragens nie sehen können.

»Da wir gerade vom Hexer sprachen . . .«, begann Green von neuem.

»Ich habe nicht davon gesprochen«, erwiderte der Oberst kurz und stieg in den Wagen. »Folgen Sie meinem Rat, Green! Ich weiß über diesen Burschen nichts, aber offenbar ist er gefährlich – denken Sie also lieber an Flugzeuge, die sind weniger gefährlich!«

Zwei, drei Sekunden – dann war das Schlußlicht des Wagens im Nebel verschwunden.

34

Früh am Abend folgte Alan Wembury einer eiligen Aufforderung Messers, ihn aufzusuchen.

»Es tut mir leid, Sie bemüht zu haben, Inspektor . . .«

Messer stockte und wußte nicht, wie er fortfahren sollte, was nicht oft bei ihm vorkam. »Tatsache ist . . . Ich muß eine sehr unangenehme Pflicht erfüllen – eine sehr unangenehme . . . Um die Wahrheit zu sagen – es ist mir sehr zuwider, dies zu tun.«

Alan wartete schweigend.

»Es handelt sich um Johnny. Sie verstehen doch meine Lage, Wembury? Ich stehe unter Verdacht – allerdings ungerechtfertigterweise –, aber das Polizeipräsidium verdächtigt mich.«

Was würde nun kommen? fragte sich Alan einigermaßen gespannt.

»Ich darf keine Gefahr laufen, begreifen Sie?« begann Messer wieder. »Vor einigen Wochen hatte ich es wegen Mary – Miss Lenley – gewagt. Doch jetzt kann ich es nicht mehr. Wenn ich von einem beabsichtigten oder geplanten Verbrechen erfahre, bleibt mir nur ein Weg offen – die Polizei zu benachrichtigen!«

Jetzt verstand Wembury. Aber er schwieg noch immer.

Maurice ging im Zimmer auf und ab. Er wußte um die Verachtung, die ihm dieser Mann entgegenbrachte, und darum haßte er ihn.

»Sie verstehen mich doch?« fragte er.

»Nun?« Alan ekelte die Geschichte an. »Was für ein Verbrechen will Lenley begehen?«

Messer seufzte tief.

»Sie wissen wahrscheinlich, daß die Darnleigh-Sache nicht Johnnys erste war. Vor ungefähr einem Jahr fand der Einbruch bei Miss Bolter statt. Erinnern Sie sich?«

Wembury nickte. Miss Bolter war eine sehr reiche, exzentrische alte Jungfer. Sie besaß an der Grenze von Greenwich ein Haus, das einem Lager von alten Schmuckstücken glich. Ein Einbruch war verübt worden, und die Diebe konnten mit einer Beute im Werte von achttausend Pfund entkommen.

»War Lenley dabei beteiligt? Ist das die Information, die Sie uns geben wollen?«

»Ich sage nur, was ich gehört habe«, verwahrte sich Messer hastig, »aber ich habe Grund zu der Annahme, daß sich die Juwelen noch auffinden lassen, weil sie versteckt wurden. Die Diebe sind damals gestört worden, Sie erinnern sich vielleicht?«

»Ich weiß immer noch nicht, worauf Sie hinauswollen.«

Messer blickte sich um und senkte die Stimme.

»Aus einer Bemerkung Lenleys schließe ich, daß er heute nacht nach Camden Crescent gehen will, um den Schmuck zu holen! Er hat mich um den Schlüssel zum Nebenhaus von Miss Bolter gebeten, das zufällig mein Eigentum und unbewohnt ist. Meine Annahme ist, daß die Beute auf dem Dach von Nr. 57 versteckt wurde. Ich mache den Vorschlag – mehr will ich nicht tun –, daß Sie heute nacht einen Beamten dorthin schicken.«

»Ich verstehe!« sagte Alan kühl.

Er ging schweren Herzens in sein Büro zurück. Unternehmen konnte er nichts. Messer würde das Polizeipräsidium benachrichtigen, daß er die Information gegeben hätte. Und Johnny Lenley zu warnen, würde Ruin und schimpfliche Entlassung aus dem Dienst bedeuten. Er gab einem Beamten den Auftrag, sich auf dem Dach in Camden Crescent zu postieren.

Eine Stunde später kam ein Anruf. Der Sergeant nahm den Hörer ab.

»Hallo!« Mechanisch schaute er auf die Uhr und notierte die Zeit des Anrufs. »Was ist los?« Er deckte die Muschel mit der Hand zu. »Der Nachtwächter von Cleavers berichtet, daß sich ein Mann auf dem Dach in Camden Crescent Nr. 57 aufhält.«

Alan hatte ins Feuer gestarrt. Eine Sekunde lang überlegte er.

»Ja, natürlich. Sagen Sie ihm, er soll sich nicht beunruhigen. Es ist ein Polizeibeamter.«

»Auf einem Dach in Camden Crescent?« fragte der Sergeant ungläubig und sprach, als Alan nickte, wieder in die Muschel. »Das ist in Ordnung. Es ist einer unserer Leute. – Wie? Er fegt den Schornstein? Ja, ja, wir verwenden immer Polizeibeamte, um Schornsteine zu fegen, mit Vorliebe nachts!«

In diesem Augenblick trat Johnny Lenley ins Dienstzimmer.

»Ich will mich melden.« Er nahm einige Papiere aus der Tasche und legte sie auf das Pult des Sergeanten. »Mein Name ist Lenley. Ich bin Strafgefangener mit Bewährungsfrist.«

Jetzt bemerkte er Wembury, ging zu ihm hin und reichte ihm die Hand.

»Ich hörte, daß Sie zurück sind, Lenley. Ich gratuliere Ihnen. Hat sich Ihre Schwester über das Wiedersehen gefreut?«

»Ja. Ich bin gestern entlassen worden«, antwortete Lenley.

Ein paar Sekunden blieb es still, man hörte die Feder des Sergeanten kratzen.

»Wohin gehen Sie heute abend?« fragte Alan. Er mußte ihn unbedingt warnen – er dachte an Mary, die zu Hause auf ihren Bruder wartete.

Johnny Lenley sah ihn erstaunt an.

»Ich mache einen Besuch im Westen. Warum interessiert es Sie?«

Laut fragte Alan zum Sergeanten hinüber:

»Wie weit ist es von hier nach Camden Crescent?«

Er sah, wie Johnny stutzte. Ihre Blicke trafen sich.

»Keine zehn Minuten zu Fuß«, antwortete der Sergeant.

»Ich habe im Westen zu tun. Wollen Sie mich begleiten?« schlug Wembury Johnny vor, der ihn mißtrauisch betrachtete. »Ich würde gern etwas mit Ihnen besprechen.«

»Nein. Ich habe mich verabredet.«

Alan nahm ein Buch und blätterte langsam darin. Johnny kehrte ihm den Rücken und ging zur Tür.

»Gute Nacht, Lenley – falls ich Sie nicht wiedersehen sollte!« rief ihm Wembury nach.

»Erwarten Sie, mich wiederzusehen? Noch heute nacht?«

»Ja!« Dieses sehr nachdrücklich betonte ›Ja‹ war die äußerste Warnung, die Wembury im Einklang mit seiner Pflicht wagen konnte.

Johnny Lenley entfernte sich mit einem Achselzucken.

35

Lomond kam und verfluchte das Wetter. Etwas später traf unerwartet Maurice Messer auf der Polizeiwache ein. Nach der dunklen Straße blendete ihn der hell erleuchtete Raum. Er blinzelte einen Moment und starrte dann auf den Polizeiarzt.

»Der Mann der Heilkunde und der Mann des Gesetzes!« Er schlug sich mit alberner Theatralik auf die Brust. »Beinah eine historische Begegnung, lieber Doktor!« Darauf drehte er sich zu Wembury um. »Hat man ihn gefaßt?«

»Sind Sie nur hierhergekommen, um das zu erfahren? Sie hätten sich die Mühe sparen und telefonieren können!«

»Nein, nicht deshalb bin ich gekommen . . .« Er blickte nervös über die Schulter zurück. Der Polizist, der draußen Posten stand, war eingetreten und wisperte dem Sergeanten etwas zu, für das sich auch der Doktor zu interessieren schien. »Nicht deshalb –«, wiederholte Messer, »Hackitt ist davongelaufen und hat mich allein gelassen, der verfluchte Feigling! Allein im Haus – meine Nerven halten es nicht aus, Wembury! Jedes Geräusch macht mich verrückt, das Knarren des Stuhls, das Stück Kohle, das im Kamin herunterfällt, das Klappern der Fenster . . .«

Aus der Dunkelheit erschien eine Gestalt in der offenen Tür – Bliss, er schaute einen Moment ins Dienstzimmer und verschwand wieder. Der Polizist entdeckte ihn gerade noch, als er sich umdrehte, und ging zur Tür. Der Sergeant und der Polizeiarzt folgten ihm langsam.

Messer sprach noch immer auf Alan ein.

»Jedes Geräusch läßt mich aufschrecken, Wembury, mir ist, als ob mein Schicksal auf mich zukommt –« Er flüsterte nur noch.

»Ich spüre es – im Zimmer, hier, überall, mir ganz nahe ... Der Tod! O Gott, es ist schrecklich – schrecklich!«

Er wankte plötzlich. Alan fing ihn auf.

»Was hat er denn?« fragte der Sergeant.

»Alkohol, Nerven und – na, Sie wissen ja«, antwortete der Doktor lakonisch. »Bringen Sie ihn ins Zimmer des Inspektors, Sergeant, in einigen Minuten wird er sich erholt haben!« Er wandte sich zur Ausgangstür und schaute in die Nacht hinaus.

»Was gibt's, Doktor?« fragte Alan.

»Da ist er schon wieder!« Lomond deutete auf die dunkle Straße.

»Wer denn?«

»Seit Messer da ist, beobachtet er die Wache. Es scheint Bliss zu sein. Er hat mich nicht gern – warum, weiß ich nicht.«

»Kennen Sie jemand, den er gern hat – außer sich selbst?« Lomond drehte sich eine Zigarette.

»Ich habe heute nachmittag im Klub eine eigenartige Geschichte über ihn gehört. Ich traf einen Herrn, der ihn in Washington kannte, einen Arzt. Er schwört, daß er Bliss in der Nervenabteilung eines Hospitals in Brooklyn gesehen hat.«

»Wann war das?«

»Das ist eben das Absurde. Er sagt, vor vierzehn Tagen.«

»Er ist seit Monaten zurück.«

»Kennen Sie Bliss sehr gut?«

»Nein«, erwiderte Wembury. »Ich kenne ihn erst näher, seit er von Amerika zurück ist. Vom Sehen war er mir bekannt - er war Unterinspektor, als ich noch Wachtmeister ... Hallo!«

Ein Mann kam ins Zimmer und ging zum Pult des Sergeanten. Es war Inspektor Bliss.

»Ich brauche einen Revolver!« rief er kurz.

»Bitte?« Carter starrte ihn an.

»Ich brauche einen Revolver«, wiederholte Bliss scharf. Wembury grinste boshaft.

»Das ist in Ordnung, Sergeant – Hauptinspektor Bliss von Scotland Yard wünscht einen Revolver. Wozu brauchen Sie ihn?«

Bliss sah ihn verächtlich an.

»Geht es Sie etwas an?«

»Und ob! Dies ist mein Bezirk.«

Der Sergeant brachte die Waffe.

»Ist ein Grund vorhanden, warum ich ihn nicht haben sollte?«

»Nicht der geringste!« Als Bliss zur Tür ging, rief ihm Wembury nach: »An Ihrer Stelle würde ich aber den Empfang der Waffe quittieren. Sie scheinen die Vorschriften vergessen zu haben, Inspektor Bliss!«

Mit einem Fluch kehrte Bliss um.

»Ich bin zu lange nicht in diesem verdammten Land gewesen...«

»Guten Abend, Mr. Bliss!« sagte unerwartet Dr. Lomond.

Bliss tat, als habe er erst jetzt die Anwesenheit des Polizeiarztes bemerkt.

»Guten Abend! – Haben Sie den Hexer erwischt?« fragte er höhnisch und schlug die Tür hinter sich zu.

Carter wußte nicht, was er von der Sache halten sollte.

»Ist es nicht merkwürdig«, meinte er, »daß er die Vorschriften der Polizeiwachen nicht kennt?«

»Alles, was Mr. Bliss betrifft, ist merkwürdig!« rief Wembury ärgerlich.

Der Wachposten kam auf ihn zu und flüsterte ihm etwas zu.

»Eine Dame möchte mich sprechen? Wer ist es?« fragte er.

»Cora Ann Milton«, sagte Dr. Lomond mit seinem untrüglichen Instinkt.

Cora Ann kam herein. Als sie den Polizeiarzt entdeckte, ging sie herausfordernd auf ihn zu.

»Heiliger Himmel!« erschrak Dr. Lomond. »Ich hatte Sie ja zum Essen eingeladen! Ich bin hierhergerufen worden und habe nicht einen Augenblick mehr an unsere Verabredung gedacht.«

»So also sieht eine Polizeiwache aus!« Cora Ann blickte sich mit Widerwillen um. »Und wo ist Ihr Maskenkostüm?« fragte sie Wembury. »Alle anderen sind in Uniform.«

»Die ziehe ich nur zu Gesellschaften an«, bemerkte er zwinkernd.

»Wie können Sie es nur hier aushalten?« Es schauderte sie, und sie wandte sich wieder an Lomond. »Und nun, Doktor? Ich habe noch nicht gegessen...«

Etwas in ihrem Ton klang nach Verzweiflung, so als machte sie einen letzten Versuch. Aber wozu – was wollte sie? Alan konnte es sich nicht erklären.

»Ich würde Sie gern begleiten, Cora Ann, aber . . .«, begann Lomond.

»Aber – aber!« wiederholte sie zynisch. »Hören Sie, Doktor, Sie brauchen für das Essen nicht zu bezahlen!«

»Das wäre allerdings ein Anreiz«, meinte er grinsend, »aber ich habe noch zu arbeiten.«

Ihr Gesicht machte einen verstörten Eindruck.

»Arbeiten!« Sie lachte verächtlich und ging achselzuckend zur Tür. »Ich weiß, was Sie arbeiten nennen. Sie versuchen, Arthur Milton an den Galgen zu bringen. Das nennen Sie arbeiten! Gut.«

»Wohin gehen Sie jetzt, kleine Frau?« fragte Dr. Lomond besorgt.

Sie drehte sich um, lächelte bitter.

»Ich werde zu Abend essen – und vielleicht eine Musikstunde nehmen. Ich habe einen Freund, der ausgezeichnet Klavier spielt . . . Guten Abend!«

Lomond schaute ihr gedankenvoll nach.

36

Trapp, trapp, trapp!

Wembury kannte die eigenartige Gangart verhafteter Männer zu gut. Er seufzte tief auf, als ein Polizist in Zivil Johnny Lenley am Handgelenk hereinführte.

»Ich bin Kriminalwachtmeister Bell«, meldete der Mann. »Laut Befehl war ich heute abend auf dem Dach von Nr. 57, Camden Crescent, als ich diesen Mann aufs Dach steigen sah. Ich beobachtete, wie er sich hinter dem Wasserbehälter zu schaffen machte, und nahm ihn fest.«

Lenley blickte teilnahmslos zu Boden. Endlich hob er den Kopf.

»Danke, Wembury! Wenn ich wenigstens den Verstand eines Kaninchens gehabt hätte, wäre ich jetzt nicht hier!«

Carter tauchte die Feder in die Tinte.

»Wie ist Ihr Name?« fragte er automatisch.

»John Lenley.«

»Ihre Adresse?«

»Ohne Adresse.«

»Ihr Beruf?«

»Sträfling mit Bewährungsfrist.«

Der Sergeant legte die Feder weg.

»Durchsuchen Sie ihn!«

Johnny hob die Arme, während der Beamte in seine Taschen griff und alles, was er vorfand, auf das Pult legte.

»Wer hat mich verpfiffen, Wembury?«

»Das brauchen Sie mich nicht zu fragen. Sie wissen es ganz genau!«

»Haben Sie eine Erklärung dafür, warum Sie auf dem Dach von Camden Crescent Nr. 57 waren?« fragte der Sergeant.

»Ich wollte etwas holen, das hinter dem Wasserbehälter versteckt sein sollte. Es war aber nicht da. Das ist alles . . . Geben Sie auf meine Schwester acht, Wembury, sie wird es nötig haben, und ich vertraue Ihnen mehr als jedem anderen.«

Ausgerechnet diesen Augenblick wählte Mr. Messer, um wieder zu erscheinen.

»Nun, nun – das ist ja – Johnny!« stammelte er. »Sie haben es wieder nicht lassen können – welch ein Unglück!« Verzweifelt hob er die Hände. »Ich werde am Morgen auf dem Gericht sein, mein Junge, und Sie verteidigen.« Er wankte zum Pult des Sergeanten. »Wenn er etwas zu essen haben will, geben Sie es ihm! Ich komme dafür auf.«

»Messer!« gellte es durch den Raum. »Hinter dem Wasserbehälter war nichts!«

»Ich weiß nicht, wovon Sie sprechen, mein Junge«, stammelte Messer.

Lenley nickte grinsend.

»Ich bin für Sie zu schnell herausgekommen, habe Ihre kleinen Pläne über den Haufen geworfen! Sie Schweinehund!«

Bevor es den Anwesenden klar wurde, was geschah, hatte sich Johnny auf den Anwalt gestürzt, und in der nächsten Sekunde kämpften vier Männer auf dem Fußboden.

Der Kampf war noch in vollem Gange, als die Tür zum Dienstzimmer aufging und Inspektor Bliss erschien. Er besah sich kurz die Szene und warf sich mit einem Sprung ins Handgemenge. Es war Bliss, der den jungen Mann zurückstieß.

»Ist er verletzt?« Er zeigte auf den niedergeworfenen Messer.

Johnny, bleich vor Wut, keuchte.

»Ich wünschte, ich hätte den Kerl erledigt!«

Bliss sah ihn an.

»Sie sollten nicht so selbstsüchtig sein, Lenley!«

37

Alan Wembury verließ die Polizeiwache. Er hatte nur einen Gedanken – Mary mußte benachrichtigt werden. Er verwünschte Lenley wegen seiner Torheit, aber wenn er an Messer dachte, kannte seine Wut keine Grenzen. Der Verrat dieses Mannes war niederträchtig.

Er stieg die Treppe von Malpas Mansions empor und klopfte an die Tür von Marys Wohnung. Eine innere Tür wurde geöffnet, er hörte ihre Stimme:

»Bist du es, Johnny? Hast du keinen Schlüssel?«

»Nein, Mary, ich bin es.«

»Alan!« Sie erschrak. »Ist etwas vorgefallen?«

Ihr Gesicht zuckte. Er antwortete nicht und folgte ihr ins Zimmer.

»Ist etwas vorgefallen?« fragte sie nochmals. »Johnny? Ist er – festgenommen worden?«

»Ja.«

»Wegen der – Fälschung?« flüsterte sie.

»Wegen der Fälschung?« Er starrte sie an. »Ich weiß nicht, was Sie meinen.«

»Ist es nicht wegen Urkundenfälschung?« Als sie ihren Irrtum einsah, bat sie verwirrt: »Wollen Sie vergessen, daß ich das gefragt habe, Alan?«

»Selbstverständlich will ich es vergessen, liebe Mary! Ich weiß nichts von Urkundenfälschung. Johnny wurde festgenommen, weil er in ein Haus eingedrungen ist.«

»Einbruch? Mein Gott!«

»Behalten Sie einen klaren Kopf, Mary! Die Sache wird noch eine Aufklärung finden. Ich verstehe zwar nicht, warum Johnny so wahnsinnig sein konnte – ich habe alles versucht, um ihn zu warnen. Aber ich glaube, es ist noch nicht alles verloren. Ich werde erst noch mit Messer sprechen und dann einen befreundeten Rechtsanwalt aufsuchen, um ihn um Rat zu fragen. Ich wünschte, Johnny hätte Messer nicht angegriffen.«

»Er hat Messer geschlagen? Er muß verrückt sein! Maurice hat ihn in seiner Gewalt . . .« Sie schwieg plötzlich.

»Maurice hat ihn in seiner Gewalt? Sprechen Sie doch! Denken Sie an die Fälschung?«

»Alan, Sie versprachen . . .«, sagte sie vorwurfsvoll.

»Alles, was Sie sagen, sagen Sie Alan Wembury – nicht dem Polizeibeamten. Sie haben Sorgen – lassen Sie sich helfen!«

»Ich kann nicht, ich kann nicht! Maurice ist so rachsüchtig, er wird Johnny nie vergeben.«

Es lag Alan auf der Zunge, ihr die Wahrheit über den Verrat zu sagen, doch die straffe Polizeidisziplin triumphierte. Es war ein Gebot der Kriminalpolizei, nie den Anzeiger zu verraten.

Sie stützte den Kopf in die Hände und schloß die Augen. Er dachte, sie würde ohnmächtig werden, und legte seinen Arm um ihre Schultern.

»Mary, kann ich Ihnen nicht helfen?«

Sie bewegte sich nicht und machte auch keinen Versuch, sich von seinem Arm zu befreien.

Plötzlich jedoch sprang sie auf. Ihre Augen blitzten wild.

»Ich kann nicht, ich kann nicht!« schrie sie verzweifelt. »Rühren Sie mich nicht an! Lassen Sie mich – ich muß es für Johnny tun . . .«

»Was haben Sie vor?«

Sie hatte sich ein wenig beruhigt.

»Alan, ich weiß, daß Sie mich lieben – und ich freue mich sehr! Sie wissen doch, was das bedeutet? Aber ich muß Johnny retten!«

»Wollen Sie mir nicht sagen, um was es sich handelt?«

»Ich kann nicht. Damit muß ich allein fertig werden.«

Aber er ließ nicht locker.

»Ist es Messer? Bedroht er Sie?«

»Ich will darüber nicht sprechen, Alan«, sagte sie müde. »Wie steht es jetzt um Johnny? Ist es eine ernste Anklage – ich meine, wird er wieder Zuchthaus bekommen? Glauben Sie, daß Messer ihn retten könnte?«

Er konnte in diesem Augenblick weder antworten noch überlegen. Eine Welle von Mitleid schoß in ihm auf. Er umschlang sie, preßte sie an sich und küßte ihre kalten Lippen.

»Alan, bitte nicht!« murmelte sie.

Er ließ sie los. Er zitterte, als er zur Tür ging.

»Ich werde dahinterkommen!« schwor er. »Wollen Sie hierbleiben, damit ich Sie erreichen kann? Ich bin in einer Stunde zurück.«

Sie erriet, was er vorhatte, und rief ihn zurück, aber er war schon verschwunden.

38

Messers Haus lag völlig im Dunkeln, als Alan in der Flanders Lane anlangte. Der Polizeibeamte, der vor der Tür stand, konnte nichts weiter berichten, als daß er leises Klavierspiel in einem der oberen Zimmer gehört hatte.

Der Polizist besaß die Schlüssel zum Tor und zur Eingangstür. Als Alan die Treppe hinaufging, klangen ihm die Töne einer ›Humoreske‹ entgegen. Er klopfte an Messers Tür.

»Wer ist da?« fragte eine schleppende Stimme.

»Wembury. Öffnen Sie!«

Schritte, unwilliges Brummen – dann ging die Tür auf. Das Zimmer war dunkel, nur die Klavierlampe brannte.

»Nun – Sie kommen wegen des Halunken – was sagt er?«

fragte Messer lallend. Er hatte viel getrunken, der Raum roch stark nach Alkohol.

Alan schaltete das Licht ein. Maurice blinzelte ärgerlich.

»Ich will kein Licht haben. Was erlauben Sie sich?«

»Ich will Sie sehen – und Sie sollen mich sehen!«

Messer starrte Wembury an.

»Ach – Sie wollen mich sehen? Sie haben von meinem Haus Besitz ergriffen, Mr. Wembury? Sie gehen ein und aus, wie es Ihnen gefällt, Sie schalten das Licht ein ... Vielleicht lassen Sie sich jetzt herab, mir Ihr Benehmen zu erklären?«

»Ich bin gekommen, um über eine Fälschung Auskunft zu verlangen.«

Messer stutzte. »Eine Fälschung? Was meinen Sie?«

»Sie wissen ganz genau, was ich meine. Was ist das für eine Fälschung, von der Sie Mary Lenley erzählt haben?«

»Ich verstehe wirklich nicht, wovon Sie sprechen! Da kommen Sie mitten in der Nacht her und stellen Fragen über Fälschungen – erwarten Sie wirklich, daß ich nach dem, was heute abend passiert ist, auch noch über solche Lappalien Auskunft geben soll? Ich habe in meinem Leben mit so vielen Fälschungen zu tun gehabt – wie soll ich wissen, von welcher Sie reden ...«

Seine Augen schweiften zu dem kleinen Tisch, auf dem irgend etwas stand, das mit einem weißen Tuch zugedeckt war.

Alan folgte seinem Blick und fragte sich, was das Tuch verbergen mochte. Es konnte Messers Abendmahlzeit sein, es konnte aber auch ... Rasch drehte er den Kopf.

»Messer! Die Drohung, mit der Sie Mary Lenley ... Ich kann mir denken, was für eine Gemeinheit Sie vorhaben – ich warne Sie!«

»Als Polizeibeamter?«

»Als Mann.«

Messer schaute Alan eine Zeitlang an.

»Bei Gott, Sie sind in Mary Lenley verliebt!« Er lachte heiser. »Das ist der beste Witz, den ich seit Jahren gehört habe! Wirklich, das muß ich schon sagen.«

»Nehmen Sie sich in acht! Gegen Ihre Schändlichkeiten gibt es kein Rechtsmittel, aber ich verspreche Ihnen, wenn Mary Lenley ein Haar gekrümmt wird ... Und wenn es dem Hexer nicht gelingen sollte – ich werde Sie erwischen!«

»Man darf wohl annehmen, daß das eine persönliche Bedrohung ist?« Messer hielt die Augen halb geschlossen, und obgleich er den Versuch machte, unbekümmert zu erscheinen, zitterte seine Stimme. »Bedrohte Leute leben lange, Inspektor Wembury! Ich bin mein Leben lang bedroht worden, und nie ist etwas daraus geworden. Der Hexer droht mir, Johnny droht mir – ich lebe von Drohungen!«

»Messer«, sagte Wembury sanft, »wissen Sie, wie nahe Sie dem Tod sind?«

Messers Mund öffnete sich vor Schrecken. Entsetzt starrte er Alan Wembury nach.

39

Seit dem Tag, an dem ihm ein bunter Prospekt über das wunderbare Leben in den Prärien Kanadas in die Hände gefallen war, fühlte sich Sam Hackitt als Pionier. Er hatte genug Geld gespart, um die Überfahrt nach Kanada bezahlen, doch nicht genug, um die Einwanderungsbehörden befriedigen zu können. In Anbetracht seines ohnehin gespannten Verhältnisses zu Mr. Messer beschloß Sam, sich einige leicht verkäufliche Andenken an seinen Arbeitgeber zu verschaffen.

Das, was er am meisten begehrte, war eine kleine, schwarze Kassette, die Messer in der zweiten Lade seines Schreibtisches aufbewahrte. Gewöhnlich befand sich darin eine größere Summe, und nach ihr lechzte Sams Seele am meisten. Zwar hatte er seit zwei Tagen die Kassette überhaupt nicht zu Gesicht bekommen, und nun war durch die Rückkehr Johnnys und die eigene plötzliche Entlassung eine zusätzliche Krise entstanden.

Für Hackitt blieb nur noch ein Weg offen. Das Stahlgitter vor dem Fenster war ein Hindernis für den Durchschnittsdieb, aber Sam stand über dem Durchschnitt. Außerdem hatte er am Morgen beim Fensterputzen eine Vorrichtung am Schloß angebracht,

die ihm seine Arbeit erleichtern würde. Er hatte ein Stück Stahl-
draht kunstvoll um einen der Stäbe geschlungen und so im Schloß
befestigt, daß man es mit einem kräftigen Ruck öffnen konnte –
eine sinnreiche Einrichtung, auf die Sam sehr stolz war.

Am Abend kauerte Hackitt an der Hausmauer. Er hörte Alan
Wembury kommen und wieder gehen. Das Warten war sehr unangenehm, denn Nebel und feiner Regen durchnäßten ihn bis
auf die Knochen. Er hörte Messer im Zimmer auf und ab gehen
und mit sich selbst sprechen. Sam fluchte, denn Messer hatte sich
ans Klavier gesetzt, und das konnte stundenlang dauern. Aber
anscheinend war er in besonders übler Laune, das Spiel hörte
auf, ein Stuhl knarrte, und nach einer Weile war nur noch tiefes,
regelmäßiges Atmen zu hören. Sollte er eingeschlafen sein? Sam
wartete nicht länger. Ein schneller Ruck, das Gitter war offen.
Das Schiebefenster hatte er eingefettet; es ging geräuschlos hoch.

Messer saß am Klavier und schlief mit weitgeöffneten Augen
– ein unangenehmer Anblick. Sam schaute sich nicht erst um, er
ging auf den Fußspitzen durchs Zimmer und drehte das Licht
aus. Das Feuer im Kamin brannte nur noch schwach. Er betastete
den Schreibtisch, fand die richtige Schublade, schob einen Haken
ins Schloß und zog. Die Lade öffnete sich, er griff hinein. Die
Kassette fand er sofort, doch es gab noch andere Wertsachen. Im
kleinen Wandschrank befand sich das wertvolle Silbergeschirr.
Er schlich zum Fenster, hob die bereitgestellte Handtasche herein und füllte sie, bis nichts mehr hineinging. Leise schleppte er
die Tasche zum Fenster zurück. Als er an der geheimnisvollen
Tür in der Täfelung vorbeikam, hörte er ein kurzes Knacken und
blieb wie angewurzelt stehen. Nach einer Weile wollte er weiter;
er streckte die Hand aus, eine übliche Bewegung bei allen, die im
Dunkeln arbeiten. Da packte eine kalte Hand sein Handgelenk.

Er biß die Zähne zusammen, unterdrückte einen Aufschrei
und riß sich mit einem schnellen Ruck los. Wer war es? Er konnte
nichts sehen, hörte nur schnelles Atmen, er stürzte zum Fenster.
In Sekundenschnelle lief er über den Hof, mit Todesfurcht.

Für diese kalte, geisterhafte Hand gab es nur eine Erklärung:
Der Hexer war zu Messer gekommen!

*

40

Als Wembury auf die Wache zurückkehrte, sah er auf die Uhr – er war zwei Stunden fortgewesen.

»Ist etwas vorgefallen?« fragte er.

»Inspektor Bliss war da und wollte einen Gefangenen sehen«, berichtete Carter.

»Wen?«

»Den Lenley. Ich habe ihm den Zellenschlüssel gegeben.«

Was für ein Interesse hatte der Mann von Scotland Yard an Johnny? Wembury stand vor einem Rätsel.

»Blieb er lange?«

»Nein, ungefähr fünf Minuten.«

»Sonst noch etwas?«

»Nein, Sir. Nur ein verhafteter Betrunkener hat viel Scherereien gemacht. Ich mußte Dr. Lomond anrufen – er ist jetzt bei ihm. Übrigens – haben Sie Lenleys Papiere schon gesehen? Das hier habe ich dabei gefunden.«

Er nahm eine Karte vom Pult und gab sie Wembury, der folgendes las: ›Anbei der Schlüssel. Sie können hingehen, wenn Sie wollen – Nr. 57.‹

»Das ist ja Messers Handschrift.«

»Ja, Sir. Und das Haus gehört Messer. Ich weiß nicht, welchen Einfluß es auf die Anklage haben wird.«

»Gott sei Dank! Nun kommt Lenley heraus! Es war also doch so, wie ich es mir vorgestellt habe! Messer muß sehr betrunken gewesen sein, als er dies schrieb – sein erster Fehler.«

Wembury war kein Jurist, aber es konnte kein Einbruch sein. Die Verhaftung erfolgte auf Messers Grundstück, und Lenley war auf Messers Aufforderung dort gewesen.

»Ist ein Schlüssel dabei?«

»Ja, Sir.« Carter überreichte den Schlüssel. »Ein Etikett mit Messers Namen hängt daran.«

Alan seufzte erlöst auf.

»Und trotzdem bin ich froh, daß Lenley hier ist! Wenn ich je Mordabsichten in den Augen eines Mannes gesehen habe, dann in den seinen!«

Carter stellte eine Frage, die ihm schon den ganzen Abend durch den Kopf ging.

»Lenley ist doch nicht etwa der Hexer?«

Alan lachte.

»Das ist eine alberne Frage! Ausgeschlossen.«

Wembury hörte seinen Namen rufen. Lomond kam eilig durch den Gang vom Zellentrakt her gelaufen.

»Was gibt's?« fragte ihn Alan.

»In welche Zelle haben Sie Lenley gesperrt?«

»Nr. 8 – ganz am Ende«, erwiderte Carter.

»Die Tür steht weit offen, die Zelle ist leer!«

Carter stürzte aus dem Zimmer. Alan nahm den Hörer vom Pult des Sergeanten auf.

»Zum Teufel, Lomond, er wird hinter Messer her sein!«

Carter kam zurück.

»Er ist tatsächlich ausgerissen. Die Türen zur Zelle und zum Hof sind offen.«

»Rufen Sie zwei Leute, Carter!« befahl Wembury. Dann kam seine Verbindung. »Scotland Yard? Verbinden Sie mich ... Ja? Hier Inspektor Wembury. Nehmen Sie folgendes zur Weitergabe an alle Polizeiwachen auf: Es wird um Festnahme von John Lenley ersucht, der heute nacht von der Flanders-Lane-Polizeiwache entflohen ist. Alter 24, Größe 1,84 Meter, dunkles Haar, bekleidet mit ...«

»...blauem Kammgarnanzug«, ergänzte Carter.

»Er ist Strafentlassener mit Bewährungsfrist«, schloß Wembury. »Wollen Sie das, bitte, weitergeben? Danke!«

Er legte auf und gab dem Kriminalbeamten, der hereingekommen war, Weisung:

»Gehen Sie zu den Malpas Mansions! Dort wohnt Lenley bei seiner Schwester. Beunruhigen Sie die junge Dame nicht, aber wenn Sie ihn dort vorfinden, bringen Sie ihn mit!«

Dr. Lomond war im Begriff, wegzugehen, mußte aber an der Tür warten, um Sam Hackitt und seine Begleiter vorbeizulassen. Hackitt kam nicht aus freien Stücken, er wurde von einem Kriminalbeamten und einem Polizeibeamten in Uniform flankiert.

»Guten Abend, Mr. Wembury! Da sehen Sie selbst, wie man mir dauernd nachstellt!« lamentierte er weinerlich.

»Was ist los?« fragte Alan gereizt.

»Ich traf diesen Mann«, meldete der Kriminalbeamte, »und fragte ihn, was er in der Handtasche habe. Er weigerte sich, die Tasche aufzumachen, und versuchte, davonzulaufen. Ich nahm ihn fest.«

»Das ist eine Lüge!« fuhr Sam auf. »Reden Sie die Wahrheit und leisten Sie vor Zeugen keinen Meineid! Ich sagte einfach, er soll die Tasche nehmen, wenn er sie haben will, verdammt noch mal!«

»Ruhig, Hackitt!« befahl Wembury. »Was ist in der Tasche?«

»Hören Sie doch!« rief Sam hastig. »Ich will Ihnen alles erzählen . . . Um ihnen die Wahrheit zu sagen – ich habe sie gefunden. Sie lag an der Mauer, und ich sagte mir: Was ist wohl drin? – Das ist alles.«

»Und was sagt die Tasche dazu?« fragte Carter skeptisch.

Die Tasche ›sagte‹ viele belastende Sachen. Das erste, was zum Vorschein kam, war die Geldkassette. Der Sergeant öffnete sie und entnahm ihr ein dickes Bündel Banknoten, das er auf den Tisch legte.

»Großer Gott, die Kassette des alten Messer!« schrie Sam erschrocken und maßlos erstaunt auf. »Wie kommt die da hinein?«

»Sonst noch etwas?« fragte Alan ungeduldig.

Ein Silberstück nach dem andern kam zum Vorschein.

»Das ist Pech!« meinte Sam. »Sie haben mir die schönsten Flitterwochen verdorben, die mir je in Aussicht standen!«

»Name?« fragte Carter förmlich.

»Samuel Cuthbert Hackitt.«

»Wohnung?«

Sam verzog das Gesicht.

»Buckingham-Palast.«

»Keine Adresse? Als was haben Sie zuletzt gearbeitet?«

»Als Zimmermädchen! Wissen Sie, Mr. Wembury, was mir Messer für vier Tage bezahlt hat? Es ist eine Gemeinheit! Wenn ich Sie wäre, würde ich nicht mehr in das Haus gehen – es spukt dort.«

»Es spukt...?«

Das Telefon läutete. Carter hob ab.

»Ja, in Messers Zimmer«, erzählte Sam währenddem. »Ich wollte gerade mit dem Zeug fort, als ich fühlte, wie eine kalte Hand sich um mein Gelenk legte. Kalt! Naßkalt wie die Hand eines toten Mannes! Ich stürzte zum Fenster und sprang hinaus!«

Carter hielt den Hörer von sich weg.

»Atkins ist am Telefon, Sir, der Posten vor Messers Haus...«

Alan ging schnell zum Apparat.

»Hier Wembury. – Sind Sie im Haus? – Sie können nicht hinein? Erhalten keine Antwort? – Ist eins der Fenster erleuchtet? – Ich komme...«

Alans Gesicht hatte sich verfinstert. Er gab Carter den Hörer zurück.

»Hackitt, ich weiß nicht, ob diese kalte Hand nicht mit Ihren kalten Füßen zusammenhängt. Auf alle Fälle werden Sie mich jetzt zu Messer begleiten. – Bringen Sie ihn mit!« befahl er dem Kriminalbeamten.

Hackitt widersprach laut, mußte sich aber fügen.

41

Das Auto konnten sie nicht benützen, der Nebel lag zu dicht. Sie mußten sich an den Gartenzäunen und Häusern entlangtasten. Unterwegs stießen sie auf Dr. Lomond, und Alan bat ihn, mitzukommen. Der Weg führte durch den schlimmsten Teil der Flanders Lane, durch den auch Polizeileute nur zu zweit gingen.

Vor ihnen leuchtete ein rotes Licht auf. Sie erblickten einen alten, schmutzigen Mann, der sich über ein Koksfeuer bückte. Für einen Augenblick hob er sein hageres Gesicht. Lomond erschrak.

»Wer sind Sie?« fragte er.

»Ich bin der Nachtwächter. Die Flanders Lane ist eine unheimliche Gegend. Heute nacht treibt sich die ganze Zeit eine Frau hier herum«, berichtete er.

146

»Was für eine Frau?« fragte Wembury.

»Ich dachte, es wäre ein Gespenst . . . Man sieht hier Gespenster – und hört sie.«

In einem der Häuser, die man in der Dunkelheit nicht sehen konnte, schrie jemand auf.

»In der Flanders Lane schreien sie immer«, sagte der Nachtwächter. »Sie leben in ihren Kellern wie die Tiere, und einige von ihnen kommen nie heraus. Sie sind dort unten geboren und sterben dort unten.«

Lomond schoß herum. Eine Hand hatte seinen Arm berührt.

»Um Himmels willen – gehen Sie nicht weiter!« flüsterte es eindringlich.

»Cora Ann!« rief er erstaunt.

»Gehen Sie nicht, dort ist – der Tod! Ich möchte Sie retten – kehren Sie um, kehren Sie um!«

»Wollen Sie mich einschüchtern, Cora Ann?«

Im nächsten Augenblick war sie verschwunden.

Der Nebel lichtete sich, sie sahen die Straßenlampe vor Messers Haus. Atkins erwartete sie unter dem Glasdach vor dem Eingang.

»Ich wollte seine Zimmertür nicht einschlagen, bevor Sie kämen. Er gibt schon lange keine Antwort mehr. Erst hörte ich noch leises Klavierspiel, ich ging hinters Haus und sah, daß in seinem Zimmer Licht brannte.«

»Kein Geräusch?«

»Nein, nur das Klavierspiel.«

Alan eilte ins Haus, gefolgt von Atkins, dem Arzt und dem Detektiv mit dem gefesselten Hackitt. Oben klopfte er laut. Es kam keine Antwort. Er schlug mit der Faust gegen die Tür und rief Messers Namen. Drinnen blieb alles still.

»Wo ist die Wirtschafterin?«

»In ihrem Zimmer, Sir. Wenigstens war sie vorhin noch dort. Aber sie ist taub.«

»Geben Sie mir irgendeinen Schlüssel, ich kann die Tür öffnen«, sagte Hackitt.

Sie warteten schweigend, während er am Schloß hantierte. In wenigen Sekunden gab es nach. Die Tür öffnete sich.

Nur eine Stehlampe brannte und warf einen gespenstischen Schein auf Messers gelbes Gesicht. Er war im Frack und saß vor dem Klavier, die Hände vorgestreckt, der Kopf war auf die Brust gesunken.

»Gott sei Dank!« Es war Sams zittrige Stimme. »Nie hätte ich gedacht, daß ich den Alten nochmals lebend sehen würde!«

»Doktor, versuchen Sie doch, ob Sie ihn nicht zu sich bringen können!« Zum Leuchter aufblickend, befahl Alan: »Schalten Sie das Licht ein! Hackitt, wo standen Sie, als Sie die Hand fühlten?«

Hackitt ging zu einer Stelle, die sich der Tür fast gegenüber befand.

»Ich stand hier«, erklärte Hackitt, »die Hand war dort.« Er zeigte in der Richtung zu der geheimnisvollen Tür in der Täfelung.

Vor einem schmalen Sofa stand der kleine Tisch, der Alan heute abend schon einmal aufgefallen war. Gleich beim Eintreten hatte er bemerkt, daß der Tisch gedeckt, aber jetzt nicht mehr mit einem Tuch verhängt war. Mary war also nicht gekommen.

Wembury wandte seine Aufmerksamkeit dem Fenster zu. Die geblümten Vorhänge waren zugezogen. Hackitt versicherte, daß sie vorhin, als er Reißaus genommen hatte, nur halb zugezogen waren, und daß das Gitter offenstand.

»Es ist jemand dagewesen«, beteuerte er. »Ich bin sicher, daß der Alte sich nicht bewegt hat. Ich habe Fenster und Gitter offengelassen.«

Das Zimmer war sehr staubig und der Teppich wahrscheinlich seit Wochen nicht mehr ausgeklopft worden. Jeder energische Schritt mußte eine Staubwolke aufwirbeln.

Atkins bearbeitete auf Anweisung Dr. Lomonds den schlafenden Messer, indem er ihn ständig schüttelte. Alan stand nachdenklich neben dem gedeckten Tisch.

»Abendbrot für zwei!« Er hob eine Champagnerflasche hoch und las: »Cordon Rouge 1911.«

Dr. Lomond blinzelte verschmitzt.

»Er erwartete Besuch. Eine Dame!«

»Warum eine Dame? Auch Männer trinken Champagner«, sagte Wembury gereizt.

»Aber Sie essen selten Schokolade!« Lomond zeigte auf eine kleine silberne Schale, die mit Süßigkeiten gefüllt war.

»Sie werden noch ein guter Detektiv . . .«

Unter der Serviette lag ein kleines Maroquinetui. Lomond öffnete es – auf dunklem Samt lagen funkelnde Diamanten.

»Ist er der Mann, der seinen Freunden – solche Geschenke macht?« fragte er lächelnd.

»Ich weiß es nicht«, antwortete Wembury verärgert.

»Achtung!« flüsterte Hackitt.

Messer bewegte sich. Der Kopf zuckte hin und her, die Lider hoben sich.

»Hallo!« ächzte er. »Gebt mir doch etwas zu trinken!« Er tastete nach einer unsichtbaren Flasche.

»Sie haben genug getrunken heute nacht, Messer!« Alan sprach laut und sehr langsam auf ihn ein. »Raffen Sie sich zusammen, ich habe mit Ihnen zu reden!« Messer schaute ihn blöde an.

»Wie – spät – ist es?« lallte er. »Halb eins?« Er erhob sich wankend und hielt sich am Tisch fest. »Ist sie hier?«

Messer schüttelte den schmerzenden Kopf.

»Sie sagte, daß sie komme«, murmelte er. »Sie hat es fest versprochen – um elf . . . Wenn sie es wagt, mich zum Narren . . .«

»Wer ist ›sie‹?« fuhr ihn Wembury an.

»Niemand, den Sie kennen – geben Sie mir etwas zu trinken!« Er war noch halb betäubt und wußte nicht, was um ihn herum vorging. Sein Blick blieb an Hackitt hängen. »Sie sind zurückgekommen? Nun – Sie können wieder gehen!«

»Da hören Sie es!« rief Hackitt schnell. »Er zieht seine Anklage zurück!«

»Vermissen Sie Ihre Geldkassette nicht?« fragte Wembury.

»Was?« Messer wankte zum Schreibtisch und zog das Schubfach heraus. »Fort!« krächzte er. »Gestohlen!« Er deutete mit zitterndem Finger auf Sam. »Sie elender Dieb!«

»Nur Ruhe!« Alan hielt die schwankende Gestalt fest. »Wir haben Hackitt festgenommen, morgen früh können Sie dann die Anklage gegen ihn vorbringen.«

»Er hat meine Kassette gestohlen!« jammerte Messer trunken. »Er hat die Hand gebissen, die ihn fütterte.«

Sam Hackitt grinste verächtlich.

»Was Sie füttern nennen! Weit her war es damit nicht!«

Messer hörte gar nicht zu.

»Gebt mir etwas zu trinken!«

Wembury faßte ihn am Arm.

»Reißen Sie sich zusammen – vergegenwärtigen Sie sich, daß der Hexer in Deptford ist!«

Aber er hätte mit einem Holzklotz sprechen können.

»Das ist – gut!« verkündete Messer mit lallender Würde und versuchte, auf die Uhr zu schauen. »Raus mit Ihnen! Ich erwarte Besuch.«

»Ihr Besuch hat nur wenig Möglichkeiten, hereinzukommen. Die Türen sind verschlossen, das Haus wird bewacht.«

Messer stolperte und wäre gefallen, wenn Alan ihn nicht am Arm gefaßt und auf einen Stuhl gesetzt hätte. Er stützte den Kopf in die Hände und murmelte vor sich hin.

»Der Hexer . . . Er wird mich nicht erwischen! Ich kann nicht denken heute abend – aber morgen sage ich es Ihnen, Wembury, wo Sie ihn fassen können! Sie sind doch ein tüchtiger Detektiv?« Er lachte albern. »Kommen Sie, trinken wir einen zusammen!«

Er hatte noch nicht ausgesprochen, als ein paar Birnen im Kronleuchter verlöschten, der jetzt nur noch mit halber Stärke leuchtete.

»Wer war das?« fragte Wembury und drehte sich schnell um. »Hat jemand den Schalter berührt?«

»Nein, Sir«, antwortete Atkins, der an der Tür stand.

Hackitt deutete kopfschüttelnd auf das Fenster, das ihm keine Ruhe ließ. Besorgt flüsterte er Wembury zu:

»Ich kann mir nicht erklären, wer die Vorhänge zugezogen hat, Mr. Wembury, ich könnte schwören, daß es nicht der Alte war. Als ich ihn verließ, schlief er . . .«

Er schob den Vorhang etwas zurück – dicht vor der Fensterscheibe starrte ihn ein blasses, bärtiges Gesicht an, das aber sofort in der Dunkelheit verschwand.

Auf Hackitts Schreckensruf eilte Alan ans Fenster.

»Was war das?«

»Ich weiß nicht – ein Mann, glaube ich.«

»Versuchen Sie, den Mann zu erwischen, Harrap!« befahl Wembury.

Gleich darauf verlöschten alle Lichter im Zimmer.

Leise gab Alan Anweisungen:

»Bewegt euch nicht! Bleibt ruhig stehen! – Atkins, haben Sie den Schalter berührt?«

»Nein, Sir.«

»Hat einer von den anderen den Schalter berührt?«

»Nein«, antworteten alle.

»Atkins, bleiben Sie bei Messer – tasten Sie sich am Tisch entlang, bis Sie ihn finden. Seid alle ruhig!«

Das rote Licht über der Tür leuchtete auf.

Klick! Jemand hatte das Zimmer betreten.

Wer es auch sein mochte, er war jetzt im Zimmer. Alan hörte unruhiges Atmen und die Bewegung eines leisen Schrittes auf dem Teppich. Er wartete. Plötzlich blitzte der Lichtschein einer Taschenlampe auf. Der helle Lichtkreis richtete sich, nur für einen Augenblick, auf die Geldschranktür.

Jemand hantierte am Geldschrank. Alan bewegte sich immer noch nicht. Er lauschte angespannt, dann schlich er langsam vorwärts, beide Arme ausgestreckt. Mit einem Ruck sprang er vor, packte zu, seine Hände ergriffen eine Gestalt, aber vor Schreck und Verwirrung hätte er beinahe wieder losgelassen.

Es war eine Frau! Sie wehrte sich wie wahnsinnig.

»Wer sind Sie?« fragte er unterdrückt.

»Lassen Sie mich los!« flüsterte eine aufgeregte, unkenntliche Stimme.

»Nein!« rief er. Doch er stieß mit dem Knie gegen die scharfe Ecke des Sofas und ließ die Frau einen Augenblick los. Als er wieder zugreifen wollte, faßte er ins Leere.

Auf einmal erhob sich drohend eine tiefe, dröhnende Stimme.

»Messer – ich bin gekommen, um Sie . . .«

Man hörte Husten – ein langes, würgendes Husten . . .

»Macht Licht!« schrie Wembury.

Eine Tür flog zu.

»Zum Teufel, hat denn keiner eine Taschenlampe? Brennt ein Streichholz an!«

Als die Lichtstrahlen aufleuchteten, sahen sich alle erstaunt an. Kein Fremder befand sich im Zimmer, die Türen waren geschlossen.

Alans Blick glitt über die Wände – da zuckte er zurück, mit weitaufgerissenen Augen starrte er gebannt hin. An der Wand, mit seinem eigenen Stockdegen aufgespießt, baumelte - Maurice Messer!

Von irgendwo außerhalb des Zimmers ertönte ein Lachen, lange anhaltendes, höhnisches Lachen. Die Männer lauschten und schauderten. Sogar Dr. Lomonds Gesicht wechselte die Farbe.

42

Eine Stunde war vergangen, seit man Messers Leiche entfernt hatte. Dr. Lomond machte sich einige Notizen.

»Ich will Mr. Wembury suchen«, sagte er zum wartenden Wachtmeister. »Meine Tasche lasse ich solange hier.«

»Mr. Wembury sagte, daß er zurückkommt, Sir, falls Sie warten wollen«, erwiderte Harrap. »Er durchsucht das Haus.«

Lomond hörte ein Geräusch und ging zur Tür, die zu Messers Schlafzimmer führte, als Wembury die Treppe herabkam.

»Bis jetzt habe ich zwei Zugänge zum Haus gefunden«, berichtete er.

Atkins, der die Räumlichkeiten durchsucht hatte, kam zurück.

»Sind Sie fertig?« fragte ihn Alan.

»Ja, Sir. Messer scheint wirklich ein Hehler gewesen zu sein.«

»Ich weiß. Ist Ihre Ablösung gekommen?«

»Jawohl, Sir.«

»Gut, Sie können gehen. Gute Nacht, Atkins!«

Dr. Lomond sah Alan forschend an. Er wartete, bis der Mann weg war, dann zog er einen Stuhl an den gedeckten Tisch heran.

»Wembury, mein Junge, Sie haben Sorgen – ist es wegen Miss Lenley?«

»Ja – ich habe sie unterdessen rasch aufgesucht.«

»Selbstverständlich war sie es, die zu dem ungelegenen Zeitpunkt ins Zimmer kam!«

Alan starrte den Polizeiarzt an.

»Lomond, ich will Ihnen etwas sagen – was heute abend passiert ist, wird wahrscheinlich meine Polizeilaufbahn ruinieren. Aber es kümmert mich nicht. – Ja, es war Mary Lenley!«

»Ich nahm es an.«

»Sie kam, um den Scheck an sich zu nehmen, den Lenley nach Aussagen Messers gefälscht haben sollte.«

»Wie gelangte sie ins Zimmer?« fragte Lomond.

»Offensichtlich durch einen Geheimgang, den ihr Messer gezeigt hat. Doch sie wollte nicht darüber sprechen, sie ist vollständig zusammengebrochen. Wir haben ihren Bruder festgenommen, und obgleich ich ganz sicher bin, daß er freikommen wird, will sie es nicht glauben.«

»Armes Kind! Ihnen, mein Junge, wünsche ich einen glücklichen Ausgang und alles übrige!«

»Glücklichen Ausgang? Sie sind Optimist, Doktor!«

»Das bin ich. Ich gebe die Hoffnung nie auf. Sie haben also den jungen Lenley festgenommen? Das Lachen, das wir hörten – huh!«

»Das war nicht Lenley. Das Lachen hat sich ganz natürlich aufgeklärt. Es war ein Bewohner der Flanders Lane, der nach Hause ging – betrunken, wie gewöhnlich. Der Polizist vor der Tür sah und hörte ihn.«

»Es klang, als ob es im Haus gewesen wäre.« Lomond schüttelte sich. »Nun, der Hexer hat seine Arbeit getan, die Gefahr ist vorbei . . .«

»Wer kann es wissen?« Alan hob lauschend den Kopf.

»Was war das?« fragte Lomond. »Es klang, als wäre jemand oben. Es ist mir vorhin schon einmal aufgefallen.«

»Wachtmeister!« rief Alan und stand auf. »Im Haus sind nur unsere Leute . . .«

Harrap kam herein.

»Ist einer von Ihnen oben?«

»Nicht, daß ich wüßte, Sir.«

Wembury ging vor die Tür und rief hinauf:

»Ist jemand dort?« Alles blieb still. »Warten Sie hier! Ich will selbst nachsehen.«

Er blieb ziemlich lange oben. Als er zurückkam, war sein Gesicht bleich und gespannt.

»Gut, Wachtmeister, Sie können gehen!« befahl er kurz. »Oben stand ein Fenster offen – vielleicht, daß eine Katze hereingesprungen ist.«

Lomond ließ den Blick nicht von Alans Gesicht.

»Wembury, Sie haben irgend etwas oder jemand gesehen!«

»Ich weiß – Sie sind ja Gedankenleser . . .«

»Vielleicht«, antwortete Lomond. »War es Bliss?«

Es klopfte. Der Wachtmeister kam herein.

»Es ist mir eben berichtet worden, daß ein Mann über die Mauer geklettert ist«, meldete er.

Wembury bewegte sich nicht.

»Wie lange ist das her?«

»Ungefähr fünf Minuten.«

»Haben Sie ihn gesehen?«

»Nein, Sir, es geschah, als ich hier oben war. – Entschuldigen Sie, Sir«, begann Harrap zu stottern, »aber – meine Ablösungszeit ist längst vorbei . . .«

»Schon gut, schon gut«, fuhr ihn Wembury ungeduldig an. »Verschwinden Sie!«

Der Wachtmeister ging. Es blieb still im Zimmer. Jetzt hörte man wieder deutlich ein Geräusch – schleichende Schritte im oberen Zimmer.

»Wembury, das ist keine Katze!«

Alans Nerven waren zum Zerreißen gespannt.

»Lassen Sie mich in Ruhe, Doktor! Ich weiß nicht, was es ist – ich habe genug von dem verdammten Haus . . .«

»Ich auch. Ich gehe nach Hause.« Lomond stand langsam auf. »Der Nachtdienst wird noch mein Tod sein.«

»Trinken Sie etwas, bevor Sie gehen!« Alan schenkte mit zitternder Hand Whisky ein.

Keiner von beiden sah das bärtige Gesicht von Inspektor Bliss am Fenster, und sie hörten nicht, wie der Mann von Scotland Yard geräuschlos hereinkam.

»Wissen Sie, Doktor«, sagte Alan, »ich hasse den Hexer nicht so, wie ich müßte.«

Lomond sah ihn mit erhobenem Glas fragend an.

»Ach, wissen Sie, kein Mensch ist so schlecht oder so gut, wie wir manchmal glauben – mit Ausnahme von Messer natürlich!«

»Ich will Ihnen etwas sagen, Lomond –«, begann Alan langsam, »ich kenne den Hexer...«

»Sie kennen ihn – wirklich?«

»Ja, ganz genau – und ich bin verdammt froh, daß er Messer getötet hat. Ich kann Ihnen sagen, wer der Hexer ist!«

Bliss beobachtete die beiden hinter dem Vorhang hervor. Er verließ sein Versteck und schlich, den Revolver in der Hand, näher.

»Sie können mir also sagen, wer der Hexer ist?« fragte Dr. Lomond.

Eine Hand streckte sich aus und griff nach Lomonds Hut.

»Sie!« gellte Bliss' Stimme auf. »Endlich habe ich Sie – Henry Arthur Milton!«

Lomond sprang zurück.

»Was, zum Teufel...«

Er war nicht mehr der grauhaarige Polizeiarzt – ein großer, gutaussehender Mann Mitte Dreißig schälte sich aus der Maske.

Wembury erkannte seine eigene Stimme nicht, als er schrie:

»Hände hoch! Keine Bewegung, oder...«

»Durchsuchen Sie ihn!« befahl Bliss.

Der Hexer lachte.

»Bliss also! Sie sind der Mann, der behauptete, ich hätte Sie vor drei Jahren zu erstechen versucht!«

»Das ist auch der Fall.«

»Eine Lüge! Ich trage nie ein Messer bei mir. Das wissen Sie ganz genau.«

Grinsend zeigte Bliss die Zähne.

»Ich habe Sie erwischt, Hexer – das ist die Hauptsache! Sie kamen also von Bombay und haben in Port Said einen Kranken gepflegt? Damals in Scotland Yard wurde Ihre Frau vor Schreck ohnmächtig, als sie merkte, daß ich Sie verdächtigte.«

Henry Arthur Milton lachte.

»Sie schmeicheln sich selbst, Bliss, meine Frau war nicht erschrocken, weil sie Sie sah, sondern weil sie mich erkannte!«

»Diese Port-Said-Geschichte war gut – Sie trafen diesen kranken Dr. Lomond, einen heruntergekommenen Mann, der seit Jahren verschwunden war. Er starb, und Sie bemächtigten sich seiner Papiere.«

»Ich habe ihn auch gepflegt – und sogar das Begräbnis bezahlt.«

»Sie waren es, der Lenley aus der Zelle herausließ!«

»Stimmt.«

»Sehr gerissen! Das muß ich Ihnen lassen. Ihre Stelle als Polizeiarzt haben Sie erhalten, weil Sie einen Minister beschwatzten, dessen Bekanntschaft Sie auf dem Schiff machten.«

»Sagen Sie nicht ›beschwatzen‹, das ist ein häßliches Wort! Und außerdem – ich habe vier Jahre Medizin studiert – in Edinburgh ...«

»Jedenfalls habe ich Sie jetzt!« rief Bliss triumphierend. »Ich beschuldige Sie des vorsätzlichen Mordes an Maurice Messer.«

»Inspektor ...« begann Wembury.

»Diese Sache habe ich in Händen, Wembury! Wenn ich Ihren Rat brauche, werde ich Sie fragen. – Wer ist das?«

Sie hörten Schritte auf der Treppe. Im nächsten Augenblick lag Cora Ann in den Armen ihres Mannes.

»Arthur! Arthur!«

»Zurück, Mrs. Milton!« schrie Bliss.

»Ich habe es dir gesagt – ich habe es dir gesagt, o Arthur!« schluchzte sie.

Bliss versuchte sie wegzureißen. »Zurück! Verstanden?«

»Einen Augenblick, bitte!« Der Hexer wandte sich seiner Frau zu. »Cora Ann, hast du es nicht vergessen? Du hast mir etwas versprochen, erinnerst du dich?«

»Ja – Arthur«, antwortete sie stockend.

Bliss schöpfte Verdacht, er riß die Frau zurück.

»Sie wollen ihn mitnehmen, ihn einsperren –«, schrie sie wild, »wie ein wildes Tier hinter eiserne Gitter! Wie ein Ungeheuer – nicht wie einen Menschen. Zugrunde richten wollen Sie ihn, sein Leben zerstören – glauben Sie, daß ich das zulasse? Daß ich hier stehe und zusehe, wie Sie ...«

»Sie können ihn nicht vor dem Galgen retten!«

»Kann ich es nicht? Ich will Ihnen beweisen, daß ich es kann!«
Bliss sah den Revolver zu spät. Bevor er ihn ihr entreißen
konnte, krachte der Schuß. Der Hexer brach zusammen.

»Sie Scheusal! – Wembury!«
Alan kam Bliss zu Hilfe und entwand ihr den Revolver. Im
gleichen Moment sprang der Hexer zur Tür und schlug sie hinter sich zu.

»Verflucht – er ist fort!« brüllte Bliss und starrte fassungslos
auf die Trommel des Revolvers. »Platzpatronen! Ihm nach!«
Wembury rüttelte an der Tür, sie war verschlossen.

»Schlagen Sie die Türfüllung ein! Der Schlüssel steckt auf der
anderen Seite.« Bliss drehte sich zu Cora Ann um. »Sie lachen!
Das Lachen wird Ihnen noch vergehen!«

Mit einem Krach gab die Tür nach. Wembury rannte hinunter.

»Den Hexer bekommen Sie nicht, Bliss! Er hat Sie dahin gebracht, wo er Sie haben wollte.«

»Das denken Sie!« knirschte Bliss zwischen den Zähnen.

»Draußen wartet ein Wagen auf ihn«, höhnte Cora Ann,
»und eine neue Verkleidung. Zehn Meilen von hier ein Flugzeug . . . Er fürchtet sich nicht, im Nebel aufzusteigen!«

»Sie habe ich, meine Dame! Und wo Sie sind, ist auch er zu
finden – ich kenne den Hexer! – Wachtmeister!«

Der Polizeibeamte kam herein.

»Ich bin Inspektor Bliss von Scotland Yard. Lassen Sie diese
Frau nicht aus den Augen!«

Er lief hinaus. Cora Ann wollte ihm nachstürzen, aber der
Beamte hielt sie zurück. Mutlos ließ sie den Kopf sinken – und
dann sah sie, wie der Wachtmeister ein Stück Täfelung an einer
Wand beiseite schob, wie ein schmaler Gang sichtbar wurde. Und
dann fielen Helm und Umhang des Wachtmeisters zu Boden,
und die Arme ihres Mannes umschlangen sie.

»Schnell, Cora!« flüsterte er und zeigte nach dem Geheimgang.
»Komm Liebste!«

Er küßte sie und schob sie in den Gang. Leise zog er die Täfelung hinter sich zu.

Niemand hat den Hexer wieder gesehen, weder in dieser noch
in irgendeiner anderen Nacht.

DIE TOTEN AUGEN
VON LONDON

I

Larry Holt saß vor dem Café de la Paix und beobachtete den Menschenstrom auf dem Boulevard des Italiens. Ein Frühlingsgeruch hing in der Luft, die Bäume bekamen kleine, grüne Knospen, weiße Wölkchen bauschten sich am blauen Himmel, und die Zeitungskioske glänzten in der grellen Sonne in allen Farben. Überfüllte Autobusse rumpelten vorbei, kleine Taxis drängelten und flitzten davon, Fußgänger sprangen zurück.

An der Ecke stand ein Polizist, eine Hand auf dem Rücken, und schaute untätig vor sich hin. Auf dem Trottoir schlenderten junge Mädchen, Männer, Soldaten, Händler blieben vor den Kaffeehaustischchen stehen, Araber boten Decken und Tücher an, abgerissen aussehende Männer handelten mit Postkarten und brachten bei der geringsten Ermunterung Fotografien zum Vorschein, die eigentlich nicht für die Öffentlichkeit bestimmt waren.

Larry Holt liebte dieses Treiben, Hasten, Gedränge. Seit vier Jahren arbeitete er in Frankreich und Deutschland, jetzt war er von Berlin hierhergekommen. Er verspürte ein richtiges Feriengefühl, das sogar ein vielbeschäftigter Detektiv manchmal empfinden kann.

Die dienstliche Stellung Larry Holts war den meisten Beamten von Scotland Yard etwas schleierhaft. Dem Rang nach Inspektor, übte er mehr die Funktionen eines Kommissars aus. Man nahm darum allgemein an, daß er für den ersten freiwerdenden Posten eines assistierenden Kommissars vorgemerkt war. Im Augenblick aber interessierten alle Fragen nach Rang und Beförderung Larry Holt nicht.

Er bezahlte seinen Kaffee und stand auf. Die Hände in den Taschen, eine lange, schwarze Zigarettenspitze zwischen den Zähnen, schlenderte er behaglich um die Ecke zu seinem Hotel.

Er ging an beflissenen Pagen vorbei durch die überfüllte Halle zum Fahrstuhl, als er durch die Glastür, die zum Gästesalon führte, einen eleganten Herrn bemerkte, der bequem in einem Klubsessel saß und bedächtig seine Zigarre rauchte.

Larry grinste und zögerte einen Augenblick. Diesen Mann mit den scharfen Gesichtszügen, der so elegant angezogen war, an dessen Fingern und Krawatte Brillanten blitzten, kannte er doch. In einer Anwandlung mutwilliger Bosheit stieß er die Glastür auf.

»Seh' ich richtig – mein alter Freund Fred?«

Flimmer-Fred, internationaler Hochstapler und Falschspieler, schoß auf, erschrocken starrte er auf Larry.

»Hallo, Mr. Holt!« stammelte er. »Sie sind wirklich der letzte, den hier zu treffen ich erwartet . . .«

»Oder besser – den zu treffen Sie gewünscht hätten, nicht wahr?« unterbrach Larry. »Was für ein Glanz! Donnerwetter, Fred, Sie sind ja herausgeputzt wie ein Weihnachtsbaum!«

Flimmer-Fred feixte unbehaglich, gab sich aber große Mühe, vollkommene Gleichgültigkeit zu zeigen.

»Das alte Leben ist jetzt abgetan für mich, Mr. Holt«, erklärte er.

»Fred, Fred!« Bewundernd betrachtete Larry Freds Äußeres, die große Brillantnadel in seiner Krawatte, die goldene Kette auf der Weste, die Wildlederschuhe, das tadellos gebürstete Haar. »Was für eine neue Sache haben Sie jetzt vor? Ich nehme natürlich nicht an, daß Sie es mir erzählen, aber ich zweifle nicht, daß es ziemlich aussichtsreich ist.«

»Ich bin jetzt in einem Geschäft.« Der Mann fuhr sich mit der Zunge über die trockenen Lippen.

»In wessen Geschäft denn?« fragte Larry interessiert. »Und wie sind Sie da hineingekommen? Mit dem Brecheisen – oder mit einer Dynamitpatrone? Das wäre ja ein ganz neuer Beruf für Sie, Fred! Bis jetzt haben Sie sich doch darauf beschränkt, Unerfahrenen das Geld abzuknöpfen und –«, er machte eine bedeutungsvolle Pause, »die Taschen von gerade Gestorbenen zu plündern.«

Freds Gesicht rötete sich.

»Sie glauben doch nicht, daß ich irgend etwas mit dem Mord in Montpellier zu tun hatte?«

»Ich nehme nicht an, daß Sie den bedauernswerten jungen Mann erschossen haben«, räumte Larry ein, »aber Sie sind beobachtet worden, wie Sie sich über den Toten beugten und seine Taschen durchsuchten.«

»Ich wollte doch bloß sehen, wer er war«, protestierte Fred.

»Sie sind gleichfalls gesehen worden, wie Sie sich mit dem Täter unterhielten. Eine alte Dame, eine gewisse Madame Prideaux, sah von ihrem Schlafzimmerfenster aus, daß Sie den Mann erst festhielten und dann laufenließen. Ich nehme an, er hat Sie geschmiert.«

Fred antwortete nicht gleich. Es verstimmte ihn, wenn sogenannte feine Herren sich so gewöhnlicher Ausdrücke bedienten.

»Das ist nun schon zwei Jahre her, Mr. Holt«, entgegnete er, »und ich begreife nicht, warum Sie diesen alten Kohl wieder aufwärmen. Der Untersuchungsrichter hat mich doch in jeder Beziehung freigesprochen.«

Larry lachte und klopfte ihm auf die Schulter.

»Schon gut, ich bin jetzt auch gar nicht im Dienst, Fred! Ich gehe auf eine Erholungs- und Vergnügungsreise.«

»Sie fahren also nicht nach London?«

»Nein.« Larry kam es so vor, als ob Flimmer-Fred erleichtert aufatmete. »Fahren Sie vielleicht nach London? Schade, daß ich Ihnen nicht Gesellschaft leisten kann, aber ich reise in entgegengesetzter Richtung. Auf Wiedersehen.«

»Viel Vergnügen!« rief ihm Fred nach.

Larry ging auf sein Zimmer, wo er seinen Diener beim Reinigen und Ordnen der Garderobe antraf. Patrick Sunny, den er nun schon seit zwei Jahren als Diener ertrug, war ein ernsthafter junger Mann mit Glotzaugen und rundem Gesicht. Beim Eintritt Holts entwickelte er eine energische Tätigkeit. Er pfiff dabei durch die Zähne. Früher war er Kavallerist gewesen.

Larry trat zum Fenster und blickte auf die belebte Place de l'Opéra hinab.

»Sunny, Sie brauchen meine Anzüge nicht weiter zu beschädigen – packen Sie sie ein!«

»Ja, Sir.«

»Ich reise mit dem Nachtzug nach Monte Carlo.«

»Ja, Sir.« Genau das gleiche hätte Sunny gesagt, wenn ihm die Sahara oder der Nordpol in Aussicht gestellt worden wären.

»Nach Monte Carlo, Sunny!« wiederholte Larry vergnügt. Auf sechs freie, vergnügte und kostspielige Wochen – los, packen Sie sofort!«

Er nahm den Telefonhörer auf.

»Besorgen Sie mir einen Schlafwagenplatz und ein Billet erster Klasse für heute nacht nach Monte Carlo – nein, nicht Calais, nach Monte Carlo. Ich habe nicht die geringste Lust, nach Calais zu fahren. Danke!«

Er legte auf und betrachtete seinen Diener.

»Hören Sie, Sunny ... Was wollte ich Ihnen überhaupt sagen? Wissen Sie, Ihren Namen kann ich nicht ausstehen. Von wem haben Sie ihn eigentlich?«

»Von meinen Eltern natürlich.«

»Tatsächlich? Jedenfalls ist es ausgeschlossen, daß jemand weniger sonnig aussieht als Sie! Macht auch nichts, wir fahren jetzt nach dem Süden, an die Côte d'Azur – essen Sie gern Orangen, Sunny?«

»Ich mache mir gar nichts aus Früchten, ich ziehe Walnüsse vor, Sir.«

Larry kicherte und setzte sich auf den Bettrand; er holte eine frühe Abendausgabe aus der Tasche und überflog die Spalten. Verschiedene Überschriften erinnerten ihn an seinen Beruf – ein großer Bankeinbruch in Lyon, bewaffneter Überfall auf einen Postwagen in Belgien, und schließlich stieß er auf diese Meldung:

›Der Mann, den man am Themseufer tot auffand, ist als ein Mr. Gordon Stuart, ein reicher Kanadier, identifiziert worden. Man nimmt an, daß es sich um einen Selbstmord handelt. Mr. Stuart hatte den Abend mit einigen Freunden im Theater verbracht, er verschwand jedoch im Zwischenakt und wurde nicht mehr gesehen, bis sein Leichnam gefunden wurde. Der gerichtsmedizinische Befund liegt noch nicht vor.‹

Er las den Bericht zweimal.

»Normalerweise geht man nicht während der Pause aus dem Theater und begeht Selbstmord – das Stück müßte schon ausnehmend schlecht gewesen sein!« sagte er eigentlich mehr zu sich selbst.

Sunny aber antwortete gehorsam: »Nein, Sir.«

Larry warf die Zeitung weg.

»Sunny, Sie nehmen schlechte Gewohnheiten an – wie legen Sie eigentlich meine Hosen zusammen? Legen Sie sie mal ordentlich in die Falten!«

Den restlichen Nachmittag nahmen die Vorbereitungen für die Abreise in Anspruch. Um halb sieben stand Holt im Hotelbüro, um die Rechnung zu bezahlen, hinter ihm warteten Sunny, die Mäntel über dem Arm, und der Gepäckträger mit den Koffern, als ein Page auf ihn zukam.

»Monsieur Holt?«

Larry sah argwöhnisch auf das Kuvert in der Hand des Pagen.

»Ein Telegramm? – Ich will's nicht sehen!«

Trotzdem nahm er es und las:

›Sehr dringend. Spezial-Polizeidienst. Alle Linien frei machen. Larry Holt, Grand Hotel, Paris. Fall Stuart sehr verwikkelt. Persönliche Bitte, sofort zurückkommen und Fall übernehmen.‹

Unterzeichnet hatte das Telegramm der Oberkommissar, der nicht nur Vorgesetzter, sondern auch ein persönlicher Freund Larrys war.

Mit einem tiefen Seufzer steckte er die Depesche in die Tasche.

»Wann kommen wir in Monte Carlo an?« fragte Sunny.

»Ungefähr heute in zwölf Monaten!«

»Wirklich, Sir? Das muß ja ziemlich weit weg sein.«

2

Flimmer-Fred, der eigentlich Grogan hieß, hatte berechtigten Grund, empört zu sein. Ein angesehener Kriminalbeamter hatte ihm feierlich versichert, daß er nicht die Absicht habe, nach London zu fahren, sondern in den Süden. Und nun mußte er ihn in diesem Zug wiederfinden. Er verschluckte seinen Ärger und tat sein möglichstes, dem ungelegenen Passagier aus dem Weg zu gehen.

Fred verließ den Viktoria-Bahnhof in außerordentlicher Eile. Er war gar nicht sicher, ob des Inspektors Geschäfte in London nicht vielleicht mit seinen eigenen Geschäften zusammenhingen.

Larry sah den Hochstapler gerade noch in der Menge verschwinden und lächelte zum erstenmal seit seiner Abreise von Paris.

Er schickte Sunny mit dem Gepäck nach Hause.

»Ich fahre direkt nach Scotland Yard.«

»Soll ich den Gesellschaftsanzug bereitlegen?« fragte Sunny. Für ihn bestand der Tag aus drei Varianten – Straßenanzug, Gesellschaftsanzug und Pyjama.

»Nein – oder doch – ach, machen Sie, was Sie wollen!«

Larry fuhr sofort zum Polizeipräsidium und begab sich ins Büro von Sir John Hason, der ihm sogleich mit ausgestreckter Hand entgegenkam. Sie waren alte Freunde und Schulkameraden.

»Mein Lieber – zu nett von dir, auf deine Ferien zu verzichten! Ich habe auch keinen Moment an deinem Kommen gezweifelt und Zimmer 47 für dich einrichten lassen. Außerdem bekommst du den exklusivsten Sekretär, den ich je im Präsidium zu vergeben hatte.«

Larry legte den Mantel ab.

»Nummer 47 kenne ich nicht, und was euren Mustersekretär betrifft – ich werde mich freuen, seine Bekanntschaft zu machen. Wie heißt er denn?«

»Es ist eine Sie – Miss Diana Ward. Sie hat sechs Monate bei mir gearbeitet und ist das geschickteste und vertrauenswürdigste Mädchen, das ich bisher in meinem Büro gehabt habe.«

»Allmächtiger! Ein Frauenzimmer! Schön, wenn du es schon so angeordnet hast, John! Ich will mir die vorbildliche Dame ansehen. Wie alt ist sie denn?«

»Ihr Äußeres ist nicht so besonders einnehmend.« Sir John hüstelte verlegen. »Aber das ist schließlich auch nicht die Hauptsache. Nun setz dich, alter Freund, ich habe viel mit dir zu besprechen. Es handelt sich um den Fall Stuart . . .« Er hielt Larry sein Zigarettenetui hin. »Erst gestern haben wir herausgefunden, daß Stuart ein sehr reicher Mann war. Seit neun Monaten hielt er sich in London auf und wohnte während dieser ganzen Zeit in der Pension Marlybone am Nottingham Place. Er muß ein rätselhafter Mensch gewesen sein, ging nirgendshin, hatte fast keine Freunde und war außerordentlich zurückhaltend. Nur seine Londoner Bankiers wußten über seine Vermögensverhältnisse Bescheid, jedenfalls stammen von ihnen die Informationen, die wir bis jetzt erhalten konnten.«

»Was meinst du damit – er ging nirgendshin? Er blieb doch nicht die ganze Zeit in seinem Pensionszimmer?«

»Darauf komme ich jetzt«, erwiderte John Hason. »Er ging aus, aber kein Mensch weiß, warum. Jeden Nachmittag ohne Ausnahme machte er eine Autofahrt, immer mit dem gleichen Ziel – ein kleines Dorf in Kent, ungefähr vierzig Kilometer von hier. Er ließ den Wagen am Dorfeingang warten und verschwand in dem Kaff. Unsere Nachforschungen ergaben, daß er sich lange Zeit in der Kirche aufhielt, ein altes Gebäude aus der Zeit der Saxonen, dessen Fundamente vor etwa tausend Jahren gelegt wurden. Genau nach zwei Stunden, pünktlich wie eine Uhr, kam er zurück, stieg in den Wagen, es war ein Taxi, und fuhr nach Nottingham Place zurück.«

»Wie heißt das Dorf?«

»Beverley Manor. Also weiter – am Mittwoch abend nahm er, entgegen seinen sonstigen Gewohnheiten, die Einladung eines gewissen Doktor Stephen Judd zur Uraufführung einer neuen Revue im Macready-Theater an. Doktor Judd ist leitender Direktor der Greenwich-Versicherungsgesellschaft und genießt in der City einen guten Ruf. Er ist Kunstliebhaber und Besitzer eines schönen Hauses in Chelsea. Judd hatte für die Aufführung eine Loge bestellt, und zwar Loge A. Nebenbei bemerkt, nach den Zeitungen zu urteilen muß das Stück fürchterlich schlecht sein. Stuart kam also, war jedoch, wie Judd aussagte, auffallend unruhig. In der Pause zwischen dem zweiten und dritten Akt verschwand er unbemerkt aus dem Theater und kam nicht mehr zurück. Gegen Morgen fand man die Leiche an der Themse.«

»Wie war das Wetter in der Nacht?« fragte Larry.

»Anfangs klar, dann aber dunstig mit Nebelbildung. Der Wachtmeister des zuständigen Reviers hat in seinem Bericht erwähnt, daß zwischen halb vier und halb fünf sehr dichter Nebel war.«

»Besteht vielleicht die Möglichkeit, daß er im Nebel den Weg verfehlt hat und in den Fluß gefallen ist?«

»Gänzlich ausgeschlossen«, versicherte Sir John entschieden. »Bis halb drei Uhr morgens war der Kai nebelfrei, eine klare Nacht, er hätte gesehen werden müssen. Es kommt aber noch ein merkwürdiger Umstand hinzu. Als er gefunden wurde, lag er auf den Stufen, nur die Füße hingen im Wasser – und die Flut war noch im Steigen.«

Larry sah ihn erstaunt an.

»Willst du damit sagen, daß er überhaupt nicht angeschwemmt worden ist? Natürlich, wie sollte er auch bei Ebbe auf die Stufen gekommen sein, nur mit den Füßen im Wasser, noch dazu, wenn die Flut erst wieder zu steigen begann?«

»Das sage ich ja auch. Er müßte unmittelbar nach Verlassen des Theaters ertrunken sein, als die Flut am höchsten stand, denn nachher, als sie fiel, bis zum Tagesanbruch, als er gefunden wurde, konnte er, wie du sagst, schwerlich auf den Stufen angeschwemmt worden sein.«

Larry rieb sich nachdenklich das Kinn.

»Besteht kein Zweifel, daß er ertrunken ist?«

»Nicht der geringste.« Der Kommissar zog ein Schubfach auf und nahm eine kleine Schale heraus, in der verschiedene Gegenstände lagen. »Das haben wir in seinen Taschen gefunden, Uhr und Kette, ein Zigarettenetui und diesen Streifen Papier.«

Larry nahm das braune, zusammengerollte Papier auf, es war etwa drei Zentimeter lang und noch feucht.

»Es steht nichts drauf«, sagte Sir John. »Als man mir die Sachen brachte, habe ich das Papier aufgewickelt, aber für die genauere Untersuchung gleich wieder zusammengerollt.«

Larry betrachtete die Uhr, eine einfache, goldene Uhr mit Sprungdeckel.

»Nichts.« Er schnappte den Deckel wieder zu. »Ausgenommen, daß sie zwanzig Minuten nach zwölf stehengeblieben ist – höchstwahrscheinlich die Stunde des Todes. Die Kette ist Gold und Platin, und am Ende – was ist das?« Am Ende der Kette hing ein ungefähr vier Zentimeter langes Röhrchen. »Aha, die Hülse für einen goldenen Bleistift. Hat man den dazugehörigen Bleistift nicht gefunden?«

»Nein, das ist alles, was gefunden wurde. Ich lasse die Sachen in dein Büro schicken. Du übernimmst doch den Fall?«

»Was ist eigentlich an dem Fall so Besonderes?« fragte Larry.

»Nun ja, es ist merkwürdig ...« Er betrachtete von neuem die Uhr. »Ich kann doch die Sachen gleich in mein Büro mitnehmen?«

»Selbstverständlich«, erwiderte der Kommissar. »Willst du dir zuerst den Toten ansehen?«

»Nein, ich werde erst einmal Doktor Judd aufsuchen. Kannst du mir seine Adresse geben?«

John Hason blickte nach der Uhr auf dem Kaminsims.

»Du wirst ihn vermutlich noch in seinem Büro antreffen. Er gehört zu den Unermüdlichen, die bis spät in die Nacht hinein arbeiten. Nummer 17, Bloomsbury Pavement – du kannst das Haus nicht verfehlen.«

Larry nahm die Schale und ging zur Tür.

»So – und jetzt wollen wir uns erst einmal deiner Wundersekretärin zuwenden!«

Sir John lächelte.

3

Zimmer 47 lag eine Etage höher als das Büro von Sir John Hason. Larry trug in der einen Hand die Schale, mit der anderen öffnete er die Tür und stand auf der Schwelle eines behaglichen, kleinen Büros.

»Hallo!« rief er überrascht. »Bin ich hier falsch?«

Das junge Mädchen, das sich vom Schreibtisch erhob, war jung, schlank und außergewöhnlich hübsch. Dunkelblondes, dichtes Haar fiel ihr in die Stirn. Klare, graue Augen blickten verwundert auf den Eintretenden.

»Das ist das Büro von Inspektor Holt«, sagte sie.

»Allmächtiger!« Larry schloß die Tür hinter sich, ging langsam zum zweiten Schreibtisch und setzte die Schale nieder.

»Das ist Inspektor Holts Büro«, wiederholte das Mädchen. »Sind die Sachen für ihn?«

»Ja.« Nachdenklich musterte er die neue Umgebung und zeigte auf ein weiß gedecktes Tischchen, auf dem ein Glas und eine Kanne standen. »Was ist das?«

»Das? Das ist für Inspektor Holt«, antwortete sie.

Larry schaute in die Kanne.

»Milch?« fragte er verblüfft.

»Ja – wissen Sie, Inspektor Holt ist ein alter Herr, er kommt von einer langen Reise, hat vielleicht eine Erfrischung nötig, und da hat mir der Kommissar vorgeschlagen, Milch . . .«

Sie hielt inne und starrte Larry an, der in schallendes Gelächter ausbrach.

»Ich bin Inspektor Holt!« Er trocknete seine Augen.

»Sie?« stammelte sie.

»Ja, ja – John, der Kommissar, hat Ihnen einen Streich gespielt, Miss... Sind Sie etwa gar Miss Ward?«

»Ja, ich bin Miss Ward.«

Er streckte vergnügt die Hand aus.

»Miss Ward, dann sind wir Leidensgenossen! Wir beide sind Opfer eines niederträchtigen Polizeikommissars geworden. Ich bin außerordentlich erfreut, Ihre Bekanntschaft zu machen – und erleichtert.«

»Ich bin auch etwas erleichtert.« Sie lächelte liebenswürdig. »Sir John sagte mir, Sie wären sechzig Jahre alt und asthmatisch. Er empfahl mir, darauf zu achten, daß es im Büro nicht zieht. Ich habe heute nachmittag extra Filze an den Fenstern anbringen lassen.«

Larry setzte sich an seinen Schreibtisch.

»Vielleicht ist es ganz gut, daß ich nicht nach Monte Carlo gefahren bin! Nun wollen wir uns gleich an die Arbeit machen, meinen Sie nicht auch?«

Sie nahm ihren Stenogrammblock, und Larry untersuchte die Gegenstände, die in der Schale lagen.

»Schreiben Sie bitte: Uhr von Gildman, Toronto, goldene Kapseluhr, Nr. A 778 432. Keine Kratzer auf Innendeckel.« Er ließ den Deckel zuschnappen und zog die Uhr auf. »War ungefähr sechs Stunden, bevor sie stehenblieb, aufgezogen worden.«

»Handelt es ich um den Fall Stuart?« fragte Miss Ward.

»Ja, ist Ihnen etwas darüber bekannt?«

»Nur, was mir der Kommissar erzählt hat. Es ist traurig, nicht wahr? Aber ich habe mich schon so an die Schrecken hier gewöhnt, daß ich beinah abgehärtet bin. Und das übrige tut das Medizinstudium. Außerdem bin ich zwei Jahre Krankenschwester in einer Blindenanstalt gewesen.«

Larry überschlug, wie jung sie gewesen sein mußte, als sie anfing, für ihren Lebensunterhalt zu arbeiten. Er schätzte sie auf einundzwanzig, glaubte aber, damit reichlich hoch gegriffen zu haben.

»Gefällt Ihnen die Arbeit hier?«

»Sehr gut. Aber ich halte Sie vom Diktat ab, Mr. Holt! Wir sind bei der Uhr stehengeblieben.«

Er kicherte und nahm seine Untersuchung wieder auf.

»Kette aus Platin und Gold, achtunzwanzig Zentimeter lang, Sperring an einem Ende mit goldener Bleistifthülse – ich nehme wenigstens an, es ist Gold. Der Bleistift ist nicht gefunden worden?«

»Nein. Ich habe den Sergeanten, der die Sachen gebracht hat, noch extra danach gefragt.«

»Haben Sie denn das bemerkt?«

»Natürlich ist es mir aufgefallen. Und das Messer ist ja auch nicht mehr da.«

»Was für ein Messer?« fragte er ziemlich perplex.

»Ich nahm wenigstens an, daß es ein Messer gewesen sein könnte. Es sind ja zwei Ringe am Kettenende, ein größerer und ein kleiner. Am größeren ist die Hülse befestigt, am kleinen könnte ein goldenes Taschenmesserchen gehangen haben, wie ältere Herren es manchmal an der Uhrkette haben. Der kleine Ring ist übrigens gebrochen, ich habe ihn nur etwas zusammengebogen. Es sah aus, als ob sie das Messerchen, wenn es eines war, mit Gewalt abgezwängt hätten.«

»Wer ›sie‹?«

»Wer immer Stuart ermordet hat«, antwortete sie ruhig.

Er nahm die Uhrkette wieder auf. Jetzt erst sah er den zweiten, kleineren Ring und wunderte sich, daß er ihn nicht selbst entdeckt hatte.

»Ich glaube, Sie haben recht. Man sieht auch deutlich Kratzer an den Kettengliedern, da wo das Messer vermutlich abgedreht wurde. Hm!« Er legte die Kette in die Schale zurück und blickte auf seine eigene Uhr. »Haben Sie die anderen Gegenstände auch untersucht?«

»Nur die Uhr und die Kette.«

»Wir wollen die Untersuchung unterbrechen, bis ich zurückkomme. Ich muß noch jemand aufsuchen.« Er zeigte auf einen Wandschrank. »Ist der leer?«

Er schloß die Schale in den Schrank und übergab den Schlüssel Miss Ward.

4

Flimmer-Fred hatte den Bahnhof zwar als erster und in großer Eile verlassen – draußen jedoch blieb er stehen und wartete, bis er Larrys Taxi vorbeifahren sah.

Es lag ihm daran, gerade an diesem Abend unbehelligt zu bleiben. Außerdem hatte er tiefen Respekt vor dem Scharfsinn Larry Holts. Wo immer in Europa Hochstapler sich trafen, waren sie sich mindestens in einem Punkt einig, daß sie nämlich Larry Holt am liebsten am jenseitigen Ufer des Styx gesehen hätten. Sie sprachen dann allerdings nicht vom ›Ufer des Styx‹, sondern schlichter und direkter von der – Hölle. Die unerschütterliche Beharrlichkeit dieses Mannes, wenn er eine Spur aufnahm, war allgemein bekannt und gefürchtet. Und Fred hatte mehr als jeder andere Veranlassung, vor ihm auf der Hut zu sein.

Nach Larrys Abfahrt wartete er noch zehn Minuten, gab seinen Handkoffer bei der Gepäckaufbewahrung ab und verließ den Bahnhof durch einen Nebenausgang. Er nahm das erste dort wartende Taxi und gelangte zehn Minuten später auf einen der ruhigsten Plätze in Bloomsbury, an dem sich eine Reihe von Anwaltsbüros befand. Vor einem schmalen, hohen Gebäude stieg er aus. Als er in die Halle trat, sah ihn der Portier skeptisch an.

»Die Büros sind schon seit Stunden geschlossen, Sir. Sie werden erst morgen früh um neun Uhr wieder geöffnet.«

»Ist Doktor Judd noch da?« fragte Flimmer-Fred und schob seine Zigarre von einem Mundwinkel in den anderen.

Der Portier zögerte einen Augenblick.

»Mr. Judd arbeitet noch, aber ich glaube nicht, daß er gestört werden möchte.«

»So, Sie glauben das nicht? Sagen Sie dem Herrn, daß Mr. Walter Smith ihn zu sprechen wünscht. Merken Sie sich – Smith, ein ungewöhnlicher Name!« schloß er jovial.

»Ich werde bloß Unannehmlichkeiten haben«, brummte der Portier und griff nach dem Telefonhörer. Nach einem kurzen Gespräch legte er wieder auf. »Er will Sie empfangen, Sir. Ich fahre Sie gleich nach oben.«

»Sie sollten mich allmählich kennen«, sagte Fred im Lift. »In den letzten Jahren bin ich regelmäßig hierhergekommen.«

»Vielleicht hatte ich gerade keinen Dienst. Wir sind zu zweit hier. Waren Sie vielleicht ein Freund von Mr. David, Sir?«

Fred verzog keine Miene. Langsam stieg der Aufzug.

»Nein, ich habe Mr. David nicht gekannt.«

»Ja, das war eine traurige Geschichte. Er ist vor vier Jahren plötzlich gestorben.«

Fred wußte dies sehr gut. Der Tod Mr. Davids hätte ihn beinahe einer Einkommensquelle beraubt, einer ›rechtmäßigen‹, wie er es nannte, während ihm dieses Einkommen jetzt nur noch als ›Gunst‹ zufloß. Er konnte es jeden Augenblick verlieren und dafür einige Jahre Gefängnis gewinnen, falls Mr. Judd einmal die Geduld verlor und sich nicht mehr erpressen lassen wollte.

Der Aufzug hielt. Der Portier klopfte an eine Tür. Eine laute Stimme forderte sie zum Eintreten auf. Flimmer-Fred stolzierte in das elegant eingerichtete Büro, als wäre er zu Hause.

Dr. Judd war aufgestanden. Er warf dem Portier eine Silbermünze zu, die dieser geschickt auffing.

»Holen Sie mir bitte ein paar Zigaretten!«

Stephen Judd war ein großer, kräftiger Mann mit blühendem Gesicht, hoher Stirn und tiefliegenden Augen. Er strahlte eine robuste Behaglichkeit aus.

»Na, Doktor«, sagte Fred, »da bin ich wieder!« Als er sah, wie Judd krampfhaft seine Taschen durchwühlte, fragte er: »Was suchen Sie – Zigaretten?« Er hielt ihm sein Etui hin.

»Danke bestens, Mr. Grogan, ich rauche nie Zigaretten, die mir Herren Ihres Standes anbieten!«

»Was heißt das? Glauben Sie, ich will Sie betäuben?«

Dr. Judd antwortete darauf nicht. Er setzte sich.

»Ich habe Sie erwartet. Wenn ich mich recht erinnere, haben Sie eine außerordentlich starke Abneigung gegen Schecks.«

Flimmer-Fred grinste.

»Stimmt – eine Schwäche von mir.«

Judd zog einen Schlüsselbund aus der Tasche und ging zum Geldschrank. Über die Schulter blickend rief er:

»Sie brauchen nicht so genau aufzupassen, alter Freund! Ich habe nie Geld in meinem Schrank, außer wenn ich Erpresser erwarte.«

Fred machte eine Grimasse.

»Scharfe Worte haben mich noch nie umgebracht.«

Dr. Judd nahm einen Umschlag heraus, schlug die Tür zu und verschloß den Schrank. Langsam kam er zum Schreibtisch zurück, nahm ein Notizbuch aus dem Schubfach und blätterte darin.

»Sie sind drei Tage zu früh gekommen.«

Fred nickte bewundernd.

»Einen Kopf für Zahlen haben Sie, Doktor! Phantastisch! Es stimmt, ich bin drei Tage früher gekommen, weil ich sehr schnell wieder nach Nizza abreisen muß.«

Judd warf ihm den Umschlag über den Tisch hinweg zu.

»Es sind zwölfhundert Pfund in dem Kuvert, Sie brauchen es nicht nachzuzählen, es stimmt genau.« Er lehnte sich im Stuhl zurück und zog einen goldenen Zahnstocher aus der Westentasche. »Ich bin selbstverständlich ein Narr, daß ich eine solch schändliche Erpressung ertrage! Ich tue es nur, um das Andenken an meinen Bruder von Verleumdung freizuhalten.«

»Wenn Ihr Bruder sich damit amüsiert, in Montpellier einen Mann niederzuschießen, und wenn ich zufällig dazukomme und ihm helfe zu entwischen – ich kann beweisen, daß ich das getan habe –, dann darf ich wohl Anspruch auf eine kleine Entschädigung erheben!«

»Sie sind ein unglaublicher Schuft«, erwiderte Dr. Judd beinah freundlich, »und Sie amüsieren mich. Nehmen Sie an, ich wäre nicht so, wie ich nun einmal bin! Nehmen Sie an, ich wäre verzweifelt und könnte das Geld nicht auftreiben! Was dann? Ich könnte Sie ...«

»Sie meinen ... Das würde nicht viel ändern – für Sie. Ich habe den ganzen Vorfall niedergeschrieben, die Schießerei, wie ich dem Mann half zu fliehen, wie ich nach London zurückkam und ihn dort als Mr. David Judd wiedererkannte – mein Rechtsverdreher hat die ganze Geschichte in Händen.«

»Ihr Anwalt?«

»Selbstverständlich mein Anwalt.« Fred beugte sich über den Tisch. »Wissen Sie, zuerst glaubte ich überhaupt nicht, daß Ihr Bruder gestorben ist. Ich dachte, die ganze Sache wäre bloß ein Schwindel, um mich übers Ohr zu hauen, und ich würde es auch nicht geglaubt haben, wenn ich es nicht in den Zeitungen gelesen hätte und nicht selbst beim Begräbnis gewesen wäre.«

Dr. Judd steckte den Zahnstocher in die Tasche und stand auf.

»Daß ein Mensch wie Sie einen Namen wie den seinen mit Schmutz bewerfen durfte!« sagte er mit drohender Stimme.

Er ging um den Tisch herum und blickte finster auf Flimmer-Fred, der jedoch, an solche Szenen gewöhnt, nur lächelte. Schließlich war es nicht seine erste Erpressung.

»Der beste Mensch, der je gelebt hat, der intelligenteste, wunderbarste – einer der größten Männer überhaupt...« Dr. Judds Stimme schwankte in höchster Erregung, sein Gesicht war weiß geworden. »Und durch einen Menschen wie Sie...« Bevor Fred begriff, was vorging, hatte Judd ihn am Kragen gepackt und emporgerissen.

»Was fällt Ihnen ein?« schrie Fred und versuchte loszukommen.

»Nicht das Geld...« stieß Judd hervor. »Das läßt mich kalt. Aber einen Mann mit Schmutz zu bewerfen, einen Mann...« Seine Stimme überschlug sich, die freie Hand fuhr hoch.

Ein Schrei wie von einem wilden Tier! Fred warf sich mit aller Macht zurück, um diesen Fäusten zu entkommen. Plötzlich, wie herbeigezaubert, lag in seiner Hand ein Revolver.

»Hände hoch und keine Bewegung! Verdammt noch mal!«

Und dann fragte eine Stimme sanft und liebenswürdig:

»Kann ich hier irgendwie behilflich sein?«

Fred fuhr herum und erstarrte zu einem Bild komischer Bestürzung. Seine Augen traten aus den Höhlen.

Auf der Türschwelle stand, freundlich lächelnd, Larry Holt.

Dr. Judd hatte sich erstaunlich rasch gefaßt.

»Sie kennen unsern Freund Grogan? Er ist Mitglied unseres dramatischen Vereins. Wir haben gerade eine Szene aus den ›Korsischen Brüdern‹ geprobt. Ich glaube, es sah ganz echt aus?«

»Ich dachte, es wäre aus ›Julius Cäsar‹.« Larry kam gemächlich näher.

Dr. Judd blickte von Flimmer-Fred zu Larry.

»Mit wem habe ich eigentlich das Vergnügen?« fragte er. Er war immer noch blaß, doch seine Stimme hatte wieder ihren gutmütigen Klang.

»Inspektor Holt von Scotland Yard«, stellte sich Larry vor. »Aber nun ernsthaft gesprochen! Erheben Sie irgendeine Anklage gegen diesen Mann?«

Judd wehrte lachend ab.

»Nein, nein, wirklich, es war weiter nichts als eine harmlose Dummheit.«

Nun war es Larrys Blick, der von einem zum andern wanderte. Die Vorstellung, daß ein Versicherungsdirektor mit einem notorischen Verbrecher harmlose Dummheiten machte, fand er ein wenig ausgefallen.

»Ich nehme an, Sie kennen diesen Mann?«

»Ich habe ihn schon einige Male getroffen«, erwiderte Judd ruhig.

»Sie wissen natürlich auch, daß er ein Verbrecher und unter dem Namen Flimmer-Fred bekannt ist und daß er hier und in Frankreich mehrere Jahre im Gefängnis gesessen hat?«

»So etwas dachte ich mir«, sagte der Doktor nach einer Weile. »Begreiflicherweise muß Ihnen meine Verbindung mit diesem Mann sehr eigenartig vorkommen – aber ich bin leider nicht in der Lage, eine Erklärung geben zu können.«

Flimmer-Fred schwebte in tödlicher Angst und Sorge, daß der Doktor den eigentlichen Grund seines Besuches mitteilen könnte. Aber jede derartige Absicht lag Dr. Judd fern.

»Sie können jetzt gehen!« sagte er nur kurz.

Flimmer-Fred gab sich Mühe, etwas von seiner Unverfrorenheit zurückzugewinnen. Er steckte sich mit zitternden Händen eine Zigarre an.

Larry beobachtete ihn dabei.

»Sie sollten unbedingt etwas für Ihre Nerven kaufen, Fred! Die Apotheke an der Ecke links ist noch offen!« Er kicherte leise.

Flimmer-Fred machte einen kläglichen Versuch, vollkommene Gleichgültigkeit zur Schau zu tragen, und verschwand.

Larry wartete, bis sich die Tür hinter ihm geschlossen hatte, und wandte sich dann an den Doktor.

»Es tut mir leid, daß ich gerade in einem so unpassenden Augenblick kommen mußte. Ich glaube nicht, daß Sie in Gefahr waren. Freds dramatische Effekte liegen mehr im Drohen – er schießt nicht!«

»Das glaube ich auch.« Dr. Judd lachte. »Nehmen Sie Platz, Mr. Holt! Ich arbeite abends gewöhnlich sehr lange. Natürlich konnte ich nicht annehmen, daß Sie . . .«

»Es war niemand unten, als ich kam«, entschuldigte sich Larry, »sonst wäre ich nicht unangemeldet eingedrungen.«

»Ja, ich hatte den Portier weggeschickt, um Zigaretten zu besorgen – da ist er ja auch schon!«

Tatsächlich klopfte es an der Tür, ein livrierter Mann kam herein und legte ein Päckchen auf den Tisch.

Dr. Judd zündete sich eine Zigarette an.

»Nun, Mr. Holt – was führt Sie zu mir? Ich nehme an, wieder der Fall Stuart. Ich habe heute schon einmal mit einem Ihrer Beamten gesprochen.«

»Ja, Stuart – man hat mir den Fall heute abend erst übertragen, ich habe die Fundgegenstände flüchtig angesehen und bin gleich hierhergekommen, weil ich Sie noch anzutreffen hoffte.«

»Mir ist sehr wenig bekannt«, berichtete Dr. Judd. »Vorgestern abend ging Stuart mit mir ins Theater. Er war ein eigenartiger, sehr ruhiger und außerordentlich reservierter Mann, dessen Bekanntschaft ich ganz zufällig gemacht habe. Mein Wagen stieß mit seinem Taxi zusammen, ich wurde unbedeutend verletzt, und Mr. Stuart erkundigte sich nach meinem Befinden. So begann unsere Freundschaft – wenn man überhaupt von Freundschaft sprechen kann.«

»Könnten Sie mir die Einzelheiten des bewußten Abends erzählen?« bat Larry.

»Wir trafen uns Viertel vor acht am Theatereingang und gingen sofort in die Loge A, die letzte auf der linken Seite. Die Logen liegen auf Straßenniveau, während sich Parkett und Stehplätze unterhalb des Niveaus befinden. Kurz vor Schluß des zweiten Aktes stand Stuart auf, entschuldigte sich kurz und verließ die Loge. Von da an habe ich ihn nicht mehr gesehen.«

»Und von den Logenschließern hat ihn niemand bemerkt?«

»Nein. Aber das ist auch nicht verwunderlich, Sie wissen ja, daß Premiere war. Das Personal will natürlich das Stück auch sehen und steht dann in den verschiedenen Saaleingängen.«

»War Ihnen bekannt, daß Stuart sehr reich, ein halber Millionär war?«

»Nein, ich hatte keine Ahnung davon. Außer daß er von Kanada kam, wußte ich gar nichts von ihm.«

»Ich hatte gehofft, eine ganze Menge Informationen von Ihnen erhalten zu können«, meinte Larry enttäuscht. »Niemand scheint mit Stuart bekannt gewesen zu sein.«

»Auch sein Bankier wußte nichts Näheres über ihn. Heute morgen erfuhr ich zufällig vom Direktor der London & Chatam Bank, daß er dort Kunde war.«

5

Wenige Minuten später überholte Larry auf dem Bloomsbury Pavement einen Mann, der langsam an den Häusern entlang ging und regelmäßig die Metallspitze seines Stocks auf das Pflaster stieß. Larry sah ihn noch einmal, als er weiter vorn auf ein freies Taxi warten mußte.

Ein Blinder, stellte er ganz nebenbei fest, denn in Gedanken beschäftigte er sich noch immer mit Flimmer-Fred. Was hatte Fred in Dr. Judds Büro zu tun? Was bedeuteten der Revolver und das schneeweiße Gesicht des Doktors?

Er stieg in ein Taxi und fuhr nach Westminster, wo eine grausige Pflicht auf ihn wartete. In der Leichenhalle von Westminster fand er zwei Beamte von Scotland Yard vor.

Die Untersuchung des Leichnams dauerte nicht lange. Außer einer Abschürfung am linken Knöchel gab es nichts Auffallendes. Die Kleider des Toten lagen im Nebenzimmer.

»Da, das Hemd, Sir –«, sagte der eine Beamte, »ich kann mir die blauen Flecken auf der Brust nicht erklären.«

Larry breitete das zusammengewickelte Hemd unter der Lampe auseinander. Ein Frackhemd, kaum getrocknet, auf der Brust, deutlich sichtbar, blaurote Flecken.

»Tintenstiftflecken.« Der verschwundene Bleistift fiel ihm ein. Was sollten aber diese drei unregelmäßigen Reihen von Krähenfüßen und Haken bedeuten?

Da kam ihm eine Idee. Rasch drehte er das Hemd um. Auf die hintere Innenseite des Hemdes waren drei Zeilen geschrieben worden – mit Tintenstift. Die Schrift hatte auf die Vorderseite des nassen Hemdes abgefärbt und die Flecken verursacht.

Die Buchstaben waren etwas verlaufen, aber man konnte noch deutlich lesen:

›Den Tod vor Augen vermache ich, Gordon Stuart aus Calgary, Merryhill Ranch, mein ganzes Vermögen meiner Tochter Clarissa und bitte die Gerichte, dies als meinen letzten Willen und mein Testament anerkennen zu wollen. – Gordon Stuart.‹

Darunter stand noch eine fast unleserliche, abgebrochene Zeile:

›O... hat mich in eine Falle...‹

»Das ist das merkwürdigste Testament, das mir je unter die Augen gekommen ist.«

Larry legte das Hemd weg, ging in die Leichenkammer zurück und untersuchte den Toten noch einmal. Eine Hand war zusammengekrampft, was die Ärzte offenbar übersehen hatten. Als er mit größter Anstrengung die Finger auseinanderbog, fiel mit leichtem Klingen etwas auf den Steinfußboden. Er bückte sich danach, es war ein zerbrochener Manschettenknopf mit eigenartigem Muster – ein Kranz kleiner Diamanten auf schwarzem Emaillegrund. Er suchte noch einmal gründlich, ohne jedoch etwas Neues finden zu können.

Mit gerunzelter Stirn überlegte er krampfhaft. Welche Verbindung hatten alle die Einzelheiten miteinander? Ein Zusammenhang bestand, das wußte er – das Zusammentreffen Flimmer-Freds mit Dr. Judd, das Testament auf dem Frackhemd, und jetzt – der Manschettenknopf.

Mord! Er wußte, fühlte es – Mord!

6

Als er in sein Büro kam, setzte Miss Ward auf dem elektrischen Kocher Wasser für den Tee auf. Er stutzte.

»Hallo! Ich hatte Sie tatsächlich vergessen. Sagen Sie – hat Stuart keine Manschettenknöpfe getragen?«

Sie nahm ein kleines Päckchen vom Tisch.

»Sie wurden gebracht, als Sie eben gegangen waren. Der Kommissar hatte sie vorher vergessen.«

Er öffnete das Papier und fand zwei einfache, goldene Knöpfe ohne Muster oder Monogramm. Larry holte den halben Manschettenknopf aus seiner Tasche und hielt ihn daneben.

»Was ist das?« fragte Diana. »Haben Sie das in seiner . . .« Sie zögerte.

»Ja – in seiner Hand.«

»Sie glauben also, es ist Mord?«

»Ich bin davon überzeugt.«

Er nahm die Schale aus dem Wandschrank und legte die beiden goldenen Manschettenknöpfe und den halben zu dem übrigen. Es fiel ihm ein, daß er die braune Papierrolle noch nicht näher untersucht hatte. Er wickelte sie auseinander und legte das Papier flach auf den Tisch. Miss Ward schaute ihm zu, wie er den ungefähr zehn Zentimeter langen und kaum halb so breiten Papierstreifen glättete.

»Nichts. Rein gar nichts.« Er drehte das Papier um. »Auf dieser Seite auch nichts. Ich lasse es morgen fotografieren.«

»Einen Augenblick, bitte –« Diana nahm ihm das Papier aus der Hand und fuhr mit den Fingerspitzen über die Oberfläche. »Ich habe es mir gedacht«, murmelte sie, »ich war ziemlich sicher, als ich die Erhöhungen sah.«

»Was meinen Sie?«

»Es ist Braille – einige Worte in Blindenschrift.«

Sie ließ die Fingerspitzen langsam auf dem Papier hin und her gleiten.

»Ich habe es in der Blindenanstalt gelernt. Einiges ist beschädigt, wahrscheinlich durch das Wasser. Wollen Sie aufschreiben, was ich entziffern kann?«

Er riß ein Blatt vom Notizblock, nahm einen Bleistift und wartete. Vertauschte Rollen – er der Sekretär, sie der Detektiv!

»Das erste Wort heißt ›gemordet‹, dann kommt ein unleserlicher Zwischenraum, danach ›dear‹ und wieder ein Zwischenraum, und zum Schluß steht das Wort ›see‹. Das ist alles.«

Was verbarg sich hinter der verstümmelten Botschaft?

Diana Ward blickte ihren Chef an.

»Braille – Blindenschrift«, murmelte er.

»Ja. Es ist eine Art Punktierschrift. Im Verhältnis der Punkte zueinander bilden sich die Buchstaben. Wenn Blinde schreiben, gebrauchen sie ein kleines Instrument, das wie ein Griffel aussieht. Dies hier ist in großer Eile geschrieben worden. Nicht nur das Wasser, auch das schlechte Schreiben hat einiges unleserlich gemacht.«

Er hielt den Papierstreifen gegen das Licht.

»Könnte Stuart das mit seinem Bleistift gemacht haben?«

»Nein. Haben Sie ihn gefunden?«

»Den Bleistift nicht, aber ich habe entdeckt, wozu er ihn gebraucht hat.«

Er öffnete das Paket, das er mitgebracht hatte, und zeigte ihr das Hemd mit dem seltsamen Testament.

»Warum hat er innen im Hemd geschrieben?« fragte sie fröstelnd.

»Hätte er auf die Außenseite geschrieben, wäre es entdeckt und wahrscheinlich beseitigt worden.«

»Dahinter verbirgt sich etwas Schreckliches, meinen Sie nicht auch? Er muß ja in der Gewalt von jemandem und in Todesangst gewesen sein, sonst hätte er nicht auf diese Weise geschrieben. Daß er es tun und auch verbergen konnte, ich meine, daß er überhaupt noch Zeit dazu hatte . . .«

Sie stockte und errötete, als sie Larrys Blick begegnete.

»Ich muß mich sehr in acht nehmen, daß ich meinen Posten nicht verliere!« meinte er lachend. »Nun, Miss Ward, wir wollen gemeinsam an diese Arbeit gehen. Für heute aber ist es höchste Zeit, daß Sie nach Hause gehen.« Er sah auf seine Uhr. »Ich will ein Taxi bestellen – wohnen Sie weit von hier?«

»Nein, nicht besonders. Charing Cross Road.«

»Ich werde Sie nach Hause bringen. Es ist ja beinahe ein Uhr.«
Larry nahm ein Telegrammformular und füllte es eilig aus.
»Wenn wir das hier sofort aufgeben, wird es noch gestern zur
Teezeit beim Polizeichef in Calgary ankommen!«

»Gestern? Wieso gestern? Ach, natürlich, in Kanada sind sie
ja um neun Stunden gegenüber der Greenwicher Zeit zurück.«

Sie gingen zusammen weg. Es stellte sich heraus, daß ihre
Wohnung auf Larrys Weg nach Richmond Park lag.

Zu Hause wartete Sunny auf ihn, von Zeit zu Zeit am Pyjama
zupfend, den er schon lange bereitgelegt hatte.

7

Als er am nächsten Morgen um halb acht nach Scotland Yard
kam, war zu seiner Überraschung auch Diana Ward schon im
Büro. Sie hatte die umfangreiche Post, die täglich bei jedem Ab-
teilungschef im Polizeipräsidium einläuft, sortiert und auf seinen Schreibtisch gelegt.

»Auch ein Telegramm ist dabei«, sagte sie, »aber ich habe es
nicht geöffnet. Sie müssen mir überhaupt sagen, was ich mit Te-
legrammen und Briefen machen soll.«

»Alle aufmachen! Ich bekomme keine Privatpost ins Büro, und
sollte doch einmal ein parfürmiertes Briefchen eintreffen, dürfen Sie's auch lesen.« Er riß das Telegramm auf. »Calgary! Das
ist ja riesig schnell . . . Ach! Erster Reinfall – Stuart hatte kein
Kind. War unverheiratet.«

Er reichte das Telegramm Diana hinüber.

Sie sah nach, wann es aufgegeben worden war.

»Es muß sofort nach Eingang beantwortet worden sein. Niemand hat sich die Mühe gemacht, gründlicher nachzuforschen.
Jemand im Büro hat festgestellt, daß Stuart Junggeselle war,
und daraus geschlossen, daß er auch keine Tochter habe.«

»Möglich. Nehmen wir also an, daß er weder in Calgary noch
sonstwo in Kanada verheiratet war. Heimliche Trauung gibt
es vielleicht in einer großen Stadt, aber nicht in kleinen Orten.
Stuart lebte auf einer Farm, er hätte dort eine Heirat nicht ge-

heimhalten können. Dadurch wird die ohnehin unklare Situation noch verwickelter. Stuart wurde offensichtlich ermordet. Wenige Augenblicke vor seinem Tod schrieb er unbemerkt sein Testament auf die Innenseite seines Hemdes. Es ist leicht möglich, daß er dies in Gegenwart seiner Mörder getan hat, ohne daß diese es bemerkten. In dem ungewöhnlichen Testament vermachte er sein gesamtes Vermögen seiner Tochter. Wir haben keine Veranlassung anzunehmen, daß Stuart in einer so verhängnisvollen und unwiderruflichen Situation einfach eine Tochter erfunden hat. Folglich muß der Polizeichef in Calgary unrecht haben.«

»Und könnte er nicht doch verheiratet gewesen sein?« fragte Diana zaghaft. »Heimlich getraut, es könnte ja in – in . . .«

»Selbstverständlich in London«, bekräftigte Larry. »Kabeln Sie an den Polizeichef in Calgary, verlangen Sie Einzelheiten über Stuarts Reisen, vor allem das Datum seiner vorletzten Reise nach London.«

Während sie das Telegramm aufsetzte, holte Larry die Schale aus dem Schrank, um die einzelnen Gegenstände noch einmal bei Tageslicht zu untersuchen. Er kam auch zu der braunen Papierrolle. Jetzt konnte man die Schriftzeichen deutlich sehen, weil das Papier an einigen Stellen trocken war.

»Ist Ihnen an diesem Papier etwas Besonderes aufgefallen, Miss Ward?«

»Ja, gestern schon, und ich habe es mir heute morgen nochmals angesehen, bevor Sie kamen. Sie haben doch nichts dagegen?«

»Sie können alles prüfen, ausgenommen mein Gewissen!«

»Gestern bemerkte ich, daß das eine Ende trockener war als das andere, und die trockenen, nicht aufgeweichten Stellen konnte ich auch leichter entziffern. So war zum Beispiel das Wort ›gemordet‹ fast nicht vom Wasser angegriffen.« Diana öffnete ihre Schreibtischschublade und holte etwas heraus. »Dies hier habe ich mitgebracht. Ich habe eine Seite aus einem Braillelesebuch genommen, Streifen gemacht und damit Versuche in meiner Waschschüssel angestellt. Hier das Resultat.« Sie nahm eine kleine Rolle, eine weiche, formlose Masse, die sofort zerriß, als sie den Versuch machte, sie auseinanderzuwickeln.

Dieser praktische Versuch bestätigte eine Schlußfolgerung, zu der Larry Holt auf ganz anderem Wege gekommen war. Die Papierrolle mußte in Gordon Stuarts Tasche gesteckt worden sein, als sein Körper nicht mehr im Wasser lag, mit andern Worten, Stuart war ertränkt worden, und erst danach wurde die Botschaft in seine Tasche gesteckt. Sie stammte entweder von einem Blinden oder von jemandem, der annahm ...

»Donnerwetter!« Larry starrte Miss Ward an.

»Was wollten Sie sagen?« fragte sie.

Nein, es war absurd. Diana Ward hatte keine amtliche Stellung im Yard. Daß sie Larry Holt als Sekretärin zugeteilt wurde, war ein Zufall, der von niemandem vorausgesehen werden konnte. Ein eiliger Anruf beim Personalchef im Präsidium ergab, daß Scotland Yard im Moment über keinen Braille-Experten verfügte. Der einzige Mann, dem die Blindenschrift geläufig war, hatte Krankheitsurlaub.

8

»Wir machen jetzt eine Spazierfahrt«, sagte Larry zu Diana. Vor dem Eingang des Präsidiums erwartete sie ein Auto.

»Wir fahren nach Beverley Manor. Das ist das kleine Nest, das Stuart regelmäßig aufsuchte. Ich möchte herausfinden, ob die alte Saxonenkirche eine solche Anziehungskraft auf ihn ausübte.«

Beverley Manor war ein kleines, ländliches Dörfchen am Fuße des Kentish Rag, und außer der alten Kirche gab es für Fremde keine Anziehungspunkte hier.

Sie fuhren zum Gasthof und machten sich von da aus zu Fuß auf den Weg zur Kirche, die etwas abseits lag. Der Kirchturm war niedrig und finster. Verschiedene Generationen hatten versucht, die ursprünglich einfachen Linien des Gebäudes zu verschönern. Entstanden aber war ein architektonischer Mischmasch.

Das Portal der Kirche stand offen, niemand war zu sehen. So anstößig auch das Äußere des Gebäudes sein mochte, das schlichte Innere der Kirche atmete Ruhe und Frieden.

Larry hatte gehofft, an den Wänden Erinnerungstafeln zu finden, die ihm irgendeinen Fingerzeig über den Anlaß von Stuarts Besuchen geben würden. Doch er wurde enttäuscht.

Er begann daher, die Gräber auf dem Kirchhof abzusuchen.

Schließlich gelangten sie ans Ende der wenigen Grabreihen und standen vor der Ausgangspforte, als ein paar Arbeiter einen in Sackleinwand verpackten Grabstein von einem Karren luden und in den Kirchhof schleppten. Larry und seine Begleiterin traten zur Seite, um die Arbeiter vorbeizulassen, die den Stein auf einem neueren, gepflegten Grabe niederließen.

»Ich fürchte, wir haben unsere Reise umsonst gemacht. Vielleicht können wir im Dorf noch etwas erfahren.« Larry wandte sich schon zum Gehen, als einer der Männer anfing, die Leinwand von dem neuen Grabstein zu entfernen.

»Schauen wir uns den doch auch gleich an«, schlug Larry vor und trat näher hinzu. Die Arbeiter machten ihm Platz. Zu seinem größten Erstaunen las er:

Zur Erinnerung
an

MARGARET STUART
Ehefrau von Gordon Stuart (Calgary, Kan.)
Gest. 4. Mai 1899

und an ihre einzige Tochter

JEANE
Geb. 10. Juni 1898
Gest. 1. Mai 1899

Diana Ward stand jetzt neben ihm. Beide starrten auf den Grabstein. »Seine einzige Tochter!« rief Larry. »Wer ist dann aber Clarissa?«

9

Ein Besuch beim Amtsvorsteher ergab kein befriedigendes Resultat. Margaret Stuart war auf einem Gut außerhalb von Beverley Manor gestorben, und seit ihrem Tod hatte das Gut zweimal den Besitzer gewechselt.

»Vor zwanzig Jahren?« fragte der Gutsbesitzer, den sie aufsuchten. »Vor zwanzig Jahren war das Haus hier so eine Art Genesungsheim. Es wurde von einer Frau geleitet, die kranke Leute aufnahm.«

Wo die Frau geblieben war, konnte er nicht sagen. Aus dem Dorf war sie nicht gewesen, und er glaubte gehört zu haben, sie wäre gestorben.

»Ich habe mir schon den Kopf zerbrochen«, fuhr er fort, »um auf ihren Namen zu kommen. Erst gestern sagte ich einem Herrn, daß er sich am besten in Somerset House erkundigen und . . .«

»Ein Herr?« unterbrach Larry. »Hat sich denn schon jemand nach ihr erkundigt?«

»Ja, Sir, ein Herr aus London. Er kam im Auto und bot mir fünfzig Pfund an, wenn ich ihm den Namen der Frau verschaffen könnte, die das Genesungsheim hier geleitet hat. Ja, er versprach mir sogar hundert Pfund, wenn ich ihm irgend etwas über eine Dame mitzuteilen wüßte, die hier vor zweiundzwanzig Jahren gestorben wäre. Stuart war, glaube ich, ihr Name.«

»Wirklich?« Larry wußte ganz genau, daß niemand vom Präsidium hier Erkundigungen eingezogen haben konnte. »Wie sah dieser Herr aus?«

»Er war ziemlich groß. Aufgefallen ist mir, daß ihm der kleine Finger der linken Hand fehlte.«

Den Rückweg nach London legten sie schweigend zurück. Erst als der Wagen schon mitten durch den lebhaften Verkehr auf der Westminster Bridge Road fuhr, kam Larry auf die Angelegenheit zurück.

»Wer hat es so eilig, Informationen über die Stuarts zu erhalten, daß er sogar fünfzig Pfund dafür bezahlen will? -- Wer ist die Tochter Clarissa, wie kann er überhaupt eine Tochter

Clarissa haben, wenn seine einzige Tochter in Beverley Manor begraben liegt?«

»Sie waren doch vorhin noch beim Steinmetzmeister, bevor wir zurückfuhren. Was für eine Auskunft haben Sie von ihm erhalten?«

»Der Gedenkstein ist von Stuart bestellt worden. Er saß jedesmal lange am Grab, und er ist ja täglich hierhergekommen. Den Stein hatte er vor zwei Monaten bestellt, und letzte Woche noch war er in der Werkstatt, um ihn vor dem Aufstellen zu besichtigen. In der kurzen Zeit zwischen seinem letzten Besuch in Beverley Manor und der Nacht seines Todes muß er entdeckt haben, daß er noch ein zweites Kind hatte. Aber so etwas gibt's doch heutzutage nicht mehr – jedenfalls nicht im wirklichen Leben!«

Larry hielt sich zehn Minuten beim Kommissar auf und fuhr dann in die Stadt. Diana Ward sah ihn bis sieben Uhr abends nicht mehr. Er hatte ihr zwar gesagt, daß sie nicht warten sollte – es war Samstag und die Büros schlossen um ein Uhr. Trotzdem traf Larry sie, als er zurückkam, lesend an ihrem Schreibtisch an. Er war so erfreut darüber, daß er sogar vergaß, ihr Vorwürfe zu machen.

»Ich hab's!« rief er frohlockend.

»Was? Den Mörder?«

»Nein, nein – Stuarts Geschichte! Ist schon eine Antwort auf das Telegramm gekommen? Nein? Macht nichts – ich habe die Eintragung seiner Trauung gefunden! Sie fand im August 1897 in einer Kirche in Highgate statt. Und wissen Sie, was dann passiert ist?«

»Keine Ahnung. Was denn?«

»Sie sollen es gleich hören. Gordon Stuart, zu der Zeit noch ein junger Mann, kam besuchsweise nach England. Ich konnte feststellen, daß er vom Juni bis August im ›Cecil‹ wohnte. Der Name seiner Braut war Margaret Wilson. Er heiratete sie im August, im März 1898 kam er nochmals ins ›Cecil‹, aber allein. Im Hotel erfuhr ich, daß er zwei Tage später nach Kanada abreiste. Man führt dort nämlich ein Buch, in dem die Adressen der Besucher eingetragen werden, damit ihnen die noch eintreffende Post nachgeschickt werden kann. So gab es nicht die geringste Schwierigkeit, sein Reiseziel festzustellen. Im übrigen habe ich den Vikar der Kirche, in der er getraut wurde, aufgesucht – und dort habe ich die interessanteste Entdeckung gemacht. – Aber ich möchte nur wissen, wer der große Mann ist, dem an der linken Hand der kleine Finger fehlt!«

»Wieso?«

»Er ist einen Tag vor mir beim Vikar gewesen«, brummte Larry verstimmt. »Aber nun zur Geschichte, wie sie der Vikar erlebt und wie Stuart selbst sie ihm erzählt hat! Der Vikar erinnert sich noch deutlich an die Trauung und die näheren Umstände. Er fand, Stuart wäre ein nervöser und etwas eingebildeter Mensch gewesen, der in ständiger Furcht vor seinem Vater, einem reichen Landbesitzer in Kanada, lebte. Bei einer Tasse Tee im ›Cecil‹ vertraute Stuart dem Vikar an, daß er seine Frau zurückließe und nach Kanada führe, um seinem Vater die Neuigkeit der Heirat beizubringen. Er war in großer Sorge, was sein Vater dazu sagen würde, oder vielmehr, er bezweifelte nicht im geringsten, daß er außer sich geraten würde. Der langen Rede kurzer Sinn also war, daß er tags darauf London verlassen und bei der ersten passenden Gelegenheit seinem Vater reinen Wein einschenken wollte, um dann zurückzukommen und seine Frau zu holen. – Ich persönlich zweifle nicht im geringsten daran, daß Stuart seinem Vater gar nichts gestanden hat, daß er das Geheimnis seiner Heirat vielmehr ängstlich hütete und schließlich in der Sorge, daß man trotzdem dahinterkomme, jede Verbindung mit seiner Frau abgebrochen hat.«

»Man soll Toten nichts Böses nachsagen«, meinte Diana enttäuscht, »aber anständig hat er nicht gehandelt.«

»Es war feige«, bekräftigte Larry. »Doch muß er seiner Frau eine beträchtliche Summe zur Verfügung gestellt haben, denn als der Vikar sie wieder traf, lebte sie in guten Verhältnissen. Drei Monate später, im Juni 1898, wurde sein Kind geboren – das Kind, das er nie sehen sollte, von dem er wahrscheinlich nicht einmal etwas hörte, bis ihn, vielleicht nach Jahren, Gewissensbisse nach England trieben, um Weib und Kind aufzufinden. Vermutlich hat er sich an ein Auskunftsbüro gewandt. Das Re-

sultat war die Entdeckung auf dem Kirchhof in Beverley Manor
– das Grab seiner Frau und seiner Tochter.«

»Wer aber ist Clarissa?« fragte Diana.

Larry zuckte die Schultern.

Das junge Mädchen schwieg eine Zeitlang, plötzlich legte sie
den Federhalter, an dem sie gekaut hatte, weg und blickte
triumphierend über den Tisch.

»Sie haben es gefunden?« fragte Larry neugierig. »Sie haben
das Rätsel der Tochter Clarissa gelöst?«

»Ich glaube, das war kein allzu schwieriges Problem. Haben
Sie den Geburtsschein?«

»Noch nicht. Wir wollen morgen versuchen, ihn aufzutreiben.«

»Clarissa ist die andere Zwillingstochter!«

»Zwillinge!« stammelte Larry.

Diana lachte ihn an.

»Das liegt doch auf der Hand. Die arme Mrs. Stuart hatte
Zwillinge, einer von ihnen starb, und der andere ist Clarissa,
von deren Existenz Stuart vielleicht erst einige Stunden vor
seinem Tod erfuhr.«

Larry starrte sie ehrfürchtig an.

»Wenn Sie Chefkommissarin der städtischen Polizei sind, vergessen Sie doch bitte nicht, mich als Sekretär anzustellen!«

10

Flimmer-Fred hatte London nicht verlassen und auch gar nicht
die Absicht gehabt, wieder wegzufahren.

Mr. Grogan lebte gern auf großem Fuß, besaß eine elegante
Wohnung in der Jermyn Street, seine Unkosten waren nicht ge-
ring, seine Einkünfte allerdings auch nicht. Er hatte immer verschiedene Eisen im Feuer, und in der Regel verbrannte er sich
die Finger nicht daran.

Am Abend des Tages, an dem Larry Holt und Diana Ward
die ersten Rätsel im Fall Stuart zu lösen vermochten, saß Flimmer-Fred allein und mißmutig in seinem prächtigen Wohnzim-

mer. Menschen seines Schlags, mit stets unsicheren Zukunftsaussichten, leiden an chronischer Unzufriedenheit. Hundert Pfund monatlich, zahlbar jährlich, ist sicher ein hübsches Einkommen. Aber nichts verabscheuen solche Leute mehr als Konstanz, Regelmäßigkeit und System – vielleicht weil diese Eigenschaften gerade für Vorbestrafte in enger Beziehung zum Gefängnisleben und darum in besonders unangenehmem Geruch stehen.

Zwölfhundert Pfund jährlich ergeben in fünf Jahren die respektable Summe von sechstausend Pfund. Aber fünf Jahre sind eine lange Zeit im abenteuerlichen Leben eines Mannes wie Flimmer-Fred. Zwölfhundert Pfund gestatten nur zweimal das Maximum beim Trente-et-quarante und können in weniger als drei Minuten verloren werden.

Dr. Judd war Sammler. Fred hatte erfahren, daß sein Haus in Chelsea eine wahre Schatzkammer von Gemälden und antiken Schmuckgegenständen war. In einer Zeitung hatte Fred gelesen, daß Dr. Judd Besitzer historischer Juwelen war, deren Wert fünfzigtausend Pfund überschritt. Nicht, daß sich Fred für Antiquitäten interessiert hätte, sein Verhältnis zu Steinen war rein arithmetischer Art. Wenn er sich mit Kostbarkeiten im Werte von – er wollte bescheiden sein – zehntausend Pfund aus dem Staube machen könnte, hätte er nicht nur sein Einkommen für acht bis neun Jahre im voraus, er müßte dann auch nicht alle zwölf Monate nach London kommen, um sich sein ›Gehalt‹ auszahlen zu lassen. Was konnte nicht alles in zwölf Monaten passieren!

Es würde natürlich nicht leicht sein, diese Kostbarkeiten in die Hände zu bekommen. Die gewöhnlichen Methoden, sich gewaltsam Zutritt zum Haus des Doktors zu verschaffen, waren mit Freds professionellen Grundsätzen unvereinbar. Ein Brecheisen war ein Instrument, das er verabscheute, nicht zuletzt, weil seine Handhabung Mühe und Arbeit bedeutete. Es gab andere Wege. Ob der Doktor wagen würde, ihn anzuzeigen?

Anderntags schlenderte Fred über den Piccadilly Circus, als ihm ein großer, starker Mann begegnete, der sich nach einem kurzen Blick an ihm vorbeizudrücken versuchte. Aber Fred packte ihn am Arm und hielt ihn fest.

»Ist das nicht die liebe, alte Nummer 278? Wie geht's denn, Strauß?«

Das Gesicht von Mr. Strauß zuckte.

»Ich glaube, Sie irren sich, Sir.«

»Laß den Blödsinn!« Fred zog ihn in die Lower Regent Street hinein.

»Entschuldigen Sie, daß ich Sie nicht gleich erkannt habe. Ich dachte, sie wären ein – Spitzel.«

»Noch nicht«, sagte Flimmer-Fred. »Na, wie geht's? Erinnerst du dich an den Stollen G in Portland? Und Block B?«

Strauß war wenig beglückt, an seine Gefängniszeit erinnert zu werden. Wieder zuckte es in seinem Gesicht.

»Und wie geht's Ihnen?« fragte er.

Fred war heute ohne seinen Schmuck ausgegangen, kein Brillant blitzte an seiner Krawatte.

»Schlecht«, schwindelte er. Kein richtiger Hochstapler gibt je zu, daß es ihm gutgeht. »Warum aber dachtest du, ich wäre ein Spitzel?«

»Ach, ich dachte bloß so.«

»Immer noch im alten Geschäft?« fragte Fred und bemerkte den unruhigen Blick des andern. Strauß sah sich um, als ob er eine Möglichkeit zum Entwischen suchte.

»Nein, nein, damit ist's aus. Ich arbeite jetzt.«

»Na ja!« Fred mußte an die recht ähnliche Unterhaltung mit Larry Holt vor ein paar Tagen in Paris denken. »Ich wette, du bist auf dem Weg zum nächsten Hehler! Was hast du da in der Tasche? Zeig her!«

»Ach, nichts – nur kleiner Dreckkram. Hab' ich bekommen, wird nicht weiter vermißt.«

»Dann zeig schon!«

Widerwillig griff Strauß in die Tasche, brachte die gefüllte Hand wieder zum Vorschein und hielt sie, wie ein Gefäß gewölbt, vorsichtig in Brusthöhe.

Fred reckte den Hals und nahm sich etwas heraus.

»Da, schau mal, was für niedliche, seltene Dinger – die wirst du mir abtreten, Freund! Im Moment geht's mir dreckig, du kriegst das Geld dafür – gelegentlich.«

192

Mr. Strauß fluchte.

»Nein, wirklich, das ist nicht anständig von Ihnen, Mr. Grogan, und Sie sehen gar nicht so aus, als ob's Ihnen schlecht ginge!«

»Der Schein trügt. So – und nun stoßen wir darauf an!« schlug Fred vergnügt vor und ging voran in die nächste Bar.

»Was bist du jetzt eigentlich? Kammerdiener oder Haushofmeister?«

»Haushofmeister«, antwortete Strauß. »Das ist gar nicht so schlecht, Mr. Grogan.«

»Sag doch Fred, Mensch!«

»Wenn du nichts dagegen hast. Nein, wirklich, ich habe eine Stellung bei einem sehr feinen Herrn.«

»Reich?«

»Mächtig. Aber kommt nicht in Frage. Er weiß, daß ich gesessen habe, und behandelt mich sehr anständig.«

Fred sah ihn interessiert an.

»Immer noch das verfluchte Gift?«

Strauß wurde rot.

»Ja – ab und zu ein bißchen Koks.«

»Wer ist nun aber dein Herr?«

»Du wirst ihn doch nicht kennen – Geschäftsmann in der City, Direktor von einer Versicherungsgesellschaft.«

»Dr. – Judd?« fragte Fred schnell.

»Stimmt. Doch woher weißt du das?«

11

Auf dem Nachhauseweg beschäftigten sich Diana Wards Gedanken unablässig mit den Problemen, die der Fall Stuart aufgeworfen hatte. Sie wohnte in der Charing Cross Road im Hause eines Zigarrengeschäftes.

Sie schlug die Haustür hinter sich zu und stieg langsam die dunkle, enge Treppe hinauf. Sie bewohnte die oberste und billigste der drei kleinen Etagenwohnungen, die über dem Zigarrenladen lagen. Die Mieter der anderen Wohnungen waren übers Wochenende aufs Land gefahren. Im ersten Stock wohnte ein lediger Regierungsbeamter, der gelegentlich laute Partys gab, im zweiten ein Künstler mit seiner Frau.

Diana war schon in der zweiten Etage angelangt und eben dabei, die beiden letzten Treppen in Angriff zu nehmen, als sie stehenblieb. Sie glaubte, ein Geräusch gehört zu haben, ein leises Knacken, das sie mehr gefühlt als gehört hatte. Sie wartete einige Augenblicke, aber dann sagte sie sich, daß es ja oft leise knackte in dem alten Haus, und schalt sich wegen ihrer Nervosität. Trotzdem ging sie sehr langsam weiter und erreichte den obersten Treppenabsatz. Nur noch wenige Schritte trennten sie von ihrer Wohnungstür. Der Treppenabsatz war breit, und mit einer gewissen Herausforderung streckte sie eine Hand ins Dunkel aus, als ob sie einen verborgenen Eindringling packen wollte.

Sie erstarrte vor Schrecken. Ihre Hand hatte einen Mantel berührt! Gellend schrie sie auf, doch im gleichen Augenblick preßte sich eine riesige, rauhe Hand auf ihren Mund, ihr Gesicht, und drückte sie langsam nach hinten. Sie sträubte und wehrte sich mit allen Kräften, aber der Mann, der sie gepackt hielt, umklammerte sie derart hart, daß sie jeden Widerstand aufgeben mußte, um überhaupt noch atmen zu können. Da lockerte sich der Druck des einen Armes, eine Hand tastete über ihr Gesicht, und auch der andere Arm, der sie noch umschloß, gab ein wenig nach.

Mit einem plötzlichen Ruck riß sie sich los, flog die paar Schritte zur Tür, stieß sie auf und warf sie fast im gleichen Augenblick hinter sich wieder zu. Der Schlüssel steckte auf der Innenseite. Blitzschnell drehte sie ihn herum – gewaltig erleichtert darüber, daß sie ihre Tür nie von außen verschloß, wenn sie wegging. Sie rannte durchs Zimmer, schaltete das Licht ein, riß ein Schubfach auf und nahm einen kleinen Revolver heraus. Sie lief, wenn auch mit klopfendem Herzen, zur Tür zurück und – öffnete. Auf der Türschwelle blieb sie stehen, rührte sich nicht und lauschte. Dann hörte sie einen leisen Schritt auf der Treppe und drückte ab. Ein Angstschrei – hastige Tritte polterten die Stufen hinunter. Sie zögerte eine Sekunde, dann eilte sie hinterher. Das Poltern war jetzt auf dem untersten Treppenstück, die Tür schlug an die Wand. Als sie atemlos unten ankam, stand die Tür offen, niemand war zu sehen.

Sie verbarg den Revolver in der Manteltasche und trat auf die Charing Cross Road hinaus. Um diese Zeit kamen selten Fußgänger vorbei. Vergeblich spähte sie nach ihrem Angreifer. Das kleine Lieferauto einer Wäscherei fuhr die Straße entlang. Die einzige Person weit und breit war ein alter, blinder Mann. Mühsam schlurfte er auf der anderen Straßenseite davon. Monoton stieß die Metallspitze seines Stocks auf das Pflaster: Tap – tap – tap ...

1 2

»Wünschen Sie vielleicht einen Whisky-Soda, Sir?« fragte Sunny.

Larry trug bequeme Hauskleidung – Schlafrock, alte Hosen, weiches Hemd – und stopfte die geliebte Pfeife mit einem Gefühl des Wohlbehagens.

»Glauben Sie, Sunny, es gibt schlechtere Dinge als London an einem schönen Frühlingstag, wenn das Herz ...« Es klingelte. »So spät noch Besuch?« wunderte sich Larry. Von Scotland Yard konnte es niemand sein, die Herren dort bedienten sich des Telefons.

»Ich glaube, es ist jemand an der Tür«, stellte Sunny fest.

»Großartig, wie Sie das herausgefunden haben! Los, machen Sie schon auf!«

Er wartete, hörte draußen reden – eine Frau, doch bevor er irgendwelche Vermutungen anstellen konnte, stand Diana Ward im Zimmer. An ihrem Gesicht sah er, daß etwas vorgefallen sein mußte.

»Was ist passiert?« fragte er rasch. »Setzen Sie sich doch, bitte. Ich wollte gerade Kaffee trinken – darf ich Ihnen eine Tasse anbieten? Sunny, bringen Sie zwei Tassen!«

»Ja, Sir. – Wünschen Sie, daß ich ins Kino gehe?«

»Idiot!« murmelte Larry und ärgerte sich, daß er rot wurde. »Bringen Sie den Kaffee, Sie – Sie ...« Wütend gab er es auf, nach dem treffenden Wort zu suchen, und wandte sich Diana zu.

»Was ist geschehen?«

Ohne Umschweife erzählte sie, was ihr zugestoßen war.

»Glauben Sie, daß es ein Einbrecher war, den Sie durch Ihr unerwartetes Eintreffen gestört haben?«

»Nein, das glaube ich nicht. Ich bin überzeugt, daß es ein sehr ernstgemeinter Angriff war. Als ich in meine Wohnung zurückkam, habe ich alles durchsucht. Im Wohnzimmer stand ein großer Wäschekorb.«

»Ein Wäschekorb?«

»Er ist mit einer dicken Polsterung ausgeschlagen, auch der Deckel ist gefüttert. Das hier habe ich im Korb gefunden.«

Sie legte etwas Rundes auf den Tisch, das wie eine Pilotenkappe aussah, aber keine Öffnung für den Mund hatte. Larry nahm das Ding und roch daran, was überflüssig war, denn der eigenartig süßliche Geruch war ihm schon vorher aufgefallen.

»Mit Chloroform getränkt! Es würde Sie nicht völlig besinnungslos gemacht, aber sicher für kurze Zeit betäubt haben.« Larry ging im Zimmer auf und ab. »Haben Sie noch etwas anderes bemerkt?«

»Als ich auf die Straße kam, fuhr gerade der Lieferwagen einer Wäscherei vorbei. Besonders aufgefallen daran ist mir, daß die Aufschrift ›Wäscherei‹ dilettantisch aufgemalt und zudem fehlerhaft geschrieben war.«

»Unverständlich ist mir, wie der Kerl Sie allein hätte wegbringen können. Es muß noch jemand im Haus gewesen sein.«

»Dieser Mensch hatte aber eine unglaubliche Kraft. Es wäre ein leichtes für ihn gewesen, den Korb die Stufen hinuntergleiten zu lassen, und unten hätte ihm der Chauffeur geholfen, den Korb in den Lieferwagen zu heben.«

»Warum aber hat man es auf Sie abgesehen?« fragte er verwirrt.

»Vielleicht bin ich durch Zufall, ohne es selbst zu wissen, in etwas hineingeraten? Sicher handelt es sich um den Fall Stuart. Vielleicht weiß oder besitze ich etwas, das für die Täter gefährlich ist und das sie beseitigen möchten.«

»Warten Sie bitte einen Augenblick, ich will mich umziehen.« Larry verschwand im Nebenzimmer.

Sunny erschien mit einem Tablett.

»Nehmen Sie Zucker, Miss?« fragte er feierlich. »Es gibt nämlich Damen, die keinen Zucker mögen, weil er dick macht.«

Auf der Fahrt nach ihrer Wohnung fragte Diana amüsiert, ob Sunny immer mit allem übereinstimme, was sein Herr sage.

»Mit allem, ohne Ausnahme«, bestätigte Larry. »Er treibt mich manchmal zur Verzweiflung. Das muß ich erst noch herausfinden, worüber Sunny eine eigene, unabhängige Meinung hat!«

Worüber Sunny eine eigene, ganz bestimmte Ansicht besaß, sollte er eines Tages herausfinden – doch dies lag noch in weiter Ferne.

Als sie das Haus in der Charing Cross Road erreichten, leuchtete Larry mit der Taschenlampe das ganze Treppenhaus ab, ohne etwas Besonderes festzustellen. In der Wohnung untersuchte er den Wäschekorb, den Diana schon beschrieben hatte.

»Auch nichts. Sehen Sie doch einmal nach, ob Ihnen etwas fehlt.«

Sie schaute in alle Kästen und Schubladen. Plötzlich machte sie ein verdutztes Gesicht und rief:

»Mein grüner Mantel und ein Hut sind verschwunden!«

»Ist der Hut auffallend?« fragte er.

»Wie meinen Sie das?«

»Ob er besonders ins Auge fällt?«

»Ich glaube schon. Er ist goldgelb, ich trage ihn zum grünen Mantel.«

»Haben Sie ihn in Scotland Yard schon einmal aufgehabt?«

»Schon oft«, erwiderte sie, ohne zu begreifen.

»Dann ist mir alles klar. Kommen Sie mit, ich möchte Sie nicht gern allein hierlassen.«

Sie begaben sich gemeinsam zur nächsten öffentlichen Telefonzelle. Larry rief das Präsidium an und ließ sich mit dem diensttuenden Pförtner verbinden.

»Hier Inspektor Holt. War Miss Ward heute abend im Büro?«

»Jawohl – sie ist gerade wieder weggegangen.«

Larry stöhnte.

»Ich bin doch gar nicht im Präsidium gewesen!« protestierte Diana.

»Aber jemand, der Sie sehr gut nachgeahmt haben muß!«

Wenige Minuten später betraten sie schon das düstere Gebäude am Themseufer. An der Tür von Zimmer 47 fanden sie nichts Auffälliges. Er öffnete und schaltete das Licht ein.

»Da haben wir's!« stieß er leise hervor.

Das Schloß des Wandschranks, in dem er die Schale mit den Fundsachen im Fall Stuart aufbewahrte, war aufgebrochen. Die Türen standen weit offen.

Er nahm die Schale heraus. Mit einem Blick überflog er den Inhalt. Die Brailleschrift fehlte.

Er ging zum Telefon.

»Schicken Sie die ersten beiden Beamten, die Sie im Hause erreichen, und einen Boten hierher. Bitte schnell!«

Miss Ward beobachtete ihn mit Interesse. Jetzt lernte sie zum erstenmal den wirklichen Larry Holt kennen, den Mann, der ›nicht einmal im Schlaf die Spur verliert‹, wie der Kommissar sich ausgedrückt hatte. Er hob die Schale vorsichtig hoch. Vermutlich waren Handschuhe getragen worden, und Larry nahm an, falls sie überhaupt ausgezogen wurden, dann konnte es nur beim Hantieren mit der Schale und ihrem Inhalt geschehen sein. Jemand, der nicht gewöhnt ist, mit Handschuhen zu arbeiten, wird sie ablegen, wenn er so kleine Gegenstände prüfen muß. Diese Annahme war richtig. Als er auf die polierte Rückfläche der goldenen Uhr hauchte, wurde ein Fingerabdruck deutlich sichtbar.

Inzwischen waren die zwei angeforderten Beamten eingetroffen.

»Ist in der daktyloskopischen Abteilung jemand im Dienst?« fragte Larry.

»Jawohl.«

»Bringen Sie die Uhr hin. Halten Sie sie an der Krone. Kann man den Abdruck nicht mit Puder sichtbar machen, muß er sofort fotografiert werden.«

Der oder vielmehr – die Einbrecherin hatte noch einen anderen Fehler gemacht. Larry zog den Papierkorb unter dem

Tisch hervor. Obenauf lagen drei zusammengeknüllte Stückchen Papier. Zwei davon enthielten Briefnotizen in Dianas Handschrift, das dritte dagegen zeigte einen Plan des Zimmers, von fachmännischer Hand mit Tinte gezeichnet, auf dem sogar die Position der Schreibtische eingezeichnet war.

»Der Zeichner hat angenommen, daß es hier drei Wandschränke gibt«, sagte Larry und zeigte auf die Skizze. »Einer soll links vom Kamin sein.« Er blickte auf und zog die Brauen überrascht in die Höhe. »Weiß der Himmel, das stimmt auch! Und einer hinter der Tür.« Er sah hin und nickte. »Die kennen das Zimmer besser als ich! Ich glaube, Miss Ward, wir sollten uns einen Panzerschrank und eine Leibwache zulegen.«

Auch der Pförtner, den Larry kommen ließ, konnte keine zufriedenstellende Auskunft geben. Er hatte angenommen, es wäre Miss Ward, die an seiner Loge vorbeiging. Es war üblich im Yard, daß die Beamten beim Passieren der Portiersloge ihre Zimmernummer angaben. Und auch diese Besucherin hatte ›47‹ angegeben und war ohne weiteres eingelassen worden.

Es war noch keine Stunde vergangen, als der Mann von der daktyloskopischen Abteilung hereinkam. Er strahlte, sichtlich mit dem Erfolg seiner Arbeit zufrieden, übers ganze Gesicht.

»Gleich beim ersten Griff gefunden, Sir!« verkündete er. »Fanny Weldon, Coram Street 280. Hier sind die Personalien.« Er übergab Larry eine Karte.

Der Beamte, der die Uhr weggebracht hatte, kannte die Frau und berichtete:

»Ihre Spezialität ist, andere Leute zu imitieren. Der dicke Joe Jacket hat sie engagiert, damit sie die bekannte Schauspielerin Lottie Holm darstellte. Das war vor etwa zwei Jahren. Später hat sie im Hotel Victor Hugo eine Bardame gespielt, der Besitzer war abwesend, und die Mannic-Bande hat bei der Gelegenheit dreitausend Pfund erwischt.«

Larry saß hinter seinem Schreibtisch, das Kinn in die Hand gestützt.

»Es ist ganz klar«, resümierte er, »diese Leute wissen nicht nur sehr genau Bescheid, sie kennen auch alle ›Spezialisten‹ von London. Fanny Weldon haben sie zweifellos eingespannt, um . . .

Wie war doch die Adresse – Coram Street 280? Versuchen Sie gleich, die Frau herzubekommen!«

Fannys Bekanntschaft machte er jedoch erst gegen Morgen. Sie war recht hübsch.

»Was soll ich eigentlich getan haben?« fragte sie.

»Heiligtumsschändung!« erwiderte Larry feierlich.

»Wieso Heiligtumsschändung? Was wollen Sie damit sagen? Einbruch in eine Kirche oder so ähnlich?«

»Einbruch in Scotland Yard!«

Sie seufzte tief.

»Dann liege ich schief!«

»Das glaube ich auch.«

Schon bei ihrem Eintreffen in Scotland Yard war Fanny einer kurzen Kontrolle unterzogen worden. Man hatte in ihrer Handtasche einhundertfünfzig Pfund in Banknoten gefunden. Inzwischen schien sie sich vom ersten Schrecken erholt zu haben. Anzüglich verlangte sie jetzt, daß das Geld genau gezählt und notiert würde.

»Mir ist schon verschiedenes auf Polizeibüros abhanden gekommen.«

»Darauf kommen wir noch zurück«, winkte Larry ab. »Zuerst haben wir eine andere Rechnung miteinander. Sie haben eine Chance, und ich rede absolut offen mit Ihnen. Es liegt Scotland Yard nichts daran, wenn alle Welt erfährt, daß ein weiblicher Einbrecher dem Präsidium einen Besuch abgestattet und unter den Augen der Polizei Beweisstücke entwendet hat. Und darum werden Sie mir jetzt ganz genau sagen, was ich von Ihnen wissen will! Wer hat Sie angeworben?«

»Von mir erfahren Sie nichts.«

»Sie werden mir außerdem sagen, wer der Mann war, dem Sie die gestohlenen Sachen ausgehändigt haben – und wo dies geschehen ist.«

»Es hat gar keinen Zweck, so viel zu fragen, ich antworte ja doch nicht. Sparen Sie sich die Mühe – Sie können mich ja einsperren!«

»Ich werde Sie auch einsperren lassen, sobald ich Ihnen die gegen Sie vorliegende Anklage mitgeteilt habe.«

Sie fuhr hoch und blickte ihn mißtrauisch an.

»Was meinen Sie? Was für eine Anklage? Sie sagten ja schon – Einbruch . . .«

»Nein. Wenn ich keine befriedigenden Antworten auf meine Fragen erhalte, lasse ich Anklage gegen Sie erheben wegen Beihilfe zum Mord an Gordon Stuart in der Nacht des dreiundzwanzigsten April.«

»Mord?« wiederholte sie entsetzt. »Mord? Mein Gott, Sie glauben doch nicht im Ernst, daß ich . . .«

»Sie sind in einer fatalen Lage«, versicherte Larry. »Sie helfen Mördern, sich dem Zugriff zu entziehen. Sie haben sich verleiten lassen, ein wichtiges Beweisstück zu stehlen, das in den Händen der Polizei war und vielleicht die Mörder überführt hätte – all das macht Sie außerordentlich verdächtig.«

»Ist das wirklich Ihr Ernst?« fragte Fanny.

»Vollkommen. Glauben Sie ja nicht, daß ich Sie zum besten halten will. Ich habe keinen Grund, nicht ehrlich mit Ihnen zu sein.«

»Wer sind Sie eigentlich?«

»Ich bin Inspektor Holt.«

»Allmächtiger! Sie sind . . .« stammelte sie. »Ich dachte, Sie wären im Ausland. Nein, nein, dann ist es sinnlos, Mr. Holt, ich erzähle Ihnen lieber gleich, was ich weiß. Ich habe genug von Ihnen gehört. Man sagt auch, daß Sie ein faires Spiel spielen. Also gut – von der ganzen Geschichte habe ich bis gestern nachmittag keine Ahnung gehabt, und dann wurde ich angerufen. Ich sollte mich mit dem großen Jake oder dem blinden Jake, wie er auch genannt wird, treffen.«

»Blinder Jake?« wiederholte Larry. Er kannte den Namen nicht. Doch jetzt fiel ihm eine Episode ein, die sich gestern abgespielt hatte. Vor dem Gebäude trieb sich ein blinder Streichholzhändler am Themseufer herum. Larry, der gern einmal das Instrument gesehen hätte, das Blinde für die Brailleschrift benutzten, bat Diana, den Mann heraufzuholen. Dieser blinde Händler war im Büro gewesen. Sollte er –?

»Die Polizei weiß genau Bescheid über ihn, Mr. Holt«, sagte Fanny zögernd. »Er ist ein schlechter Mensch. Das klingt komisch, aber vielleicht verstehen Sie, was ich meine – er ist schlecht, grundschlecht. Ich habe eine Heidenangst vor ihm; es gibt keinen Strolch in London, dem es nicht genauso geht. Er hat zweimal gesessen. Gewöhnlich arbeitete er mit zwei Komplicen, beide Gauner und blind wie er. Wir nannten sie ›die toten Augen von London‹, weil sie sich schneller bewegen konnten als jeder Sehende und der dickste Nebel nichts bedeutete für sie. Jake der Blinde war immer der Boß. Einer von ihnen verschwand, ich hörte, er wäre tot, und dann vernahmen wir fast ein Jahr nichts mehr von ihnen, bis auf einmal der blinde Jake wieder auftauchte. Er hat Geld wie Heu . . .«

»Gut. Sie haben also den blinden Jake getroffen?«

»Ja. Er gab mir den Plan . . .«

»Aber der war doch nicht von ihm«, unterbrach sie Larry. »Er konnte ihn doch nicht zeichnen.«

»Der sicher nicht«, sagte sie verächtlich. »Nein, er hatte den Plan eben bei sich. Ich muß ihn irgendwo haben. Vielleicht in der Handtasche, die Sie mir abgenommen haben.«

»Zerbrechen Sie sich darüber nicht den Kopf. Ich habe ihn im Büro gefunden.«

»Der blinde Jake also sagte mir, was ich zu tun hätte, daß er mir den Mantel und Hut geben würde, den die junge Dame hier immer trug, wenn sie ins Präsidium kam, daß ich beim Pförtner ›Nummer 47‹ sagen und dann schnell nach oben gehen müßte.«

»Was sollten Sie holen?«

»Eine kleine, braune Papierrolle. Er hat mir genau beschrieben, wie sie aussieht und daß sie in einer Schale liegt.« Sie zuckte die Schultern. »Ich möchte wissen, wie er das herausgefunden hat.«

»Wo kann ich den blinden Jake finden?« fragte Larry.

»Den können Sie nirgends finden, und am Tage läßt er sich überhaupt nicht blicken.«

»Wie sieht er aus?«

»Er ist riesengroß und stark wie ein Ochse.«

Also nicht der Streichholzhändler – der war sehr klein gewesen. Aber der Mann auf der Treppe? Groß und riesenstark – so hatte Diana ihn beschrieben.

»Wann haben Sie die Papierrolle weitergegeben?«

»Heute morgen gegen zwei Uhr. Um diese Zeit sollte ich ihn am unteren Ende der Arundel Street, nahe beim Kai, treffen.«

»Wissen Sie, wo er wohnt?«

»Nein. Vor Jahren wohnten sie in Todds Heim. Das ist eine Blindenanstalt in Lissom Lane, Paddington, wo blinde Straßenhändler unterkommen können. Aber ich glaube nicht, daß er noch dort ist.«

Er führte Fanny Weldon in die Wachstube zurück.

»Sie können sie freilassen – auf meine Verantwortung«, sagte er zum diensttuenden Beamten. »Sie, Fanny, melden sich morgen vormittag zehn Uhr hier bei mir.«

»Ja, Sir«, erwiderte sie, »aber was ist mit meinem Geld?«

Larry überlegte einen Augenblick.

»Das können Sie mitnehmen.«

Fanny zählte die Scheine sorgfältig nach.

»Wenn mir noch mal einer erzählen will, daß die Polizei nicht ehrlich ist ...«

13

Zu viert verließen sie am frühen Morgen das Präsidium – Larry, Diana und die zwei Beamten, die bei der Aufklärung des Einbruchs in dieser Nacht mitgewirkt hatten.

»Höchste Zeit, Miss Ward, daß Sie nach Hause und ins Bett kommen! Sie sehen abgespannt aus. – Da, die Vorsehung schickt uns gerade ein Taxi!« Er winkte den Wagen herbei.

Diana fühlte sich zum Umfallen müde, versuchte aber trotzdem zu protestieren. Doch Larry blieb unerbittlich und hielt die Wagentür für sie offen.

»Sergeant Harvey bringt Sie nach Hause«, rief er ihr zu und zog den Beamten beiseite. »Sie gehen nach oben in Miss Wards Zimmer, durchsuchen die Räume sorgfältig und bleiben auf dem unteren Treppenabsatz, bis Sie abgelöst werden. – Und nun will ich mir einmal Todds Heim ansehen«, wandte er sich an Sergeant Reed.

Es dauerte eine Weile, bis sie ein zweites Taxi fanden. Es schlug sechs Uhr von den Kirchtürmen, als der Wagen vor Todds Heim hielt. Ein trauriges, wenig einladendes Haus – die Fenster waren mit blauer Farbe gestrichen, auf einer langen Tafel über dem Eingang stand in verblichenen Buchstaben: ›Todds Heim für bedürftige Blinde‹.

Larry hatte kaum geklopft, als die Tür von einem kleinen Mann geöffnet wurde.

»Das ist nicht Toby, nicht Harry, auch nicht der alte Joe... Wer ist es?«

Sie sahen, daß er blind war.

»Ich möchte den Vorsteher sprechen.«

»Ja, Herr«, sagte der Mann respektvoll. »Warten Sie bitte hier.«

Er verschwand in dem langen, dunklen Hausgang. Bald hörten sie ihn zurückkommen. Ein großer, schlanker Mann mit weißem Priesterkragen folgte ihm, dessen eine Hand leicht der Wand entlangstrich. Er trug eine Brille mit dunklen, blauen Gläsern. Sein Gesicht zeigte einen außergewöhnlich strengen Ausdruck.

»Treten Sie bitte ein! Ich bin John Dearborn – Reverend John Dearborn«, stellte er sich vor. »Wir haben selten Besuch hier. Todds Heim hat wenig Anziehungskraft.« Er machte keine Anspielung auf die frühe Stunde des Besuchs. »Kommen Sie, wir müssen ein Stück den Gang entlang, meine Herren – ich höre, daß Sie zwei Personen sind. – Vorsicht, hier ist eine Stufe!«

Er stieß eine Tür auf, sie traten ein. Das Zimmer war behaglich möbliert. Das erste, was Larry auffiel, waren die kahlen Wände, bis ihm einfiel, daß Bilder für Blinde keinen Wert haben.

Auf dem Tisch in der Mitte des Zimmers stand ein modernes Diktiergerät, das eingeschaltet war, als sie hereinkamen. Der Vorsteher ging geradewegs auf den Apparat zu und drückte auf einen Knopf – ein leichtes Schnappen, die Spule stand still.

»Das ist mein Diktaphon«, erklärte er, als er sich ihnen wieder zuwandte. »Ich bin literarisch tätig und diktiere in den Apparat, von dem meine Worte dann abgehört und mit der Schreibmaschine geschrieben werden können. Doch nehmen Sie Platz, meine Herren!« Er setzte sich gleichfalls. »Was verschafft mir das Vergnügen Ihres Besuchs?«

»Ich bin Beamter von Scotland Yard. Mein Name ist Holt.«

Reverend Dearborn verbeugte sich leicht.

»Ich hoffe, keiner meiner Schutzbefohlenen ist in Unannehmlichkeiten geraten?«

»Ich weiß es selbst noch nicht«, erwiderte Larry. »Im Augenblick suche ich einen Mann namens Jake – den ›blinden Jake‹.«

»Blinder Jake? Ich glaube nicht, daß wir so jemand in unserem Heim gehabt haben, wenigstens nicht, solange ich die Leitung habe. Und ich bin jetzt vier Jahre hier. Vor meiner Zeit wurde das Heim von einem Mann geleitet – und noch dazu sehr schlecht –, der die schlimmste Sorte von Blinden, die es in ganz London gab, hier zusammenbrachte. Sie wissen, Blinde sind in ihrer Art großartig, tapfer und geduldig, aber leider gibt es auch andere, verkommen, vertiert, der Abschaum der Erde. Wahrscheinlich haben Sie von den ›toten Augen‹ gehört?«

»Heute morgen zum erstenmal«, antwortete Larry.

»Wir sind diese Menschen losgeworden und haben jetzt nur anständige, alte Hausierer hier, für die alles mögliche getan wird. Wollen Sie sich vielleicht das Heim ansehen?«

»Sie kennen also den blinden Jake nicht?«

»Ich habe nie von ihm gehört«, sagte Reverend John Dearborn, »aber wenn Sie bitte mitkommen wollen, können wir uns erkundigen.«

Das Heim bestand aus vier Schlafsälen und einem gemeinsamen Wohnraum, in dem es nach kaltem Tabakrauch stank. Ein paar Blinde hockten herum.

»Einen Augenblick bitte!« Der Reverend wandte sich um, als sie bereits wieder im Gang standen, und ging noch einmal ins Zimmer, kam aber bald zurück. »Niemand kennt den blinden Jake persönlich, nur einer hat überhaupt etwas von ihm gehört.«

Sie stiegen eine Treppe hinauf und kamen durch den ersten Schlafsaal.

»Ich bezweifle, daß Sie noch mehr zu sehen wünschen.« Dearborn blieb stehen.

Larry hob den Kopf und lauschte.

»Es kam mir so vor, als ob ich jemand stöhnen hörte.«

»Ja, das ist ein trauriger Fall. Oben sind kleine Zimmer für Leute, die ein wenig mehr als ihre Leidensgenossen ausgeben können. In einem davon wohnt ein Mann, der, wie ich befürchte, geistig nicht ganz normal ist. Ich habe darüber schon an die zuständige Behörde berichten müssen.«

»Können wir nach oben gehen?« fragte Larry.

Der Reverend zögerte einen Moment.

»Selbstverständlich.« Er ging voraus. »Ich fürchte nur, die Ausdrucksweise des Mannes wird Sie schockieren.«

In dem kleinen Raum lag ein abgemagerter alter Mann in den Sechzigern, der sich ruhelos im Bett hin und her warf. Er stammelte unaufhörlich etwas und schien mit einer unsichtbaren Person zu sprechen. Larry hörte ihm erstaunt zu.

»Du Biest! Du Feigling! Gehenkt wirst du – denk an meine Worte! Gehenkt wirst du dafür!«

»Es ist schrecklich«, sagte der Reverend Dearborn und wandte sich ab. »Bitte, kommen Sie, meine Herren!«

Doch Larry rührte sich nicht vom Fleck und konzentrierte sich auf das Gestammel.

»Gut, Jake, aber du wirst dafür bezahlen, denk an meine Worte – wird dir teuer zu stehen kommen! Die sollen ihre dreckige Arbeit allein machen! Ich habe das Papier nicht in seine Tasche gesteckt, das kann ich dir sagen . . .«

Larry trat ganz ins Zimmer, beugte sich über den Mann und ergriff seinen Arm.

»Wachen Sie auf, ich möchte Sie sprechen!«

Larry schüttelte ihn. Aber er schwatzte weiter.

»Lassen Sie mich in Ruhe, ich will nicht noch mehr Unannehmlichkeiten haben!«

»Wie heißen Sie?«

»Ich will keine Unannehmlichkeiten mehr . . .« wiederholte der Alte.

»Er phantasiert«, warf Dearborn ein. »Er bildet sich ein, daß man ihn beschuldigt, einem seiner Freunde unten einen Streich gespielt zu haben.«

»Sprach er nicht von ›Jake‹?«

»Ja, natürlich, wir haben einen Jake unten – Jake Horley. Ein harmloser, amüsanter kleiner Kerl – möchten Sie ihn sprechen?«

Ohne zu antworten machte Larry kehrt und ging die Treppe hinunter. Hinter sich hörte er Reverend Dearborn sagen:

»Ich habe mich über Ihren Besuch gefreut. Ich wünschte nur, wir würden auch sonst auf mehr Interesse stoßen. Sie haben nun einen kleinen Einblick in unsere Arbeit tun können und selbst gesehen, mit welchen Schwierigkeiten wir zu kämpfen haben.«

Unten, bevor sie sich verabschiedeten, fragte er noch hastig:

»Sagen Sie – warum suchen Sie diesen blinden Jake? Ich meine – es ist wegen meiner Leute, sie werden umkommen vor Neugierde über diesen polizeilichen Besuch.«

»Gegen den blinden Jake liegt eine Anzeige vor. Eine Frau hat ihn . . .«

Reed, der begleitende Sergeant, starrte Larry verblüfft an. Es war gegen jede polizeiliche Gepflogenheit, den Angeber zu verraten.

Die Hand auf der Türklinke, blieb Larry Holt noch einen Augenblick stehen.

»Entschuldigen Sie die Frage, Mr. Dearborn, sind Sie selbst auch –?«

»O ja, ich bin vollständig blind. Die Gläser trage ich nur aus Eitelkeit. Ich bilde mir ein, daß ich mit der Brille besser aussehe.« Er kicherte leise.

»Auf Wiedersehen!« Larry schüttelte ihm die Hand. Dann zog er die Tür auf und stand Flimmer-Fred gegenüber.

Wie vom Donner gerührt starrte Fred ihn an und ging – nicht ohne Risiko für sich selbst – die wenigen Stufen rückwärts hinunter. Larry betrachtete ihn mit dem Ausdruck eines Huhnes, das eine neue Art Wurm vor sich sieht.

»Wer von uns beiden läuft eigentlich wem nach? Sie mir oder ich Ihnen? Und warum so früh auf, Fred? Haben Ihre – hm – Geschäfte Sie die ganze Nacht in Anspruch genommen?«

Fred fand keine Worte. Er war den ganzen langen Weg von der Jermyn Street bis Paddington zu Fuß gegangen, hatte alle erdenkliche Vorsicht angewandt, um ja nicht verfolgt zu werden, und nun ... Endlich fand er seine Stimme wieder.

»Also eine Falle«, stellte er bitter fest. »Das hätte ich mir denken können. Aber gegen mich liegt nichts vor, Mr. Holt!«

»Doch, eine ganze Menge«, scherzte Larry, während er mechanisch die Haustür zuzog, bis sie ins Schloß schnappte. »Doch, Fred – ich kann Ihr Gesicht nicht leiden, ich kann Ihre Schmucksachen nicht mehr sehen, und Ihre Personalakten sind mir ekelhaft! Wohinein stecken Sie schon wieder Ihre Nase, Fred? Kommen Sie so früh, um den armen Blinden einen freiwilligen Beitrag zu spenden? Haben Sie endlich Gewissensbisse bekommen?«

»Lassen Sie doch den Unsinn, Mr. Holt!« Zu Larrys Überraschung wich Fred nicht von ihrer Seite.

»Wollten Sie nicht in das Heim gehen?«

»Nein«, antwortete Fred kurz und bissig.

Schweigend gingen sie ihres Weges, ein sehr nachdenklicher Fred zwischen den beiden Polizeibeamten.

»Ich habe keine Ahnung, warum Sie mich mitgenommen haben«, bemerkte Fred, als sie schon die breite Edgware Road erreicht hatten. »Sie können mich doch für eine alte Geschichte nicht nochmals fassen?«

»Was ist eigentlich mit Ihnen los? Ich habe keine Ahnung, warum Sie uns nachlaufen. Sie haben uns ja Ihre werte Begleitung förmlich aufgedrängt. Doch da jetzt noch niemand unterwegs ist, der sehen könnte, in welch respektabler Gesellschaft wir uns befinden, können wir es gut noch eine Weile in Kauf nehmen.«

»Wollen Sie damit sagen, daß ich nicht geschnappt bin?« stieß Fred ungläubig hervor und blieb stehen.

»Nicht, daß ich wüßte. Wie kommen Sie darauf?«

»Da soll einer sich noch auskennen«, stotterte Fred verdutzt. »Was soll das nun bedeuten?«

»Kennen Sie jemand in dem Heim?«

»Ich kenne das Heim so wenig wie 'nen Kuhstall. Ich habe einen Milchmann nach dem Weg fragen müssen.«

»Sie hätten sich an einen Schutzmann wenden sollen. Es gibt eine ganze Menge davon.«

»Für meinen Geschmack zuviel. Hören Sie, Mr. Holt«, sagte Fred plötzlich ernsthaft, »Sie sind ein anständiger Mensch, ich bin sicher, Sie legen mich nicht herein.«

Larry überging das Kompliment mit Stillschweigen.

»Nun?« fragte er.

Fred langte in eine seiner Innentaschen und zog einen Brief hervor.

»Was halten Sie davon?«

Larry zog den Brief, der an Fred Grogan adressiert war, heraus und las:

›Man wird Sie morgen verhaften. Larry Holt hat den Haftbefehl. Kommen Sie morgen früh halb sieben nach Todds Heim, Lissom Lane, und fragen Sie nach Lew. Er wird Ihnen sagen, wie Sie entwischen können. Passen Sie auf, daß man Ihnen nicht folgt. Erzählen Sie niemandem, wohin Sie gehen.‹

Der Brief war nicht unterzeichnet. Larry wollte ihn schon zurückgeben, aber dann fragte er:

»Haben Sie etwas dagegen, wenn ich den Brief behalte?«

»Nein, behalten Sie ihn ruhig. Nur, Mr. Holt«, fragte Fred unruhig, »wollen Sie mir nicht sagen, ob da irgend etwas Wahres dran ist, daß ich gefaßt werden soll?«

»Soviel mir bekannt ist, sind Sie nicht auf der Liste, und ganz sicher habe ich keinen Haftbefehl gegen Sie.«

14

Coram Street 280, wo Mrs. Fanny Weldon wohnte, war eine Pension. Das ganze Haus bestand aus möblierten Zimmern. Mrs. Weldon war eine geschätzte Mieterin, sie bezahlte gut und machte keine Umstände. Die Wirtin tat alles mögliche, um ihr gefällig zu sein.

Nach der unruhigen Nacht, die Fanny hinter sich hatte, schlief sie den ganzen Vormittag. Um drei Uhr nachmittags stand sie auf und beschäftigte sich mit diesem und jenem. Da war ein Hut zu bürsten, eine Bluse zu glätten, etwas auszubessern.

»Sie sind heute nacht spät nach Haus gekommen, Mrs. Weldon«, sagte die Wirtin, als sie eigenhändig den Tee brachte.

»Genaugenommen bin ich heute nacht überhaupt nicht ins Bett gekommen. Wie spät ist es jetzt?«

»Sechs Uhr. Ich dachte, Sie schliefen noch, und da Sie nicht klingelten, wollte ich Sie nicht stören.«

Fanny gähnte.

»Heute abend gehe ich aber früh zu Bett. Gibt's was Neues?«

»Nicht viel, liebes Kind. Im Zimmer nebenan wohnt jetzt ein junger Mann, ein Herr aus Manchester, sehr ruhig. Mrs. Hooper hat sich wieder einmal über das Essen beklagt ...« Und sie begann den täglichen Pensionsklatsch herzusagen.

»Schicken Sie mir irgend was Kaltes nach oben«, bat Fanny. »Ich will heute wirklich früh schlafen gehen. Morgen habe ich eine wichtige Verabredung.«

Sie dachte mit gemischten Gefühlen daran, daß sie Larry Holt aufsuchen mußte.

Um halb acht ging sie zu Bett. Sie war todmüde und schlief sofort ein. Aber sie hatte schreckliche Träume von drohenden Ungeheuern, von hohen Gebäuden, auf deren äußerstem Dachrand sie saß, von Männern, die sie mit langen, blitzenden Messern verfolgten. Ruhelos warf sie sich im Bett hin und her. Sie träumte, sie hätte einen Mord begangen, sie hätte Gordon Stuart ermordet. Nie vorher hatte sie diesen Namen gehört, bis Inspektor Holt ihn erwähnte. Sie stellte sich Gordon Stuart als einen weichlichen jungen Mann vor.

Und jetzt war der Tag der Hinrichtung gekommen, träumte sie; man schleppte sie aus ihrer Zelle, die Hände auf dem Rükken gefesselt, ein weißgekleideter Priester schritt an ihrer Seite. Sie kamen in einen kahlen Raum, der Henker erschien, er hatte das höhnische Gesicht des blinden Jake. Sie fühlte den Strick um ihren Hals, versuchte zu schreien, er zog sich enger und enger zusammen, würgte, erstickte sie. Sie wachte jäh auf.

Zwei Hände lagen um ihren Hals. Im Widerschein einer

Straßenlaterne blickte sie entsetzt in die ausdruckslosen Augen des blinden Jake. Es war kein Traum – es war Wirklichkeit. Sie versuchte, sich zu bewegen, aber seine großen Hände drückten sie nieder, und ein Knie preßte sich auf ihren Körper. In zischendem Flüsterton sprach er auf sie ein:

»Du hast mich verraten! Hast mich verraten, du Biest! Ich weiß alles. Ein guter Freund bei Todd hat mir alles erzählt. Jetzt bist du geliefert, Kleine!«

Sie rang nach Atem, sie konnte keinen Schrei, kein Wort hervorbringen, sie spürte das Blut in den Schläfen hämmern, immer stärker preßten die Hände ihren Hals. Plötzlich flammte das Licht auf.

Der ›junge Mann aus Manchester‹, der das Zimmer nebenan gemietet und geduldig die ganze Nacht auf die leisen Schritte des blinden Jake gewartet hatte, weil er wußte, daß er kommen würde, um sich an der Verräterin zu rächen – Larry Holt also stand in der Tür und richtete seinen langläufigen Browning auf den Würger.

»Hände hoch, Jake!«

Mit dem Fauchen eines gestellten Raubtiers drehte sich Jake herum.

Einen Augenblick standen sie sich regungslos gegenüber, dann streckte Jake langsam seine Hände in die Höhe.

»Kommen Sie hierher – keine Dummheiten!« befahl Larry.

Geschickt jedem Hindernis ausweichend kam der große, schwere Mann mit hochgehaltenen Händen langsam auf ihn zu. Seine eine Hand kam mit der Hängelampe in Berührung, und bevor Larry verstand, was vorging, schloß sich die Hand um die elektrische Birne, die unter dem Druck klirrend zersprang. Das Zimmer lag in Dunkelheit. Schießen konnte er nicht, ohne das Mädchen zu gefährden. Larry stellte einen Fuß vor, spannte jeden Muskel, um den Anprall des Körpers, der sich jetzt auf ihn stürzen würde, aufzufangen. Und dann war er auch schon in den Griffen des blinden Jake. Diana hatte nicht übertrieben, als sie von seiner Riesenkraft sprach – sie war unheimlich, erschreckend. Larry, selbst ein handfester Mann und Amateur-Mittelgewichts-Meister, fühlte seine Kräfte schwinden.

Er wagte auch später nie sich auszudenken, was bei diesem Kampf herausgekommen wäre, wenn ihn nicht das Geräusch einer zufallenden Tür und die Stimme eines Mannes auf der Treppe unterbrochen hätte. Jake hob den Inspektor wie ein Bündel in die Höhe und schleuderte ihn in eine Ecke. Dort landete er keuchend und halb betäubt auf einer Porzellanetagere.

Jake aber riß die Tür auf und flog die Treppe hinunter, schneller als ein Sehender es je gewagt hätte.

Larry kam mühsam auf die Füße, nahm seine Taschenlampe und fand die Pistole, die ihm entfallen war. Er lief zum Fenster, öffnete es hastig und blickte hinaus. Doch Jake war bereits um die Straßenecke verschwunden.

Jemand brachte eine andere Glühbirne, und Larry kümmerte sich um das Mädchen. Sie war immer noch bewußtlos und hatte blutrote Flecken am Hals.

»Wir müssen unbedingt einen Arzt kommen lassen«, sagte Larry.

Die Wirtin sah ihn mißtrauisch an.

»Was hatten Sie hier im Zimmer eigentlich zu suchen?« fragte sie.

Die Polizeiwache befand sich ganz in der Nähe, und der Polizeiarzt war glücklicherweise anwesend. Nach wenigen Minuten traf er ein.

In der Zwischenzeit erwachte Fanny aus der Bewußtlosigkeit, doch bekam sie sogleich einen hysterischen Anfall, der für alle Anwesenden sehr peinlich war.

»Es wäre besser, Doktor, wenn wir sie in ein Spital bringen ließen«, schlug Larry vor, und der Arzt pflichtete bei.

Eine halbe Stunde später war jede Polizeistation Londons im Besitz einer Personenbeschreibung des blinden Jake. Die Jagd begann.

Larry ging auf die Straße hinunter. Er fühlte sich schwindlig und am ganzen Körper zerschlagen. Die frische Luft tat ihm gut. Um drei Uhr morgens betrat er seine Wohnung und fand Sunny friedlich schlafend in einem Stuhl. Er ging an ihm vorbei zum Kamin. Die Hände in den Hosentaschen stand er eine Weile in Gedanken versunken und starrte auf den Teppich. Dann klopfte er seinem Diener, der zusammenzuckte und zu blinzeln begann, auf die Schulter.

»He, Sunny, wach auf! Was mir heute passiert ist – er packte mich beim Genick und warf mich quer durchs Zimmer...«

»Wirklich, Sir? Wann wünschen Sie morgen früh Ihren Tee?«

Larry zuckte die Schultern, schlüpfte aus den Schuhen, legte Jacke und Krawatte ab, warf sich so aufs Bett und zog mit einem Ruck die Bettdecke über sich. Er tat es nicht nur, weil er sehr müde war, sondern auch, weil er wußte, daß Sunny sich darüber ärgerte.

15

In St. George, Hannover Square, fand eine vornehme Hochzeit statt. Lange Reihen eleganter Autos säumten beide Straßenseiten. Unter den Gästen befand sich auch Mr. Fred Grogan. Nicht daß er eingeladen worden wäre, das Brautpaar kannte ihn überhaupt nicht, und selbst wenn irgend jemand hier das zweifelhafte Vergnügen gehabt hätte, ihn zu kennen, man würde ihn trotzdem nicht eingeladen haben. Aber eine solche Kleinigkeit wie eine Einladungskarte machte Fred kein Kopfzerbrechen. Er erschien in St. George mit glänzendem Zylinder, weißen Glacéhandschuhen und wunderbar gebügelten Beinkleidern. Als er durchs Kirchenportal in den breiten Mittelgang trat, hielt man ihn versehentlich sogar für den Bräutigam.

Gekommen war er nicht etwa, um Eingang in die gute Gesellschaft zu finden, sondern um dem Schauspiel beizuwohnen, wenn die verzweigten Familien von Braut und Bräutigam sich gegenseitig mit Zurückhaltung und ausgesprochener Mißbilligung betrachteten. Er wußte, daß an Hochzeiten ganze Scharen von Basen und Vettern aus der Vergessenheit auftauchten, sich in seltener Vollzähligkeit auf einem Haufen zusammenfanden und daß die Damen sich mit ihren kostbarsten Juwelen behängten.

Die Feierlichkeit dauerte sehr lange und langweilte ihn maßlos. Er bedauerte, einen derart auffälligen Platz eingenommen zu haben, der es ihm unmöglich machte, sich heimlich zu empfehlen oder wenigstens die Anwesenden zu beobachten. Endlich war die Zeremonie beendet, die Orgel rauschte triumphierend auf, Braut und Bräutigam schritten als erste feierlich durch den Mittelgang hinaus.

Fred schloß sich der Prozession an. Er überlegte, ob es ratsam wäre, an dem nun folgenden Empfang teilzunehmen – wo er stattfand, hatte er längst ausfindig gemacht –, da berührte jemand seinen Arm. Fred fuhr herum.

»Hallo, Doktor Judd«, rief er erleichtert, »ich dachte schon, es wäre wieder der verfluchte Holt!«

Dr. Judd, eine imposante Figur in seiner zeremoniellen Aufmachung, sah ihn streng an.

»Sie haben mir doch erzählt, daß Sie nach Nizza fahren?«

»Ich habe den Zug verpaßt«, erzählte Fred fließend, »und mein Freund mußte ohne mich abfahren. Nun will ich mich noch ein paar Tage in London umsehen, bevor ich abreise.«

Dr. Judd machte eine auffordernde Handbewegung.

»Kommen Sie ein paar Schritte mit – ich möchte einiges mit Ihnen besprechen.«

Sie gingen über den Hannover Square und bogen in die Bond Street ein.

»Sie fallen mir auf die Nerven, Mr. Grogan«, begann Dr. Judd. »Bis jetzt konnte mich wenigstens der Gedanke etwas beruhigen, daß Sie auf dem Kontinent Kopf und Kragen riskieren. Doch nun treiben Sie sich in London herum!«

»Wußten Sie, daß ich noch hier bin?«

»Ich hörte es. Passen Sie jetzt auf, Mr. Grogan. Halten Sie es nicht auch für besser, wenn wir zu einem Schluß kommen, uns irgendwie einigen?«

Fred war ganz Ohr.

»In welcher Weise?« fragte er vorsichtig.

»Nehmen wir an«, sagte Dr. Judd, »ich zahle Ihnen eine Pauschalsumme unter der Bedingung, daß Sie mich nicht weiter belästigen.«

Nichts konnte besser zu Freds Plänen passen. Angenommen, die Summe wäre wirklich beträchtlich, dann könnte er sich Unannehmlichkeiten und neue Schwindeleien ersparen.

»Einverstanden«, erwiderte er nach längerer diplomatischer Pause.

Dr. Judd sah ihn an.

»Aber Sie müssen Ihr Wort halten. Ich habe nicht die Absicht, zwölftausend Pfund loszuwerden ...«

»Zwölftausend Pfund!« unterbrach Fred. »Warum nicht, das ist eine hübsche, runde Summe.«

»Doch merken Sie sich eines – ich habe nicht die geringste Lust, eine derartige Summe zu zahlen, wenn ich nicht die absolute Sicherheit habe, von Ihnen nie wieder belästigt zu werden. Wollen Sie morgen abend acht Uhr bei mir in Chelsea essen? Es werden noch einige andere Gäste dasein, doch niemand kennt sie. Ich muß Sie allerdings bitten, keine der Bekanntschaften, die Sie morgen abend machen werden, für zukünftige Fischzüge vorzumerken.«

Fred verwahrte sich entrüstet gegen solche Unterstellungen, doch der Doktor verabschiedete sich kurz und ließ ihn an der Ecke Bond Street stehen.

Zwölftausend Pfund! Fred wandelte wie auf Wolken, als er die Bond Street in Richtung Picadilly hinunterschlenderte.

Auf der anderen Straßenseite ging ein hübsches Mädchen, das es ihm antat. Er beschleunigte seine Schritte, kreuzte die Straße und blieb dicht hinter ihr. Sein eleganter Aufzug kam ihm zustatten. Siegesgewiß überholte er die junge Dame, lüftete lächelnd den Zylinder, bemerkte ihren interessierten, fragenden Blick – doch nun beging er den Fehler, die abgedroschene Phrase von sich zu geben:

»Sind wir uns nicht schon irgendwo begegnet?«

Sie sah ostentativ weg.

»Kleines Fräulein, ich muß Sie unbedingt näher kennenlernen.« Diese Phrase hatte oft schon gute Dienste geleistet.

»Dann müssen Sie mich besuchen«, erwiderte sie, was Fred ein wenig aus der Fassung brachte.

Sie öffnete die Handtasche, nahm eine Karte heraus und kritzelte ihren Namen darauf.

»Verbindlichsten Dank«, sagte er kavaliergemäß, »darf ich Ihnen hier meine Karte geben. Ja – und nun, wie denken Sie über ein kleines Dinner, Miss ...« Er hob die Karte und las die beiden obersten handschriftlichen Zeilen: »Diana Ward – ein wundervoller Name – Diana! Zimmer 47 ...« Dann änderte sich sein Gesichtsausdruck. Es kamen zwei gedruckte Zeilen: Inspektor Holt – Scotland Yard.

Fred schluckte leer.

»Wenn zufällig einmal nicht er – dann also Sie ...« stotterte er.

16

»Das ist Flimmer-Fred!« kicherte Larry, als sie ihm das Erlebnis am Nachmittag erzählte. »Der arme Kerl hat Pech – andauernd tanzt er mir vor der Nase herum.«

»Ich muß Ihnen aber noch von einer anderen Begegnung berichten«, fuhr Diana fort, »ich habe einen früheren Arbeitgeber getroffen, bei dem ich einige Monate ...«

»Sagen Sie, Miss Ward«, unterbrach Larry, »was mich schon lange beschäftigt – Sie müssen schrecklich früh zu arbeiten begonnen haben?«

»Ja. Meine Tante, die mich erzogen hat, war sehr arm.«

»Und Ihre Eltern?«

»Das ist keine erbauliche Geschichte. Ich habe meine Eltern nicht gekannt. Aber ich würde mich nicht wundern, wenn der Name meines Vaters eines Tages in den Berichten von Scotland Yard auftauchte, falls er überhaupt noch am Leben ist. Mrs. Ward hat fast nie von ihm gesprochen oder nur in wenig schmeichelhaften Ausdrücken. Ja, ich mußte schon sehr früh für meinen Lebensunterhalt sorgen. Doch nun zum Wichtigsten – dieser Arbeitgeber, den ich getroffen habe, ist Versicherungsfachmann, er erzählte, daß er in letzter Zeit empfindliche Rückschläge gehabt hätte, zuerst den Verlust eines Schiffes im Baltischen Meer, und dann mußte er eine große Versicherungssumme für den Tod eines Mannes namens Stuart auszahlen.«

»Stuart?« fragte Larry. »Doch nicht unser Stuart? Übrigens, das Gutachten lautete: ›Ertrunken aufgefunden‹. Uns lag natürlich nichts daran, Einspruch zu erheben oder irgendeine Behauptung aufzustellen, die die Mörder aufmerksam gemacht hätte. – Also Stuart?«

»Ja – und es ist unser Stuart.«

Larry pfiff leise.

»Wie ist das zugegangen?«

»Ich habe mir einige Notizen gemacht.« Sie holte ein Blatt Papier aus ihrer Handtasche. »Mr. Gray, so heißt mein einstiger Chef, ist Inhaber einer Versicherungsagentur. Wenn jemand sein Leben sehr hoch versichert, trägt die Gesellschaft, die die Police ausstellt, das Risiko nicht allein, sondern überträgt anderen Versicherungsgesellschaften Anteile an ihrer Haftpflicht. In diesem Fall hatte die Firma von Mr. Gray eine solche Rückversicherung im Werte von dreitausend Pfund übernommen.«

»Dreitausend Pfund?« wiederholte Larry. »Wie hoch war Stuart überhaupt versichert?«

»Danach habe ich mich auch gleich erkundigt.« Sie zeigte auf ihr Notizblatt. »In der Police, die Mr. Gray mit unterzeichnete, war eine Summe von fünfzigtausend Pfund angegeben, aber Mr. Gray erzählte mir, daß gleichzeitig noch eine zweite Police über den gleichen Betrag ausgestellt wurde.«

»Das also ist die geschäftliche Seite von Stuarts Tod? Versichert für hunderttausend Pfund . . . Hat Mr. Gray bezahlt?«

»Natürlich hat er in dem Augenblick bezahlen müssen, als die ausstellende Firma ihre Rückversicherungsansprüche geltend machte, und obwohl er ohnehin schon Schwierigkeiten hatte, blieb ihm nichts anderes übrig, als das Geld aufzutreiben.«

»Wie heißt die ausstellende Firma?«

»Greenwich-Versicherungsgesellschaft.«

Larry sprang auf.

»Doktor Judd!« rief er.

17

Larry hatte noch einige Briefe diktiert und war dann weggegangen.

Mit jeder neuen Entdeckung wurde der Fall Stuart rätselhafter und verwickelter. Überall stieß man an Mauern, geriet
in Sackgassen. Nicht einmal die Annahme, daß Stuart ermordet
wurde, konnte als erwiesen gelten. Es war nur eine Theorie, die
sich auf die ungewöhnlichen Umstände stützte, unter denen der
Tote bei steigender Flut auf den Stufen der Ufertreppe aufgefunden wurde, und auf ein Stück Papier in Brailleschrift, das
nicht mehr vorhanden war.

Mitten in der Northumberland Avenue blieb Larry stehen,
zog sein Notizbuch heraus und las noch einmal die rätselhafte,
verstümmelte Botschaft: ›Gemordet ... dear ... see ...‹

Warum ›dear‹? überlegte er. Ein Mann, der sich die Mühe
machte, die Namen seiner Mörder anzugeben, würde wohl
kaum ›dear Sir‹ geschrieben haben.

›Dear, dear, dear . . .‹ wiederholte er im stillen ständig, als
er weiterschlenderte, bis ihm auf einmal eine Gedankenverbin-
dung kam. Dearborn! Er lachte vor sich hin. Dearborn, ein
weltfremder Geistlicher – eine schwierige Aufgabe, dieses
Heim ... Nein, es mußte noch andere Assoziationen geben.

Es ist eine eigenartige Sache, passiert aber oft: Hört oder
sieht man zum erstenmal einen ganz ungewöhnlichen Namen,
so stößt man innerhalb von vierundzwanzig Stunden gleich noch
ein zweites Mal auf ihn. In der Shaftesbury Avenue, als er an
einem Theater vorbeikam, begegnete Larry dem Namen wieder.
Er blieb stehen.

›John Dearborn‹, las er auf der Theateraffiche.

Dearborn war offensichtlich der Verfasser des Stückes, das
hier aufgeführt wurde. Was für ein Theater war das eigentlich?
Er trat ein paar Schritte zurück und las die Lichtschrift über
dem Eingang: ›Macready-Theater‹. Aus dem Macready-Theater war Gordon Stuart verschwunden!

Ohne Zögern betrat er das enge Vestibül und ging zur Kasse.
Auf dem Sitzplan, der vor dem Kassierer ausgebreitet lag, zeig-

ten wenige blaue Striche die Plätze an, die für den Abend verkauft worden waren.

»Können Sie mir bitte sagen, wo ich Mr. Dearborn finden kann?« fragte Larry.

»Sind Sie vielleicht ein Freund der Direktion?«

»Durchaus nicht.«

»Aber zufällig ein Freund Mr. Dearborns?« fragte der Kassierer wieder und sah Larry eindringlich an, der den Kopf schüttelte. »Sehen Sie, dann kann ich Ihnen ja meine Meinung sagen. Ich wollte Sie nur nicht kränken. Ich habe keine Ahnung, wo Mr. Dearborn zu finden ist. Es wäre zu wünschen, daß es die Direktion auch nicht wüßte! Ende dieser Woche höre ich hier auf, da macht es nicht mehr viel aus, was ich sage. Dearborn ist so ungefähr der schlechteste Theaterschriftsteller, den die Welt je erlebt hat. Hoffentlich schrecke ich Sie damit nicht ab, falls Sie eine Karte kaufen wollten?«

»Keineswegs.«

»Wissen Sie, ich möchte Ihnen auch nicht zureden, eine zu kaufen. In der Sonntagvorstellung hatten wir ganze fünf Zuschauer, und es sieht so aus, als ob wir heute abend nicht auf mehr als drei kommen würden. Die einzigen, die ein gewisses Interesse an unserem Stück haben, sind die Nervenärzte, die hierherkommen, um die Reaktionen des Publikums zu beobachten; und wenn irgendwo ein Irrer ausbricht, werden die Wärter zuerst in unser Theater geschickt, um ihn hier zu suchen.«

»Haben Sie gar keinen Anhaltspunkt, wo der Verfasser dieses unglückseligen Stückes zu finden sein könnte?«

»Er ist Vorsteher einer Mission für – ich weiß nicht was, im Westend. Armer Teufel, er ist blind, ich sollte eigentlich nicht so über ihn reden. Aber er schreibt furchtbare Stücke.«

»Schreibt er schon lange?«

»Schon lange? Er schreibt ununterbrochen.«

»Und alle seine Stücke werden aufgeführt?«

»Ja.«

»Und alle fallen durch?«

»Natürlich.«

»Wie ist so etwas möglich? Keine Theaterdirektion wird immer weiter Stücke von einem Verfasser bringen, wenn sie regelmäßig durchfallen.«

»Unsere tut es«, meinte der Kassierer resigniert. »Darum ist ja auch der Name ›Macready‹ gleichbedeutend mit ...«

»Und Sie wissen nicht, wie lange John Dearborn das schon so treibt?«

»Ungefähr zehn Jahre. Es gibt gelegentlich sogar Stellen, die nicht einmal so schlecht sind – mehr verrückt.«

»Kommt er manchmal hierher?«

»Nie. Auch nicht zu den Proben. Ich weiß nicht, warum.«

»Noch eine Frage – wem gehört das Theater?«

»Einer Gesellschaft. Darf ich wissen, warum Sie diese Auskünfte wünschen?«

»Aus keinem besonderen Grund.« Larry dankte und verließ das Theater.

Das Ganze war unbegreiflich. Aber noch unsinniger wäre es, das Wortbruchstück ›dear‹ mit dem Verfasser der schlechten Theaterstücke, also mit Mr. Dearborn, in Verbindung bringen zu wollen. Als er vor dem Theater stand, kam ihm ein Gedanke, und er kehrte noch einmal um.

»Würden Sie mir einen großen persönlichen Gefallen erweisen«, fragte er, »und mir das Theater zeigen?«

Der Kassierer machte erst Einwendungen, dann aber winkte er dem Theaterportier, der soeben seinen Dienst antrat.

Larry folgte dem Portier in den ersten Rang, von wo aus er das kleine Theater überblicken konnte. Der Raum lag im Halbdunkel, der Vorhang war geschlossen, über die Sitze spannten sich weiße Überzüge.

»Wo ist Loge A?« fragte Larry.

Durch eine schwere Portiere gelangten sie in den schmalen Gang hinter den Logen. Die letzte Tür führte in die Loge A. Larry trat ein, es war völlig dunkel, er nahm seine Taschenlampe. Auf dem kostbaren Teppich standen drei wundervoll geschnitzte antike Sessel. Sonst gab es hier nichts Ungewöhnliches.

»Sind die anderen Logen auch so kostbar ausgestattet?«

»Nein, Sir, nur Loge A.«

Larry drehte sich um, ging auf den Gang zurück. Genau in

seinem Blickfeld hing an der gegenüberliegenden Gangwand ein
großer, roter Teppich. Er schob ihn etwas zur Seite und fand
darunter eine eiserne Tür, auf der in roter Schrift ›Notausgang‹
stand.

»Wohin führt diese Tür?«

»In eine Seitenstraße, Sir. Es ist keine richtige Straße, nur ein
Privatweg, der zum Theater gehört.«

Larry gab dem Mann ein Trinkgeld und verließ das Theater.

18

Larry Holt erwartete an diesem Abend noch einen Anruf Harveys, den er weggeschickt hatte, damit er verschiedene Erkundigungen einzog. Als das Telefon läutete, war es aber nicht Sergeant Harvey, sondern der Inspektor von der Polizeiwache in
Oxford Lane.

»Ist dort Inspektor Holt?«

»Am Apparat.«

»Sie haben die Beschreibung eines schwarz emaillierten Manschettenknopfes mit Brillanten veröffentlicht!«

»Ja, natürlich. Und?«

»Ein Mr. Emden, von der Firma Emden & Smith, Pfandleihe,
meldete ein Paar Manschettenknöpfe, die mit der Beschreibung
in der amtlichen Diebstahlsliste übereinstimmen.«

»Haben Sie sie dort?« fragte Larry eifrig.

»Nein, Sir. Aber Mr. Emden ist hier im Büro, falls Sie ihn
sprechen wollen. Er kann Ihnen die Knöpfe morgen früh zeigen. Heute abend las er die amtliche Liste und stieß auf die
Beschreibung. Er ist dann sofort hierhergekommen, da er ganz
in der Nähe wohnt.«

»Gut. Erwarten Sie mich, ich komme jetzt gleich vorbei.«

»Was gibt es?« fragte Diana. »Sind die Manschettenknöpfe
gefunden worden?«

»Man hat ein Paar Manschettenknöpfe entdeckt, die mit der
Beschreibung übereinstimmen. Aber ich weiß nicht – es ist ein
Paar, während es doch ein halber Knopf sein müßte oder an-

derthalb ... Kommen Sie, Miss Ward, ich werde Sie bei dieser Gelegenheit zu Hause absetzen.« Larry nahm den Hörer und meldete der Telefonzentrale: »Wenn Sergeant Harvey anruft, sagen Sie ihm, er möchte es noch einmal versuchen oder im Präsidium auf mich warten.«

Vor Miss Wards Haustür lungerte ein Mensch herum, der Larry grüßte.

»Lassen Sie mich etwa bewachen?« fragte Diana überrascht. »Ich glaube, das ist wirklich nicht nötig, Mr. Holt.«

»Meine persönlichen Erfahrungen haben mich überzeugt, daß es sehr nötig ist. Dem freundlichen Herrn, der mich in den Porzellanhaufen geschmissen hat, ist alles zuzutrauen. – Gibt es noch einen anderen Eingang ins Haus?« fragte er den Detektiv.

»Nein, Sir, ich habe genau nachgesehen und auch die Wohnung untersucht.«

»Wie ist das möglich?« fragte Diana verdutzt. »Seit dem Zwischenfall schließe ich die Wohnung immer ab.«

»Ich habe mir einen Nachschlüssel machen lassen«, erklärte Larry. »Hoffentlich sind Sie mir deshalb nicht böse. Und da wir gerade von Schlüsseln sprechen – das Rätsel, wie der blinde Jake in Fanny Weldons Zimmer gelangen konnte, hat sich auch aufgeklärt. Sie hatte ihm für den Fall, daß sie ihn in der Samstagnacht mit der Beute verpassen sollte, ihren Hausschlüssel gegeben. Er sollte dann einfach nach oben kommen. Das Zimmer kannte er offenbar. Sie hatte eine solche Angst vor ihm, daß sie nicht wagte, ihm den Schlüssel zu verweigern. Sie mußte das aber völlig vergessen haben, sonst hätte sie sich wohl kaum so vertrauensvoll schlafen gelegt.«

Larry wünschte Diana gute Nacht und fuhr weiter nach Oxford Lane.

Mr. Emden war ein kleiner, freundlicher Mann, der einen Kneifer trug.

»Ja, ich las die amtliche Diebstahlsliste und stieß auf Ihre Beschreibung der Knöpfe, Mr. Holt.«

»Sie haben ein Paar, sagten Sie?«

»Ja, Sir. Heute morgen sind sie bei mir versetzt worden. Ich habe sie selbst in Empfang genommen, einer meiner Angestellten mußte etwas besorgen, und so habe ich den Kunden abgefertigt. Ich gab ihm vier Pfund dafür.«

»Es ist ein recht ungewöhnliches Muster, nicht?«

»Ganz und gar«, pflichtete der Pfandleiher bei, »ich erinnere mich nicht, je Manschettenknöpfe wie diese gesehen zu haben. Vermutlich ist es französische Arbeit. Einer war etwas beschädigt, drei Diamanten fehlten. Sonst hätte ich auch viel mehr als vier Pfund dafür gegeben.«

»Kennen Sie den Mann, der die Knöpfe versetzt hat?« erkundigte sich Larry.

»Nein Sir. Es war ein sehr eleganter Herr, der mir erzählte, er hätte sich an den Dingern sattgesehen. Aber meiner Meinung nach . . .«

»Nun?« fragte Larry.

»Ja – so ganz traute ich seiner Eleganz nicht. Im Westend treiben sich viele von der Art herum. Ich glaube, daß er die Knöpfe nicht versetzte, weil er das Geld brauchte oder sie satt hatte, sondern weil er sie los sein wollte.«

»Elegant angezogen, sagen Sie?« Larry überlegte. »Trug er irgendwelchen Schmuck? Brillanten?«

»Ja«, bestätigte der Pfandleiher. »Darum nahm ich auch an, daß es ihm nicht ums Geld ging. Vier Pfund sind ja nicht viel, und er verlor kein Wort darüber.«

»Was für einen Namen hat er angegeben?«

»Mr. Frederick und, wie ich annehme, eine x-beliebige Adresse.«

»Flimmer-Fred!« rief Larry. »Liegt die Jermyn Street in Ihrem Bezirk?« fragte er den Inspektor.

»Ja, Sir.«

»Nehmen Sie ein paar Leute mit, heben Sie Flimmer-Fred aus! Bringen Sie ihn hierher, falls nötig, nehme ich ihn dann nach Cannon Row mit.«

»Soll er verhaftet werden?«

»Nein, erst einmal vernommen. Vielleicht kann er eine Erklärung geben. Allerdings muß er es sehr geschickt anstellen, wenn er sich hier herausreden will. – Mr. Emden«, wandte er sich an den Pfandleiher, »ich kann leider nicht bis morgen früh warten und muß Sie bitten, mich in Ihr Geschäft zu begleiten, damit Sie mir die Knöpfe aushändigen können.«

»Mit Vergnügen. Ich habe so etwas gedacht und gleich die Schlüssel mitgebracht. Mein Laden ist nur fünf Minuten von hier entfernt.«

Ein Beamter in Zivil begleitete sie. Als Mr. Emden den Schlüssel ins Schloß steckte und umdrehen wollte, gab die Tür nach.

»Nanu, die Tür ist ja offen!« rief er erschrocken und eilte in den Vorraum hinein. Es war überflüssig, einen weiteren Schlüssel zu suchen, denn die Tür zum eigentlichen Ladenraum stand halb offen. Beim Schein seiner Taschenlampe konstatierte Larry Spuren eines Brecheisens. Mr. Emden schaltete alle Lichter ein.

Auf dem Ladentisch lag, aufgeschlagen bei den Eintragungen vom letzten Tag, das Kassabuch.

»Wo haben Sie die Knöpfe aufbewahrt?«

»Im Geldschrank in meinem Privatbüro. Sehen Sie hier, die Eintragung und Nummer!« Mr. Emden zeigte auf das Buch.

»Und dahinter steht ›Geldschrank‹«, ergänzte Larry lakonisch. »Ich habe so das Gefühl, daß Sie Ihren Geldschrank nicht ganz unberührt vorfinden werden.«

Das Gefühl trog ihn nicht. Der große, ›diebessichere‹ Geldschrank befand sich in kläglicher Verfassung. Ein Loch war in den Stahlmantel gebrannt, das Schloß fehlte. Von Wertgegenständen keine Spur mehr, nicht ein einziges Päckchen befand sich noch im Schrank.

»Die Knöpfe brauchen wir nicht mehr zu suchen«, stellte Larry verbissen fest.

19

Nach der Entdeckung des Einbruchs in das Pfandleihgeschäft ging Larry auf die Polizeiwache zurück, wo ihn noch eine Neuigkeit erwartete. Flimmer-Fred war verschwunden.

»Ich wünschte, Sie würden mitkommen und sich seine Wohnung ansehen, Sir«, sagte der Beamte, der Fred hätte vorführen sollen. »Da muß allerhand vorgefallen sein.«

Flimmer-Fred wohnte im Modley House, Jermyn Street. Der Portier des großen Mietshauses erzählte eine sonderbare Geschichte.

»Mr. Grogan kam gegen elf Uhr heute nacht nach Hause und fuhr direkt nach oben. Ich brachte ihm noch einen Siphon Sodawasser, den er bestellt hatte, und wünschte ihm gute Nacht. Anschließend machte ich gleich noch meine Runde, um nachzusehen, ob die Nebeneingänge verschlossen und die Lampen ausgeschaltet waren, und ging dann in meine Loge zurück, wo ich eine Kleinigkeit aß und in die Abendzeitung blickte.«

Die ›Loge‹ war ein unter der Treppe befindlicher und als Büro eingerichteter Raum, wo die Mieter ihre Schlüssel abgaben.

»So gegen halb zwölf«, berichtete der Portier weiter, »glaubte ich so etwas wie einen Schuß und laute Männerstimmen zu hören. Ich ging in die Halle, lauschte und stieg in die zweite Etage hinauf, von wo der Lärm kam. Nur in Mr. Grogans Wohnung brannte Licht, das konnte ich am Oberfenster über der Tür sehen. Ich klopfte an, nach einer Weile öffnete Mr. Grogan, und ich sage Ihnen, er jagte mir einen riesigen Schreck ein, so wild sah er aus. In der Hand hatte er ein großes Messer, der Anzug war blutbeschmiert. ›Ach, Sie sind's‹, sagte er, ›kommen Sie herein!‹ Ich trat hinter ihm ins Wohnzimmer – Sie machen sich keinen Begriff, wie es da aussah. Die Stühle umgestürzt am Boden, der Tisch umgeworfen, zerbrochene Gläser und Flaschen durch das ganze Zimmer verstreut. Das Fenster stand offen. Vor Mr. Grogans Fenster läuft die Feuerleiter vorbei. ›Was ist passiert, Sir?‹ fragte ich. ›Nichts Besonderes‹, sagte er, ›nur ein Einbrecher! Das ist alles! Holen Sie mir erst mal einen Whisky!‹ Er zitterte am ganzen Körper und war furchtbar aufgeregt. Immerzu sprach er mit sich selbst, aber ich konnte nicht verstehen, was er sagte. Als ich mit dem Whisky kam, hatte er das Messer sauber gemacht und war etwas ruhiger geworden. Er stand am offenen Fenster und blickte die Feuerleiter entlang in den Hof hinunter. Nun bemerkte ich auch, daß das Glas eines Wandbildes durch eine Kugel zerschmettert worden war. Ich sah sofort, daß es ein Schuß gewesen sein mußte, denn ich war einige Jahre bei der Londoner Polizei und kenne mich in solchen Dingen aus. Ich sagte ihm, daß das ernsthafte Unannehmlichkeiten geben könne, aber er meinte, ich solle mir darüber nicht den Kopf zerbrechen, gab mir fünfzig Pfund für Miete und Unkosten und bat, die Wohnung in Ordnung zu halten, bis er zurückkehre – er werde ins Ausland verreisen.«

»Und dann?« fragte Larry.

»Dann kam er mit einem Handkoffer herunter, Sir, stieg in ein Taxi und fuhr weg. Das war das letzte, was ich von ihm gesehen habe.«

Larry untersuchte das Zimmer und fand die Angaben des Portiers bestätigt. Der Raum wurde durch eine Hängelampe mit drei Birnen erleuchtet. Der Schirm mit den drei Fassungen hing in der Mitte des Zimmers von der Decke herab. Eine der Birnen war zersplittert. Larry machte den Portier darauf aufmerksam.

»Ja, Sir. Die Lampe hat drei Stufen, sogenannte Hotelschaltung. Man kann nach Wunsch eine, zwei oder alle drei Birnen einschalten. Gewöhnlich hat Mr. Grogan nur eine brennen lassen.«

Larry konnte sich die Szene nur zu gut vorstellen: Der Eindringling, der durchs Fenster gekommen war – Fred, der ihn mit seinem Revolver in Schach hielt, während der große Mann sich langsam der Zimmermitte näherte, bis seine erhobenen Hände mit der Hängelampe in Berührung kamen und seine riesenhafte Tatze die heiße Glühbirne zerdrückte. Dann hatte Fred gefeuert, und der Mann hatte sich auf ihn gestürzt. Aber Fred war glatt wie ein Aal. Flimmer-Fred war gerissener als Larry Holt. Er verließ sich weniger auf den Revolver als auf sein Messer. Zur größten Überraschung des blinden Jake – denn es mußte der blinde Jake gewesen sein – hatte Grogan den Ansturm und die erstickende Umklammerung dieses Tiermenschen mit blankem Stahl pariert. Jake mußte ihn losgelassen haben und durch das offene Fenster entflohen sein.

In diesem Augenblick fühlte Larry so etwas wie Sympathie für den Hochstapler. Also auch Fred war, sei es durch Zufall oder absichtlich, auf den Mörder Stuarts gestoßen! Was für eine Spur konnte das sein? Er mußte Flimmer-Fred finden, sofort finden, denn in seinen Händen lag vielleicht die Lösung des Rätsels.

Er fuhr nach Hause, rief Scotland Yard an, wo er erfuhr, daß Harveys Nachforschungen ergebnislos geblieben waren, nahm ein heißes Bad und legte sich zu Bett. Er schlief genau vier Stunden. Sunny brachte ihm Tee und einige Schnitten Toast mit Butter.

»Wie spät ist es?« fragte ihn Larry.

»Neun Uhr, Sir. Der Briefträger ist schon dagewesen, und die Morgenzeitungen sind gekommen.«

»Geben Sie mir meine Briefe!« Larry sprang aus dem Bett. Während er den Tee trank, durchflog er die Post. Ein Brief war ohne Marke und Poststempel, mußte also von privater Hand in den Kasten gesteckt worden sein. Er riß den Umschlag auf. Das Schreiben begann ohne Anrede:

›Es ist besser, wenn Sie sich mit einem anderen Fall beschäftigen, Mr. Holt! Sie ziehen sich ernsthafte Unannehmlichkeiten zu, wenn Sie diese Warnung nicht beherzigen.‹

»Sunny, bringen Sie mir meine Jacke!«

Larry suchte in der inneren Brusttasche den Brief, den Flimmer-Fred erhalten hatte, und legte ihn neben den Drohbrief. Beide Schreiben wiesen die gleiche Handschrift auf.

20

Diana Ward unterbrach ihre Arbeit, ließ ihre Finger auf den Tasten der Schreibmaschine liegen und sah zu Larry Holt hinüber, der sich in seinem Stuhl zurückgelehnt hatte und im Begriff war, den Fall Stuart zu resümieren.

»Wir sehen am besten, wo wir stehen, wenn wir uns die Ereignisse in ihrer Reihenfolge nochmals ins Gedächtnis zurückrufen.« Er unterstrich die einzelnen Punkte, indem er sie an den Fingern mitzählte. »Wir haben da zuerst einen reichen Kanadier, der in der Absicht nach London kommt, Frau und Kind zu suchen, die er vor Jahrzehnten verlassen hatte, jedoch nur noch ihr Grab findet. Nach einem Besuch im Macready-Theater wird er ermordet. Der Autor des Stückes ist John Dearborn, der, wie allgemein bekannt ist, den größten Blödsinn schreibt, den je eine Bühne aufgeführt hat. Darum braucht er aber noch lange kein Mörder zu sein. Außerdem ist er ein angesehener Geistlicher, der sich der Aufgabe verschrieben hat, Blinde zu betreuen. Der ermordete Stuart hinterläßt ein Testament, geschrieben auf die Innenseite seines Oberhemdes, worin er sein gesamtes Vermögen einer Tochter vermacht, über deren Existenz wir bisher keinerlei Anhaltspunkte haben. Verschiedene Beweisstücke werden gefunden – ein Stück Papier mit einigen Worten in Brailleschrift und in der Hand des Toten die Hälfte eines Manschettenknopfes. Die Brailleschrift wird aus dem Präsidium gestohlen. Ein Paar gleiche Manschettenknöpfe kommen in den Besitz Flimmer-Freds, der sie aus Sicherheitsgründen versetzt. Diese Knöpfe scheinen aber für eine oder mehrere unbekannte Personen derartig wichtig zu sein, daß ein Einbruch in das Pfandhaus verübt wird, offensichtlich nur zu dem Zweck, die Knöpfe wieder in die Hände zu bekommen. Mehr noch – ein Helfershelfer versucht, zuerst Sie, Miss Ward, zu entführen und dann Fanny Weldon, die in unser Büro eingedrungen war, zu ermorden. Schließlich sollte auch noch Flimmer-Fred aus dem Wege geräumt werden . . .«

Es schauderte Diana bei dieser Aufzählung.

»Hat man überhaupt keine Spur von ihm – ich meine von diesem blinden Jake? Die Nacht auf der Treppe werde ich nie vergessen.«

»Absolut nichts. Er ist in seiner Höhle verschwunden.«

»Halten Sie das Heim unter Beobachtung?«

»Das Heim?« wiederholte Larry überrascht. »Nein, ich denke nicht, daß es notwendig ist. Der Vorsteher ist etwas überspannt, aber ich habe mit dem Polizeiinspektor des Viertels gesprochen, er meinte, alle Insassen seien als ehrlich bekannt, und er könne für sie garantieren, mit Ausnahme des Mannes Lew. Wissen Sie, Lew ist der Blinde, den ich im oberen Stock im Einzelzimmer gesehen und von dem ich Ihnen erzählt habe.«

»Darf ich Sie um eine Gefälligkeit bitten?« fragte Diana. »Dürfte ich das Heim aufsuchen? Würden Sie mich morgen dorthin begleiten?«

»Ja-a«, antwortete er zögernd, »aber . . .«

»Wollen Sie es tun?«

»Sicher, wenn es sein muß, aber ich glaube nicht, daß Sie dort irgend etwas finden, das uns weiterbringen könnte.«

»Wer weiß?«

»Im weiteren«, fuhr Larry in seinem Resümee fort, »sind unsere Nachforschungen nach der Geburtsurkunde, die Ihre Annahme hätte bestätigen sollen, daß Mrs. Stuart Zwillingstöchter gehabt habe, erfolglos geblieben. Obwohl die Register in Somerset House mit größter Sorgfalt geprüft wurden, fand sich keine Eintragung über die Geburt der Kinder.«

»Trotzdem finde ich es merkwürdig«, wandte Diana ein, »daß eine Dame wie Mrs. Stuart es versäumt haben sollte, die Geburt ihrer Kinder anzumelden.«

»Was meinen Sie damit?«

»Ach, ich mußte nur an meine Tante denken – Mrs. Ward, deren Namen ich führe, haßte nämlich die Behörden und hielt nicht viel von Anmelden, Impfen und ähnlichem.«

»Was ist aus Ihrer Tante geworden? Ist sie gestorben?«

»Nein – sie ist nicht tot.« Sie sagte das etwas sonderbar, stockte und wurde rot. »Ich weiß, man sollte nicht über etwas zu sprechen anfangen, wenn man nicht zu Ende reden will. Ich sagte Ihnen schon, daß ich aus wenig erbaulichen Verhältnissen komme. Meine Tante hat ihren Chef bestohlen; sie muß es ausgiebig getan haben, denn eines Tages, ich war gerade zwölf Jahre alt, ging sie für lange Zeit fort, und ich habe sie nie wieder gesehen.«

Larry ging auf sie zu und legte ihr die Hand auf die Schulter.

»Sie haben es geschafft, sich von all dem freizumachen und mit dem Leben fertigzuwerden. Sie können stolz sein auf sich.«

Als sie zu ihm aufblickte, hatte sie Tränen in den Augen.

»Ich glaube, sie trank. Wenn ich sie sehr nötig hatte, war sie wirklich gut zu mir. Ich würde gern wissen, was aus ihr geworden ist, aber ich wage gar nicht, mich zu erkundigen.«

»Ist sie ins Gefängnis gekommen?«

»Ich glaube, in eine Trinkerheilanstalt. – Aber ich unterbreche Sie andauernd . . .«

Diana Ward ließ sich an diesem Abend von Larry zum Dinner einladen. Es wurde eine angeregte, vergnügte Mahlzeit. Sie schwatzten viel und zusammenhanglos von allem möglichen.

»Nachzutragen wäre schließlich noch«, kam Larry auf sein Resümee vom Nachmittag zurück, »daß Stuart bei der Greenwich-Versicherungsgesellschaft außerordentlich hoch versichert war. Leiter der Gesellschaft ist Doktor Judd, der übrigens kein Hehl daraus macht, daß diese Versicherung abgeschlossen wurde.«

»Haben Sie Doktor Judd gesehen?« fragte sie interessiert.

»Ich habe mit ihm telefoniert. Morgen will ich ihn aufsuchen. Vielleicht begleiten Sie mich – wir können den Besuch in Todds Heim ja bis zum Nachmittag aufschieben.«

21

Dr. Judd hatte den Inspektor allein erwartet und war überrascht, als er in Damenbegleitung das Direktionsbüro betrat.

»Doktor Judd – Miss Ward, meine Sekretärin«, stellte Larry Holt vor. »Miss Ward hat ein ausgezeichnetes Gedächtnis, und vielleicht sind auch ein paar stenografische Notizen nötig.«

»Sehr angenehm«, sagte Dr. Judd, schien sich aber doch nicht ganz behaglich zu fühlen. »Es freut mich, daß Sie gekommen sind. Ja, und worüber ich bei dieser Gelegenheit gern noch mit Ihnen gesprochen hätte – der Mann, den Sie letztesmal bei mir vorfanden . . . Ich muß befürchten, daß Sie einen ganz falschen Eindruck gewonnen haben, und kann es Ihnen nicht einmal verdenken. Haben Sie den Burschen kürzlich wiedergesehen?«

»Nein, seither habe ich ihn nicht mehr zu sehen bekommen und auch nichts von ihm gehört«, log Larry zu Dianas Überraschung.

»Nun gut«, meinte der Doktor, »wir können uns darüber auch ein andermal unterhalten. Stört es Sie, wenn ich rauche, Miss Ward? Ich bin nämlich leidenschaftlicher Zigarettenraucher. Seit mehr als fünfundzwanzig Jahren rauche ich täglich durchschnittlich fünfzig Zigaretten.« Er lachte herzhaft und ansteckend, zündete eine Zigarette an und nahm eine Mappe aus seinem Schreibtisch. »Hier sind die Policen. Sie werden bemerken, daß die Summen an eine Person zu zahlen sind, die später genannt wird. Ich erhielt die diesbezügliche Anweisung an dem Tag, an dem Stuart starb, und ich werde sie Ihnen sofort zeigen. Kürzlich wurden wir aufgefordert, die Versicherungssumme auszuzahlen. Gleichzeitig wurde uns auch der Totenschein Stuarts vorgelegt, respektive eine beglaubigte Kopie davon.«

»Die man für fünf Shilling erhalten kann«, unterbrach Larry.

»Ja, natürlich, und das genügt ja auch vollständig. Jedenfalls hatten wir keinen Grund, die Zahlung zu verweigern – sie wurde geleistet.«

»Wie ist ausbezahlt worden? Bar oder Scheck?«

»Auf Wunsch der betreffenden Dame in bar.«

»Der Dame?« fragten Larry und Diana gleichzeitig.

»Sie haben eine sehr interessierte Sekretärin«, kicherte Dr. Judd und rieb sich vergnügt die Hände.

»Aber wer war die Dame?« fragte Larry.

Der Doktor nahm zwei schmale Bogen aus seiner Mappe und legte den einen vor den Inspektor.

»Hier die Empfangsbestätigung – wie Sie sehen, lautet sie auf einhunderttausend Pfund.«

Larry überflog die Quittung. Die Unterschrift lautete: Clarissa Stuart.

Er traute seinen Augen nicht und hielt die Quittung Diana hin, die aber schon über seine Schulter weg mitgelesen hatte.

»Clarissa Stuart?« fragte er ungläubig. »Kennen Sie die Dame?«

»Ich habe nie vorher von ihr gehört«, erwiderte der Doktor eifrig. »Doch sie war bevollmächtigt, die Versicherungssumme in Empfang zu nehmen.«

»Wie sieht sie aus?«

Dr. Judd steckte sich an der zu Ende gehenden Zigarette eine neue an, bevor er antwortete:

»Jung, hübsch, elegant angezogen.«

»Machte sie einen niedergeschlagenen Eindruck?«

»Durchaus nicht, sie war im Gegenteil sehr vergnügt.«

Diana Ward und Larry Holt warfen sich einen Blick zu.

»Hat die junge Dame eine Adresse hinterlassen?«

»Nein. Das war auch nicht nötig. Ich gab ihr einen Barscheck, aber sie sagte, sie wollte keinen Scheck haben. Ich schickte daher jemand zur Bank und ließ das Geld holen.«

»Es war also alles Bargeld?«

»Die ganze Summe ist in bar ausgehändigt worden.«

»Und Sie haben sie nie vorher gesehen?« fragte Larry noch einmal.

»Nein. Aber sie war Stuarts Tochter, jedenfalls hatte ich keine Veranlassung, daran zu zweifeln.«

Sie waren schon wieder auf der Straße bei ihrem Wagen, als Larry hervorstieß:

»Es ist unglaublich!« Dem Chauffeur befahl er: »Nottingham Place 304.«

»Wohin fahren wir jetzt?« fragte Diana.

»Zu Stuarts Pension. Vielleicht hat Harvey, als er dort recherchierte, doch etwas übersehen. Wenn Stuart erst am Tag seines Todes auf seine zweite Tochter gestoßen ist, muß er doch irgendeinen Besuch gehabt haben.«

»Glauben Sie, daß das Mädchen, ich meine Clarissa, bei ihm war?«

»Das ist möglich. Wir müssen versuchen, es herauszufinden.«

Nottingham Place 304 war ein großes, vornehm aussehendes Gebäude. Larry und seine Begleiterin wurden in einen eleganten Salon geführt. Wenige Augenblicke später erschien eine kleine, alte Dame mit weißem Haar.

»Mrs. Portland, nicht wahr? Mein Name ist Holt. Inspektor Holt von Scotland Yard.«

Ihr Gesicht drückte peinliche Bestürzung aus.

»Du meine Güte, schon wieder! Ich hatte gehofft, die Polizei wäre nun endlich fertig bei mir. Mein Haus kommt durch solche Besuche in schlechten Ruf, und ich habe schon Unannehmlichkeiten genug gehabt. Der arme Herr hat Selbstmord begangen,

nicht wahr? Warum er das nur getan hat? Ich kann es nicht begreifen. In der ganzen Zeit, seit er hier wohnte, habe ich ihn nie
so vergnügt gesehen wie an dem Abend, als er ins Theater
ging. Sonst war er immer so finster und niedergeschlagen, daß es
mich bedrückte, wenn ich ihn sah.«

»Er war vergnügt, ungewöhnlich vergnügt, bevor er ins Theater ging? Hat er am Nachmittag irgendeinen Besuch gehabt?«

»Nein, Sir, es ist niemand bei ihm gewesen. Ich habe dem
Detektiv, den Sie hierherschickten, schon erzählt, daß Mr. Stuart
nie Besuch hatte. Er war an dem Nachmittag wie immer ausgegangen und kam etwas früher als gewöhnlich zurück. Ich hatte
eine Reinmachefrau hier, und sie arbeitete gerade in seinem
Zimmer. Ich merkte das aber überhaupt erst, als ich an seinem
Zimmer vorbeikam und ihn mit jemand sprechen hörte. Das war
so ungewöhnlich, daß ich sogar mein Zimmermädchen darauf
aufmerksam machte.«

»Wer war nun aber wirklich bei ihm?« fragte Larry.

»Eben, die Reinmachefrau – eine Frau, die ich ab und zu für
Extraarbeit nahm. Und aufgefallen ist es mir so besonders, weil
er sonst überhaupt mit niemandem sprach.«

»Wie lange war die Frau in seinem Zimmer?«

»Fast eine Stunde.«

»Eine Stunde? Was hatte er eine ganze Stunde lang mit einer
Aufwartefrau zu verhandeln?«

»Ich habe keine Ahnung, aber die Sache hat mich noch einige
Zeit beschäftigt, weil die Frau weggegangen ist, ohne sich ihren
Lohn auszahlen zu lassen. Sie muß direkt von Mr. Stuart aus
fortgegangen sein – und sie hat sich nie wieder sehen lassen.«

»Das scheint mir sehr wichtig zu sein«, murmelte Larry. »Haben Sie mit Sergeant Harvey darüber gesprochen?«

»Nein, Sir. Er fragte mich, ob Mr. Stuart Besuch gehabt habe,
und darauf antwortete ich ihm wahrheitsgemäß, daß niemand
dagewesen war.«

»Wie hieß die Aufwartefrau?«

»Das weiß ich auch nicht. Wir haben sie immer Emma genannt. Es wundert mich eigentlich, daß sie nicht zurückgekommen ist, denn sie hat ihren Trauring hier liegenlassen. Sie zog

ihn immer ab, bevor sie zu arbeiten anfing. Ein eigenartiger Ring, halb Gold, halb Platin, ungewöhnlich bei einer Frau... Mein Gott, halten Sie die junge Dame, Sir!« rief die Wirtin plötzlich.

Larry fuhr herum und fing die ohnmächtig werdende Miss Ward auf. Er legte sie aufs Sofa, doch schon nach kurzer Zeit kam Diana wieder zu sich und wollte sich aufrichten. Larry hielt sie zurück.

»Sie müssen noch einen Augenblick liegenbleiben. Was hatten Sie?«

»Ich bin ein schrecklicher Idiot! Ich glaube, die Luft im Zimmer ist etwas drückend.«

Das Zimmer war wirklich überheizt und schlecht gelüftet. Die Wirtin entschuldigte sich und öffnete das Fenster.

»Ich sage den Mädchen immer, daß sie das Zimmer lüften sollen, und nie tun sie's. Es ist wirklich wie in einem Ofen, entschuldigen Sie!«

Diana erhob sich langsam. Die Tasse Tee, die ihr die Wirtin brachte, war ihr äußerst willkommen.

»Es ist besser, Sie fahren jetzt direkt nach Hause«, schlug Larry vor.

»Ich denke gar nicht daran, nach Hause zu gehen«, widersprach sie heftig. »Ich fahre mit Ihnen zu Todds Heim, Sie haben es mir versprochen. Sobald ich an die frische Luft komme, bin ich wieder völlig munter – ja, fahren wir doch durch den Regents Park, er ist ganz in der Nähe.«

Langsam bekamen ihre Wangen wieder Farbe.

»Ich bin nicht so sicher«, meinte Larry, »ob Todds Heim jetzt das Richtige ist. Es riecht dort nicht sehr gut, und was man zu sehen bekommt, ist auch nicht gerade angenehm.«

»Das macht nichts, bitte, lassen Sie uns heute nachmittag hingehen!«

Sie fuhren nach Piccadilly zurück und aßen etwas. Larry fiel ein, daß er in der Aufregung vergessen hatte, sich den Trauring der Aufwartefrau zeigen zu lassen und noch einige weitere wichtige Fragen zu stellen. Vom Restaurant aus telefonierte er mit Harvey und trug ihm das Versäumte auf, worauf der Sergeant

Mrs. Portland durch seinen Besuch in erneute Verzweiflung stürzte.

Am Nachmittag erschien Harvey im Büro 47 und meldete:

»Ich habe Emmas Spur gefunden. Sie wohnt oder vielmehr wohnte in Camden Town bei einem pensionierten Soldaten und seiner Frau.«

»Haben Sie sie gesehen?«

»Nein, Sir, sie ist seit der Nacht von Stuarts Ermordung nicht mehr nach Hause gekommen.«

»Hat sie ihre Sachen mitgenommen?«

»Nein, nichts, und das ist das Merkwürdige – sie hat mit keinem Wort erwähnt, daß sie fortgehen wollte.«

»Setzen Sie sie sofort auf die Liste, benachrichtigen Sie sämtliche Polizeistationen! Nichts Neues vom blinden Jake?«

»Nein, nichts.«

»Auch nicht von Fred?«

»Nein, Sir.«

»Die Wachsamkeit der städtischen Polizei ist ja schon strapaziert genug, aber trotzdem müssen wir ihr auch noch den Namen Clarissa Stuart empfehlen. Jung, hübsch, elegant angezogen, wohnt wahrscheinlich in einem erstklassigen Hotel. Lassen Sie überall nachfragen, wo eine reiche junge Frau sich aller Wahrscheinlichkeit nach aufhalten könnte.«

Harvey grüßte und ging hinaus. Larry stand an seinem Schreibtisch und blickte eine Zeitlang mißmutig darauf.

»Ich begreife nicht, warum man mir eigentlich einen Schreibtisch in mein Büro gestellt hat. Ich sitze ja nie daran.« Trotzdem ließ er sich in den Sessel fallen. »Nun können wir zu allen übrigen Rätseln ein neues hinzufügen, Miss Ward. Emma ist genauso plötzlich verschwunden wie Flimmer-Fred, und der Mann, der das bewerkstelligt hat, ist höchstwahrscheinlich der gleiche, der beinahe Fanny Weldon ermordet hätte.«

»Der blinde Jake?« fragte Diana.

»Eine schreckliche Figur in diesem Drama. Wenn ich an ihn denke, läuft es mir kalt über den Rücken. Er muß übrigens verwundet sein. Flimmer-Fred konnte schon früher sehr gut mit Messern umgehen.«

»Glauben Sie, sie haben ihn gefangen?«

»Fred? Nein, der hält sich still. Er ist verschwunden, weil er fürchtet, daß sie ihn doch noch fassen.«

»Dann gehört er also nicht zu der Bande.«

Larry lachte.

»Ausgeschlossen. Fred ist ein Wolf, der nicht mit dem Rudel läuft. Er jagt allein. Darauf ist er vor allem stolz, daß er nie irgendeiner Bande angehört hat.«

Larry arbeitete über eine Stunde. Er schien Dianas Anwesenheit völlig vergessen zu haben und ihre Blicke nicht zu bemerken, die ihn an den geplanten Besuch in Todds Heim erinnern sollten. Bogen um Bogen schrieb er voll. Er hatte die Gewohnheit, seine Fälle ausführlich zu Papier zu bringen. In diesen Berichten wimmelte es von Randbemerkungen und Korrekturen zwischen den Zeilen.

Endlich war er mit seiner Arbeit fertig und verstaute die vollbeschriebenen Bogen in einer Schublade. Er stand auf, streckte sich, ging ans Fenster und sah hinaus. Es war spät am Nachmittag. Vor ihm lag die Themse. Blaue Brücken spannten sich über den bleifarbenen Strom. Im rosa Dunst der untergehenden Sonne tauchten schlanke Türme auf.

»Wenn Sie wirklich noch in Todds Heim wollen...« Er kratzte sich höchst unromantisch die Nase.

22

Ein Wagen brachte sie bis Lissom Grove. Sie bogen in die Sackgasse Lissom Lane ein. Zwei Beamte in Zivil erwarteten sie. Gemeinsam gingen sie weiter bis zum Heim.

»Was ist das nebenan für ein Haus?« fragte Larry und deutete auf ein schmutziges Haus mit geschlossenen Fensterläden.

»Das war früher eine Wäscherei«, sagte der eine Polizist. »Hinter dem Haus ist ein Hof und ein Schuppen.«

»Wäscherei?« wiederholte Diana. »Erinnern Sie sich, an dem Abend, als man mich entführen wollte, stand ein Wäschereiauto vor meiner Tür.«

»Die Wäscherei liegt aber schon seit zwölf Monaten still«, berichtete der Beamte weiter. »Sie machte bankrott. Jemand hat sie aufgekauft, scheint jedoch nichts damit anzufangen.«

»Das Tor da, nehme ich an, führt auf den Hof?«

»Ja, Sir. Aber einen Lieferwagen habe ich noch nicht herauskommen sehen, ich weiß nicht einmal, ob überhaupt einer da ist.«

Larry ging die Stufen zum Heim hinauf und klopfte. Der gleiche kleine, alte Mann wie letztesmal öffnete.

»Vier Personen!« kreischte er. »Und lauter Fremde! Was wollen Sie?«

»Ich möchte Mr. Dearborn sprechen.«

»Ach ja, Sir, Sie sind der Herr, der Sonntag früh um sechs Uhr hier war!« Der kleine Mann trippelte voraus durch den langen Gang. »Kommen Sie nur alle mit! – Vier Mann zu Besuch, Sir...«

Reverend John Dearborn kam ihnen aus seinem Büro entgegen und bat sie einzutreten.

»Mr. Holt? Ich glaubte doch, Ihre Stimme zu erkennen.« Das Diktaphon war eingestellt. Auf dem Tisch lag ein dickes Manuskript in Maschinenschrift. »Jeden Abend kommt ein Herr, der mir daraus vorliest«, bemerkte Dearborn und strich liebevoll darüber. »Und was ist der Anlaß Ihres heutigen Abendbesuchs? Haben Sie Ihren blinden Jake gefunden?«

»Getroffen habe ich ihn, aber leider nicht gefunden«, erwiderte Larry. »Ich möchte gern noch einmal das Haus sehen, ich habe eine Dame bei mir.«

John Dearborn erhob sich. Miss Ward streckte die Hand aus, und er ergriff sie.

»Es wird mir ein Vergnügen sein, Sie herumzuführen. – Sie haben noch mehr Begleiter bei sich?«

Larry stellte sie vor, und Dearborn führte die kleine Gesellschaft die Treppe hinauf.

»Wir wollen diesmal gleich oben beginnen«, sagte er, auf den letzten Besuch anspielend.

»Wie geht's dem alten Mann im Einzelzimmer?« fragte Larry.

»Er ist sehr schwach. Ich bringe es nicht über mich, ihn in ein Hospital zu schicken. Früher oder später, fürchte ich, muß ich es aber doch tun.«

Larry wartete auf dem Treppenabsatz und fragte Diana leise:

»Wollen Sie den alten Mann sehen? Er ist nicht gerade . . .«

»Ja, ich möchte ihn gern einen Augenblick sehen. Vergessen Sie nicht, daß ich Blindenpflegerin gewesen bin.«

Dearborn führte sie in den kleinen Raum. Lew lag mit gefalteten Händen still auf seinem Bett. Er redete nicht mehr wirr vor sich hin und wälzte sich nicht unruhig wie letztes Mal.

»Wie geht es Ihnen heute?« fragte ihn Larry.

Der Mann gab keine Antwort. Diana legte ihm die Hand auf die Schulter – jetzt fuhr er herum.

»Geht es Ihnen besser?« fragte sie.

»Wer ist da? Bist du's, Jim? Bringst du mein Essen?«

»Geht es Ihnen besser?« fragte Diana noch einmal.

»Bring mir auch 'nen Topf Tee«, sagte Lew und legte sich wieder auf den Rücken. Der gleiche Ausdruck von Ergebenheit, den sie schon beim Eintreten bemerkt hatten, trat auf sein Gesicht.

Diana beugte sich zu ihm nieder und betrachtete ihn genauer. Er spürte ihre Gegenwart, streckte eine Hand aus und berührte ihr Gesicht.

»Das ist ja eine Dame«, stellte er fest.

John Dearborn trat dazwischen und nahm die Hand des Alten zwischen seine beiden Hände.

»Geht es Ihnen besser, Lew?« fragte er, und Lew zwinkerte.

»Ist schon richtig, Sir. Es geht mir gut. Danke schön.«

Diana verließ den Raum. Sie blickte Larry besorgt an, als er zu ihr trat.

»Was gibt es?« fragte er sie leise.

»Es ist bestialisch grausam!« flüsterte sie gequält.

»Ich verstehe nicht, was meinen Sie, Diana?«

»Haben Sie es nicht bemerkt? Haben Sie die kleinen schwarzen Punkte an seinen Ohren nicht gesehen? Es sind Pulverflecken. Der Mann ist taub gemacht worden.«

»Taub?« wiederholte er, ohne noch die ganze Bedeutung dieser Entdeckung fassen zu können.

Hastig, im Flüsterton sprach Diana weiter:

»Sie haben mir erzählt, was der Mann am Sonntag redete, als Sie bei ihm waren. Und jetzt verstehe ich, was vorgegangen ist. Ein Schuß ist ganz dicht bei seinen Ohren abgefeuert worden. Nun ist er taub. Sie müssen es sich klarmachen – blind und taub . . . Es ist Lew, der die Brailleschrift geschrieben hat, die in Stuarts Tasche gefunden wurde. Jemand, der aus persönlichen Gründen sein Leben schonen will, hat es dem Bedauernswerten unmöglich gemacht, Zeugnis abzulegen.«

War dies alles Vermutung? Reine Schlußfolgerung? Oder Wissen? – Diese drei Fragen schossen Larry durch den Kopf, aber bevor er antworten konnte, kam John Dearborn aus Lews Zimmer und tastete sich die Treppe hinab.

Auf dem nächsten Treppenabsatz öffnete er die Tür zum Schlafsaal, den Larry schon einmal gesehen hatte. Die beiden Detektive folgten nach und postierten sich weisungsgemäß vor der Tür, der eine ein paar Stufen weiter unten, der andere auf dem oberen Treppenstück, das zu den kleinen Zimmern hinaufführte.

»Ist es noch hell?« fragte Dearborn, als er in den Schlafraum voranging.

»Noch ziemlich hell«, antwortete Larry.

»Man hat mir gesagt, daß die Aussicht von dem Fenster dort sehr hübsch sei.« Der Vorsteher zeigte genau auf ein bestimmtes Fenster.

Der Ausblick war alles andere als imposant – sechs Hausdächer und unzählige Schornsteine. Doch Larry widersprach nicht, er wollte die Gefühle des Hausherrn nicht verletzen.

»Ich glaube, das Fenster ist geschlossen?« fragte der Reverend. »Würden Sie es bitte öffnen?«

Larry schob die untere Fensterhälfte geräuschvoll in die Höhe. Ein Strom frischer Luft drang in den dumpfigen Raum.

»Besten Dank«, sagte Dearborn. »Vielleicht sieht sich die junge Dame . . .«

Larry drehte sich um. Diana war nirgends zu sehen. Er ging

rasch zur Tür. Der Beamte, der auf den oberen Treppenstufen saß, erhob sich.

»Wo ist Miss Ward hingegangen?«

»Sie ist gar nicht herausgekommen, Sir. Sie ist doch mit Ihnen hineingegangen.«

»Nicht herausgekommen?« Larry starrte ihn an. »Sind Sie sicher?«

»Absolut sicher. Ich habe die ganze Zeit hindurch die Tür beobachtet.«

Larry eilte in den Schlafsaal zurück. Nichts – nur einfache, eiserne Bettstellen und ein Wandschrank, nirgends ein Platz, wo man sich verstecken könnte. Ein panischer Schrecken überfiel ihn. Er riß die Schranktür auf. Ein paar alte Kleidungsstücke hingen an Haken, sonst war er leer. Er warf die Kleider heraus und schlug gegen die hintere Schrankwand, doch sie war fest und unbeweglich.

»Haben Sie die junge Dame gefunden?« fragte jetzt John Dearborn.

»Zum Teufel, nein!« Larry war schneeweiß und zitterte vor Aufregung. Er rief die beiden Beamten zu sich.

»Sie bleiben hier im Zimmer, bis Sie abgelöst werden«, befahl er dem einen, und dem andern: »Sie rufen in meinem Namen Scotland Yard an und lassen zwanzig Mann hierherkommen. An der Ecke von Lissom Grove steht ein Schutzmann auf Posten. Holen Sie ihn – er soll sich vor der Haustür aufstellen.«

»Was ist denn vorgefallen?« fragte John Dearborn ängstlich.

»Es ist besser, Sie gehen jetzt in Ihr Büro«, sagte Larry. »Ich fürchte, hier ist unter unseren Augen ein Verbrechen begangen worden.«

Aber wie konnte es geschehen sein? Nicht einen Laut hatte er vernommen. Er wußte ganz genau, daß sie mit ihm ins Zimmer gekommen war, sie ging ja vor ihm her. Und er erinnerte sich ebenso deutlich, daß sie sich nach links wandte, während er zum Fenster ging, um es zu öffnen – in diesem Augenblick mußte es passiert sein.

Das Aufschieben des Fensters war sehr geräuschvoll gewesen und mußte jeden andern Laut erstickt haben. Fest stand, daß sie das Zimmer nicht verlassen hatte. Systematisch klopfte er die Wände ab, suchte nach verborgenen Türen. Die Kokosmatte auf dem Fußboden wurde aufgerollt – nichts. Diana Ward war spurlos verschwunden.

Larry lief im Schlafsaal auf und ab, krank vor Aufregung und Sorge wie nie zuvor in seinem Leben. Vom Keller bis zum Giebel wurde das ganze Haus durchsucht – umsonst. Innerhalb einer halben Stunde wurde ein Kordon von Beamten in Zivil um das Gebäude gelegt.

»Gibt es eine Verbindung zum Nachbarhaus?« fragte Larry.

»Keine«, antwortete der Reverend ohne Zögern. »Früher hatten wir unter dem Lärm der Wäscherei sehr zu leiden. Jetzt wird dort nicht mehr gearbeitet. Die Firma machte Konkurs, und eine Lebensmittelfirma übernahm das Grundstück. Soviel ich weiß, beabsichtigen die jetzigen Besitzer, die Räume der Wäscherei als Lager für ihre Waren zu benützen.«

Larry ging mit dem ebenfalls eingetroffenen Harvey zum Tor in der Umzäunung vor dem leerstehenden Gebäude.

»Die Tür ist bestimmt seit langer Zeit nicht geöffnet worden«, äußerte Sergeant Harvey überzeugt.

Über den Zaun hinweg, der einen kleinen Vorplatz abschloß, konnten sie in einen verwahrlosten, schmutzigen Raum blikken, in dem nicht ein einziges Möbelstück zu bemerken war.

Larrys Sorge wuchs von Minute zu Minute. Sollte der blinde Jake – ? Es war unausdenkbar, zum Wahnsinnigwerden, er durfte nicht mehr über diese gräßlichen Möglichkeiten nachdenken, mußte sich zusammenreißen. Entschlossen kletterte er über den Holzzaun, ging um das Gebäude herum und durchforschte den Hof der Wäscherei. Hier fand er Reifenspuren, und zwar ziemlich frische. Sie stammten von einem Auto, möglicherweise von zweien. Er blickte sich in dem unordentlichen Hof um. Ein großes, schwarzes Tor konnte der Eingang zu einer Garage sein.

Sergeant Harvey war nachgefolgt und versuchte jetzt, mit einem Dietrich das Schloß zu öffnen. Nach einiger Mühe gelang es ihm, und die beiden Flügel, die auf Rollen liefen, ließen sich leicht und geräuschlos aufschieben.

»Ist erst kürzlich geölt und geschmiert worden!« sagte Larry.

In der Garage standen zwei Wagen, eine Limousine mit langer Motorhaube und ein kleines Lieferauto.

»Da, schauen Sie sich das an!« rief Larry und zeigte auf den Lieferwagen. Er war frisch lackiert, und unter der neuen Farbe konnte man noch Spuren einer früheren Aufschrift feststellen – das Wort ›Wäscherei‹, ungeschickt von Laienhand aufgemalt.

»Erinnern Sie sich, Harvey, Miss Ward hat an dem Abend, als man sie entführen wollte, ein Wäschereiauto vor ihrem Haus gesehen.«

Miss Ward! Wenn sie nur hier wäre ...

Die Limousine war erst kürzlich gereinigt worden. Larry schrieb sich beide Nummern auf. Es konnte natürlich sein, daß beide Wagen rechtmäßiges Eigentum des neuen Besitzers waren und wirklich nur zu geschäftlichen Zwecken benutzt wurden, und ebensogut konnte es Zufall sein, daß in jener Nacht ein Wäschereiauto durch die Charing Cross Road fuhr.

»Geben Sie die Nummern ans Präsidium weiter, und lassen Sie in der Verkehrskontrolle feststellen, auf wen sie ausgestellt sind.«

Nachdem er die Garagentore wieder zugeschoben und Harvey sie kunstgerecht verschlossen hatte, blieb Larry allein im Hof zurück. Er untersuchte nochmals die Reifenspuren. Sie waren an diesem Morgen entstanden und um so deutlicher, da es in der Nacht geregnet hatte. Er ging am Hinterhaus, dem eigentlichen Wäschereigebäude, entlang, einem neueren Backsteinbau mit Mattglasfenstern. Vor dem Eingang fand er eine Fußspur. Er bückte sich rasch und beugte das Gesicht dicht über die Spur am Boden, um sie ganz deutlich zu sehen.

›Ploff!‹ Ein Ton wie das Knallen eines Champagnerpfropfens, nur ein wenig lauter und härter, erschreckte ihn. Gleichzeitig fielen Holzsplitter auf seinen Nacken. Mit einem Satz sprang er zur Seite. Die Türfüllung war zersplittert, eine Kugel – wenn er sich nicht so unvermutet gebückt hätte ...

Blitzschnell überblickte Larry die Umgebung. Den Ton hatte er sogleich erkannt, es war keine richtige Detonation gewesen. Man hatte mit einem Gewehr oder einer Pistole, die mit einem Schalldämpfer versehen war, auf ihn geschossen. Er suchte die Hauswand von Todds Heim ab, ob er an einem der Fenster Zeichen von Pulverrauch entdecken könnte, der sich aber bereits verflüchtigt haben mußte, falls der Schuß überhaupt von dort gekommen war. Dagegen erkannte er jetzt das Fenster des Schlafsaals, aus dem Diana verschwunden war und von dem aus man den Hof überblicken konnte. Das Fenster stand offen. Kein weiterer Schuß fiel. Langsam zog Larry sich über den Hof zurück, ohne die Rückseite von Todds Heim und das Wäschereigebäude aus den Augen zu lassen, bereit, sich beim ersten Aufblitzen eines Schusses zu Boden zu werfen.

Larry ging sofort ins Heim zurück, wo die blinden Straßenhändler, die dort ihre Unterkunft hatten, langsam einzutreffen begannen. Sie kamen allein oder zu zweien, tappend, die eisenbeschlagenen Stöcke auf den Boden stoßend, und suchten den gemeinsamen Wohnraum auf. Ein Beamter des zuständigen Polizeireviers stellte die Personalien eines jeden fest.

Larry suchte den Schlafsaal auf, von dem aus seiner Meinung nach der Schuß auf ihn abgegeben worden war. Der Beamte, der drinnen hätte Posten stehen müssen, stand jetzt vor dem Schlafsaal. Die Tür war verschlossen.

»Was soll das bedeuten?« fragte Larry streng.

»Der Vorsteher ließ mir ausrichten, Sie wünschten mich zu sprechen«, entschuldigte sich der Detektiv, »doch als ich nach unten kam, stellte sich heraus, daß er gar nicht nach mir geschickt hatte. Als ich hierher zurückkam, war die Tür verschlossen.«

»Von innen?«

»Scheint so, Sir. Es steckt kein Schlüssel im Schlüsselloch.«

»Wer hat Ihnen die Mitteilung gebracht?«

»Der kleine Kerl, der immer die Haustür öffnet.«

»Und was für eine Erklärung hat er nachher gegeben?«

»Er hat gesagt, jemand mit einer Stimme wie der Vorsteher hätte ihm aufgetragen, mit der Bestellung für mich nach oben zu gehen.«

»Machen Sie Platz!« Larry stieß mit einem kräftigen Fußtritt die Tür auf.

Das Zimmer war leer. Larry schnüffelte.

»Hier ist ein Schuß abgefeuert worden. Offenbar, als Sie nach unten gingen. Merken Sie sich, Sie verlassen das Zimmer nicht mehr, wenn ich Sie nicht persönlich ablöse!«

»Zu Befehl, Sir.«

Es bestand nicht der geringste Zweifel, daß der Schuß aus diesem Zimmer abgegeben wurde. Der Pulvergeruch war unverkennbar. Eine Patronenhülse unter einem Bett in der Nähe des Fensters lieferte den endgültigen Beweis. Larry ging nach unten ins Büro des Vorstehers, der unruhig auf ihn wartete.

»Beabsichtigen Sie Ihre Leute noch lange hierzulassen, Mr. Holt?« fragte der Reverend. »Meine Schutzbefohlenen möchten den Schlafsaal aufsuchen, sie sind müde.«

»Meine Leute bleiben so lange hier, bis ich die absolute Gewißheit habe, daß Miss Ward sich nicht mehr hier befinden kann – und bis ich den Herrn gefunden habe, der liebenswürdigerweise vom Schlafsaal aus auf mich geschossen hat.«

»Auf Sie geschossen?« wiederholte der Vorsteher entsetzt.

»Ja, geschossen! Während Sie mit dem Detektiv sprachen, der durch eine List nach unten gelockt wurde, ist vom Zimmer aus auf mich geschossen worden.«

»Das ist ja kaum glaublich!« rief der Reverend fassungslos. »Diese Aufregung – für Sie, und auch für mich . . .«

»Aufregung!« Larry lachte sarkastisch. »Sie sollten das in einem Ihrer Stücke verwenden, Mr. Dearborn!«

»Das ist ein guter Gedanke«, erwiderte der Vorsteher völlig ernst, »ich bin Ihnen wirklich dankbar dafür. Haben Sie schon einige meiner Stücke gesehen?«

»Nein, bis jetzt noch nicht, aber bei der ersten passenden Gelegenheit werde ich das Macready-Theater besuchen.«

»Manchmal befürchte ich, daß meine Stücke doch nicht so gut sind, wie einige meiner Bekannten annehmen. Es tut mir leid, daß Sie noch keines gesehen haben. Aber sie werden doch immer wieder angenommen und aufgeführt, und das bringt Geld für unser Heim.«

»Wer bestreitet eigentlich die Aufführungskosten?«

»Ein Herr, der sich für meine Arbeit mit den Blinden interessiert. Ich bin nie mit ihm zusammengetroffen.«

Ein Telefon schnarrte, der Vorsteher nahm ab.

»Ja, ich glaube, es ist besser, Sie machen das so«, sagte er und legte wieder auf. »Eine Haushaltsfrage aus der Küche«, erklärte er. »Ich habe ein Haustelefon einrichten lassen, die Laufereien durchs ganze Haus waren zu umständlich.«

Eine Abordnung vom allgemeinen Aufenthaltsraum erschien in diesem Augenblick und beklagte sich, die Insassen vom ersten Schlafsaal wollten zu Bett gehen. Viele waren gewöhnt, ihre zwölf Stunden zu schlafen, und alle, ob sie nun schlafen wollten oder nicht, bestanden auf ihrem Recht, den Schlafraum aufsuchen zu können.

»Da sehen Sie es selbst«, sagte Dearborn, »ich komme in eine sehr unangenehme Lage.«

»Sie können meinetwegen die Betten herausholen und in einen andern Raum stellen lassen. Aber solange Miss Ward nicht gefunden ist, hat sich niemand in diesem Saal aufzuhalten!«

Larry Holt stand auf, trat in den Gang hinaus und suchte den allgemeinen Wohnraum auf. Diese Menschen hatten Anrecht auf eine Erklärung, und er gab sie ihnen, indem er ihnen den Fall genau und einfach auseinandersetzte. Auch die, die sich am lautesten beschwert hatten, stimmten ihm bei.

Nach dieser Ansprache lehnte Larry einen Moment an der Wand des Korridors, um sich zu sammeln, als er eine Treppe höher Lärm und einen Schrei hörte. Mit wenigen Sätzen flog er die Treppe hinauf, aber noch bevor er den ersten Treppenabsatz erreichte, blieb er sprachlos stehen.

Langsam, Stufe für Stufe, kam Diana Ward auf ihn zu. Ihre Bluse hing in Fetzen, und in einer Hand hielt sie einen schweren Smith-Wesson-Revolver. Auf ihrem blassen Gesicht lag ein triumphierendes Lächeln.

Einen kurzen Augenblick lang starrte Larry sie an, dann sprang er ihr entgegen und riß sie in seine Arme.

»Diana! Gott sei Dank, daß Sie wieder da sind!«

23

Diana war in den hinteren Teil des Schlafsaales geschlendert, an ein Bett getreten und hatte die rauhen Laken zwischen ihren Fingern geprüft. Sie hörte noch, wie der Vorsteher Larry bat, das Fenster zu öffnen, und schaute mechanisch dorthin.

Währenddem hatte sich die Schranktür an der Wand hinter ihr geräuschlos geöffnet – ein barfüßiger Mann stieg heraus und schlich leise näher.

Das erste, was Diana spürte, war, daß etwas Feuchtes, Weiches sich über ihr Gesicht legte, und daß sie aufgehoben wurde. Der Schreck raubte ihr einen Augenblick lang die Besinnung, und in diesem gleichen Augenblick wurde sie in den Schrank hineingetragen und durch die dahinterliegende Maueröffnung gezogen. Die Rückseite des Schrankes wies nämlich, wie Larry zuerst angenommen hatte, eine Geheimtür auf, aber sie bestand aus eingefügten Steinen und war durch bloßes Beklopfen nicht festzustellen.

Als Diana zu sich kam, riß sie das nasse Fensterleder von ihrem Gesicht und schrie. Eine Hand, groß genug, um ihr ganzes Gesicht zu bedecken, legte sich auf ihren Mund. Sie wurde weiter durch die Dunkelheit gezerrt, wieder öffnete sich eine Tür, man stieß sie vorwärts, elektrisches Licht wurde eingeschaltet – zum erstenmal erblickte sie ihren Entführer, und sie wich vor ihm in die äußerste Zimmerecke zurück.

Er war außergewöhnlich groß, mindestens zwei Meter, wie sie annahm, und von entsprechender Breite. Seine Kleidung bestand nur aus Hemd und Hose, die Füße und Arme waren nackt, die behaarten, muskulösen Oberarme verrieten enorme Kraft. Das rote, runde Gesicht war eigenartig nichtssagend, und die wasserblauen Augen blieben bewegungslos, wenn er sprach. Eine graue Mähne fiel unordentlich nach hinten über seinen Kopf, ein struppiger Bart umrahmte den dicklippigen, großen Mund, die riesigen Ohren standen beinah im rechten Winkel vom Kopf ab – entsetzt starrte sie diese schreckliche Kreatur an.

»Sieh mich nur gut an, Kleine, daß du mich auch wiedererkennst! Warum schießt du denn nicht auf den ollen Jake?«

Ihre Augen durchsuchten den Raum nach irgendeiner Waffe, aber die getünchten Wände waren kahl, und nicht ein einziges Möbelstück befand sich in dem Zimmer. Das einzige Fenster war nur ein langer, schmaler Streifen in Deckennähe, an dessen beiden Enden sich Ventilatoren befanden. Sie durchsuchte ihre Handtasche, fand aber auch dort nichts.

»Du suchst wohl was, womit du mich umbringen kannst, was? Ich höre doch, was du machst!«

Zu ihrer Erleichterung machte er jedoch keine Anstalten, sich ihr zu nähern.

»Du sollst ganz hübsch sein.« Er kicherte. »Ich kann dich nicht sehen, mir macht's nichts aus, ob du hübsch bist. Und wenn du auch ein Gesicht hättest wie die da oben . . .« Er zeigte mit dem Daumen zur Decke.

Sie machte sich klar, daß es besser war, sich unerschrocken zu zeigen.

»Sie kommen nicht mehr aus diesem Haus heraus, das ganze Gebäude ist umzingelt.«

»Es gibt hier mehr als zehn Ausgänge«, antwortete er verächtlich. »Darum haben – die andern es ja gekauft. Unten im Keller gibt's 'ne Höhle, da kannst du meilenlang laufen, kein Mensch hält dich auf, bloß Ratten gibt's. Aber Ratten haben eine lausige Angst vor Blinden.«

»Früher oder später wird man Sie trotzdem fassen.« In einer plötzlichen Eingebung setzte sie hinzu: »Lew ist schon festgenommen worden.«

»Lew!« brüllte er mit verzerrtem Gesicht. Eine Zeitlang blieb er still, bis er in dröhnendes Gelächter ausbrach. »Lew wird euch was erzählen können! Wie könnt ihr Lew was fragen, wenn Lew nicht weiß, wo er ist und mit wem er spricht? Sie würden ihn ja kaltgemacht haben für den gemeinen Streich, den er ihnen gespielt hat. Das Luder hat doch das Stück Papier in die Tasche von dem Kerl gesteckt, den sie um die Ecke gebracht haben.«

»Das wissen wir sehr gut«, sagte sie furchtlos, und es schien Jake zu beeindrucken.

»Das habt ihr also 'rausgefunden? Aber nicht durch Lew. Der

würde schon längst kalt und steif sein, bloß – sie wollten keine toten Kerls 'rumliegen haben. Ich und Lew haben den andern die Stufen 'runtergeschleppt bis ans Wasser. Ich kann dir das ruhig erzählen, old Jake kennt das Gesetz – 'ne Frau kann nicht gegen ihren Mann aussagen!« Er grinste boshaft. »Mrs. Jake Bradford! Ja, Kleine, Bradford heiß' ich, und Ehrwürden wird uns gut und richtig verheiraten.« Er schob seinen unförmigen Kopf vor, seine Stimme wurde leiser, bis sie nur noch ein heiseres Flüstern war. »Es gibt Schlimmeres als mich, und vielleicht wirst du nichts mehr gegen mich haben, wenn du mich nicht mehr sehen kannst – bist vielleicht blind wie ich und doof wie Lew.«

Sie wich zurück, sank halb ohnmächtig an die Wand. In plötzlicher Wut brüllte er: »Es gibt nichts, was ich nicht tue, wenn . . .«

Sie hörte, wie die Tür ging, der Schlüssel herumgedreht, ein Riegel vorgeschoben wurde, und sah auf. Er war gegangen. Sie senkte den Kopf, bis sie allmählich das Blut zurückströmen fühlte. Aber trotz aller Willensanstrengung gelang es ihr nicht, das Zittern der Hände zu bezwingen. Mehr als zehn Minuten lief sie auf und ab, bis sie sich ein wenig beruhigte.

Sie untersuchte die Tür, obschon sie wußte, daß es aussichtslos war. Einen Stuhl hatte sie nicht, um das Fenster zu erreichen. Es gab nichts in dem kahlen Raum, nichts als das elektrische Licht. Larrys Schilderung kam ihr in den Sinn, wie dieser Mensch, mit erhobenen Händen auf ihn zukommend, die Glühbirne zerdrückt hatte. Sie schaute zur Lampe hinauf. Die Beleuchtung hier war unordentlich und nur notdürftig installiert. Ein langer Draht lief, lose an der Decke befestigt, quer durchs Zimmer bis zur Mitte, wo er über einen Haken gezogen herabhing und mit einem einfachen Metallampenschirm über der Glühbirne endete. Sie schwang den Draht mit der Lampe solange hin und her, bis er aus dem Haken an der Decke heraussprang und die ganze Leitung nun frei ins Zimmer hinabhing. Die Lampe in der Hand haltend, ging Diana zum Schalter an der Tür und löschte das Licht. Sie setzte einen Fuß auf die Leitungsschnur dicht beim Lampenschirm und zerrte aus Leibeskräften, bis Schnur und Drähte aus den Ösen der Lampenfassung herausgerissen und befreit waren.

Sie stand im Dunkeln, aber mit geschickten Fingern zupfte sie die Isolation auseinander und kratzte mit den Nägeln die Gummiumhüllung ab, bis sie die vielen haarfeinen Kupferdrähte freigelegt hatte. Bald hielt sie etwas in den Händen, das sich wie ein kleiner, struppiger Pinsel anfühlte. Sie war mit ihrem Werk zufrieden. Jetzt glaubte sie ein Geräusch im Gang zu hören, eilte an die Tür und schaltete den Strom ein. In dem Halbdunkel suchte sie nach ihrer Handtasche, nahm ihre Lederhandschuhe heraus, zog umständlich einen nach dem andern an, ständig darauf achtend, mit dem Leitungsende nicht in Berührung zu kommen. Den Lampenschirm am Boden schob sie mit dem Fuß beiseite. Den Drahtpinsel vor sich hinhaltend, wartete sie ängstlich in der Mitte des Zimmers. Dann ging die Tür auf.

»Da bin ich wieder, Puppe!«

Sie atmete stoßweise vor Gespanntheit. Er wußte nicht, daß das Licht nicht brannte, für ihn war es ja ohnehin dunkel. Eine Zeitlang machte er keinen Versuch, sich ihr zu nähern. Undeutlich zeichneten sich die Umrisse seiner riesigen Gestalt ab.

»Tony hat danebengeschossen«, teilte er mit. »Danebengeschossen!« wiederholte er verächtlich. »Wenn ich sehen könnte, hätte ich den Hund bestimmt erwischt!« Seine Stimme wurde leiser. »Komm her, Puppchen!« Er kicherte und kam langsam mit ausgebreiteten Armen auf sie zu.

Dann sprang er flink wie eine Katze vor und packte sie an der Schulter. Sie warf sich zurück. Seine andere Hand griff nach ihr und berührte die ausgefransten Drahtenden. Mit einem Schrei, halb Kreischen, halb Gebrüll, sprang er zurück.

»Was tust du?« schrie er wild. »Verfluchte Hexe, was hast du getan? Willst mich wohl stechen wie das Schwein neulich?«

Er befühlte sich selbst, um nach einer Verletzung zu suchen, und dann sprang er von neuem auf sie los. Jetzt trafen die Polenden sein Gesicht. Wie ein Holzklotz stürzte er zu Boden.

Sie hörte, wie er sich bewegte.

»Was ist denn das? Was ist das bloß?« flüsterte er. »'nen blinden Mann so zu behandeln! Du verfluchte . . .«

Seine Hand packte sie am Fußgelenk und riß sie zu Boden. Aber wieder berührten die elektrischen Drähte sein Gesicht. Er kreischte wie ein wildes Tier und wälzte sich auf dem Boden. Er war jetzt wahnsinnig vor Wut und Angst – ein wimmernder Verrückter. Immer wieder fiel er sie an, immer wieder kamen seine Hand, sein Gesicht, sein Hals mit dem Strom in Berührung. Dann brach er zusammen, blieb regungslos liegen.

Mit zitternden Fingern durchsuchte sie seine Taschen. Sie fand den Schlüssel und einen Revolver. Sie tastete nach dem Schlüsselloch, die Tür ging auf, sie befand sich in einem Gang, der nach rechts und in ein helleres Zimmer mit zwei Fenstern führte. Immer noch war sie in Todesangst – jetzt hatte sie ihr bestes Verteidigungsmittel verloren.

Der Durchgang in der Wand war leicht zu finden. Wie geschickt die Geheimtür von der Schlafsaalseite aus auch getarnt war – hier jedenfalls lag sie sichtbar vor Augen. Diana zog an einem Handgriff, das eingefaßte, schwere Steinstück ließ sich zurückziehen und wie ein Türflügel ausschwingen. Sie schlüpfte durch die Öffnung. Der Detektiv, der in der Mitte des Schlafsaals stand, fuhr herum, den Revolver in der Hand, als sie aus dem Wandschrank trat.

»Mein Gott! Miss Ward!« rief er. »Wo kommen Sie her?«

24

Die wenigen Worte, die Diana Ward hervorstieß, brachten ein halbes Dutzend Detektive auf die Beine. Sie stürzten in den Schlafsaal, verschwanden im Wandschrank und kletterten durch die steinerne Geheimtür, die noch halb offenstand.

Larry übergab das Mädchen Harveys Obhut und eilte hinterher. Das Zimmer, das Diana beschrieben hatte, war leer. Larry hielt sich nur einen Augenblick darin auf, schaltete den Strom aus und folgte den anderen. Es bestand kein Zweifel, daß dieser ganze Gebäudeteil, der einen so unbewohnten Eindruck machte, regelmäßig benutzt wurde. Sie fanden hier Zimmer, die durch dünne Wände in fensterlose Räume abgeteilt worden waren, in denen man sich nachts bei Licht aufhalten konnte, ohne daß der geringste Lichtschein nach außen drang.

Der blinde Jake hatte die reine Wahrheit gesagt, als er die vielen Ausgänge des Hauses erwähnte. Einen fanden sie im Keller, der in einen alten Abzugskanal für Regenwasser mündete. Ein zweiter führte direkt in den Hof, wo Larry die Garage gefunden hatte, und ein dritter endete in der Küche von Todds Heim.

Larry mußte sich klarmachen, daß das Wild entwischt war, und begab sich in den Trakt des Blindenheims zurück, um Diana zu suchen. Er fand sie im Büro des Vorstehers neben Harvey, der mit einer Handfessel ihr Handgelenk an das seine geschlossen hatte – er wollte kein neues Risiko mehr eingehen. Lachend hob sie die gefesselte Hand hoch.

»Außerordentlich vernünftig«, meinte Larry und schloß die Handschelle auf. »Und jetzt, Mr. Dearborn, möchte ich von Ihnen einige Erklärungen über die merkwürdigen Vorkommnisse in Ihrem Hause haben.«

»Ich kann nicht finden, daß sich in diesem Hause etwas Merkwürdiges ereignet hat«, entgegnete Mr. Dearborn. »Sie können mich doch nicht für Dinge verantwortlich machen, die sich im Nebenhaus ereignen. Man hat mir soeben erzählt, daß Verbindungstüren zwischen den beiden Gebäuden bestehen, aber davon hatte ich nicht die geringste Ahnung. Wenn wirklich jemand im Nebenhaus gewohnt ...«

»Sechs Menschen hausten nebenan«, unterbrach ihn Larry. »Wir haben ihre Betten und einige Kleidungsstücke gefunden. Und die Tatsache, daß wir auch Bücher fanden, beweist, daß die Bewohner nicht blind waren.«

Mr. Dearborn zuckte die Schultern.

»Was kann ich da machen? In unserem Zustand sind wir ganz von der Zuverlässigkeit unserer Umwelt abhängig. Auch wenn wir im allgemeinen die Anwesenheit eines Fremden am ungewohnten Schritt, an der Stimme oder einem Husten erkennen können, ist es natürlich nicht ausgeschlossen, daß man sich dieses Hauses bedient hat, um verbrecherische Pläne auszuführen, ohne daß wir das geringste bemerkten.«

Das klang logisch, und Larry mochte dem auch nicht widersprechen.

»Ich will diese Möglichkeit nicht ausschließen«, räumte er ein. »Es ist natürlich sehr bedauerlich für Sie – und auch für uns. Die Sache hätte noch viel fataler ausgehen können.«

Er fühlte sich maßlos erleichtert und war versöhnlich gestimmt. Diana war überhaupt nichts anzumerken, mit jedem Augenblick wurde sie ruhiger. Sie zog ihren Regenmantel an.

An der Ecke Edgware Road hielten sie an, weil sich Diana eine neue Bluse kaufen wollte. Sie bestand darauf, gleich nach dem Präsidium zu fahren, um dort ihre Aussagen zu Protokoll zu geben.

»Was halten Sie von John Dearborn?« fragte Larry.

Sie sah ihn an und fragte ihrerseits:

»Haben Sie bemerkt, wie er meine Hand ergriffen und sie geschüttelt hat?«

»Da ist doch nichts dabei.« Er lehnte sich im Taxi zurück, immer noch benommen und glücklich über den guten Ausgang dieser schrecklichen und aufregenden Geschichte. »Ja, was ich vergessen habe, Sie zu fragen – wo haben Sie eigentlich die mörderische Waffe aufgetrieben, die Sie in der Hand hielten, als Sie die Treppe herabkamen?«

»In der Tasche des blinden Jake! Es war fürchterlich . . .«

Im Yard zog sie sich zuerst einmal zurück, um ihre zerrissene Bluse mit der neuen zu vertauschen. Als sie das Büro 47 betrat, lief Larry angeregt im Zimmer auf und ab.

»Wir wissen jetzt wenigstens, daß der blinde Jake und der Mann namens Lew . . .«

»Haben Sie ihn im Heim gelassen?« unterbrach Diana rasch.

»Ich habe in dieser ganzen Sache schon so viele Fehler begangen, daß ich mir diesen nicht auch noch leisten konnte. Nein, ich habe ihn in ein anderes Heim bringen lassen, wo er gepflegt wird. Lew und Jake hatten mit Stuart zu tun, vielleicht schon vor seiner Ermordung, ganz sicher aber nachher. Warum Lew das braune Papier mit der Brailleschrift in die Tasche des Opfers gesteckt hat, wissen wir noch nicht. Vielleicht wollte er einfach loskommen, sich seiner Auftraggeber entledigen.«

»Aber die wichtigste unserer Entdeckungen haben Sie noch mit keinem Wort erwähnt«, wandte Diana ein.

»Und die wäre?«

»Ich meine die Frau ›oben‹.«

»Was für eine Frau ›oben‹?« fragte er verständnislos.

»Erinnern Sie sich nicht? Ich erzählte Ihnen doch, daß Jake mit dem Daumen nach der Zimmerdecke zeigte und sagte, auch wenn ich ein Gesicht hätte wie die da oben . . .« Sie schwieg verlegen.

»Entschuldigen Sie«, erwiderte er sanft, »ich bin ein gedankenloser Idiot. Es hat sich so viel ereignet heute, und der Fall Stuart war weiß Gott nicht mehr das wichtigste . . . Ja, und das erinnert mich daran, daß ich telefonieren muß!«

Er ließ sich mit dem Trafalgar Hospital verbinden.

»Bitte, das Büro der Oberschwester – danke . . . Ja? Schwester Oberin? – Hier Inspektor Holt. Wie geht es Ihnen? – Sagen Sie, haben Ihre Außenschwestern viel zu tun? – Ich meine, sind nicht alle besetzt? – Das trifft sich ja ausgezeichnet. Ich möchte Sie bitten, mir eine nette, mütterliche Schwester in meine Wohnung nach Regent's Gate Gardens zu schicken. – Ob ich krank bin? Nein, ganz und gar nicht, aber es wohnt jemand bei mir, der nicht ganz – jawohl, eine Dame. – Besten Dank, Schwester . . .«

Larry sah den erstaunten Blick Dianas.

»Haben Sie eine Dame bei sich wohnen?« fragte sie verblüfft.

»Nein, noch nicht, aber sehr bald. – Sie gehen jetzt nur noch in Ihre Wohnung in der Charing Cross Road, um sich alle Sachen zusammenzusuchen, die Sie brauchen. Und dann kommen Sie in meine Wohnung, wo Sie bis auf weiteres unter der Obhut einer netten Schwester bleiben werden.«

»Aber das kann ich nicht, das ist ganz ausgeschlossen«, protestierte sie mit feuerrotem Gesicht.

»Doch, Sie können sehr gut, und Sie werden es jetzt genauso machen, wie ich es Ihnen sage.«

Endlich stimmte sie zu. Sie gingen zusammen essen, und nachher führte er sie ins Macready-Theater, wo sie sich das Stück Dearborns ansahen. Nach dem zweiten Akt verließen sie völlig enerviert das Theater.

»Wie ist es möglich, daß jemand einen so schrecklichen Unsinn auf die Bühne bringen kann?« fragte Diana auf dem Heimweg.

»Es ist unbegreiflich.« Larry lachte auf einmal vor sich hin.

»Sie scheinen heute zum Lachen aufgelegt zu sein?«

»Ich bin nur froh und erleichtert. Und gerade mußte ich daran denken, was Sunny wohl zur Schwester sagte, als sie ankam.«

»Was, glauben Sie, hat er ihr gesagt?«

»Ja, das ist nicht so einfach. Wenn die Schwester darauf besteht, daß eine kranke Dame in der Wohnung ist, wird er ›Jawohl, Schwester!‹ sagen und sich die größte Mühe geben, eine aufzutreiben!«

Es war schon nach elf, als sie seine Wohnung erreichten. Die Fahrstühle waren nur bis halb elf in Betrieb, und so mußten sie die Treppen hinaufsteigen.

»Achten Sie auf die Stufen, die Treppenbeleuchtung ist miserabel.« Larry ging voraus. Im zweiten Stock blieb er stehen. »Allmächtiger! Wer kann das sein?«

Zusammengebrochen und reglos lag ein Mann vor seiner Wohnungstür. Larry beugte sich über ihn hinweg und klingelte. Gleich darauf öffnete Sunny die Tür. Im Lichtschein, der von der Diele herausfiel, erkannte Larry den Mann. Sein Atem ging schwer und röchelnd, Gesicht und Kopf waren blutverklebt.

»Sunny, ist die Krankenschwester gekommen?«

»Jawohl, Sir.« Er blickte auf den Verwundeten.

»Dann wird sie uns sehr nützlich sein.«

»Wer ist es?« fragte Diana.

»Flimmer-Fred«, antwortete Larry leise.

25

Sie trugen den Verwundeten ins Wohnzimmer und legten ihn auf den Diwan. Eine Etage höher wohnte ein Arzt, der glücklicherweise noch nicht zu Bett gegangen war.

»Sehr schwer verwundet«, stellte er fest. »Zwei tiefe Messerstiche, und die Kopfwunde sieht nach Schädelbruch aus.«

»Er muß vor meiner Wohnungstür angegriffen worden sein, oder glauben Sie, daß er in diesem Zustand noch hierherkommen konnte?«

»Unmöglich«, bestätigte der Arzt. »Vielleicht hätte er sich noch zwei oder drei Meter schleppen können, aber meiner Meinung nach ist er dort angefallen worden, wo Sie ihn gefunden haben. Kennen Sie den Mann?«

»O ja. Er ist ein alter Bekannter von mir. Schwebt er in Lebensgefahr?«

»In sehr großer. Lassen Sie ihn sofort in ein Spital bringen, wo er genau untersucht und, wenn nötig, gleich operiert werden kann.«

Der Krankenwagen kam und fuhr wieder weg. Nur einige dunkle Flecken vor der Wohnungstür erinnerten noch an Flimmer-Fred.

Die Schwester erfüllte in jeder Beziehung die Anforderungen, die Larry gestellt hatte. Sie war wohlbeleibt, gemütlich und sehr mütterlich. In den ersten freien Minuten machte Larry sie mit den Gründen bekannt, die ihre Anwesenheit in seiner Wohnung verlangten.

»Nach den schrecklichen Erlebnissen, die Miss Ward heute durchmachen mußte, war es selbstverständlich ausgeschlossen, sie in ihre Wohnung in der Charing Cross Road zurückkehren zu lassen.«

Schwester James, ganz und gar nicht unzufrieden, einen so leichten Fall erhalten zu haben, stimmte ihm gerne bei. Sie bewies auch sogleich ihre Autorität, indem sie Diana ins Bett schickte.

Doch an Schlaf war für sie nicht zu denken. Um zwei Uhr morgens hörte Larry, der an seinem Schreibtisch arbeitete, eine Tür knarren, und als er aufblickte, stand Diana im Türrahmen. Sie war im Morgenrock.

»Ich kann nicht schlafen«, sagte sie nervös, fast schroff.

Larry zog einen bequemen Sessel für sie heran.

»Was bedrückt Sie, Diana?«

Sie saß still mit gefalteten Händen im Sessel. Kein Laut war zu hören, nur das Ticken der Uhr auf dem Kaminsims und das Knarren von Larrys Stuhl.

»Die Frau ›oben‹ läßt mir keine Ruhe.«

»Die Frau ›oben‹? Ach ja, Sie meinen die Frau, von der Jake

gesprochen hat. Aber Diana, ein ›oben‹ gab es ja gar nicht, Sie waren doch schon in der obersten Etage. Das Haus ist ein Stockwerk niedriger als Todds Heim.«

Zu Larrys Schrecken fing sie leise zu weinen an.

»Der Gedanke an sie läßt mir keine Ruhe. Sie werden sie festhalten, sie können sie ja gar nicht freilassen!«

»Wollen Sie damit sagen, daß die Frau Clarissa Stuart ist?«

»Clarissa Stuart? Nein . . .«

»Wer kann es sonst sein? Wer, denken Sie, ist sie?«

»Ich denke es nicht – ich weiß es sicher.« Sie hob das tränennasse Gesicht. »Die Frau ist Emma. Die Aufwartefrau Emma aus der Pension.«

Larry sprang auf.

»Die Aufwartefrau! Sie haben recht!«

Wieder hörte man als einziges Geräusch im Zimmer das leise Ticken der Uhr.

»Ich kann den Zusammenhang jetzt erkennen«, begann sie wieder. »Einen einzigen Menschen konnte ich bisher nicht unterbringen.«

»Und wer ist das?«

»Flimmer-Fred. Er ist zufällig in die Sache mit hineingezogen worden. Aber die anderen? Und Dearborn, für den Sie so viel Nachsicht haben – was John Dearborn betrifft . . .« Sie lachte böse auf.

»Liebe Diana, Sie haben jetzt das Stadium erreicht, in dem man allem und jedem mißtraut.«

»Ich gab Dearborn die Hand, als wir dorthin kamen – und ich gab ihm die Hand, als wir weggingen«, sagte sie bedeutungsvoll.

»Das macht ihn aber doch noch nicht verdächtig!«

»Als ich meine Hand hinhielt, ergriff er sie. Denken Sie bitte daran, daß ich zwei Jahre Schwester in einem Blindenheim war. Als ich meine Hand hinhielt, ergriff er sie!«

»Ja, warum nicht?« fragte Larry, ohne zu begreifen.

»Weil er sie nicht sehen könnte, wenn er blind wäre. John Dearborn ist ebensowenig blind wie Sie oder ich.«

»Sagen Sie das bitte noch einmal! Sie hielten die Hand hin, und er ergriff sie?«

»Wußten Sie nicht, daß man immer die Hand eines Blinden ergreift, wenn man ihn begrüßen will, weil er ja die ausgestreckte Hand nicht sehen kann? Aber Dearborn erhob seine Hand im gleichen Augenblick, in dem ich ihm meine entgegenhielt.«

Larry starrte sie fassungslos an.

»Wenn er nicht blind ist, warum ist er dann überhaupt in dem Heim? Auf jeden Fall ist er aber ein Geistlicher.«

»Es gibt keinen John Dearborn in der Liste der Geistlichen«, erklärte Diana unerschüttert. »Ich habe die ganze Liste genau durchgesehen. Sein Name findet sich auch nicht auf den Listen der Independenten, Baptisten und Wesleyaner.«

»Haben Sie auch daran gedacht, daß er von Australien gekommen sein kann?«

»Auch die australischen Listen kann man hier erhalten. Der einzige John Dearborn ist ein sehr alter Herr, der in Totooma lebt und sicher nicht mit diesem hier identisch ist. Unser Dearborn ist weder blind noch Geistlicher, und dann kommt noch ein Drittes hinzu – seine Stücke werden trotz des ständigen Mißerfolgs immer wieder angenommen. Wollen Sie sich nicht einmal über das Direktorium des Macready-Theaters informieren? Man müßte herausfinden, aus welchen Personen es sich zusammensetzt und wer das Geld für die Inszenierungen dieser Stücke bewilligt oder aufbringt. Ich kann einfach nicht vergessen, daß Mr. Stuart von diesem Theater aus verschwunden ist.«

»Ich auch nicht. Aber John Dearborn –?«

»Jetzt werde ich müde.« Diana erhob sich. »Ich habe mein Herz erleichtert. – Lassen Sie – entschuldigen Sie, daß ich solche Fragen stelle –, lassen Sie die Wäscherei beobachten?«

»Ich habe dort ständig zwei Mann auf Posten, die jeden eintreffenden oder wegfahrenden Wagen anzuhalten und sich zu vergewissern haben, wer der Fahrer ist und was der Wagen enthält.«

»Dann kann ich mich ja beruhigt schlafen legen. Für einige Zeit noch ist Emma nicht in direkter Lebensgefahr – solange sie nicht von der Wäscherei weggebracht wird . . .«

»Sie können völlig beruhigt sein«, versicherte Larry, worauf sich Diana zurückzog.

26

Der nächste Tag brachte keine neuen Entwicklungen. Ein Polizeiaufgebot hatte noch einmal das Wäschereigebäude durchsucht und tatsächlich einen Raum entdeckt, der oberhalb des Zimmers lag, in dem Diana eingeschlossen gewesen war, eine winzig kleine Kammer im Dachgeschoß, die Spuren von Benutzung zeigte, jedoch leer angetroffen wurde.

Larry machte sich jetzt Vorwürfe, daß er gestern das Nebenhaus nicht sorgfältiger durchsucht hatte. Zwei Menschen wünschte er vor allem zu finden. Erstens den Mann, dem der kleine Finger der linken Hand fehlte und der sich einen Tag vor ihm in Beverley Manor nach Mrs. Stuart erkundigt hatte – und zweitens Emma, die rätselhafte Aufwartefrau.

»Die Aussichten für Flimmer-Fred sind nicht schlecht«, teilte Larry Diana mit. »Der Arzt sagt, daß kein Schädelbruch vorliegt.«

»Wo liegt er?«

»Im St.-Mary-Hospital. Ich habe ihn in ein Privatzimmer legen lassen mit einem Mann als Wache – natürlich nicht, weil er entwischen könnte. Es wäre keine schlechte Idee, wenn wir hinfahren und uns an Ort und Stelle erkundigen würden, wie es ihm geht. Wollen Sie mitkommen?«

Als sie sich vor ihrem kleinen Handspiegel zurechtmachte, fragte sie, ohne den Kopf nach ihm zu drehen:

»Was beabsichtigen Sie mit Dearborn zu machen?«

Er strich sich nachdenklich über das Kinn.

»Im Augenblick weiß ich wirklich nicht, was ich machen soll. Es ist schließlich kein Verbrechen, wenn ein Mann behauptet, er sei blind, und ist es nicht. Möglicherweise hat er auch noch einen Schimmer von Sehkraft, um eine Hand, die sich ihm entgegenstreckt, wahrzunehmen. Es könnte auch sein, daß er seine Hand ganz mechanisch, instinktiv erhoben hat.«

»Es ist möglich«, räumte sie ein. »Aber er lächelte doch auch, als ich ihm zulächelte . . .«

Im Spitalbüro von St. Mary trafen sie den Arzt, der Fred betreute.

»Er ist wieder bei Bewußtsein. Wollen Sie ihn sehen?« fragte er.

»Darf er sprechen?«

»Ich denke schon – es ist wohl sehr dringend? Er ist natürlich noch sehr schwach, und unter gewöhnlichen Umständen würde ich es nicht empfehlen. Aber kommen Sie!«

Er führte sie zum Krankenzimmer. Vor der Tür zögerte Diana.

»Soll ich mitkommen?«

»Ihre Anwesenheit ist sogar sehr nötig«, erwiderte Larry. »Haben Sie Ihr Stenogrammheft bei sich?«

Sie betraten das Zimmer, in dem Fred Grogan lag. Sein Kopf war ganz verbunden, nur das Gesicht schaute blaß und verzerrt aus dem Verband hervor. Als er Larry erblickte, leuchteten seine Augen auf.

»Ich hätte es nie für möglich gehalten, daß ich mich einmal auf Ihren Besuch freuen würde«, scherzte er, wurde aber gleich wieder ernst. »Vor allen Dingen, Inspektor, müssen Sie die Frau aus dem Kesselhaus herausholen.«

»Die Frau im Kesselhaus?« fragte Larry. »Wie kommen Sie darauf?«

»Nun ja, das Kindermädchen oder die Amme, was weiß ich, von Clarissa. Wer allerdings Clarissa ist, mag der Teufel wissen! Also gut, ich werde Ihnen jetzt zur Abwechslung einmal die reine Wahrheit erzählen, Mr. Holt. Am besten ist es, ich fange ganz von vorne an, und wenn ich mich dabei in ein schlechtes Licht setzen muß, dann sollten Sie eben eine ganze Menge von dem, was ich Ihnen hier erzähle, wieder vergessen.«

»Der Gedanke, daß eine schlechte Meinung über Sie aufkommen könnte, wäre mir selbstverständlich unerträglich«, versicherte Larry ernsthaft, »oder formulieren wir es vielleicht so – ich verspreche Ihnen, daß sämtliche Einzelheiten, die sich nicht direkt auf den Mord an Gordon Stuart beziehen, in diskreter Weise übergangen werden.«

»Ausgezeichnet!« Fred atmete erleichtert auf. »Dann los! Die Geschichte begann vor vier oder fünf Jahren in Montpellier. Kennen Sie Montpellier?«

»Sehr gut. Ich kenne die Stadt vom Coq d'Or bis zum Palais.«

»Ich war gerade in Montpellier«, begann Fred, »sah mir die Gegend an und amüsierte mich ein bißchen, bis ich so langsam in einen Spielklub hineinkam, der still und leise von einem Mann namens Floquart geleitet wurde. Gespielt wurde Bakkarat. Ich habe meistens Glück beim Bakkarat. Diesmal aber bekam ich drei Tage lang kein anderes Geld als mein eigenes in die Hände, und mit jedem Tag sah ich weniger davon. In der dritten Nacht haben sie mich dann so gründlich ausgenommen, daß ich gerade noch zu Fuß nach Hause gehen konnte. Ich bog aus der Rue Narbonne, als ich einen Schuß hörte. Auf der anderen Seite des Platzes sah ich einen Mann auf dem Pflaster liegen – und· einen zweiten, der sich auffallend rasch entfernte. Die polizeilichen Einrichtungen in dem Städtchen waren damals nicht ganz auf der Höhe, und nur selten ließ sich ein Gendarm blicken. Der Kerl, der so rasch verduften wollte, mochte sich schon in Sicherheit wiegen, als ich plötzlich auf ihn zukam. Es dämmerte, der Morgen war schon hell genug, daß ich sein Gesicht sehen konnte. Er sah sehr gut aus. Ich glaube, er erschrak zu Tode, als ich so unvermutet auftauchte und ihn mit Beschlag belegte. Natürlich gingen mich seine Privatangelegenheiten im Grunde nichts an, aber Sie dürfen nicht vergessen, daß ich – hm ja ... Er erzählte mir eine lange Geschichte, daß der Mann, den er erschossen habe, ihm eine große Gemeinheit zugefügt hätte. Schließlich steckte er mir ungefähr sechzehntausend Francs in die Hände, und ich ließ ihn seiner Wege gehen – man ist ja auch nicht völlig gefühllos!« Fred grinste. »Gut, weiter – als sich nirgends ein Gendarm zeigte, überquerte ich den Platz, um mir den Erschossenen aus der Nähe anzusehen, obwohl ich mir bewußt war, was für ein Risiko ich einging, wenn ich bei einer halben oder ganzen Leiche angetroffen würde. Man behauptete später, der Schuß hätte ihn sofort getötet, was aber nicht stimmt. Der arme Teufel lebte noch, als ich hinkam und mich zu ihm niederbückte, um zu sehen, ob ich noch etwas für ihn tun könne. Ich fragte ihn, wer auf ihn geschossen habe, und tatsächlich war er noch imstande, den Namen anzugeben.« Fred machte eine wirkungsvolle Pause. »David Judd!«

»David Judd?« Larry zog erstaunt die Augenbrauen hoch »Ist er mit unserem Doktor Judd verwandt?«

»Sein Bruder«, erklärte Fred. »Den Doktor habe ich durch diese Geschichte dann kennengelernt. Ich verschwieg ihm, daß der arme Teufel in Montpellier mir den Namen verraten hatte, und behauptete, ich hätte das Gesicht seines Bruders David erkannt. Nun gut, an jenem Morgen auf dem Platz in Montpellier versuchte ich, aus dem Verwundeten herauszubekommen, warum auf ihn geschossen worden war, als er unter meinen Händen starb. Wie gesagt, ich wollte nicht bei einem Ermordeten überrascht werden; zwar hatte ich glücklicherweise keinen Revolver bei mir und konnte auch nachweisen, wo ich gewesen war. Aus einer Nebenstraße hörte ich den schweren Schritt eines Polizisten und machte, daß ich so schnell als möglich fortkam; doch der Kerl hatte mich schon gesehen, ich mußte vor dem Untersuchungsrichter erscheinen und nachweisen, daß mich der Mord gar nichts anging und daß ich mich auf der Suche nach einem Arzt befand, als ich gesehen wurde. Ich hatte nämlich wirklich den vernünftigen Einfall gehabt, nach einem Arzt zu laufen.« Er schwieg eine ganze Weile, um sich für den heikleren Teil seiner Erzählung zu sammeln. »Als ich nach London zurückkehrte, hielt ich es für meine Pflicht, Mr. David Judd aufzusuchen. Er hatte damals ein Privatbüro bei der Greenwich-Versicherungsgesellschaft. Aber ich traf ihn dort nicht an und sprach mit seinem Bruder.«

»Sie wollten natürlich herausbekommen, wieviel er zahlen würde, wenn Sie Ihren Mund hielten?«

»Stimmt ganz genau, Mr. Holt. Unheimlich, was für ein Einfühlungsvermögen Sie haben! Er war furchtbar aufgeregt, Doktor Judd meine ich, und machte geltend, er müsse erst mit seinem Bruder sprechen, sobald dieser von einer Reise zurückkäme. Doch dann passierte etwas, das anfänglich so aussah, als würde es alle meine schönen Aussichten ruinieren. David Judd starb. Auf seiner Rückreise von Schottland erkältete er sich und starb innerhalb weniger Stunden. Ich bin bei seinem Begräbnis gewesen – als Leidtragender. Ich wette, keiner hat mehr Kummer gehabt als ich. Trotzdem muß ich sagen, daß Doktor Judd sich mir gegenüber als Gentleman gezeigt hat. Nach dem Begräbnis ließ er mich zu sich kommen und erklärte, daß er das Andenken seines Bruders von jeder schlechten Nachrede freihalten wolle; er bot mir eine regelmäßige jährliche Summe an, falls ich den Mund halten würde.«

»Der Mann, der erschossen wurde, war doch ein Büroangestellter?«

»Und zwar ein Angestellter der Greenwich-Versicherungsgesellschaft, der versucht hatte, David Judd zu erpressen.«

Larry stieß einen leisen Pfiff aus.

»Greenwich-Versicherung – Erpressungen –«, wiederholte er. »Was hatte David denn auf dem Kerbholz?«

»Das weiß ich nicht, Mr. Holt. Wenn ich es wüßte, würde ich es Ihnen sofort sagen. Aber es muß eine ziemlich faule Sache gewesen sein. Doktor Judd behauptete, daß jener Angestellte eine Menge Geld unterschlagen hätte, und da muß auch was Wahres dran gewesen sein, denn ich erinnere mich, daß er bei Floquart viel und hoch gespielt hat. – Also, um die Geschichte kurz zu machen, ich habe dann vier Jahre lang ein gutes Einkommen von Doktor Judd bezogen. Ich will da gar nichts beschönigen und mich nicht in ein besseres Licht stellen. Das würde Sie ja auch nicht interessieren. Vor ein paar Tagen traf ich den Doktor bei einer Hochzeit. Er war eingeladen, ich natürlich nicht, aber das ist ja das wenigste – jedenfalls ging ich hin. Bei der Gelegenheit lud er mich ein, gestern abend in seinem Haus in Chelsea mit ihm zu essen. Wie Sie vielleicht wissen, hat er ein piekfeines Haus, bis oben voll mit Gemälden und Schmucksachen. Und weil er mir eine schöne runde Summe angeboten hatte, um mich ein für allemal loszuwerden, entschloß ich mich, hinzugehen. Es kam mir auch sonst gelegen. Doktor Judd hat da einen Mann eingestellt, als Kammerdiener oder so, nun ja, er ist ein alter Sträfling und hat in Portland in der Zelle neben mir gesessen.«

»Er heißt Strauß«, warf Larry ein, »hat eine Vorliebe für Koks und ist dreimal vorbestraft.«

»Ach, das wissen Sie auch schon? Ich traf ihn also neulich ganz zufällig am Piccadilly. Er wollte gerade ein paar Kleinigkeiten unterbringen, die er seinem Herrn gemaust hatte, und da habe

ich mir auch gleich ein Andenken ausgesucht – ein paar Manschettenknöpfe ...«

»Daher kamen sie also?« fuhr Larry auf. »Sie gehörten Doktor Judd?«

»Ich bin nicht ganz sicher, ob sie wirklich Doktor Judd gehörten. Strauß erzählte nämlich, daß oft Wochenendgäste dort waren, vielleicht hat er die Knöpfe auch einem von diesen geklaut.
Ja, und ich kam dann auf die Idee, mir etwas von den Kunst-
schätzen des Hauses anzueignen, bevor ich abreiste. Darum hatte
ich mit Strauß vereinbart, daß ich mir nächstens mal das Haus ansehen wollte, um einige Kleinigkeiten auszusuchen. Als ich nun
zum Essen eingeladen wurde, griff ich natürlich mit beiden Händen zu. Damit will ich nicht gesagt haben, daß ich je im Sinn
hatte, ganz allein zu einem solchen Dinner zu gehen – so gut
stand ich mit dem Doktor nun doch wieder nicht. Aber er erzählte mir, es würden noch andere Gäste kommen. Eingeladen
war ich eigentlich für acht Uhr, aber da es um diese Zeit schon
stockdunkel ist, ging ich bereits um sieben, und zwar nicht direkt
zum Haus, sondern postierte mich gegenüber auf der anderen
Straßenseite. Ich wollte lieber erst einmal Doktor Judds Gäste ankommen sehen, bevor ich auf der Bildfläche erschien. Ich wartete
bis acht Uhr. Niemand kam. Ich wartete bis halb neun, und dann
sah ich den Doktor herauskommen und die Straße hinabblicken.
Mittlerweile war ich so hungrig geworden, daß ich beinah zu
ihm hinübergegangen wäre, aber ich konnte mir beim besten
Willen nicht vorstellen, daß ich ganz allein mit ihm speisen sollte,
mit einem Menschen, den ich ... verstehen Sie? So wartete ich
weiter, wartete und wartete, bis auf einmal ein Auto ankam
und direkt auf das Einfahrtstor seitlich vom Haus losfuhr. Ich
dachte schon, das Auto würde das Tor eindrücken, aber im
Augenblick, als die Scheinwerfer es zu berühren schienen, öffnete
es sich von selbst. Merkwürdig, sagte ich mir und ging über die
Straße, um mir die Sache etwas näher anzusehen. Das bedeutete
zwar ein bißchen Klettern für mich, aber es ging ganz leicht und
geräuschlos. Und wissen Sie, was ich sah? Der erste, der aus dem
Wagen stieg, war das dicke Riesenvieh, das in der Jermyn
Street versucht hatte, mir die Luft abzudrehen.«

»Der blinde Jake?«

»Ich bin ihm nie vorgestellt worden. Jedenfalls sah ich ihn deutlich, als er vor den Scheinwerfern vorbeiging. Dann wurden die Lichter gelöscht, und ich konnte nichts mehr sehen. Um zehn Uhr öffneten sich die Tore wieder – wie durch Zauberei, niemand war zu sehen –, und der Wagen rollte heraus. Als er langsam an mir vorbeifuhr, rannte ich hinterher und ließ mich auf den Gepäckträger fallen, der heruntergeklappt und einladend leer war. In der King's Road in Chelsea sprang ich wieder ab, weil es da zu hell war und ich von einem Polizisten hätte gesehen werden können. Aber es gab genug Taxis, ich zeigte dem Chauffeur den Wagen, dem er nachfahren sollte. Ich mußte herausbekommen, wo der blinde Jake – so nannten Sie ihn doch? – wohnte, und es gelang ohne große Schwierigkeiten, dem Wagen zu folgen. Wir fuhren am Viktoria-Bahnhof vorbei, dann über Grosvenor Place der Park Lane zu. Ich befürchtete, das Auto würde in den Park einbiegen, dann hätte ich es verloren, denn die Parkwege sind ja nur für Privatwagen offen, aber nicht für Taxis. Glücklicherweise – oder leider, wie man's nehmen will – fuhr der Wagen nicht durch den Park, sondern durch die Edgware Road, wo der Tyburn Tree gestanden hat, an dem man in alten Zeiten die Leute aufhing. Ich habe das mal in einem Buch gelesen, als ich mich – hm, erholte . . .«

»Wollen wir nicht lieber die Erinnerungen an Alt-London beiseite lassen?« schlug Larry vor.

»Ich fuhr also dicht hinter ihnen. Unerwartet bogen sie in eine Seitengasse ein. Ich riskierte es, meinen Chauffeur zu bezahlen und ihnen zu Fuß zu folgen, weil ich dieses Viertel sehr gut kenne, und ich brauchte auch keine zehn Minuten zu suchen, bis ich den Wagen vor einer Toreinfahrt stehen sah. Kurz vor mir traf noch ein zweites Auto ein, mit dem der Doktor gekommen sein mußte.«

»Doktor Judd? War der auch da?«

Fred wollte nicken, bedauerte aber im gleichen Augenblick, seinen schmerzenden Kopf überhaupt bewegt zu haben.

»Wenn ich meinen dämlichen Schädel nicht still halte, dann dusele ich nochmals hinüber. – Ja, der Doktor war auch da. Ich stand ganz in der Nähe und sah diesen blinden Jake, den Doktor und noch einen, den ich nicht kannte, der eine Tasche in der Hand hielt und schlechter Laune zu sein schien. ›Ich protestiere, zu so später Stunde auf solche Weise geholt zu werden‹, sagte er. Der Doktor entgegnete leise etwas, das ich nicht verstehen konnte. ›Warum haben Sie nicht einen andern Arzt geholt? Ich mache Sie darauf aufmerksam, daß Sie mich gezwungen haben, hierherzukommen, und ich komme nur unter Protest. Wo ist die Frau?‹ Als der blinde Jake antwortete: ›Im Kesselhaus!‹ und lachte, fuhr ihn Doktor Judd mit einem Fluch an und sagte, er sollte das Maul halten. Alle drei verschwanden dann durch das Tor des Grundstücks, während der eine Wagen wendete, was aber auf der schmalen Straße nicht auf Anhieb gelang. Es war ein frisch gestrichener Lieferwagen, und auf einer Seitentür konnte ich unter der neuen Farbe das Wort ›Wäscherei‹ erkennen.«

»Haben Sie sich den Namen der Straße gemerkt?« fragte Larry.

»Reville Street«, erwiderte Fred.

»Das ist ja die Parallelstraße zur Lissom Lane. Na – weiter, Fred!«

»Ich mußte schleunigst verduften, weil man mich sonst gesehen hätte. Ich ging also um den Häuserblock herum und tauchte gerade wieder auf, als sie aus dem Tor herauskamen. Doch waren es jetzt nur noch zwei Personen; das dicke Mistvieh war verschwunden. Was sie sich erzählten, konnte ich nicht hören, endlich rief Doktor Judd: ›Gute Nacht!‹, und der Wagen fuhr mit ihm davon. Der andere schaute ihm nach. Mir blieb nichts anderes übrig, als an ihm vorbeizuschlendern, als ob ich die Straße dahergekommen wäre. Wenn es eine schlechte Angewohnheit gibt, dann ist es die, im Wachen oder Schlafen Selbstgespräche zu führen. Es gibt Leute, die können nichts dagegen machen. Ich hatte einen guten Freund in Barcelona – doch das gehört nicht hierher, Mr. Holt. Also, der Kerl, der da dem Wagen nachschaute, gehörte zu der Sorte. So eine Art Grübler. Und wie ich gerade an ihm vorüberkam – er stand bewegungslos, die Hände auf dem Rücken, und sah dem verschwindenden Schlußlicht des Autos nach –, hörte ich ihn etwas murmeln. Es waren, ich er-

innere mich genau, nur zwei Worte: ›Clarissas Amme...‹ Er
hat es gleich zweimal gesagt. Ich ging meiner Wege und dachte
nicht im Traum daran, daß ich ihnen verdächtig vorgekommen
sein könnte, vielmehr nahm ich mir vor, sofort Sie aufzusuchen,
Mr. Holt, und Ihnen die Geschichte zu erzählen. Ich war nur
noch ein paar hundert Meter von Ihrem Haus entfernt, da hatte
ich so ein unangenehmes Gefühl, als ob man mir folgte. Sehen
konnte ich niemand, trotzdem wurde ich die ekelhafte Empfin-
dung nicht los, die man hat, wenn einem die Polente auf den
Fersen ist, und man kann sie nicht mehr abschütteln. Ich hatte
Ihre Straße erreicht, suchte das Haus, aber ich war schon zu weit
gegangen und kehrte wieder um. Vermutlich sind die Kerle, die
mir folgten, ins Haus geschlichen und haben oben auf mich gewartet. Ich erinnere mich noch, daß ich vor Ihrer Wohnungstür
die Hand zum Klingelknopf hob – dann weiß ich nichts mehr.«

Diana hatte eifrig mitgeschrieben und klappte nun ihren
Block zu.

»Ich glaube, das ist so ziemlich alles«, schloß Fred mit schwa-
cher Stimme. »Ich möchte gern etwas trinken.«

27

Zehn Minuten später sausten zwei Autos mit Polizisten in Zivil
nach dem Westen, und die Bewohner der kleinen Reville Street
wurden Zeugen dieser neuerlichen Razzia.

»Was ist das für eine Mauer?« fragte Larry.

»Die Mauer der eigentlichen Wäscherei«, antwortete Sergeant
Harvey. »Ich habe sie schon abgesucht, doch nichts gefunden.«

»Haben Sie das Kesselhaus gesehen?«

»Jawohl, Sir, es ist ein ganz gewöhnlicher Kellerraum mit
einem großen Dampfkessel.«

»Lassen Sie das Tor öffnen«, befahl Harry. »Sie haben doch
noch Leute in der Lissom Lane, die den andern Ausgang bewachen?«

»Ja, Sir.« Der Sergeant manipulierte am Schloß herum. In
wenigen Augenblicken war das Tor offen.

Der Raum, in den sie direkt von der Straße aus kamen, lag in tiefer Finsternis. Als die Beleuchtung eingeschaltet wurde, sah man eine lange Halle mit rohen Backsteinwänden und Zementfußboden. Durch den mittleren Teil liefen vier Reihen Tischgestelle, an denen früher die Wäschereiangestellten gearbeitet hatten. Hinten im Raum führten einige Stufen nach unten. Allen voran stieg Larry ins Kesselhaus hinab.

In einer Ecke des Kellergewölbes befand sich der große, verrostete Kessel, der einst der Wäscherei Dampf und Energie geliefert hatte. Larry versuchte vergeblich, die dicke, eiserne Kesseltür, die in das Feuerungshaus führte, zu öffnen. Er zog und zerrte, doch alle Mühe war umsonst.

»Da kann doch niemand drin sein – was meinen Sie, Harvey?«

»In dem Kessel würde man ersticken«, erwiderte der Sergeant.

Diana beobachtete enttäuscht die beiden Männer.

»Gibt es gar kein Versteck, wo sie sein könnte? Ich habe so gehofft, daß wir . . .« Sie brach ab.

»Nein, Miss«, beteuerte Harvey, »wir haben das ganze Haus durchsucht. – Sollen wir die Tür aufbrechen?« fragte er Larry.

»Ich glaube, es ist sinnlos. Ich bin Ihrer Meinung, kein Mensch würde es in dem Kessel aushalten, falls überhaupt Platz genug für einen Menschen darin ist, was ich bezweifle.«

Als sie unverrichteter Dinge wieder aufbrachen, trennten sie sich – Diana Ward ging mit Harvey ins Präsidium zurück, während Larry nochmals ins Spital fuhr, um Flimmer-Fred einige zusätzliche Fragen zu stellen.

»Der Himmel weiß, daß ich in meinem ganzen Leben noch nie einem Polizisten vertraut habe«, erklärte Fred geschwollen. »Aber bei Ihnen, Mr. Holt, ist es anders, Sie machen einem die schönsten Grundsätze zuschanden, und ich habe nun mal Vertrauen zu Ihnen. Also – meine Garderobe hat das Spital in Verwahrung genommen, in einer meiner Taschen aber ist der Schlüssel meines Bankfachs, holen Sie ihn sich da ’raus. Es handelt sich um die Bank in der Chancery Lane. In meinem Fach liegen verschiedene Dinge, die niemand was angehen. Sie wer-

den die Schlüssel schon finden, ohne zuviel kramen zu müssen –
da gibt's zum Beispiel ein Paket Kriegsanleihe, die ich mir im
Schweiße meines Angesichts erworben habe ...«

»Daß jemand dabei geschwitzt hat, möchte ich wetten«,
grinste Larry. »Doch Sie brauchen sich keine Sorgen zu machen, Fred, daß ich hinter Ihre Geheimnisse komme oder etwas,
das ich vielleicht finde, gegen Sie verwenden will.«

Fred fühlte sich trotzdem ziemlich unbehaglich.

»Wenn ich gesund und munter wäre, ließe es sich ja viel leichter erledigen, dann könnte ich Ihnen einfach die Schlüssel übergeben.«

»Von was für Schlüsseln reden Sie eigentlich die ganze Zeit?«

»Nachschlüssel – von Judds Haus. Ich habe sie mir machen
lassen, weil ich doch der Kunstsammlung ungestört einen Besuch
abstatten wollte. Strauß bekam die Schlüssel in die Hände, als
der Doktor schlief, und machte die Abdrücke. Strauß ist gar
nicht so übel, das schlimmste ist, daß er kokst. Ich habe für so
schlechte Gewohnheiten nie etwas übrig gehabt. Man muß ein
waches Auge und einen klaren Kopf haben, um im Leben vor-
wärtszukommen, nicht wahr, Mr. Holt?«

»Und acht geschickte Finger plus zwei flinke Daumen!
Stimmt's, Fred?«

Eine halbe Stunde später verließ Larry die Bank in der Chancery Lane. In seiner Tasche klimperten Freds unrechtmäßige
Nachschlüssel.

28

Nach langem Zureden hatte Diana eingewilligt, weiterhin Larrys Schutzaufsicht in Anspruch zu nehmen. Auch die mütterliche
Pflegerin war zu einer festen Einrichtung in Regents Gate Gardens geworden, was jedoch Mr. Patrick Sunny äußerst mißfiel,
da es ihn zwang, sich in der Küche ein Feldbett aufzuschlagen.

»Es tut mir leid, Sunny«, hatte Larry am ersten Abend erklärt, »Ihnen diese Unbequemlichkeit verursachen zu müssen.
Wie ich annehme, ist es nicht sehr angenehm für Sie.«

»Nein, Sir, es ist nicht angenehm für mich.«

»Aber doch schließlich zu ertragen, hoffe ich?«

»Ja, Sir, es ist zu ertragen.«

»Denken Sie daran, daß die Dame in großer Gefahr schwebt und nicht allein in ihrer Wohnung sich selbst überlassen werden durfte.«

Sunny wußte dies sehr gut, denn die Angelegenheit war freimütig in seiner Gegenwart besprochen worden.

»Nein, Sir, das war ausgeschlossen. – Was für einen Kragen wünschen Sie morgen?«

»Irgendeinen. – Jedenfalls ist die Dame jetzt in Sicherheit.«

»Nein, Sir«, erwiderte Sunny.

Larry starrte ihn sprachlos vor Überraschung an. Zum erstenmal widersprach ihm Sunny.

»Nein?« vergewisserte er sich. »Haben Sie nicht verstanden, was ich gesagt habe? Die Dame sei hier sicher aufgehoben.«

»Nein, Sir«, wiederholte Sunny. »Verzeihen Sie, wenn ich anderer Meinung bin.«

»Sie meinen wirklich? Warum sollte sie hier nicht sicher sein?«

»Weil Sie selbst nicht sicher sind, Sir«, erklärte Sunny überzeugt, »und solange Sie es nicht sind, ist es die junge Dame auch nicht.«

»Gut, gut«, lachte Larry. »Glauben Sie, was Sie wollen! Ja, noch etwas, Sunny – schließen Sie heute nacht die Küchentür. Sie schlafen sehr unruhig, wie ich gehört habe, und wecken mir sonst noch die ganze Wohnung auf.«

»Ja, Sir, ich werde die Küchentür schließen.«

Die Küchentür schloß Sunny wirklich, aber er tat noch mehr. Als Larry zu Bett gegangen war und die Wohnung in tiefem Schweigen lag, schleppte er sein schmales Feldbett in die Diele hinaus, stellte es mit dem Fußende ungefähr vierzig Zentimeter von der Wohnungstür entfernt auf, klemmte ein Besenstilende an der Tür fest und ließ den Stiel an der Bettkante aufliegen.

Gegen zwei Uhr morgens wurde geräuschlos ein Schlüssel ins Schloß gesteckt, die Wohnungstür öffnete sich langsam einige Zentimeter. Unbarmherzig fiel der Besen auf Sunnys Kopf.

Larry hörte drei schnell aufeinanderfolgende Schüsse, sprang aus dem Bett und lief, den Revolver in der Hand, in den Gang. Er sah ein leeres Feldbett, die offene Wohnungstür, flog die Treppe hinunter und begegnete auf halber Höhe dem würdigen Sunny, der einen kleinen Kerl mit schmerzhaft verzogenem Gesicht am Kragen gepackt hielt und vor sich her schob.

»Bringen Sie ihn herein!« befahl Larry und verschloß die Tür.

»Ich bitte um Entschuldigung, Sir«, stotterte Sunny, »daß ich mir einen Ihrer Revolver ausgeliehen habe. Und was mein Bett in der Diele betrifft, außerdem die Störung, die ich Ihnen verursachen mußte...«

»Kein Wort mehr darüber!« Larry warf einen dankbaren Blick auf seinen Diener. »Davon sprechen wir später.« Er wandte sich dem Gefangenen zu. »Und Sie? Was haben Sie zu Ihrer Entschuldigung anzuführen?«

»Er hat kein Recht, Schußwaffen zu gebrauchen«, antwortete der Fremde heiser. »Ich bin verwundet.«

Der Mann war etwa Mitte Dreißig, hatte hohle Wangen und tiefliegende Augen. Larry befühlte seine Taschen und zog ein Messer mit langer Klinge heraus, die scharf wie ein Rasiermesser war.

»Zeigen Sie Ihre Hände!« befahl Larry. »Schon vorbestraft?«

»Nein«, antwortete der Mann mürrisch.

»Wer hat Sie hierhergeschickt?«

»Finden Sie es selbst 'raus! Von mir erfahren Sie nichts.«

Als zehn Minuten später Polizeibeamte den Mann abführten, wußte Larry trotzdem, was er wissen wollte. Daraufhin nahm er noch Sunny zu einer kurzen Aussprache beiseite, mit dem Resultat, daß dieser für den Rest der Woche mit stolz geschwollenem Kamm herumstolzierte.

29

Ein dünner, weißer Nebel hing über dem Park und verhüllte den einsamen Reitweg von Rotten Row. Die auftauchenden und wieder verschwimmenden Umrisse der wenigen Reiter, die zu dieser frühen Morgenstunde ihren gewohnten Spazierritt unternahmen, verstärkten noch den Eindruck der Verlassenheit.

Chefkommissar Sir John Hason, der jeden Morgen vor dem Frühstück einen kleinen Ausritt absolvierte, war einer dieser Reiter. Weder erwartete noch wünschte er irgendwelche Gesellschaft. Um so größer war daher seine Überraschung und auch sein Verdruß, als ihn ein Reiter einholte und das Pferd an seiner Seite in Schritt fallen ließ.

»Hallo, Larry!« rief er dann aus. »Woher kommst du auf einmal? Ich dachte schon, du wärst ein Geist.«

»Das werde ich auch bald sein! Lange wird's nicht mehr dauern, wenn ich nicht sehr aufpasse. Ich wußte, daß ich dich hier finden würde, und habe mir im Tattersall einen Gaul gemietet. Außerdem kann mir ein bißchen frische Luft auch nicht schaden.«

»Gibt's was Neues?«

»Ein kleiner Mordversuch heute nacht – aber das ist so etwas Gewöhnliches, daß es mir widerstrebt, es als Neuigkeit zu rapportieren.« Larry berichtete von dem nächtlichen Besucher. »Doch was mich viel mehr beschäftigt – Du kennst ja die Londoner Verhältnisse besser als ich –, wer ist eigentlich Judd?«

»Judd!« lachte der Kommissar. »Ich glaube nicht, daß du dir seinetwegen den Kopf zu zerbrechen brauchst. Er ist in der Geschäftswelt ganz gut angesehen. Sein Bruder soll sehr leichtsinnig gewesen sein, wie ich gehört habe. Beinahe sämtliche Aktien der Greenwich-Versicherungsgesellschaft sind Familienbesitz. Die Brüder haben die Aktien von ihrem Vater geerbt und brachten das Geschäft, das damals als wenig sicher angesehen wurde, auf die jetzige Höhe. Es ist auch heute keine bedeutende Gesellschaft, doch hat sie der Gefahr, von den großen Versicherungskonzernen aufgeschluckt zu werden, zu widerstehen vermocht. Das beweist Charakter und Standfestigkeit, die ich bewundern muß.«

»Ich habe heute nacht die Aufsichtsratsliste durchgesehen«, erwiderte Larry. »Sie ist im Börsenjahrbuch publiziert. Ich habe mir lange den Kopf darüber zerbrochen. Weißt du, daß John Dearborn auch Direktor der Gesellschaft ist?«

»Dearborn, der Theaterschriftsteller? Nein, das wußte ich nicht. Selbstverständlich werden die Direktoren der Gesellschaft von Judd bestimmt und eingesetzt. Man erzählt, daß er eine Reihe von wohltätigen Stiftungen unterstützt, und das Heim, in dem Dearborn Vorsteher ist, unterhält er ja offensichtlich ganz allein. Vielleicht ist dieser Direktorposten einfach eine interne Verrechnungssache.«

»Das habe ich mir auch überlegt. Wer ist jedoch Walters?«

»Kenne ich nicht.«

»Ebenfalls ein Direktor der Gesellschaft – auch so ein bezahlter Ehrenposten, wie ich annehme. Und Cremley? Ernest John Cremley aus Wimbledon.«

»Der ist ganz sicher nur eine dekorative Figur«, lachte Sir Hason. »Ich kenne ihn oberflächlich. Ein Mann mit sehr wenig Kopf, dafür um so versessener auf Karten.«

»Diese beiden sind außerdem Direktoren des Macready-Theaters.«

»Und was schließt du aus alldem?« fragte der Kommissar.

»Was ich daraus schließe? Daß Judd das Theater, in dem Dearborns Stücke aufgeführt werden, unter seiner Kontrolle hat, daß also zwischen Judd und dem Leiter des Blindenheims in Paddington eine enge Verbindung besteht.«

Sir Hason überlegte lange, bevor er antwortete.

»Ich kann dabei noch nichts Ungewöhnliches finden. Dearborn ist durch die Umtriebe des blinden Jake doch selbst in Mitleidenschaft gezogen, und Judd, der den Namen seines Bruders rein halten wollte, hat nach deinen Rapporten, und wenn wir Flimmer-Fred einmal aus dem Spiel lassen... Teufel noch mal, was –!«

Der konsternierte Ausruf des Kommissars war sehr berechtigt, denn Larry hatte plötzlich sein Pferd herumgerissen und sprengte jetzt in scharfem Galopp quer durch den Park, ohne auf das gefährliche Gelände zu achten.

Der Mann im Gebüsch hörte den Galopp der Hufe und jagte in

wilder Flucht zum Parktor und auf die Straße hinaus. Das Tor war an dieser Stelle so schmal, daß Larry nicht hindurchreiten konnte. Er sprang ab, überließ das Pferd seinem Schicksal und eilte auf die Straße. Doch sah er weiter nichts als ein Auto, das sich rasch nach Westen entfernte. Vergeblich hielt er nach einem Taxi Ausschau, zuckte die Achseln, fand sein Pferd wieder und trabte langsam zu John Hason zurück.

»Was, zum Teufel, ist in dich gefahren?« fragte der Kommissar.

»Schade, daß ich keinen Revolver gehabt habe! Der blinde Jake auf seinem morgendlichen Gesundheitsspaziergang, während sein Wagen wartete, um ihn, wie es sich für eine solche Persönlichkeit gehört, wieder nach Hause zu fahren.«

30

Als er nach Hause zurückkam, saß Diana bereits am Frühstückstisch. Er erzählte ihr von seiner Jagd im Park.

»Muß man daraus nicht schließen«, fragte sie, »daß er sich nicht mehr im Heim oder in der Wäscherei verborgen hält? Das Haus wird doch immer noch bewacht?«

»Auf beiden Seiten, aber es gibt sicher noch eine Reihe von Ausgängen. Tatsache ist, daß er einen Morgenspaziergang machen kann, den seine Auftraggeber überdies für so wichtig halten, daß sie ihm ein Auto zur Verfügung stellen. Dies deutet doch darauf hin, daß er tagsüber eingeschlossen sein muß.«

Sie waren allein, da die Pflegerin und Anstandsdame ihre Toilette noch nicht beendet hatte.

»Ich weiß wirklich nicht, wie dieser Fall einmal erledigt wird, Diana«, begann Larry nach einer kurzen Pause, »und es ist jetzt vielleicht nicht der richtige Augenblick, um Ihnen zu sagen, was ich – hm, was ich gerne sagen möchte, aber – aber, Diana, wenn der Fall wirklich einmal abgeschlossen ist, möchte ich nicht, daß Sie weiter im Präsidium bleiben.«

»Wollen Sie damit sagen, daß Sie mit mir nicht zufrieden sind? Als Sekretärin?«

»Ich schätze Sie sehr, als Sekretärin – und als Mensch. Aber –«, er gab sich die größte Mühe, ruhig zu bleiben, »es gefällt mir gar nicht, daß Sie – dort arbeiten.«

Beide schwiegen. Endlich erwiderte sie:

»Ich glaube nicht, daß ich nach Erledigung des Falles Stuart weiterarbeiten werde. Ich habe selbst schon daran gedacht, meine Stellung aufzugeben.«

Diese Antwort hatte er nicht erwartet.

»Sie werden doch nicht weggehen?« rief er erschrocken.

Diana brach in helles Gelächter aus.

»Sie sind der inkonsequenteste Mensch, der mir je begegnet ist! Sie entlassen mich, und im nächsten Augenblick hoffen Sie, daß ich nicht weggehe . . .« Sie brach ab, denn sie war sich der verfänglichen Situation völlig bewußt.

»Nein, lassen Sie mich ausreden – ich wollte Ihnen ja eine ganz andere Stelle vorschlagen!«

»Ich – verstehe Sie nicht«, stammelte sie.

»Ich möchte Sie heiraten – scheren Sie sich zum Teufel!«

Sie ließ das Stückchen Toast, das sie in der Hand hielt, fallen, blickte mit offenem Mund auf und sah gerade noch, wie sich die Tür hinter dem schwergekränkten Sunny schloß.

»Entschuldigen Sie, bitte – es tut mir furchtbar leid«, stotterte Larry. »Ich habe nicht Sie gemeint – ich meinte . . .«

»Ich weiß, was Sie meinen.« Sie legte ihre Hand auf die seine und schwieg. Als ihr Blick auf ihr verzerrtes Spiegelbild in der silbernen Kaffeekanne fiel, lachte sie auf.

Larry zog seine Hand brüsk zurück.

»Ich fürchte, ich mache mich lächerlich«, sagte er beleidigt.

Diana rührte sich nicht.

»Legen Sie Ihre Hand zurück«, flüsterte sie, und Larry gehorchte. »Ich mußte über mein Spiegelbild in der Kaffeekanne lachen. Da sehe ich wirklich nicht aus wie jemand, dem man um halb neun Uhr morgens einen Heiratsantrag machen könnte.«

»Sie haben also verstanden, daß es ein Antrag war? Und – wollen Sie wirklich?«

»Wollen? Was – einen Antrag erhalten?« fragte sie vergnügt. »Ob ich will! Es gefällt mir sogar sehr, Larry . . .«

274

Sunny kam herein – sie sahen ihn nicht. Leise schlich er wieder hinaus, verließ die Wohnung und drückte im Treppenhaus auf den Knopf des Fahrstuhls. Er war mit dem jungen Mädchen, das tagsüber den Aufzug bediente, gut befreundet.

»Louie«, sagte er noch feierlicher als gewöhnlich, »können Sie mir sagen, ob ich hier in der Nähe ein möbliertes Zimmer finden kann? Ich glaube, ich werde bald woanders schlafen müssen.«

»Woanders schlafen, Pat?« fragte Louie, der er gnädigst gestattet hatte, ihn mit dem Vornamen anzureden, verwundert. »Will Ihr Herr eine Haushälterin nehmen?«

»Ich nehme es an«, erwiderte Sunny mit Grabesstimme.

31

Auf dem Weg ins Büro sagte Larry zu Diana:

»Es ist wundervoll! Ich fühle mich wie im Himmel.«

»Dann will ich dich ein wenig auf die Erde zurückholen. Ich möchte, daß du mir etwas versprichst.«

»Ich verspreche dir alles, was es auch sein mag«, versicherte er eifrig.

»Ich möchte nur . . . Willst du mir versprechen, daß du mich unter keinen Umständen bitten wirst, unsere Verlobung aufzuheben?«

Er drehte sich ihr zu und blieb stehen.

»Nichts sonst? Wie kommst du auf den Gedanken, daß ich den Wunsch haben könnte, diese wundervolle Verlobung . . .«

»Ich weiß, ich weiß«, unterbrach sie ihn. »Es ist genauso wundervoll für mich. Trotzdem mußt du mir versprechen, daß du diese Verlobung nie aufheben wirst, was auch vorfallen und wie immer der Fall Stuart ausgehen mag. Willst du?«

»Ich verspreche es dir«, versicherte er bestimmt.

Im Korridor vor dem Büro 47 fanden sie zwei Männer vor, die auf sie warteten. Der eine war ein Kriminalbeamter in Zivil, der andere ein kleiner, verschrumpelter Mann, der mit gefalteten Händen blicklos auf den Boden starrte.

»Was soll das bedeuten?« fragte Larry.

»Bitte, sei nicht böse, ich hätte es dir sagen müssen – ich habe ihn holen lassen.«

»Das ist – Lew!« entfuhr es ihm.

»Du hast mir doch erlaubt, Zeugen kommen zu lassen.«

»Selbstverständlich kannst du das.« Er betrachtete den alten Mann, der nach außen teilnahmslos in einer dunklen, schweigenden Welt seinen Gedanken nachhing. »Wie willst du ihn zum Sprechen bringen, wie ihm verständlich machen, was wir von ihm wollen?«

»Ich muß sehen, ob ich noch nicht alles vergessen habe, was ich im Blindenheim gelernt habe. Er hat natürlich keine Ahnung, wo er ist, vielleicht glaubt er, immer noch in dem fürchterlichen Heim zu sein, wo er so grausam mißhandelt wurde. Ja, was ich unbedingt brauche – einen Revolver und einen Polizisten in Uniform!«

Lew wurde ins Büro geführt. Diana nahm seine beiden Handgelenke und hob seine Hände an ihr Gesicht.

»Eine Frau –.« Und als sie die kleine Vase, die auf ihrem Schreibtisch stand, unter seine Nase hielt, fragte er: »Rosen, nicht wahr? Das ist wohl ein Spital.«

Sie winkte den soeben eintretenden Polizisten heran, hob von neuem die Hände des Alten hoch, führte sie über den Uniformkragen, die Knöpfe am Rock, und ließ sie schließlich den Helm berühren.

»Ein Grüner!« sagte Lew und zuckte zurück.

Wieder ließ sie ihn an den Rosen riechen und führte seine Hand über ihre Wange.

»Ich bin in 'nem Hospital, und 'n Schutzmann paßt auf mich auf. Sucht man mich für irgend was?«

Larry beobachtete die beiden gespannt.

Diana nahm Lews Kopf in ihre Hände und drehte ihn hin und her.

»Also nicht«, brummte er erleichtert. »Bin ich hier vor den Schweinen sicher?«

Wieder nahm sie seinen Kopf und bewegte ihn auf und ab. Das gleiche tat sie, als er fragte:

»Ich soll wohl aussagen?«

Man gab ihr nun den Revolver, den sie verlangt hatte, und sie ließ Lew Griff und Lauf der Waffe berühren. Er schauderte.

»Ja, das haben sie mit mir gemacht. Es war furchtbar gemein. Sie wollen sie wohl fassen, nicht wahr? Warum kneifen Sie mich in die linke Hand?«

Sie ließ ihn nicken. Dann zwickte sie ihn in die rechte Hand, und ohne auf eine Frage zu warten, bewegte sie seinen Kopf hin und her.

»Ja, ich hab's begriffen«, stimmte er eifrig zu, »die rechte Hand bedeutet nein, die linke ja. Ist einer hier – ein hohes Tier?«

Sie signalisierte ihm ›ja‹.

»Wollen Sie, daß ich aussage?«

Sie gab ihm das Zeichen, und Lew begann zu erzählen.

Er und der blinde Jake waren immer schon Schicksalsgenossen gewesen, aber Lew war beinah von Jugend an der Sklave des riesigen Kerls gewesen und hatte unter seiner Herrschaft ein Leben voller Verbrechen und ständiger Schrecken geführt.

»Er hat Dinger gedreht und Sachen angestellt, an die ich nicht gern denke – oft kann ich nachts nicht schlafen.«

Vor fünf oder sechs Jahren war Lews Bruder Jim zu ihnen gestoßen.

»Ein großer, starker Kerl war er«, sagte Lew stolz, »hatte einen Vollbart, und sehen konnte er auch! Er lief immer auf den Jahrmärkten als Blinder herum, aber er konnte sehen wie ein Luchs, sogar Zeitungen und Bücher konnte er lesen. Ja, Jim war ein mächtiger Kerl, aber skrupellos.«

Später gerieten sie unter den Einfluß fremder Auftraggeber, denen der blinde Jake in respektvoller Abhängigkeit diente. Man trug ihnen gelegentlich und unter anderem auf, Tote aus einem Haus fortzuschaffen. Sie alle drei, Jake, Lew und Jim, beteiligten sich daran. Lew wußte nicht, ob es sich um Ermordete handelte, aber er vermutete es.

»Und dann verschwand Jim. Ich weiß nicht, was ihm passiert ist. Eines Tages ging er, und wir haben ihn nie wieder gesehen. Das war, wenn ich mich recht erinnere, im Mai vor vier Jahren.«

Nach dem unerklärlichen Verschwinden seines Bruders wurde Lew ängstlich, witterte Gefahr für sich selbst und lebte in ständigem Schrecken vor Jake und seinen Drohungen. Bis er jedoch etwas zu unternehmen wagte, verstrich noch viel Zeit.

Er selbst konnte Brailleschrift nicht schreiben, aber er stand gut mit einem Mann in Todds Heim, der ihm die Mitteilung verfertigte, die Lew dem nächsten Opfer in die Tasche stecken wollte. Möglicherweise hatte er von Jake gehört, daß es nächstens ›Arbeit‹ geben würde.

»Ich glaube, es ist besser, ich gehe hinaus«, sagte Diana, die auf einmal blaß geworden war.

Larry füllte ihr ein Glas mit Wasser und führte sie in den Gang hinaus.

»Es geht schon besser.« Sie lächelte schwach. »Bleib nur und hör es dir an!«

Als Lew seine Erzählung beendete, wußte Larry alles Wissenswerte über den Mord an Gordon Stuart.

32

Am nächsten Morgen beim Frühstück kündigte Larry an, daß er eine kleine Exkursion vorhabe.

»Kann ich nicht mitkommen?« fragte Diana.

»Nein, leider nicht, ich muß es wirklich allein erledigen, nur eine kleine Spur, der ich nachgehen möchte – es wäre zu kompliziert . . .«

»Kurz, du willst mir nicht sagen, um was es sich handelt.«

»Das hast du aber schnell herausgefunden!«

»Wo führt dich diese Fährte eigentlich hin? Ich möchte es gerne wissen, falls . . .«

»Nach Hampstead.«

Sie seufzte erleichtert auf.

»Ich hatte große Angst, sie würde woanders hinführen.«

Obwohl ihn ihre Besorgnis stutzig machte, wollte er doch nicht weiter über dieses Thema sprechen, denn er hatte sie belogen.

Eine halbe Stunde nach seinem Eintreffen im Präsidium verließen zwei nicht zu sauber aussehende Männer in abgetragenen Uniformen der städtischen Gasgesellschaft Scotland Yard durch den Ausgang nach Whitehall und kletterten auf einen Autobus. Der eine trug eine Werkzeugtasche. Etwa fünfhundert Meter vor ihrem Ziel stiegen sie aus und gingen langsam zu Fuß weiter, bis sie stehenblieben und das Haus betrachteten, in dem nach Larrys Meinung die Aufklärung von Gordon Stuarts Tod zu finden war.

Ein Haus von ganz ungewöhnlichem Aussehen – kahl und finster, mit wenigen, stark vergitterten Fenstern.

»Der Mann, der dieses Haus entworfen hat, muß geglaubt haben, daß es ein Gefängnis werden soll«, meinte Harvey.

»Vielleicht hat er das sogar wirklich gedacht«, erwiderte Larry. »Sind Sie sich bewußt, Harvey, daß dies die letzte Station unserer Jagd ist – vorausgesetzt, daß alles stimmt, was uns Lew erzählt hat?«

»Aber es soll doch nur eine gewöhnliche Durchsuchung werden? Weiß Miss Ward . . .« fragte Harvey unsicher und brach ab.

»Es ist das einzige, das sie nicht weiß.«

Sie überschritten die Straße, stiegen die wenigen Stufen zur Haustür empor und läuteten. Ein Diener, der sich beim Anblick von Larry Holt grünweiß verfärbte, öffnete. Nach einem kurzen, scharfen Befehl ließ er sie eintreten.

»Unser Besuch bleibt absolut geheim, verstanden?«

»Sie können sich auf mich verlassen, Mr. Holt«, antwortete Strauß unterwürfig.

Die geräumige Vorhalle war hoch und vom Marmorfußboden bis zur Decke hinauf in Eiche getäfelt. Nirgends war eine Lampe zu sehen; offenbar wurde die Halle indirekt beleuchtet. Tageslicht fiel nur durch ein langes, schmales Mattglasfenster herein, vor dem die Umrisse eines schmiedeeisernen Gitters zu erkennen waren. Nirgends eine Treppe – doch lag dem Haupteingang gegenüber eine Tür, hinter der Larry das Treppenhaus vermutete. Die einzige weitere Türe, die es noch gab, befand sich seitlich. Er öffnete sie und befand sich in einem großen, wundervoll ausgestatteten Salon. Die Wände verschwanden unter Gemälden und Gobelins, und den Parkettboden bedeckten ein halbes Dutzend Perserteppiche. Der Raum hatte sechs Fenster mit Glasmalerei, jedes einzelne ein Meisterwerk. Schwere Samtvorhänge umrahmten die Fenster, und in der Mitte des Zimmers hing ein silberner Kronleuchter.

Auf einem kleinen Tischchen neben dem großen, luxuriösen Kamin sah Larry zwei geöffnete Briefe liegen. Er überflog sie, sie waren ohne Wichtigkeit. Vom Salon aus führte eine Tür zu einer Treppe und ins obere Stockwerk, wo er einige Schlafzimmer, einen kleinen Salon und ein geräumiges Studierzimmer vorfand. Er untersuchte die obere Etage nur oberflächlich. Überzeugt, daß das, was er zu finden hoffte, unten sein mußte, begab er sich wieder in den Salon hinunter. Dort traf er den Diener an und wies ihn hinaus. Mit großer Sorgfalt untersuchte er die Wandtäfelung, Zentimeter um Zentimeter, und es verging geraume Zeit, bis er eine verborgene Tür fand, die sich an einer ganz unvermuteten Stelle neben einem der farbigen Fenster befand. Nun erinnerte er sich, daß er von außen eine halbrunde Ausbuchtung in der Hausmauer bemerkt hatte.

»Da – schauen Sie!« rief er Harvey triumphierend zu und zog an einem kleinen, aufklappbaren Viereck inmitten der geschnitzten Wandverzierungen. Darunter verbarg sich ein winziges Schlüsselloch. Er holte Flimmer-Freds Schlüsselbund aus der Tasche und versuchte einen Schlüssel nach dem andern. Beim vierten knackte es leise, und die als Täfelung getarnte Tür öffnete sich nach innen in ein knappes, trichterförmiges Gewölbe. Von einer schmalen Plattform führten betonierte Stufen nach unten. Ein Lichtschalter – der untere Treppenabsatz wurde hell.

Sie stiegen hinunter, kamen vor eine Türe, Larry probierte wieder seine Schlüssel aus, bis sie aufging, und machte Licht. Sie traten in einen niedrigen, zementierten Raum, kaum zwei Meter hoch und vielleicht drei Meter lang.

»Sieht nach einer elektrischen Anlage aus«, sagte Harvey.

»Nein«, erwiderte Larry. »Ich verstehe zwar wenig von Maschinen, aber ich glaube, es ist eine Pumpe.«

»Natürlich, eine von der Art, wie sie auf Schiffen gebraucht werden, um die Wassertanks zu reinigen.«

Ein dickes Kabel lief über Isolatoren weg der Wand entlang.
»Kraftstrom«, murmelte Larry. »Dort das Schaltbrett –
hier die Ventilationsanlage. Sehen Sie, da ist der Exhaustor für
verbrauchte Luft.«

Sie entdeckten ein neues, steiles Treppenstück, das noch weiter
hinunterführte. Wieder standen sie vor einer Tür, die aus Eisen-
beton hergestellt war und in massiven Scharnieren hing. Bron-
zescharniere – Larry hatte es nicht anders erwartet. Seine
Befürchtung, daß die Tür mit Riegeln versehen wäre und sich
von innen nicht öffnen ließe, erwies sich als grundlos. Er schob
den Schutzdeckel über dem Schlüsselloch beiseite und öffnete die
mächtige Tür, die langsam aufschwang.

»Zehn Zentimeter dick«, kommentierte Larry, während er das
unmittelbar dahinterliegende Stahltor aufschloß.

Lange mußte er mit der Taschenlampe den hoch an der Wand,
knapp unter der Decke und weit vom Eingang entfernten
Schalter suchen. Dann lag der Raum in heller Beleuchtung vor
ihnen.

»Sehen Sie sich das genau an, Harvey – hier starb Gordon
Stuart!«

Zuerst sahen sie nichts weiter als ungefähr in der Mitte eine
Messingbettstelle, ohne Matratze und Bettzeug. Wände und
Decke des Raumes waren zementiert. Keinerlei Fenster – was
Larry allerdings auch nicht erwartet hatte. Dumpfe, verbrauchte
Luft hing in dem Gewölbe. Die beiden Ventilatoren unter der
Decke waren offenbar schon lange nicht mehr betätigt worden.
In einigem Abstand von der Bettstelle lag, in den Fußboden ein-
gepaßt, ein würfelförmiger Granitblock, beinahe ein Meter im
Durchmesser, an dessen einer Seite ein großer Stahlhaken einge-
mauert war. Am Haken hing eine lange, dünne Kette, gleich-
falls aus Stahl, die in Abständen von je einem Meter durch drei
Bleigewichte beschwert wurde. Larry schätzte jedes Gewicht auf
gut zehn Pfund. Die Kette endete mit einer Fußschelle.

»Ja – so ist es«, murmelte er und nahm den Fußring auf.
Ein aufgeschraubtes Schutzplättchen verdeckte ein sehr kleines
Schlüsselloch. Er probierte die in Frage kommenden Schlüssel
und atmete auf, als der Ring auseinandersprang. »Gott sei Dank!

Ich befürchtete schon, daß ich den richtigen Schlüssel nicht hätte«, sagte er erleichtert.

»Was bedeutet dies alles, Mr. Holt?« fragte Harvey.

Larry suchte die Wände und den Boden vergeblich nach einem Platz ab, an dem er den wasserdichten Beutel, den er in der Tasche hatte, verstecken konnte. Die Wände waren glatt, der Boden eben, aber dann fiel sein Blick wieder auf den Granitblock. Mit aller Kraft stemmte er sich dagegen. Der Stein war nicht einzementiert und gab ein wenig nach.

»Helfen Sie mir mal, ihn umzulegen, Harvey!«

Gemeinsam kippten sie den Block, der in einer Vertiefung von kaum zwei Zentimetern stand, auf die Seite. Wie vermutet war das vertiefte Viereck tatsächlich uneben und der Zement nicht glattgestrichen worden, so daß sich Unregelmäßigkeiten und Wölbungen ergaben, die für Larrys Zwecke gerade genügten. Er nahm den wasserdichten Sack, der kaum größer als ein Toilettenbeutel war, aus seiner Tasche und steckte verschiedene Gegenstände hinein.

»Nun noch einen Handschellenschlüssel, Harvey! Hoffentlich haben Sie einen bei sich, ich habe meinen im Büro vergessen.«

Harvey zog einen aus der Westentasche.

Larry kramte nochmals in seinen Taschen, dann schloß er den Beutel, machte ihn möglichst flach und legte ihn in eine gewölbte Vertiefung, die er gerade ausfüllte. Jetzt kippte er, diesmal allein, den Steinblock an die ursprüngliche Stelle zurück.

»Darf ich fragen, was dies alles bedeutet?« erkundigte sich Harvey gespannt und beunruhigt.

Larry lachte, doch in diesem gräßlichen Raum klang es hohl und unheimlich.

»Ist der Diener in die Geschichte verwickelt?« fragte Harvey.

»Sicher nicht. Diese Herren würden kein solches Risiko eingehen. Ich vermute überhaupt, daß das Personal in einem völlig abgesonderten Hausteil untergebracht ist und mit der Herrschaft kaum in Berührung kommt. Das Haus ist ja äußerst raffiniert entworfen und auf die Zwecke der Hausherren abgestimmt worden. Haben Sie zum Beispiel vorhin im Pumpenraum die Tür bemerkt? Nein? Es ist gar nicht so leicht, sie zu entdecken, denn sie ist kaum von der Wand zu unterscheiden, der sie sich in jeder Weise anpaßt. In Wirklichkeit aber ist es eine geschickt getarnte Eisentür, die zum Hof hinausgeht, von dem aus man direkt in die Garage gelangt.«

Harvey nahm seine Werkzeugtasche wieder auf.

»Das ist ein entsetzliches Haus, Mr. Holt! In meinen fünfunddreißig Dienstjahren habe ich nichts derart Ungeheuerliches erlebt. Glauben Sie, daß hier Menschen umgebracht worden sind?«

»Davon bin ich überzeugt. In diesem teuflisch ausgeklügelten Verlies starb Gordon Stuart.«

Sie gingen in die Vorhalle zurück. Neben der Haustür befand sich ein schmales Fenster. Harvey schob den seidenen Vorhang zur Seite.

»Da steht ein Taxi!« rief er aus. »Es ist gerade vorgefahren.«

Mit einem Satz war Larry beim Fenster.

Ein Mann stieg aus dem Wagen und bezahlte den Chauffeur.

»Reverend John Dearborn – außerordentlich interessant!«

Dearborn kam auf das Haus zu, seine Hand lag schon auf der Klinke, als er plötzlich den Kopf senkte wie jemand, dem etwas einfällt. Er drehte sich nach dem Wagen um und hob die Hand.

»Hören Sie mich?« rief er. »Ich kann Sie nicht sehen – sind Sie noch da?«

»Ja, Sir«, erwiderte der Chauffeur.

»Eben ist mir eingefallen, daß ich noch zum Postamt fahren muß. Wollen Sie mich hinbringen?«

Er machte ein paar Schritte und streckte die Hand aus. Der Chauffeur ergriff sie und öffnete die Wagentür. Das Taxi wendete und fuhr rasch davon.

»Wir leben in einer Zeit der Zeichen und Wunder«, bemerkte Larry mehr für sich. »Blinde werden sehen wie John Dearborn, und David Judd, tot und begraben, fährt in London spazieren.«

»David Judd?« wiederholte Harvey verständnislos.

»Ja – kommen Sie, Harvey, wir haben nicht so bald wieder Gelegenheit, dieses komplizierte Haus zu studieren. Vor allem die Seitentür unten interessiert mich noch.«

Larry ging voraus zur Geheimtür im Salon, die er wieder zuzog, bevor sie zum Pumpenraum hinabstiegen.

Der Lichtstrahl der Taschenlampe suchte die Wand ab, von der Larry gesprochen hatte.

»Da, sehen Sie, der Ausgang zum Hof!«

Das Schlüsselloch der Geheimtür war nicht leicht zu finden, es befand sich ganz unten rechts, dicht über dem Fußboden. Wie erwartet gelangten sie direkt in den Hof hinaus. Larry betrachtete von außen das Mauerstück, durch das sie soeben hinausgetreten waren. Nichts ließ auf eine Öffnung schließen, vielmehr lenkte ein Mattglasfenster in halber Höhe von der Möglichkeit einer Tür überhaupt ab.

»Verdammt geschickt gemacht!« knurrte Larry beeindruckt.

Vom Hof aus führte ein überdachter Weg zum großen Tor nach der Straße hin. Larry untersuchte diese Ausfahrt genau. Als er damit zu Ende war, teilte er Harvey mit:

»Das Rätsel des automatischen Gittertors wäre auch gelöst! Wie ich vermutete, ist es möglich, in den Hof und ins Haus zu kommen, ohne daß die Dienerschaft das geringste bemerkt. Die Funktion der beiden Löcher draußen am Tor ist mir jetzt auch klar. Ich bemerkte sie schon, als ich mir nach Flimmer-Freds Beichte das Haus erst einmal von außen angesehen hatte. Die Löcher befinden sich zu beiden Seiten des Tors nahe über dem Boden. Ist Ihnen beim Wagen, den wir in der Wäscherei fanden, etwas aufgefallen? Ich meine die Stangen, die unterhalb der Scheinwerfer recht ungewöhnlich vorstanden. Erst dachte ich, es wäre irgendeine neue Konstruktionstorheit, aber nun weiß ich, wozu sie dienen. Sobald die Stangen in die Löcher am Tor eindringen, wozu der Wagen einfach ganz dicht auffährt, wird ein Mechanismus im Schloß ausgelöst, das Tor öffnet sich und schließt sich hinter dem Wagen wieder automatisch. Diese Einrichtung hat nicht nur den Vorteil, daß sich alles sehr rasch abwickelt, sondern auch, wie gesagt, daß das Personal nichts bemerkt. So – nun werfen wir noch einen Blick in die Garage und verschwinden dann schleunigst.«

Die breite Garagentür befand sich gegenüber der Toreinfahrt. Larry fand auch dazu den passenden Schlüssel. Als er ihn im Schloß umdrehte, hörte er, wie sich in der Garage etwas bewegte.

»Haben Sie gehört?« flüsterte er.

Harvey hielt seinen Gummiknüppel bereit. Larry riß beide Torflügel auf. Sie sahen einen Wagen, dessen Reifen noch naß waren, doch schien sich niemand in der Garage zu befinden. Während sie noch standen und einen Moment zögerten, gellte ihnen ein hoher, schriller Schrei entgegen. Larry riß eine Tür der Limousine auf. Bevor er irgend etwas sehen konnte, warf sich ihm eine gigantische Masse entgegen, eine unförmige Gestalt, die mit ihrem Gewicht beide Männer zu Boden drückte. Als sie sich halb betäubt wieder auf die Füße arbeiteten, hörten sie die Garagentür zuschlagen und das Schloß einschnappen. Vergeblich warfen sie sich gegen das Tor, das keinen Millimeter nachgab.

»Die Frau!« rief Harvey und zeigte auf das Auto.

Auf dem Boden des Wagens lag zusammengebrochen der regungslose Körper einer Frau. Larry hob sie auf und trug sie unter die einzige schmale Fensterluke, durch die ein wenig Licht einfiel.

Die Frau war etwa fünfzig Jahre alt, grauhaarig, unvorstellbar schmutzig, das Gesicht beinah schwarz, auf dem mageren Hals konnte man die Würgespuren erkennen. Der blinde Jake ...

»Schnell etwas Wasser, Harvey! Der Wasserhahn ist in der Ecke. – Sie lebt noch – es ist die Aufwärterin!«

Während er sich um die Unglückliche bemühte, durchsuchte Harvey die Garage und fand ein Beil. In wenigen Minuten war das Schloß zertrümmert und die Tür offen.

»Da – nehmen Sie meinen Revolver, Harvey! Bis jetzt hat er mir nicht viel geholfen. Wenn Sie das dicke Scheusal zu Gesicht bekommen – schießen Sie! Schießen Sie sofort, ohne sich mit ihm in irgend was einzulassen. Denken Sie bloß nicht, daß Sie mit Ihrem Knüppel etwas ausrichten könnten!«

Aber der blinde Jake war verschwunden.

Die Frau begann jetzt allmählich einige Lebenszeichen von sich zu geben. Larry hatte sie an die frische Luft geschleppt und netzte ihr Hals und Nacken mit Wasser. Ihre Augenlider zuckten, öffneten sich, mit einem Schrei fuhr sie hoch.

»Wo ist Miss Clarissa?« rief sie heiser.

»Das wollte ich Sie fragen«, antwortete Larry.

Harvey telefonierte nach einem Taxi, dann trugen sie die

Frau durch den geheimen Eingang in den Pumpenraum und von da aus die enge Treppe hinauf in den Prunksalon. Dort legten sie sie auf einen der Teppiche, die ein Vermögen wert waren. Das Schicksal dieser Frau, die ins Räderwerk dieser schmutzigen Mordaffäre geraten war, nur weil sie Stuart gekannt hatte, ging Larry nahe.

Strauß, der Exsträfling und Haushofmeister, wartete nervös in der Vorhalle.

»Sie sind doch nicht an der Geschichte hier beteiligt?« fragte ihn Larry.

»Nein, Sir«, antwortete er zitternd. »Als Sie kamen, dachte ich, mein Herr hätte nach Ihnen geschickt, weil – weil ich verschiedene Kleinigkeiten . . .«

»Manschettenknöpfe, schwarz emailliert mit Diamanten, nicht wahr? Wieviel Paar solcher Knöpfe hat er eigentlich gehabt?«

»Zwei Paar, Sir. Er fragte mich damals gleich, was ich damit angefangen habe, und ich mußte es ihm erzählen. Ich hatte sie ja gar nicht gestohlen – er hat sie mir sozusagen geschenkt, weil drei Diamanten fehlten.«

»Zerbrechen Sie sich darüber nicht den Kopf, Strauß«, entgegnete Larry. »Er hat sie ja längst wieder.«

Eine Menge Neugieriger sammelte sich auf dem Gehsteig vor dem Haus an, um dem Schauspiel beizuwohnen, wie zwei Männer, offensichtlich Angestellte der Gasgesellschaft, eine zerlumpte, schmutzstarrende Frau die Stufen hinab ins Taxi trugen.

Unterwegs kam sie wieder ganz zu sich. Heftig zitternd blickte sie von einem Begleiter zum andern.

»Sie sind jetzt in Sicherheit, Emma«, sagte Larry freundlich.

»Emma? Kennen Sie mich, Sir?«

»Ja, ich kenne Sie schon recht gut.«

»Bin ich wirklich in Sicherheit? Oh, Gott sei Dank! Sie haben keine Ahnung, was ich alles habe durchmachen müssen. Keine Ahnung . . .«

»Ich kann es mir denken.«

»Wohin wollen Sie sie bringen?« fragte Harvey leise. »Ich habe nicht gehört, was Sie dem Chauffeur sagten.«

Zu Harveys sichtlicher Überraschung antwortete Larry:

»Ich nehme sie in meine Wohnung. Ich kann ja nicht alle Spitäler mit den Zeugen des Falles Stuart anfüllen. Übrigens ist die Frau nicht krank, sie ist nur todmüde und halb verhungert.«

»Das stimmt«, fiel Emma eifrig ein. »Ich weiß, ich muß furchtbar aussehen, aber in dieser ganzen Zeit konnte ich mich überhaupt nie waschen. Sie haben mich in einem dunklen Rohr im Keller eingesperrt, das voll Steinen und Dreck war, in dem man nur kriechen konnte, und ich bin fast umgekommen, einmal mußten sie einen Doktor holen. Ich hab' dem fürchterlichen Blinden immerzu gesagt, sie sollten mich zu Mr. Stuart bringen, er würde ihnen viel Geld geben. Als ich heiratete, schenkte er mir einen wunderschönen Trauring. Ich hatte doch seine arme Frau und seine Kinder gepflegt. Und als ich ihn auf einmal wiedersah, wäre ich beinah umgefallen vor Überraschung. Er versprach mir tausend Pfund – vorher hatte er ja nicht gewußt, daß es Zwillinge waren, und geglaubt, sein einziges Kind wäre gestorben. Ich bin nicht immer Aufwartefrau gewesen, ich habe die kleine Clarissa großgezogen, wie eine feine Dame erzogen –«

»Clarissa Stuart?«

»Ja, Sir. Ich nannte sie ... Wenn ich sie doch noch einmal sehen könnte!«

»Wie nannten Sie sie? War Clarissa nicht ihr richtiger Name?«

»Doch, Sir. Clarissa Diana – aber ich sagte immer Diana.«

Larry zuckte zurück, als hätte er einen elektrischen Schlag bekommen.

»Wie heißen Sie?«

»Emma Ward, Sir. Ich habe das Mädchen Diana Ward genannt, aber ihr wirklicher Name ist Clarissa Diana Stuart, und ihr Vater ist jetzt in London.«

»Clarissa Diana Stuart!« wiederholte Larry. »Dann also ist Diana die Erbin, der Stuart sein Vermögen vermacht hat. Diana ist Clarissa – meine Diana!«

33

Noch bevor der Wagen die Wohnung erreichte, hatte Emma Ward so ziemlich alles, was es zu berichten gab, erzählt.

Sie war es gewesen, die versäumte, die Geburt von Diana und ihrer Zwillingsschwester eintragen zu lassen. Merkwürdig genug, daß diese Unterlassung ihr das Leben gerettet hatte. Von Stuart selbst noch erfuhren die Mörder, daß er seiner Tochter ein bedeutendes Vermögen hinterlassen würde, und sie zögerten keinen Augenblick, sich des einzigen Zeugen zu bemächtigen, der die Umstände und Rechtmäßigkeit von Dianas Geburt beweisen konnte.

Noch nie hatte sich Larry für einen guten Einfall so beglückwünscht wie jetzt dafür, eine Anstandsdame für Diana engagiert zu haben. Schon einmal war die Pflegerin sehr nützlich gewesen, und auch jetzt nahm sie die unglückliche Frau in ihre Obhut, die Larry Holt, zum Mißfallen der Nachbarschaft, in die Wohnung brachte. Eine Stunde später – Wasser, Seife und frische Handtücher hatten Wunder bewirkt – betrat eine einfach und sauber gekleidete Frau, die sich überall sehen lassen konnte, das Wohnzimmer.

»Ich gehe jetzt, um Miss – Miss Stuart zu holen«, kündigte Larry, über den neuen Namen stolpernd, an.

»Wissen Sie, wo sie ist?« fuhr Emma Ward auf.

»O ja, sehr gut. Sie arbeitet mit mir seit . . .« Beinah hätte er ›seit Jahren‹ gesagt, als ihm einfiel, daß ›Wochen‹ hier angepaßter war. Noch dazu sehr wenige Wochen . . .

Erst hatte er daran gedacht, ihr die Neuigkeit telefonisch mitzuteilen, aber aus einem Gefühl der Scheu und der Rücksichtnahme zog er den längeren Weg vor. Und dann gab es noch viele andere Dinge, die er ihr sagen mußte. Auf dem Weg zum Präsidium überdachte er noch einmal alles. Der Fall Stuart stand vor dem Abschluß. Lob, Auszeichnung, die fällige Rangerhöhung standen bevor. Wieviel von diesen Erfolgen verdankte er in Wirklichkeit Diana! Nur diese letzte Entdeckung nahm er eifersüchtig für sich in Anspruch, um wenigstens mit einem Pluspunkt seine männliche Eitelkeit zu beschwichtigen.

Das Ende des Falles Stuart! Das Ende seiner Hoffnungen? Er stand vor der Tür des Zimmers 47 und wagte nicht, die Klinke niederzudrücken. Als er eintrat, lachte Diana ihn an.

»Ich habe über eine Stunde auf dich gewartet!«

»Allmächtiger – wir wollten ja zusammen essen!«

»Ja. Was hast du?«

»Ich bin der größte Egoist, den man sich denken kann. Ich habe die beste Nachricht für dich und bin trotzdem furchtbar enttäuscht.«

»Du hast Emma gefunden!« Sie sprang auf.

»Ja. Ich habe Emma Ward gefunden. Und – Clarissa Stuart.« Sie sah ihn prüfend an.

»Larry, ich weiß alles – schon seit dem Tag, als ich in der Pension am Nottingham Palace ohnmächtig wurde. Erinnerst du dich?«

»Natürlich erinnere ich mich, aber wieso . . .«

»Wieso! Ich wußte doch, daß es Tante Emmas Ring war. Ich habe immer ›Tante‹ zu ihr gesagt, obwohl sie nicht meine Tante ist. Und da wurde mir klar, wer Gordon Stuart wirklich war. Der Trauring – um nichts in der Welt hätte sie ihn freiwillig aufgegeben. Mein Vater hatte ihn ihr gegeben. Oft hat sie mir erzählt, wie sie sich verheiratete, als sie noch in den Diensten meiner Mutter war, und daß er ihr bei dieser Gelegenheit den ungewöhnlichen Ring als Anerkennung schenkte.«

»Du wußtest das?« wunderte er sich. »Aber warum hast du mir davon nie etwas gesagt?«

»Du hast mir auch kein Wort davon gesagt, daß du nicht nach Hampstead, sondern nach Chelsea gegangen bist!«

»Das weißt du auch? Blieb bei diesem verdamm . . ., hm – verwünschten Fall nicht etwas übrig, das ich allein geschafft habe?«

»Du hast doch mich bekommen. Ist das nichts?« fragte sie spöttisch.

»Diana, ich muß ernsthaft mit dir sprechen. Es handelt sich . . .«

»Ich weiß schon, was du sagen willst«, unterbrach sie ihn. »Du kannst keine reiche Frau heiraten, weil du fürchtest, sie

289

könnte es später bereuen oder es dich fühlen lassen. Viel lieber würdest du ein armes Mädchen heiraten, das du mit deinem Geld beglücken und ernähren kannst und so weiter.«

»Aber du mußt doch zugeben, daß es ein Unterschied ist?«

»Nicht für mich, Larry. Außerdem ist es auch ganz gleichgültig.« Sie ging hinter ihren Schreibtisch zurück. »Du hast es mir ja versprochen.«

»Was habe ich versprochen?«

»Da hört doch alles auf! Du hast mir feierlich versprochen, daß nichts, was auch immer passieren mag, daß nichts, hörst du, unsere Heirat verhindern kann.«

»Wußtest du es da schon? Hast du mir darum das Versprechen abgenommen?«

»Natürlich wußte ich es. Ich fühle mich schon einige Zeit als reiche Frau und muß mich immer zusammennehmen, um nicht jedesmal ein Taxi zu nehmen, wenn ich eins sehe.«

»Diana –«, begann er, »oder heißt es nun Clarissa?«

»Wie du willst.«

34

Der Mann, der sich selbst Reverend John Dearborn nannte, saß hinter verschlossenen Türen in seinem Arbeitszimmer und verbrannte planmäßig Papiere aller Art. Er hatte seine blaue Brille abgenommen und überflog mit scharfen, lebhaften Augen Manuskripte, alte Briefe, Quittungen und Notizen; er verbrannte und sortierte so lange, bis nur noch ein schmales Päckchen übrigblieb, das er bequem in seiner Tasche unterbringen konnte. Er streifte ein Gummiband darüber und legte es beiseite. Dann griff er nach einem anderen, bereitliegenden Manuskriptbündel und packte es in eine Handtasche, die neben dem Schreibtisch stand. Leise eine Melodie pfeifend zog er aus einem Schubfach noch ein gebundenes Manuskript, durchblätterte es und vertiefte sich da und dort.

»Ausgezeichnet, wirklich ausgezeichnet«, murmelte er einige Male.

Endlich, widerstrebend, klappte er den Manuskriptband zu und legte ihn mit besonderer Sorgfalt in die Tasche.

Mit Ausnahme des alten Portiers und der Köchin, die träumend in der Küche saß, war das Haus leer. Die Hausierer hatten ihr Tagwerk noch nicht beendet.

Als Dearborn mit Aufräumen und Packen fertig war, holte er aus seiner Rocktasche eine kurze, handschriftliche Mitteilung von Inspektor Holt, die ihm dieser einen Tag nach dem ersten Besuch in Todds Heim hatte zugehen lassen. Er nahm die Feder und malte einzelne Worte nach, die in dem Brief vorkamen. Danach verglich er Imitation und Original genau, entnahm der Schreibmappe auf dem Tisch einen Briefbogen mit Aufdruck und begann langsam, mühselig zu schreiben. Die ganze Zeit pfiff er leise weiter vor sich hin. Endlich war er mit dem Brief fertig, nahm einen Briefumschlag, adressierte ihn, löschte ab und verschloß ihn. Er steckte den Brief in die Rocktasche und stellte die Schreibmappe auf den Boden neben die Handtasche. Aus dem Wandschrank holte er verschiedene Kleidungsstücke und hängte sie über die Stuhllehne.

Nun begann er sich umzuziehen, löste die weiße Halsbinde, legte die priesterliche Verkleidung ab. Ganz mechanisch vollzog sich die Verwandlung. In dem eleganten Anzug sah er jetzt aus wie ein gutsituierter, verwöhnter Gentleman. Er hängte die Priesterkleidung in den Wandschrank, schloß ihn ab und setzte sich wieder vor den Schreibtisch. Den Kopf in die Hände gestützt versank er in tiefes Grübeln.

Vergeblich kämpfte er gegen ein Gefühl der Unzufriedenheit an. Alle Ausgänge wurden bewacht – die Geheimtür im Schlafsaal, der Weg über das Dach, der Kesselraum . . .

»Ich bin ja wahnsinnig«, sagte er aufstehend.

Bedauernd blickte er auf die Handtasche und die Schreibmappe am Boden, legte langsam den Rock ab und begann sich wieder auszuziehen. Diesmal ging er nicht zum Wandschrank, sondern zu einer langen, schwarzen Truhe unter dem Fenster und entnahm ihr verschiedene Sachen, die er mit offensichtlichem Mißfallen betrachtete. »Ein jämmerlicher Clown!« sagte er verachtungsvoll zu sich selbst.

Aber es blieb ihm nichts anderes übrig. Der blinde Jake, ja, der konnte durch den Kanal kriechen, mit den geschärften Instinkten des Blinden schlich er wie eine Katze an den Posten vorbei und zwängte sich durch enge Höhlungen.

Dearborn zog sich wieder an, verwandelte sich von neuem, nahm einen Leinwandsack aus der Truhe und legte ihn auf den Tisch. Er schüttelte den Inhalt der ledernen Handtasche in den Sack und ging ins vordere Zimmer. Vorsichtig blickte er auf die Straße hinaus. Zwei Polizisten bewachten, wie er genau wußte, den Zugang zu dieser Sackgasse. Außer ihm benutzte niemand dieses Vorderzimmer, in dem er alte Möbel, Rechnungsbücher und allerlei Gerümpel aufbewahrte. Der große Vorteil dieses Zimmers war, daß es eine Fenstertür besaß. Dearborn legte den Sack neben diese Tür und ging in sein Arbeitszimmer zurück.

Zehn Minuten vielleicht waren vergangen, als es leise an der Tür klopfte. Geräuschlos öffnete Dearborn, um den Besucher einzulassen. Es war der blinde Jake. Sein Gesicht war verzerrt, aufgeschwollen, dicke, blaue Adern zogen sich über seine breite Stirn.

»Ich komme gerade – Herr . . .« keuchte er atemlos.

»Was machst du hier? Ich habe dir befohlen, die Frau unter keinen Umständen allein zu lassen, bis ich komme!«

»Ja, aber Sie sind nicht gekommen, Herr«, erwiderte der Koloß flehentlich, Angst schüttelte ihn, Schweiß floß über sein Gesicht, die dicken Lippen standen halb offen. »Ist irgend was nicht in Ordnung, Herr?«

»Wo ist die Frau?« fragte Dearborn hart.

Jakes Hände zuckten unruhig über seinen großen Bauch.

»Ich mußte sie zurücklassen. Ich konnte nicht . . .«

»Du hast sie zurückgelassen!« Nach einer unheilvollen Pause fragte Dearborn sanft: »Und sie haben sie gefunden, wie?«

»Ja, Herr, sie haben sie gefunden. Was sollte ich machen? Alles tu' ich doch für Sie – hab' ich nicht getan, was ich konnte, Herr? Es gibt keinen, der so stark ist wie der olle Jake, keinen, der gerissener ist. Hab' ich nicht gearbeitet für Sie, Herr? Hab' ich nicht alle weggebracht?«

»Du hast Holt entwischen lassen«, sagte Dearborn, gefühllos

292

wie ein Richter, der das Urteil verkündet. »Die Frau ist dir entkommen und das Mädchen auch. Und jetzt kommst du hierher und erzählst mir, was du alles für mich getan hast!«

»Ich habe getan, was ich konnte.«

»Man wird dich fassen. Und – du kannst sprechen.«

»Wenn sie mir die Zunge herausreißen – kein Wort sage ich gegen Sie, Herr!« rief der blinde Jake wild und schlug seine riesige Pranke krachend auf den Tisch. »Sie wissen, daß ich für Sie sterbe, Herr!«

»Ja«, sagte Dearborn. Seine linke Hand, an der der kleine Finger fehlte, tastete sich langsam in die Hüfttasche und zog einen kurzen, großkalibrigen Revolver hervor. »Und ob du schwatzen wirst! Du hast ja keine andere Möglichkeit.«

Mit krampfhaft zuckendem Gesicht beugte sich Jake ihm zu.

Reverend John Dearborn hob den Revolver, zielte – drei Schüsse hintereinander, die fast wie einer klangen, der riesige Berg von Muskeln, die ganze mächtige Gestalt schwankte vorwärts, rückwärts, und brach neben dem Schreibtisch zusammen.

Dearborn steckte den Revolver in die Tasche, schloß die Tür auf und trat hinaus. Der kleine, alte Pförtner stand mit offenem Mund im Gang. Ängstlich kam er näher.

»Was ist passiert? Wer hat geschossen?«

»Schnell, hole die Polizei«, befahl Dearborn. »Hier ist jemand erschossen worden.«

»Großer Gott!« flüsterte der Mann.

»Am Eingang zur Straße stehen zwei Schutzleute, schnell!«

Dearborn wartete, bis sich die Schritte entfernt hatten, und ging durch sein Büro ins vordere Zimmer, lauschte, verließ das Haus durch die Fenstertür. Der schrille Pfiff der Polizeipfeife gellte durch die Lissom Lane, Neugierige trieb es vor die Türen, die eiligen Schritte der beiden Polizisten widerhallten zwischen den Häusern, kamen näher.

»Was ist hier vorgefallen?« fragte Dearborn.

»Machen Sie, daß Sie weiterkommen und Ihre Briefe loswerden!« rief ihm der eine Beamte zu und eilte weiter.

Dearborn warf sich den Sack über die Schulter. Er hatte die Uniform eines Briefträgers gewählt.

293

Wenig später traf Larry Holt ein, sah die Ansammlung vor dem Haus und wurde ins Arbeitszimmer vor den massigen Körper Jakes geführt.

»Der Mörder muß hier im Hause stecken, Sir«, meinte der Beamte. »Der kleine Pförtner hat die Schüsse gehört, danach hat ihn der Vorsteher weggeschickt, um uns zu holen. Wir sind beide zusammen hierhergekommen, mein Kollege und ich.«

»Und der Eingang ist ohne Bewachung geblieben?« erkundigte sich Larry.

»Nur eine Minute, Sir – als wir zusammen ins Haus . . .«

»Diese Minute genügte. Es ist zwecklos, weiterzusuchen.«

Larry fuhr ins Präsidium, um mit dem Chefkommissar zu sprechen und Diana aufzusuchen.

»Ich habe die Neuigkeit schon gehört«, berichtete sie. »Sergeant Harvey war gerade hier. Glaubst du, daß Dearborn ihn getötet hat?«

»Dearborn ist David Judd.«

»Doktor Judds Bruder? Aber der ist doch schon lange tot.«

»Das großartige Begräbnis damals war tadellos inszeniert, und ich bin fest davon überzeugt, daß David sogar soweit gegangen ist, den notwendigen Körper für den Sarg zu beschaffen. Erinnerst du dich, wie Lew uns erzählte, daß sein Bruder Jim, ein stattlich aussehender und geschickter Bursche, eines Tages spurlos verschwunden war? Das ist der Mann, den wir in David Judds Grab finden werden.«

»Ist Doktor Judd auch –?« Aber sie wußte ohnehin, daß diese Frage überflüssig war.

»Doktor Judd steckt bis über den Hals mit drin. Die Dearborn-Geschichte ist rasch erzählt. Er war Teilhaber Judds, irgend etwas muß im Büro vorgefallen sein – ein Verbrechen, ein Mord vielleicht, den David veranlaßte, um die Versicherungssumme zu erhalten, was weiß ich –, und ein Angestellter kam dahinter. Der Mann unterschlug daraufhin eine größere Summe, flüchtete nach Montpellier und begann von dort aus, David zu erpressen. David fuhr hinterher und erschoß ihn, wurde dabei von Flimmer-Fred überrascht, dem es auch gelang, vom Opfer gerade noch den Namen des Mörders zu erfahren. Das bedeutete für einen Mann vom Schlage Flimmer-Freds ein Lebenseinkommen. Bei der ersten Gelegenheit reiste er nach London zurück, suchte Judd auf und teilte ihm die Bedingungen mit, unter denen er seinen Mund halten würde. Nun kamen die Brüder überein, daß es das beste wäre, David pro forma sterben zu lassen. David, du erinnerst dich, war ein gutaussehender Mann mit Vollbart. Unter all ihren Bekannten und Helfershelfern aber war Lews Bruder der einzige, der in seinem Äußeren am meisten David glich, und so wurde er ohne viel Federlesens ermordet und als David Judd begraben. Bei dieser Gelegenheit bezogen die beiden noch eine bedeutende Summe aus den Rückversicherungen für Davids hohe Lebensversicherung. Den Plan mußten sie schon seit einiger Zeit erwogen haben, denn bereits einen Monat vor Davids offiziellem Tod hatte Doktor Judd den Kauf von Todds Heim abgeschlossen. Es war nichts weniger als ein wohltätiges Unternehmen, sondern im Gegenteil eine rein strategische Angelegenheit. Nach außen eine Bettlerherberge, war Todds Heim in Wirklichkeit ein Nest krimineller Blinder, das Hauptquartier der berüchtigten ›toten Augen‹. Das Heim wurde also gekauft, und einen Tag nach dem ›Tode‹ Davids erschien Reverend John Dearborn auf der Bildfläche. Fest steht, daß er die kriminellen Elemente aus dem Hause verbannte und einige Änderungen in der Organisation vornahm. Natürlich tat er dies nur, um dem Heim wieder einen passablen Namen zu verschaffen, so daß er das Haus ohne Gefahr als sein eigenes Hauptquartier benutzen konnte. Als die Wäscherei Konkurs machte, kaufte Doktor Judd dieses Grundstück dazu. David führte mit seiner Bande die speziellen baulichen Veränderungen aus. Ich muß noch erwähnen, daß David Architekt ist und das Haus, in dem sein Bruder lebt, gebaut hat. Er beschäftigte dabei ausländische Arbeiter und konzipierte das gesamte Haus selbstverständlich für die ganz speziellen Zwecke, die sich die Brüder ausgeheckt hatten. Als dann auch die Wäscherei in ihren Besitz kam, kehrten die ›toten Augen‹ in ihr Quartier in der Lissom Lane zurück und wurden mehr oder weniger abgesondert in der Wäscherei einquartiert.«

»Was hast du nun mit Doktor Judd im Sinn?« fragte Diana.

»Ich werde ihn verhaften, und zwar am gleichen Ort, von dem aus dein Vater verschwand – in der berühmten Loge A im Macready-Theater.«

»Ist er denn dort?«

»Beinahe jeden Abend.«

»Aber warum verhaftest du ihn nicht gleich?«

»Weil das Geheimnis um Loge A noch nicht aufgeklärt ist.«

35

Am gleichen Abend um acht Uhr betrat Larry das Vestibül des Macready-Theaters.

»Doktor Judd, Sir?« wiederholte der Logenschließer. »Ja, er ist in Loge A. Erwartet er Sie?«

Sergeant Harvey wollte ihn begleiten, aber Larry verabschiedete ihn und ging schnell den Gang entlang. Vor der Loge A wartete er einen Moment, drehte den Türknopf herum und trat ein. Er blieb stehen.

Dr. Judd blickte auf die Bühne. Larry wollte ihn ansprechen, als etwas Weiches, Warmes über seinen Kopf gestülpt wurde, das sich wie ein wollig gefütterter Sack ausnahm und mit etwas Betäubendem getränkt sein mußte, das ihm den Atem nahm und einen Augenblick völlig lähmte. Er spürte, wie sich ein Strick um seinen Hals legte, riß den Revolver heraus, aber bevor er abdrücken konnte, traf ein scharfer Schlag seine Hand. Mit einem Schmerzensschrei, den die Haube über Kopf und Gesicht erstickte, ließ er die Waffe fallen. Jeder Atemzug erstickte ihn fast, er schlug wild um sich, seine Arme wurden von hinten ergriffen, man warf ihn zu Boden. Undeutlich hörte er die Stimme Dearborns:

»Den Zerstäuber, Stephen!«

Ein Röhrchen wurde an seinem Kinn vorbei in den Sack geschoben, und etwas scharf Riechendes zerstob unter seiner Nase. Er versuchte noch einmal, sich aus den umklammernden Griffen zu befreien, aber ein Knie preßte sich in seinen Rücken. Er verlor das Bewußtsein.

»Sieh nach, Stephen, und mach die Tür auf!« sagte David.

Der Gang war leer. Dr. Judd schob den Vorhang gegenüber der Logentür beiseite und öffnete den Notausgang zur privaten Zufahrtsstraße, wo ein Wagen wartete. Ein frischer Luftzug flutete herein. David hob den Inspektor auf, mit einer Leichtigkeit, als ob er ein Kind auf den Arm nähme, trug ihn hinaus und legte ihn in den Fond der Limousine. Er selbst nahm am Steuer Platz.

Bald kam er vor dem Haus in Chelsea an. In einem kurzen Bogen fuhr der Wagen bis dicht an die verschlossenen Torflügel der überdachten Einfahrt heran. Ein leichtes Schnappen, die Flügel öffneten sich, der Wagen glitt durch die Toreinfahrt, und als die Räder über eine bewegliche Schwelle im Hof wegrollten, schloß sich das Tor wieder.

Vor der direkt in die Hausmauer eingelassenen Geheimtür mit Mattglasabschluß hielt David Judd an, trug Larry Holt hinein und die beiden schon erleuchteten Treppen hinunter bis zum untersten Gelaß. Dort warf er ihn auf die Messingbettstelle, hob die Fußschelle auf, ließ den Ring um seinen Knöchel zuschnappen und zog ihm die weiche Lederhaube vom Kopf. Es roch betäubend nach Formaldehyd. Larrys Gesicht war purpurrot, er sah aus wie ein Erwürgter und atmete langsam, mühsam. David beugte sich zu ihm, fühlte seinen Puls, leise ging er hinaus und schloß die schwere Tür. Auf dem ersten Treppenabsatz blieb er stehen und betrat den Pumpenraum. Er drückte auf einen Schalter. Der elektrische Ventilator begann zu summen.

David stieg rasch in den Hof hinauf, schloß den Mauereingang hinter sich, er hatte keinen Augenblick zu verlieren, der Motor lief noch, er sprang hinter das Steuer und ließ den Wagen langsam rückwärts über die Schwelle rollen. Die Torflügel öffneten sich. Sobald der Wagen die Straße erreicht hatte, schloß sich das Tor wieder geräuschlos.

Die Fahrt ging in die Stadt zurück, diesmal in nördlicher Richtung. Gegenüber von Larry Holts Wohnung hielt der Wagen an.

36

Diana war schon vor dem Abendessen nach Hause gekommen –
merkwürdig, wie rasch sie sich an die neue Lösung mit Larrys
Wohnung gewöhnt hatte. Die eigentliche Arbeit war jetzt geleistet, der Fall so gut wie gelöst, es blieb nur noch, die Verbrecher festzunehmen. Jeden Augenblick erwartete sie, das Telefon
läuten zu hören und die Stimme Larrys zu vernehmen, der
ihr mitteilte, daß die beiden Brüder hinter Schloß und Riegel
säßen.

Ein Buch lag auf ihrem Schoß, aber sie las nicht. Die Anstandsdame und Pflegerin saß in ihrem Zimmer und nähte.
Sunny stand vor der angelehnten Wohnungstür und plauderte
leise mit Louie, dem Mädchen, das den Fahrstuhl bediente.

Diana stand auf und ging in Sunnys kleines Zimmer, wo die
Frau, zu der sie einst ›Tante‹ gesagt hatte, friedlich schlief. Bei
dem Gedanken an die Invasion weiblicher Wesen in Larrys
Junggesellenwohnung mußte sie lächeln.

Sie hatte gerade ihr Buch wieder aufgenommen, als Sunny
anklopfte und hereinkam.

»Ein Brief für Sie, Miss.« Er überreichte ihr einen Umschlag
mit Larrys Handschrift. Sie riß ihn auf und las:

›Liebe Diana. Ein ganz unbegreifliches Mißverständnis hat
sich herausgestellt. Dr. Judd hat eine verblüffende Erklärung
über den Tod Deines Vaters abgegeben. Ich schicke Dir einen
Wagen und bitte Dich, sofort zu Dr. Judd – 38 Endman Gardens, Chelsea – zu kommen.

Larry.‹

Der Briefkopf enthielt die gleiche Adresse. Larry mußte von
Endman Gardens aus geschrieben haben.

»Ist eine Antwort nötig, Miss?« fragte Sunny.

»Ja, sagen Sie dem Chauffeur, daß ich sofort komme.«

»Gehen Sie aus, Miss?« erkundigte sich Sunny zögernd. »Soll
ich Sie nicht begleiten? Der Herr würde es nicht gern sehen,
wenn . . .«

»Ich glaube, heute abend brauchen Sie sich keine Sorgen zu machen Sunny«, antwortete sie freundlich. »Auf jeden Fall vielen Dank für Ihren Vorschlag.«

Sie zog sich hastig um und ging hinunter. Die Limousine stand vor der Tür. Der Chauffeur nickte höflich.

»Miss Ward?« vergewisserte er sich. »Ich komme von Doktor Judd.« Seine Stimme klang gepreßt und undeutlich.

Sie stieg ein. Vor einem stummen, düsteren Haus hielt das Auto an.

»Ist das Doktor Judds Haus?« fragte sie.

»Ja, Miss. Wollen Sie bitte die Stufen hinaufgehen und läuten. Der Diener wird Sie dann zum Herrn bringen.«

Dr. Judd selbst öffnete, jovial lächelnd, die Tür und führte sie in den Prunksalon.

»Hoffentlich macht es Ihnen nichts aus, einige Augenblicke hier zu warten, Miss Stuart?« Zum erstenmal mit diesem Namen angesprochen zu werden war sehr verwirrend für sie. »Ich nehme an, Sie haben sich noch nicht an den Namen gewöhnt. Bitte, gedulden Sie sich einige Minuten, ich muß gleich noch mal nach oben, unsere Besprechung war noch nicht ganz beendet.«

Sie setzte sich in einen der großen Sessel. Zehn Minuten vergingen, zwanzig Minuten, aus den zwanzig wurden vierzig Minuten. Nichts rührte sich in dem großen Haus, niemand kam zu ihr. Die Uhr auf dem Kamin schlug klingend.

»Zehn Uhr!« sagte sie zu sich selbst. »Ich möchte wissen, was ihn so lange aufhält.«

Und doch empfand sie keinerlei Besorgnis, zweifelte keinen Augenblick, daß Larry im Hause war. Sie saß neben dem Kamin, in dem ein kleines Feuer angenehm flackerte, die Nacht war kühl, und sie hatte ausgiebig Gelegenheit, den kostbar ausgestatteten Salon zu bewundern, die Gemälde, Gobelins, die prachtvollen Vorhänge und die künstlerische Wandtäfelung. Nicht ein einziges Möbelstück, das nicht mit Sorgfalt und Verständnis ausgewählt war. Der geschnitzte Tisch hätte aus einem kaiserlichen Palast des Fernen Ostens stammen können.

Bequem in einen tiefen Sessel versunken, eine illustrierte Zeitung auf den Knien, wunderte sie sich mehr und mehr, welch wichtige Dinge Larry so lange zu besprechen hatte, was für eine umwälzende Erklärung der Doktor wohl gegeben haben mochte. Wieder blickte sie auf die Uhr. Halb elf! Sie legte die Zeitung fort und begann unruhig auf und ab zu gehen. Jetzt hörte sie das Schnappen einer Türklinke, Dr. Judd trat von der Halle aus ein.

»Hoffentlich haben Sie sich nicht zu einsam gefühlt – er kommt jetzt gleich.«

Daß ›er‹ nur Larry sein konnte, setzte sie voraus.

»Ich fing schon an, unruhig zu werden. – Was für ein wunderbarer Raum!«

»Ja, er ist sehr schön«, erwiderte er unbeteiligt. »Da ist er ja!«

Aber es war nicht Larry, der hereinkam, sondern John Dearborn – oder vielmehr David Judd. Mit einem Ausruf des Schreckens sprang sie auf. Die Maske des Blinden war gefallen, seine klaren Augen musterten sie spöttisch.

»Wo ist Mr. Holt?« rief sie schrill.

David lachte leise.

»Sie wollen sicher etwas essen?« Er zog aus der Wand neben dem Kamin ein Paneel heraus, auf dem eine silberne Platte mit einem kalten Imbiß stand.

Diana war leichenblaß geworden.

»Wo ist Mr. Holt?« wiederholte sie.

»Mr. Holt ist glücklich und zufrieden.« Es war der Doktor, der antwortete. »Sie werden ihn später sehen.«

Die merkwürdigen Worte und der eigenartige Ton erschreckten sie. Sie nahm ihren Schal vom Sessel.

»Ich kann nicht länger hierbleiben, Doktor Judd, wenn Mr. Holt nicht hier ist. Können Sie mich nach Hause bringen?«

Ohne zu antworten zog der Doktor ein Schubfach des japanischen Tisches auf und holte einen dicken Manuskriptband heraus, den er mit strahlendem Lächeln seinem Bruder hinhielt.

»Sie werden eine entzückende Stunde genießen, Miss Stuart«, sagte er halb zum Mädchen gewandt. »Nein, wirklich, David, es ist zu nett von dir. Ich dachte, du wärst heute abend sehr müde.«

Diana blickte von einem zum anderen. Sie traute ihren Ohren nicht.

»Ich glaube, Sie haben mich nicht verstanden, Doktor Judd!« betonte sie mit Nachdruck. »Ich wünsche, daß Sie mich nach meiner – nach Mr. Holts Wohnung bringen!«

»Sie macht sich Sorgen um ihre Garderobe«, sagte der Doktor halblaut zu seinem Bruder. »Du wirst doch veranlassen, daß sie hierhergeschickt wird, David?«

»Hierhergeschickt wird?« stammelte sie. »Was soll das heißen?«

David Judd setzte sich in den Sessel, aus dem sie aufgesprungen war, und blätterte in seinem Manuskriptband.

»Ich glaube, es ist besser, Sie essen erst eine Kleinigkeit. Sie müssen doch sehr hungrig sein.«

»Ich werde in diesem Hause nichts essen«, rief sie erregt. »Ich will wissen, was hier gespielt wird – wenn Sie mir nicht sagen, was diese seltsamen Reden zu bedeuten haben, gehe ich eben allein nach Hause.«

Der Doktor legte seine große Hand auf ihren Arm.

»Mein liebes Fräulein, bitte stören Sie David nicht. Er wird Ihnen jetzt eines seiner wundervollen Stücke vorlesen. Wissen Sie nicht, daß David der größte Dramatiker ist, daß seine Stücke Höhepunkte des modernen Dramas sind?«

Sie sah, wie David zu seinem Bruder aufblickte, der mit vollem Ernst und heiliger Überzeugung gesprochen hatte. Es war unfaßbar. Ihrer verzweifelten Lage bewußt, nahm sie alle ihre Kräfte zusammen, um nicht die Fassung zu verlieren.

»Ich bin absolut nicht in der Stimmung, mir Theaterstücke vorlesen zu lassen, mögen sie noch so gut sein!«

»Ich glaube nicht, daß sie heute noch nach Hause fahren kann«, äußerte der Doktor fast bedauernd. »Vielleicht morgen, wenn du sie geheiratet hast?«

»Ich werde sie nicht heiraten«, antwortete David scharf. »Ich dachte, wir hätten dies besprochen und erledigt, Bruder! Jake ist ja nun tot, aber du könntest genausogut... Es kommt schließlich gar nicht darauf an, wer sie heiratet.«

Diana war sprachlos vor Schrecken. Sie verhandelten über

ihre Heirat, mit völliger Ruhe und selbstsicherer Anmaßung versuchten sie sich gegenseitig zu dieser Heirat zuzureden. Zitternd vor Empörung stieß sie hervor:

»Ich denke gar nicht daran, einen von Ihnen zu heiraten! Ich bin mit – Larry Holt verlobt.«

Die Brüder warfen sich einen vielsagenden Blick zu. David stand auf, legte das Manuskript mit einem resignierten Seufzer weg und ging quer durch den Salon. Er öffnete eine versteckte Tür, die so geschickt zwischen den Schnitzereien angebracht war, daß selbst Larry sie nicht hatte entdecken können.

»Ich habe die Pläne für das Haus selbst gezeichnet«, erklärte er stolz, »und es mit nicht mehr als zwanzig Mauern aus der Toskana gebaut.« Er winkte einladend. »Bitte, kommen Sie!«

Diana folgte ihm unter dem Bann eines ständig wachsenden Entsetzens. Sie machte sich keine Illusionen mehr und nahm als sicher an, daß der Brief, der sie in dieses Haus gelockt hatte, eine Fälschung war. Eine schwache Hoffnung, an die sie sich klammerte, war die Möglichkeit, daß Larry ihre Abwesenheit bemerken und ihr folgen würde.

Sie betraten einen kleinen, vollkommen leeren Raum. Unter sich hörte sie ein leises, dumpfes Summen und spürte, wie der Boden unter ihren Füßen leicht vibrierte. David blieb stehen, beugte sich über den Fußboden und hob eine viereckige Falltüre hoch, kaum vierzig Zentimeter im Durchmesser, unter der sich eine Glasplatte befand. Als sich die Augen an die unerwartete Perspektive gewöhnt hatten, sah Diana in einen kahlen, zementierten Kellerraum hinunter, der von einer Deckenlampe erhellt wurde. Gebannt starrte sie auf eine Gestalt, die senkrecht unter ihr auf der Kante eines Messingbettes saß und sich eine Wunde an der Hand mit einem Taschentuch verband. Zuerst erkannte sie nicht, wer es war. Dann aber schnellte der Kopf des Mannes hoch, er streckte das Gesicht der Decke zu. Sehen konnte er nichts, aber offenbar hatte er die Geräusche über sich gehört.

Diana schrie gellend auf. Dort unten saß Larry Holt, eine Fußschelle um den Knöchel.

37

David zog sie aus dem ›Beobachtungszimmer‹ in den Salon zurück. Als er sie losließ, gaben ihre Knie nach, sie sank auf den Boden.

»Alles muß in geziemender Weise zu Ende geführt werden«, sagte Dr. Judd pathetisch. »Das ist doch auch deine Ansicht?«

»Ganz und gar, mein Lieber«, pflichtete David bei.

Diana hatte sich auf die Arme gestützt, halb aufgerichtet.

»Was haben Sie mit ihm vor?« rief sie verstört.

Wieder tauschten die Brüder einen Blick.

»Erzähle es ihr doch«, schlug David vor.

»Es ist besser, wenn du es tust«, antwortete Dr. Judd. »Du bist in solchen Dingen so außerordentlich feinfühlig.«

David setzte sich, sein unbewegliches Gesicht blickte über die Stuhllehne weg auf Diana hinunter.

»Wenn ich mit Vorlesen fertig bin«, sagte er, »werde ich ihn ertränken.«

Sie fuhr entsetzt auf.

»Mein Gott«, flüsterte sie gepreßt.

Es gab keinen Zweifel mehr, die beiden waren wahnsinnig! Wahnsinnige, die nach außen den Anschein völliger Gesundheit wahrten, die Jahre hindurch Tag für Tag mit gesunden Menschen Geschäfte gemacht und nicht ein einziges Mal den geringsten Verdacht erweckt hatten. Sie wich zurück, weiter und weiter, bis ihr Rücken an die Täfelung der gegenüberliegenden Wand stieß. Die Mörder ihres Vaters! Sie glaubte, den Verstand zu verlieren, und preßte die Fingernägel in ihre Handflächen, krampfhaft bemüht, gegen die drohende Ohnmacht anzukämpfen.

»Soll ich jetzt vorlesen?« fragte David.

»Ja, ja, lesen Sie bitte!« rief sie heftig.

Sie wollten Larry töten, wenn er mit Lesen fertig war! Dieser eine, entsetzliche Gedanke peinigte sie, mit verzerrtem Gesicht starrte sie auf den Mann in seiner unfaßbaren Eitelkeit, der, lächerlich geschmeichelt, seine Erregung nicht verbergen konnte, als er zu lesen begann.

Nach wenigen Sätzen wurde seine Stimme ruhiger, und erstaunlicherweise gelang es ihm, in den peinlichen, dilettantischen Text etwas von dem Glanz und Schwung zu legen, den nur sein krankes Hirn darin sehen konnte.

Dr. Judd hatte sich von seinem Sessel auf den Boden hinabgleiten lassen und saß mit gekreuzten Beinen auf dem riesigen Bärenfell vor dem Kamin. Seine Hände waren gefaltet, mit großen Augen blickte er andächtig auf seinen Bruder, dessen Elaborat ihn ganz offensichtlich begeisterte. Wenn David selbstbewußt, wie um den gebührenden Beifall einzuheimsen, eine Pause machte, benützte der Doktor auch jedesmal die Gelegenheit.

»Wunderbar, ganz wunderbar! Ist er nicht ein Genie, Miss Stuart?«

Sie blickte schnell zu David hinüber. Die Lobsprüche brachten ihn nicht im geringsten in Verlegenheit, er saß kerzengerade da, ein selbstzufriedenes Lächeln im Gesicht und einen Ausdruck herablassenden Wohlwollens in den Augen.

»Es ist nicht einmal meine beste Arbeit«, versicherte er. »Es gefällt Ihnen doch?«

»Sehr«, antwortete sie. »Bitte, lesen Sie doch weiter.«

Sie hoffte, sie könnte ihn auf diese Weise die ganze Nacht hindurch beschäftigt halten. Inzwischen würde die Polizei nach Larry suchen, vielleicht kannte einer der Beamten das Haus in Chelsea.

Ihre Hoffnungen wurden zerschlagen. Ihr Herz stand still, als sie sah, wie David das Manuskript schloß und zärtlich auf den Tisch legte.

»Bruder, ich glaube ... Sollte nicht diese schöne Hand –?« Ohne den Satz zu beenden, ergriff er Dianas Hand. Er zog einen Schlüsselbund aus der Tasche, die Schlüssel, die Flimmer-Fred hatte nachmachen lassen, und schloß jene Geheimtür auf, die Larry am Morgen entdeckt und benützt hatte. »Wollen Sie bitte mitkommen, liebes Kind!«

Diana zögerte, nahm aber ihren Mut zusammen und folgte ihm die Stufen in den Keller hinunter.

Unten schloß David eine Tür auf und machte Licht. Sie sah

einen Raum vor sich, in dem verschiedene Maschinen standen. Sie traten vor ein Schaltbrett.

»Sie sollen die Ehre haben, Mr. Holt – wir tragen ihm nichts nach – zu erlösen.«

»Erlösen? Meinen Sie das wirklich? Warum öffnen Sie nicht einfach die Tür und lassen ihn heraus?« fragte sie mißtrauisch. Unschlüssig stand sie vor dem Schaltbrett, ihr Hand lag auf dem schwarzen Hebel.

Lautlos trat der Doktor, der ihnen gefolgt war, hinter sie und sagte in sanftestem Ton:

»Der Hebel öffnet die Tür und erlöst ihn.«

Sie zauderte nicht länger, zog den Hebel zurück, der sich ganz leicht bewegen ließ.

»Wir wollen ihm entgegengehen.« Der Doktor legte seinen Arm um ihre Schulter.

Sie schauderte, machte aber keinen Versuch, sich zu befreien. Er führte sie die Treppe hinauf und zurück in den Salon. David schob die Tür zu und verschloß sie.

Warum kam Larry nicht?

»Setz dich ans Feuer«, sagte David zu seinem Bruder, »ich will den dritten Akt meines Werkes lesen. Wenn ich damit zu Ende bin, wird auch Mr. Holt aufgehört haben – zu leben.«

38

Den schmerzenden Kopf in die Hände gestützt, saß Larry auf der eisernen Bettstelle im Kellerverlies. Er hatte die verschiedensten Entwicklungen beim Abenteuer dieser Nacht einkalkuliert, aber daß er wie eine Ratte in der Falle sitzen, daß sich das Rätsel um die Loge A in dieser verblüffenden Weise lösen würde, hätte er nie gedacht. So also war es auch bei Gordon Stuart gewesen – er hatte die Einladung Dr. Judds, in die Loge zu kommen, angenommen, war von David betäubt, durch den Notausgang in den Wagen getragen und ins Haus des Todes gebracht worden.

Diese Überrumpelung hatte er, Larry, zwar nicht vorausgesehen, aber bei seinem Besuch am Vormittag glücklicherweise einiges vorgekehrt. Er mußte daran denken, was wohl Diana, die jetzt behaglich zu Hause saß, empfinden würde, wenn sie wüßte, in welcher Lage er sich befand. Jede Waffe, die er bei sich hatte, war ihm abgenommen worden, doch das beunruhigte ihn nicht besonders. Er stand vom Bett auf. Das Gewicht der Kette an seinem Knöchel war so groß, daß er mit der Hand nachhelfen mußte, um ein paar Schritte gehen zu können. Er warf einen kurzen Blick auf die schwarzen Löcher dicht über dem Fußboden in der Wand – von dort würde die Gefahr kommen, und kein Geräusch, kein Hilferuf würde durch diese massiven Mauern dringen.

Er glaubte, noch viel Zeit zu haben, und setzte sich wieder. Da hörte er über sich ein Geräusch und blickte nach oben, konnte aber nichts sehen. Er wartete noch eine halbe Stunde, bis er den großen Steinblock, an dem die Kette befestigt war, beiseite wälzte. Bevor er aber nach dem wasserdichten Beutel, den er heute morgen unter dem Stein versteckt hatte, sehen konnte, verlöschte plötzlich das Licht.

Seltsam – auch an diese Möglichkeit hatte er nicht gedacht. Er hielt den Atem an, suchte – der Beutel lag an seinem Platz, seine Finger umkrallten ihn, er hob ihn auf und suchte nach den Schlüsseln. Hätte er Licht gehabt, würde er den Schlüssel, der die Fußschelle öffnete, mühelos gefunden haben. Nun aber versuchte er drei Schlüssel, keiner paßte.

Ein leises, gurgelndes Geräusch, glucksend wie Wasser, das aus einer Flasche läuft – ein kalter Luftzug traf seine Füße. Er versuchte einen weiteren Schlüssel, der ihn ebenfalls im Stich ließ. Schlimmer noch – er klemmte und blieb im Schlüsselloch sitzen, ließ sich nicht mehr herausziehen.

Das Wasser, das durch die kleinen Löcher in der Wand einströmte, rauschte. Eine Pumpe stampfte regelmäßig. Er zog und zerrte an dem Schlüssel, Schweißtropfen liefen ihm über die Stirn. Endlich – ein Seufzer der Erleichterung – löste sich der Schlüssel. Das Wasser bedeckte schon die Füße, stieg mit unheimlicher Geschwindigkeit.

Noch ein einziger Schlüssel – alle übrigen waren für das winzige Schloß zu groß. Er löste ihn aus dem Ring, aber der Bart blieb in der Schnur des Beutels hängen. Der rettende Schlüssel fiel ins Wasser. Er tastete und suchte – er war verschwunden. Immer wieder griffen seine Finger in das wirbelnde Wasser und suchten fiebernd auf dem rauhen Zementboden. Endlich bekam er ihn zu fassen, hielt ihn zwischen den Fingern. Ein wilder Freudenschrei. Mühsam hob er seinen Fuß hoch, schob den Schlüssel in die schmale Öffnung. Er ließ sich herumdrehen. Die Fußschelle sprang auf – er war frei.

Zwei Türen, die vor seiner Rettung standen, mußte er noch bezwingen. Er wußte, daß mit dem ständig wachsenden Druck des Wassers eine Arbeit vor ihm lag, die seine Kräfte bis zum äußersten in Anspruch nehmen würde.

Das Wasser reichte ihm schon bis zu den Hüften. Er watete auf den Ausgang zu, stieg die beiden Stufen hinauf. Den wasserdichten Sack hielt er krampfhaft mit den Zähnen fest.

Der Schlüssel drehte sich leicht, aber die Tür hatte keinen Handgriff. Mit jeder Sekunde vergrößerte sich der Druck des Wassers. Er biß die Zähne zusammen, holte tief Atem und zog mit aller Kraft, langsam, gleichmäßig . . .

39

Diana hatte die entsetzliche Ankündigung Davids gehört, ohne sie im ersten Moment begreifen zu können. Sie öffnete den Mund zu einem Schrei, aber kein Ton kam aus ihrer zusammengepreßten Kehle. Sie selbst hatte Larry getötet! Ihre Hand hatte den Hebel heruntergedrückt, der ihn ertränkte!

Als ihr der ganze Zusammenhang allmählich klar wurde, schwankte sie auf die beiden zu, stützte sich auf einen Sessel – sie durfte nicht ohnmächtig werden, es mußte einen Weg geben, um Larry zu retten. Verzweifelt suchte sie nach einer Waffe – sie fand nichts. Langsam wurde sie ruhiger. Es waren Wahnsinnige, mit denen sie zu tun hatte. Aber die Zeit war so kurz.

Als David Judd sich nach vorn beugte, bemerkte sie etwas, und ein Einfall schoß ihr durch den Kopf. Sein Jackett stand offen und ließ unter der Achsel, wo der Arm aus der Weste herauskam, ein Stückchen des weißen Hemdes sehen. Von der weißen Hemdfarbe aber hob sich eine scharfe, schwarze Linie ab. Sie blickte noch einmal hin und erkannte eine Pistole, die David in ein Halfter geklemmt unter der Achselhöhle trug.

David las schon eine Weile wieder vor, er war jetzt mitten in einer farblosen, langweiligen Liebesszene. Auf dem Bärenfell neben dem Kamin lauschte Dr. Judd hingegeben den plattesten Phrasen. Als David, von seinem Werk hingerissen, besonders feurig deklamierte, schoß Dianas Hand nach vorn und packte den Pistolengriff. Mit einem Ruck riß sie ihn heraus und sprang zurück. Ein Tischchen neben dem Kamin fiel polternd um, Gläser klirrten.

»Wenn Sie nicht sofort Mr. Holt herauslassen, bringe ich Sie beide um!« schrie sie atemlos.

Die Brüder waren aufgesprungen und starrten sie an.

»Sie – Sie haben meine Vorlesung unterbrochen!« rief David im Ton eines gekränkten Kindes. Etwas anderes schien ihn nicht zu bewegen.

»Öffnen Sie die Tür!« keuchte sie. »Befreien Sie Larry Holt – oder ich schieße Sie nieder!«

David runzelte die Stirn, seine Hand legte sich auf die Marmorplatte des Kamins. Sie sah, wie seine Finger einen Knopf berührten. Das Licht ging aus. Sie gab Feuer.

Der Knall betäubte sie beinahe. Im nächsten Augenblick wurde sie gepackt, starke Arme umklammerten sie. Als das Licht anging, warf David sie in den Sessel und blickte sie wütend an.

»Sie haben meine Vorlesung unterbrochen«, jammerte er und weinte fast. Dr. Judd blickte ängstlich auf seinen Bruder, der immer unverkennbarer in die Manier des Geisteskranken verfiel. Jetzt packte er das Mädchen um die Taille, hob sie auf und stellte sie auf die Füße. In seinen Augen standen Tränen. In einer unvermuteten Anwandlung stieß er sie wieder weg.

»Ich glaube, Bruder, er ist jetzt tot«, wandte er sich an den Doktor, der erleichtert seufzte.

»Ja, jetzt ist er tot. Das Wasser steigt einen halben Meter in zwei Minuten.«

»In einer Minute fünfzig Sekunden«, korrigierte David.

»Um Gottes willen, retten Sie ihn doch!« Diana brach schluchzend zusammen.

»Das Wasser strömt sehr schnell durch die kleinen Löcher ein«, erklärte David. »Wir pumpen es vom Dach des Hauses in den Keller. Wissen Sie, wir haben oben einen sehr großen Wassertank, und die Person, die ertränkt wird, kann nicht schwimmen, weil die Gewichte am Fuß sie festhalten. Einmal gelang es einem, aufs Bett zu klettern – erinnerst du dich noch?«

»Natürlich, sehr gut«, erwiderte der Doktor leichthin. »Wir mußten fast drei Meter Wasser hineinpumpen, bevor er starb.«

Erstarrt lauschte sie dieser Konversation. War es nur ein gräßlicher Alptraum?

»Und dabei nimmt es soviel Zeit in Anspruch, den Keller wieder leer zu pumpen«, erzählte David in gleichem Ton weiter. »Es war rücksichtslos von dem Mann. Er hat uns unnötige Arbeit gemacht. Wir mußten das Bett trocknen. Hast du übrigens gesehen, Bruder, daß die Kette rostig geworden ist? Das ist nicht in Ordnung, es beleidigt meine Augen.« Gedankenvoll blickte er auf Diana hinab. Auf einmal zuckte er zusammen und fuhr herum.

Jemand hatte geräuschlos das Zimmer betreten.

»Keine Bewegung! Widerstand ist zwecklos! Verstanden?«

In der Tür stand, den Revolver in der Hand, Larry Holt.

Von der Halle her hörte man das Geräusch einer splitternden Tür.

»Polizeibeamte sind schon im Haus«, sagte Larry und kam langsam näher. Jetzt stand er David gegenüber, der ihn unter seinen buschigen Augenbrauen hervor finster fixierte. Dann ging alles blitzschnell vor sich. Larry sah die Hand, die sich bewegte, ein Luftzug fuhr an seiner Wange vorüber, die Wandtäfelung hinter ihm zersplitterte krachend, beide Schüsse hatten wie ein einziger geklungen.

David Judd schwankte einen Augenblick hin und her.

»Meine wunderbaren Dramen!« krächzte er mit brechender Stimme und sackte ohne ein weiteres Wort auf dem Boden zusammen.

»David, David!« Dr. Judd warf sich über ihn. »David, nicht schauspielern, ich ertrage es nicht, wenn du das machst! Ich will dir die besten Schauspieler für deine Stücke verschaffen, hör auf damit, David! Sagen Sie ihm doch, daß er aufhören soll!«

Mit dem rauchenden Revolver in der Hand schaute Larry auf den großen, schweren Mann hinunter, der da auf dem Boden neben der Leiche herumkroch.

»Mr. Holt, Sie haben Einfluß auf ihn«, jammerte der Doktor, »bitte sagen Sie ihm, er soll nicht schauspielern, es ängstigt mich, ich kann es nicht ertragen, wenn er das tut. Manchmal hat er stundenlang in diesem Zimmer gespielt – Szenen aus seinen wundervollen Stücken. Sie müssen ihn bitten, Ihnen etwas vorzulesen, Mr. Holt . . . David!«

Doch von David kam keine Antwort mehr.

Der Doktor stand auf, ging auf Larry zu, legte ihm seine große Hand auf den Arm und hob den Kopf.

»Es – tut mir leid«, sagte er heiser. »Armer Junge!«

Er sah Larry Holt fest in die Augen.

»Mr. Holt, ich habe mich vorhin absolut kindisch betragen, aber ich bin völlig bei Verstand. Ich übernehme die volle Verantwortung für alle meine Handlungen – und auch für die meines Bruders. Es ist mir völlig klar, was ich getan habe.«

Harvey kam ins Zimmer gestürzt. Bei dem Anblick, der sich ihm bot, blieb er stehen. Larry winkte ihn heran.

»Lassen Sie ihn wegbringen.«

»Ich wünschte, wir hätten Sie erledigen können!« murmelte Dr. Judd, als er abgeführt wurde.

Diana lag in Larrys Armen und verbarg das Gesicht an seiner Schulter.

»Wir haben den Diener verhaftet, Sir«, meldete ein Polizist, als sie in die Vorhalle kamen. »Er war in einem andern Teil des Hauses eingeschlossen.«

»Er hat mit der ganzen Sache nichts zu tun«, antwortete Larry. »Sie können ihn ruhig entlassen, ich habe auch gar keinen Haftbefehl gegen ihn beantragt.«

Ein großer, hagerer Mann trat von der Straße aus ein und ergriff Dianas Hand. Sie erkannte Sir John Hason und lächelte.

»Sie haben Schreckliches durchmachen müssen, Miss Stuart! Ich habe meinen Wagen hier – und du würdest besser auch gleich mitkommen, Larry! Harvey kann alle Formalitäten hier erledigen.«

Sie fuhren nach Scotland Yard zurück. Larry war während der ganzen Fahrt sehr schweigsam. Er hielt Dianas Hand und antwortete auf die Fragen seines Chefs nur kurz. Erst im Büro des Kommissars begann er zu sprechen.

»John, ich hoffe, du wirst in deinem Bericht an die Regierung nicht behaupten, daß ich den Fall zu diesem günstigen Ende gebracht habe!«

Sir John runzelte die Stirn und sah ihn fragend an.

»Aber selbstverständlich werde ich das tun. Wer sollte es denn sonst getan haben?«

»Hier –!« Larry legte seine Hand auf Dianas Schulter. »Hier steht der beste Detektiv, den wir seit Jahren in Scotland Yard gehabt haben.«

»Du bist dumm!« Diana lachte.

»Schließlich ist es ja auch völlig gleichgültig«, sagte der Kommissar trocken, »wer die Lorbeeren einheimst.«

»Wieso?« fragte Larry.

»Wenn sie nur in der Familie bleiben, meine ich. So – und nun bringen Sie ihn erst mal nach Hause, Miss Stuart!«

Eine Stunde später, als Larry mit seiner geliebten Pfeife friedlich vor dem Kamin saß, kam Sunny mit einem Arm voll Wäsche ins Zimmer.

»Zwei Kragen von Ihnen sind verlorengegangen, Sir.«

»Der Mann, der die Kragen trägt, wäre beinahe auch verlorengegangen, Sunny!«

»Wirklich, Sir? Ich glaube, Sie müssen sich neue Socken anschaffen. Man ist in Monte Carlo sehr elegant.«

»Wir können doch nicht im Sommer nach Monte Carlo reisen, Sie Schafskopf! Da ist es doch viel zu heiß. Nein, ich werde nach Schottland fahren, wenn – hm – wenn ich verheiratet bin . . .«

40

Zwei Monate später saß Dr. Judd auf dem Rand eines sehr schmalen Bettes und rauchte drei Zigaretten nacheinander. Es war ein regnerischer Morgen, graues Licht fiel melancholisch durch das kleine Fensterviereck in die Zelle.

Der Doktor rauchte mit größtem Wohlbehagen – seit zwei Monaten hatte er keine Zigarette mehr gekostet. Dann ging die Zellentür auf, und Larry Holt kam herein. Dr. Judd sprang auf.

»Es ist außerordentlich nett von Ihnen, daß Sie gekommen sind, Holt! Ich hatte eigentlich die Absicht, keinerlei Aussagen zu machen. Aber Sie haben eine so schwierige und ernsthafte Arbeit geleistet, daß ich glaube, Ihnen volle Aufklärung schuldig zu sein.«

Er sprach vollkommen aufrichtig, Larry wußte es.

»Von frühester Kindheit an lebten mein Bruder David und ich im besten Verhältnis zueinander. Sehr früh verloren wir unsere Mutter, und unser Vater war ein exzentrischer Herr, der wenig mit Kindern anzufangen wußte. So wuchsen wir zusammen auf, besuchten die gleiche Schule, gingen zusammen auf die Universität, und ich glaube sagen zu können, daß wir uns völlig genügten, daß wir niemand sonst brauchten. Ich liebte und bewunderte David.« Der Doktor senkte den Kopf. Nach einer Weile fuhr er fort: »Hoffentlich nehmen Sie nicht an, daß ich Ihnen den Tod Davids nachtrage. Ganz und gar nicht. Ich habe die Unvermeidlichkeit erkannt und weiß, daß nichts ihn hätte retten können. Er starb so, wie er selbst es sich gewünscht haben würde. In gewisser Hinsicht bin ich sogar froh, daß alles so gekommen ist, wie es eben kam. Bei den Verhandlungen habe ich die größten Anstrengungen gemacht, um den Richtern zu beweisen, daß ich geistig völlig gesund bin. Ihre Ausführungen haben mitgeholfen, eine Verurteilung herbeizuführen, die ich selbst wünschte. Wie ich schon sagte . . .« Er kam noch einmal auf seine Jugendzeit zurück. »Als dann mein Vater starb, hinterließ er uns die Greenwich-Versicherungsgesellschaft, eine kleine heruntergekommene Firma, die kurz vor dem Zusammenbruch stand. Ohne weiteres gebe ich zu, daß ich nie die Unverletzlichkeit des menschlichen Lebens respektiert habe. Ich erwähne dies deswegen, damit keinesfalls der Eindruck irgendwelcher entschuldigender Umstände aufkommen kann. Das Geschäft, das mein Bruder und ich übernahmen, war also sozusagen bankrott. Damals kamen wir zum erstenmal auf die Idee unserer späteren – hm – Operationen, als wir eine Versicherungssumme auszuzahlen hatten, zu deren Übernahme sich unser Vater nie hätte verpflichten dürfen. Die Idee unseres Planes stammt zu gleichen Teilen von David und mir. Wir setzten dann drei Monate später unseren Gedanken in die Praxis um, als wir einen Mann ertränkten, dessen Namen ich hier nicht erwähnen will. Niemand ist durch seinen Tod in Verdacht gekommen. Wir hatten ihn in unserem eigenen Geschäft versichert – eine sehr einfache Sache –, ohne daß er die geringste Ahnung davon hatte. David, der ein hervorragender Architekt und geschickter Zeichner war, unterschrieb alle notwendigen Formulare im Namen unseres Klienten. Wir hatten den Mann genau ausgesucht. Er besaß keine Freunde und stand im Ruf eines Einsiedlers und Sonderlings. Die Versicherungssumme war an einen fingierten Namen zu zahlen, unter dem mein Bruder in Schottland lebte. Er hatte dort ein möbliertes Haus gemietet, nur zu dem Zweck, die Summe dort einkassieren zu können. Wir machten dabei ein außerordentlich gutes Geschäft, hatten wir doch nichts weiter zu tun, als von den andern Gesellschaften das Geld einzuziehen. – Mein Bruder war von klein auf poetisch veranlagt und schrieb schon in Oxford zwei oder drei Stücke, die aber von den Londoner Theatern abgelehnt wurden. Natürlich waren sie noch nicht so gut wie die, die ich später im Macready-Theater zur Aufführung brachte.«

»Das Macready-Theater war doch Ihr Eigentum, nicht wahr?« fragte Larry.

»Ich habe es vor einigen Jahren einzig deshalb gekauft, um Davids Dramen auf die Bühne zu bringen. Gut – unser zweites Experiment war ein Mann namens ... Nun, auch dieser Name spielt hier keine Rolle. Damals mußten wir eine ganze Weile warten, bis wir das Geld von den Rückversicherungsgesellschaften einziehen konnten. Und dabei passierte eine sehr unangenehme Sache. Ein Angestellter hatte herausgefunden, daß die Person, der das Geld ausbezahlt wurde, mein Bruder David war. Durch einen ganz lächerlichen Zufall war er dahintergekommen und fing nun an, größere Geldsummen von David zu erpressen, fürchtete dann aber doch die Konsequenzen, unterschlug einen beträchtlichen Betrag im Büro und floh damit nach Frankreich. David folgte ihm und erschoß ihn in Montpellier. Dieser Teil der Geschichte ist Ihnen ja gut bekannt! Flimmer-Fred war zufällig Zeuge dieses Vorgangs und lebte danach Jahre hindurch auf meine Kosten herrlich und in Freuden – allerdings nur, weil er vorsichtig genug war, niemals eine Einladung zum Essen in meinem Hause anzunehmen.« Dr. Judd lächelte sarkastisch. »Und jetzt komme ich zur Stuart-Sache. David war, wie Sie wissen, von der Bildfläche verschwunden. Wir hatten ihm ein wunderbares Begräbnis bereitet und ...« Er zögerte.

»Und der Körper im Sarg war Lews Bruder«, vollendete Larry.

»Ganz richtig. Er war ein etwas unbequemer Mensch und – mußte eben gehen. Die Abwicklung war in der Zwischenzeit sehr vereinfacht worden. Mein Bruder hatte unser Haus gebaut, es war, mit der Todeskammer, dem Wasser, der Pumpe, den Ventilatoren, seine Schöpfung. Den Gedanken, Todds Heim aufzukaufen, hatte ich merkwürdigerweise schon etwas früher gehabt, also bevor es sich als notwendig erwies, daß David verschwinden mußte. – Ja – vermutlich hat Ihnen Mr. Grogan nicht erzählt, daß wir ihn mit allen Mitteln zu bewegen versuchten, einer Einladung ins Macready-Theater Folge zu leisten, um sich ein Stück meines Bruders anzusehen. Er rettete sich, nicht weil er übermenschlich geschickt war – er lief einfach mit der Verschlagenheit einer Ratte um die Falle herum. – Ich komme jetzt zum Fall Stuart zurück. Wir hatten unseren Plan reiflich überlegt, als Stuart in die Loge kam, wir dachten nicht daran, dort schon Gewalt anzuwenden, sondern wollten ihn einfach überreden, durch den Notausgang hinauszugehen und in den Wagen zu steigen, der draußen vor dem Theater wartete. Nebenbei gesagt, die Logen B und C wurden nie ans Publikum abgegeben. Zu unserer Überraschung befand sich Stuart in äußerst gehobener Stimmung und erzählte uns, daß er seine Tochter entdeckt hätte. Jetzt wurde uns zum erstenmal klar, daß er nicht irgendein unbedeutender Fremder, sondern ein sehr reicher Mann war. Wir brachten ihn in unser Haus, er ging freiwillig mit. Dort besprach ich mich erst einmal mit meinem Bruder David, was wir mit ihm anfangen sollten. Wir kamen zu dem Resultat, daß wir auch unter den neuen Umständen kein besonderes Risiko eingingen. Außerdem war es nötig, so schnell als möglich Geld hereinzubekommen.« Dr. Judd zündete sich eine weitere Zigarette an und erklärte leichthin: »Ich hatte große Summen ausgegeben, einige hunderttausend Pfund – für Kunstschätze aller Art, auch für das Theater. Wir waren, wie Sie sich denken können, in größter Verlegenheit und beschlossen, daß Stuart gehen müßte. Doch verlief es nicht ganz glatt. Der Mann leistete Widerstand. Dabei fällt mir ein – ich nehme an, daß der Manschettenknopf, der bei dem Kampf von meinem Hemd abgerissen wurde, von Ihnen gefunden worden ist, Mr. Holt. Wo fanden Sie ihn eigentlich?«

»In der Hand des Toten«, antwortete Larry.

»Ach, und ich hatte schon David die Schuld daran zugeschoben. Er war in solchen Kleinigkeiten immer etwas nachlässig. – Stuart hatte uns alles erzählt, die Begegnung mit der Aufwärterin, und uns sogar ihre Adresse gegeben. So kamen wir auf die Idee, daß wir Clarissa auffinden und mit irgend jemand verheiraten müßten.« Er zuckte die Schultern. »Es kam mir gar nicht so sehr darauf an, mit wem wir sie verheirateten, wir mußten einfach ihre Herkunft nachweisen und ihr Vermögen unter unsere Kontrolle bringen können. Am nächsten Tag machte sich mein Bruder an die Arbeit, um die Richtigkeit von Stuarts Angaben nachzuprüfen. Es zeigte sich aber, daß dies nicht so einfach war. Die Leiterin des Krankenheims – in Beverley Manor, Sie erinnern sich? –, wo Mrs. Stuart starb, konnten wir nirgends aufspüren. Auch das Angebot einer Belohnung brachte kein Resultat. Dagegen gab es überhaupt keine Schwierigkeiten, die Aufwärterin zu finden und in unsere Gewalt zu bringen. Der blinde Jake brachte sie weg. Durch die Hinweise, die sie uns geben konnte, gelang es, Diana Ward als Clarissa Stuart zu identifizieren. Diese Nachforschungen, falls es Sie interessiert, beanspruchten nicht mehr als einen halben Tag.«

»Warum haben Sie eigentlich Lew verschont?« fragte Larry. »Er war doch einer Ihrer Helfer und kannte einige Ihrer Geheimnisse.«

»Ich hatte mir vorgenommen, jeden zu schonen, falls wir dadurch nicht selbst in Gefahr kamen. Und selbstverständlich wollte ich unsere Pläne nicht durch den Tod eines verkommenen Bettlers, der im übrigen ganz harmlos war, gefährden. Ich habe nur getötet, wenn es nötig oder einträglich war. Der blinde Jake hatte da seine eigenen Ansichten; sein Versuch, Fanny Weldon umzubringen, war eine rein private Angelegenheit, die uns nichts anging. Doch der blinde Jake war wirklich ein treuer Diener von uns, und niemand bedauert seinen Tod mehr als ich.«

Ein kleiner, untersetzter Mann kam durch die Zellentür. Dr. Judd nahm einen tiefen Zug aus seiner Zigarette, warf sie auf den Boden und zertrat sie, bis der letzte Funke verlöscht war.

»Der Henker, wie ich annehme?« fragte er freundlich, drehte sich herum und legte die Hände auf den Rücken.

E N D E

Nachwort

Die Verkaufszahlen beweisen es: Edgar Wallace interessiert auch heute noch, 43 Jahre nach seinem Tod. In diesen Tagen wäre er 100 geworden ...

Geht man nur davon aus, daß jedes Exemplar eines Taschenbuchs durchschnittlich zwei Leser erreicht, so hat jeder erwachsene Bundesrepublikaner seit 1952 mindestens einen Edgar-Wallace-TaschenKRIMI gelesen – eine erstaunliche Zahl, denkt man an die Auflagen von Brecht, Musil, Heinrich Mann. Dabei hat er selten Freunde gefunden bei der zünftigen Literaturkritik, dieser leicht blasiert wirkende Mann mit der eleganten Attitüde eines englischen Lords. Selbst der Brite Julian Symons, Krimikenner und Autor einer bemerkenswerten Kultur- und Literaturgeschichte des Kriminalromans (›Am Anfang war der Mord‹, Wilhelm Goldmann Verlag, München), findet eher kritische Worte für seinen Landsmann und Vorgänger im Metier. Jacques Barzun und Wendell Hertig Taylor, die Verfasser einer umfangreichen Bibliographie des Kriminalromans (›A Catalogue of Crime‹, Harper & Row, New York), erklären schlichtweg, daß sie den berühmten Autor wegen Inhalt und Stil seiner Romane nur wenig schätzen und daher von einer eingehenden Werksübersicht absehen. In Boileau/Narcejacs ›Der Detektivroman‹ (deutsch erschienen bei Luchterhand) kommt Edgar Wallace im Text so gut wie nicht vor – lediglich im Werkregister. Dort nimmt er allerdings mehr Raum ein als alle anderen Autoren!

Was ist es also, was reizt den deutschen Leser, immer wieder nach Krimis mit dem Namenszug Edgar Wallace zu greifen? Ist es der berühmte Name allein? Freilich, den zu festigen haben beinahe alle Medien bis in unsere Tage ihr gut Teil beigetragen. Allein in Deutschland zählt man fast dreißig Verfilmungen von Romanen Edgar Wallaces, dazu viele Bühnenaufführungen, Zeitungsabdrucke und Artikel über den Autor, dessen Name für die meisten mit dem Begriff des Kriminalromans schlechthin unauflöslich verbunden ist.

Jörgen Elgström / Tage La Cour / Ake Runnquist stellen in ihrer ›Bemerkenswerten Geschichte des Kriminalromans‹ unter dem Titel ›Mord i bibliotheket‹ (Mord in der Bibliothek, Albert Bonniers Förlag, Stockholm) fest, daß es eigentlich keine ›Mysterys‹, also keine Kriminalrätsel im eigentlichen Sinne seien, was Wallace schrieb, sondern ›Thriller‹ – Spannungsromane, die keineswegs nach dem klassischen Schema des Kriminalromans gebaut sind. Möglicherweise liegt darin die so überraschende Beziehung der Wallace-Krimis zum Leser von heute, der ja auch nur noch selten reine ›Mysterys‹ mit kreuzworträtselhaftem Aufbau geboten bekommt. Es liegt aus dieser Sicht gar nicht so fern, Edgar Wallace in der Tat als den Urvater des heutigen, ›modernen‹ Kriminalromans anzusehen. Willy Haas geht in seinem Essay ›Die Theologie im Kriminalroman‹ (Ein paar Notizen über Edgar Wallace und die Kriminalliteratur überhaupt, in W. H.: Gestalten. Essays zur Literatur und Gesellschaft, Ullstein, Berlin, Frankfurt, Wien) einen wesentlichen Schritt weiter und nennt für die Popularität von Wallaces Krimis – und der Kriminalromane im allgemeinen – fünf Ursachen: daß es sich hier um eine metaphysisch genau geordnete Welt handelt (alles steht an seinem Platz), daß Rätsel gelöst werden, im Gegensatz zum wirklichen Leben, daß die Welt des Kriminalromans logisch ist, daß der Böse bestraft und der Gute belohnt wird, und daß man voraus weiß: Für die Guten endet alles gut. Und Haas merkt an, daß Kriminalromane in Zeiten des sinkenden Glaubens, der sinkenden Ordnung, des drohenden Chaos besonders populär seien. Zweifellos meint er damit ausschließlich diejenigen Werke, in denen die von den Lesern unterschwellig ersehnte Ordnung noch intakt ist – ja, nicht selten gewaltsam zur Ordnung gezwungen wird, wie in den Kriminalromanen von Edgar Wallace. Eine der Hauptursachen liegt jedoch auch sicherlich in der Spannung, die von den Wallace-Romanen ausgeht – eine Spannung, die nicht selten sogar mit unredlichen Mitteln erzeugt wird. Aber darin steht Dorothy Sayers mit ihrer Figur des ›Lord Peter‹ Wallace in keiner Weise nach, und auch Lord Peter wird wohl gerade deshalb auch in unserer Zeit noch mit Begeisterung akzeptiert. Willy Haas sagt: »Es braucht nach der ›Enthüllung‹ zum Schluß fast gar nichts zu stimmen. Es genügt, wenn etwa 20 Prozent der geheimnisvollen Vorgänge durch die Enthüllung erklärt sind. Das ›Wunderbare‹ der ›Enthüllung‹ ist alles. Kein Leser kontrolliert nach!«

Seit im Jahr 1927 der erste Kriminalroman von Edgar Wallace in deutscher Sprache erschien (›Die Bande des Schreckens‹), ist der Name des Autors exklusiv mit dem des Wilhelm Goldmann Verlages verbunden. Edgar Wallace hat das in einem für heutige Begriffe sehr unkonventionellen Vertrag (auf einer handschriftlichen Briefkarte) eindeutig festgelegt. Die Gesamtauflage in deutscher Sprache ist nicht mehr genau festzustellen. Sie dürfte bis zum heutigen Tage etwa 35 Millionen Exemplare betragen. Andere Verlage haben ihre Reihen ›klassischer Kriminalromane‹ oder ›Crime Classics‹ – der Wilhelm Goldmann Verlag hat seinen Edgar Wallace. Nur ein Tribut an die Nostalgie-Welle? Wohl kaum. Mir scheint, daß mit der Veröffentlichung der Wallace-Krimis ein noch immer und vielleicht in jüngster Zeit sogar verstärkt vorhandenes menschliches Bedürfnis – die Sehnsucht nach einer intakten Welt – zumindest vorübergehend gestillt wird.

Konrad Adenauer zählte zu den großen Bewunderern von Edgar Wallace ...

Friedrich A. Hofschuster

JULIAN SYMONS

Am Anfang war der Mord...

256 Seiten. Leinen

Nur wenige Autoren haben sich bisher die Mühe gemacht, den Kriminalroman unter die literaturkritische Lupe zu nehmen. Und dennoch ist es gerade der ›Krimi‹, der häufiger gelesen wird als jede andere Art von zeitgenössischer Literatur.

Der renommierte britische Kriminalschriftsteller und Kritiker Julian Symons füllt mit seinem Werk eine sowohl von Krimifreunden als auch von Literaturwissenschaftlern empfundene Lücke. Und da man – Ausnahmen bestätigen die Regel – von englisch-amerikanischen Autoren spricht, wenn man Krimi sagt, erscheint der Blickpunkt des engagierten Autors der Sache angemessener als eine Betrachtung des Phänomens Kriminalliteratur aus nur kritisch-theoretischer Sicht.

Die englische Presse ist voll des Lobes für dieses notwendige und wichtige Buch über eine populäre Erscheinung unserer Zeit, um die wir uns ganz offensichtlich noch nicht genügend Gedanken gemacht haben. So meint C. P. Snow in der ›Financial Times‹: »Ein bewunderungswürdiges Buch, nicht nur als spezielle Literaturgeschichte und Kritik, sondern auch als etwas viel Tiefergehendes, eine Bestandsaufnahme, ein Testament, und in gewissem Sinne auch ein persönliches Bekenntnis eines berühmten Mannes der Literatur.«

Daß diese literarisch exakte und detaillierte Betrachtung dennoch so kurzweilig zu lesen ist wie ein echter Krimi, dafür bürgen das Talent und der englisch-unterkühlte Witz des Krimiautors Julian Symons.

Der Autor wurde für dieses Werk mit dem Edgar-Allan-Poe-Preis ausgezeichnet.

hüllung‹ zum Schluß fast gar nichts zu stimmen. Es genügt, wenn etwa 20 Prozent der geheimnisvollen Vorgänge durch die Enthüllung erklärt sind. Das ›Wunderbare‹ der ›Enthüllung‹ ist alles. Kein Leser kontrolliert nach!«

Seit im Jahr 1927 der erste Kriminalroman von Edgar Wallace in deutscher Sprache erschien (›Die Bande des Schreckens‹), ist der Name des Autors exklusiv mit dem des Wilhelm Goldmann Verlages verbunden. Edgar Wallace hat das in einem für heutige Begriffe sehr unkonventionellen Vertrag (auf einer handschriftlichen Briefkarte) eindeutig festgelegt. Die Gesamtauflage in deutscher Sprache ist nicht mehr genau festzustellen. Sie dürfte bis zum heutigen Tage etwa 35 Millionen Exemplare betragen. Andere Verlage haben ihre Reihen ›klassischer Kriminalromane‹ oder ›Crime Classics‹ – der Wilhelm Goldmann Verlag hat seinen Edgar Wallace. Nur ein Tribut an die Nostalgie-Welle? Wohl kaum. Mir scheint, daß mit der Veröffentlichung der Wallace-Krimis ein noch immer und vielleicht in jüngster Zeit sogar verstärkt vorhandenes menschliches Bedürfnis – die Sehnsucht nach einer intakten Welt – zumindest vorübergehend gestillt wird.

Konrad Adenauer zählte zu den großen Bewunderern von Edgar Wallace . . .

Friedrich A. Hofschuster

JULIAN SYMONS
Am Anfang war der Mord ...
256 Seiten. Leinen

Nur wenige Autoren haben sich bisher die Mühe gemacht, den Kriminalroman unter die literaturkritische Lupe zu nehmen. Und dennoch ist es gerade der ›Krimi‹, der häufiger gelesen wird als jede andere Art von zeitgenössischer Literatur.
Der renommierte britische Kriminalschriftsteller und Kritiker Julian Symons füllt mit seinem Werk eine sowohl von Krimifreunden als auch von Literaturwissenschaftlern empfundene Lücke. Und da man – Ausnahmen bestätigen die Regel – von englisch-amerikanischen Autoren spricht, wenn man Krimi sagt, erscheint der Blickpunkt des engagierten Autors der Sache angemessener als eine Betrachtung des Phänomens Kriminalliteratur aus nur kritisch-theoretischer Sicht.
Die englische Presse ist voll des Lobes für dieses notwendige und wichtige Buch über eine populäre Erscheinung unserer Zeit, um die wir uns ganz offensichtlich noch nicht genügend Gedanken gemacht haben. So meint C. P. Snow in der ›Financial Times‹: »Ein bewunderungswürdiges Buch, nicht nur als spezielle Literaturgeschichte und Kritik, sondern auch als etwas viel Tiefergehendes, eine Bestandsaufnahme, ein Testament, und in gewissem Sinne auch ein persönliches Bekenntnis eines berühmten Mannes der Literatur.«
Daß diese literarisch exakte und detaillierte Betrachtung dennoch so kurzweilig zu lesen ist wie ein echter Krimi, dafür bürgen das Talent und der englisch-unterkühlte Witz des Krimiautors Julian Symons.

Der Autor wurde für dieses Werk mit dem Edgar-Allan-Poe-Preis ausgezeichnet.

WILHELM GOLDMANN VERLAG MÜNCHEN